U0007057

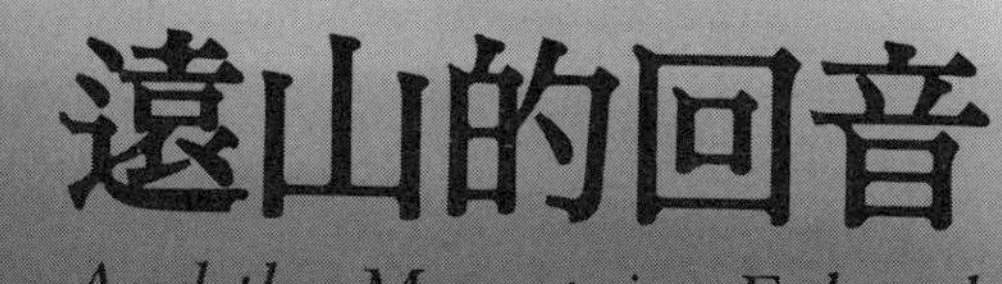

卡勒德・胡賽尼 著　李靜宜 譯

KHALED HOSSEINI

木馬文學 77

遠山的回音
And the Mountains Echoed

作者　卡勒德・胡賽尼（Khaled Hosseini）
譯者　李靜宜
社長　陳蕙慧
總編輯　戴偉傑
副主編　林立文
美術設計・地圖繪製　謝佳穎
電腦排版　極翔企業有限公司

讀書共和國集團社長　郭重興
發行人　曾大福
出版　木馬文化事業股份有限公司
發行　遠足文化事業股份有限公司
地址　231新北市新店區民權路108之4號8樓
電話　02-2218-1417　傳真　02-8667-1891
Email　service@bookrep.com.tw
郵撥帳號　19588272　木馬文化事業股份有限公司
客服專線　0800221029
法律顧問　華洋國際專利商標事務所　蘇文生 律師
印刷　成陽印刷股份有限公司
初版21刷　2023年3月
定價　新台幣350元

ISBN 978-986-5829-81-0

國家圖書館出版品預行編目(CIP)資料

遠山的回音 / 卡勒德・胡賽尼（Khaled Hosseini）著；李靜宜譯. -- 初版. -- 新北市：木馬文化出版：遠足文化發行, 2014.02
面；　公分. --（木馬文學；77）
譯自：And the mountains echoed
ISBN 978-986-5829-81-0（平裝）

869.157　　102026477

謹以此書獻給我雙眸之光——哈里斯與法拉，
以及必定引以為豪的家父。

獻給伊蓮

在是非對錯的疆界之外
有片曠野
我將與你在彼方相會

——賈拉魯汀．魯米，十三世紀

全書人物關係表

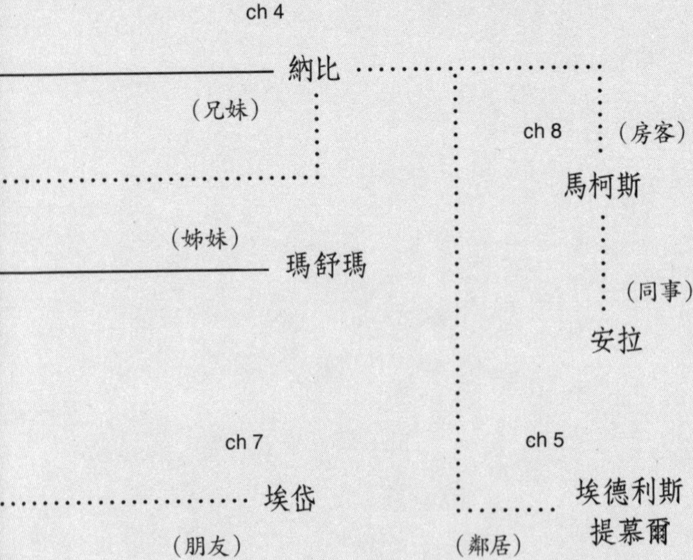

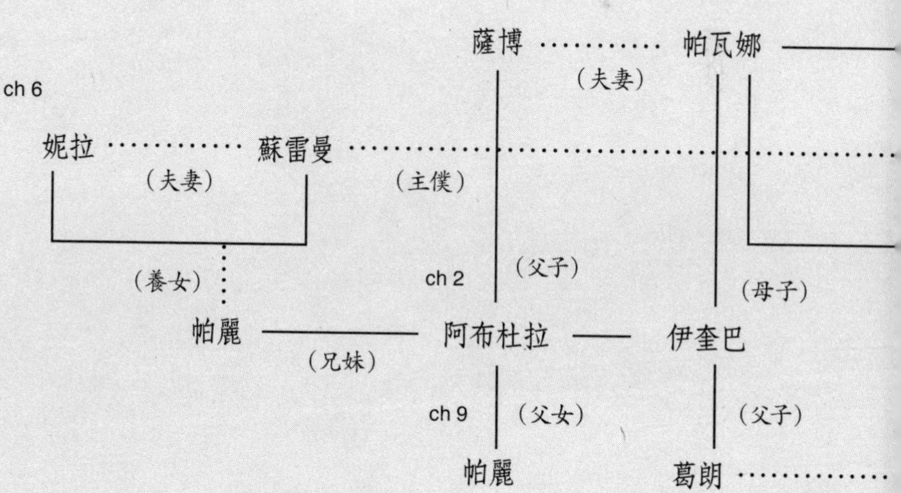
ch 1
薩博
（夫妻）
帕瓦娜
ch 6
妮拉
（夫妻）
蘇雷曼
（主僕）
（養女）
ch 2
（父子）
（母子）
帕麗
（兄妹）
阿布杜拉
伊奎巴
ch 9
（父女）
（父子）
帕麗
葛朗

Afgānistān
|阿富汗|

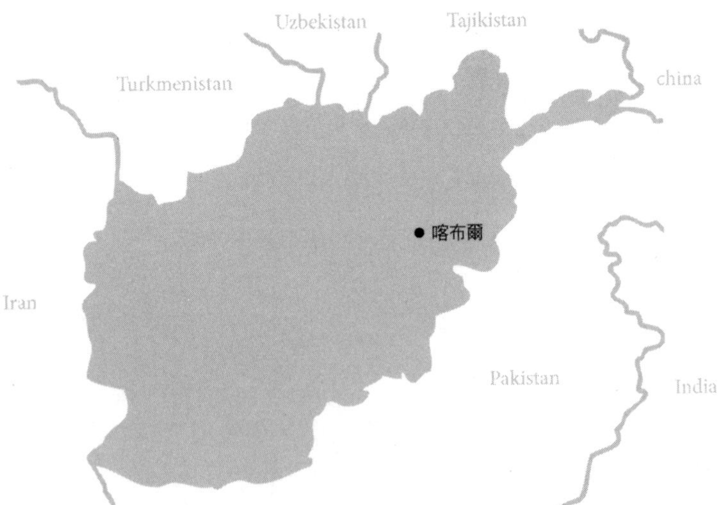

1

一九五二年，秋

那好吧，你們想聽故事，我就講一個。可是就這麼一個，你們別想再求更多。首先，時間很晚了，而且我們，帕麗，妳和我，還有好長的路要走。妳今晚需要好好睡一覺。還有你，阿布杜拉，你也是。你妹妹和我不在的時候，家裡得指望你啊，小伙子。你媽媽也指望你。所以，就一個故事。專心聽，你們兩個，專心聽，別打岔。

很久很久以前，在魔怪、靈魔和巨人還橫行大地的時代，有個叫阿育老爹的農夫。他和家人住在一個名叫馬丹薩巴茲的小村。因為有一大家子要養，所以阿育老爹天天拚命工作。他每天從天亮做到天黑，犁田，翻土，挖洞，照料他那些瘦巴巴的阿月渾子樹[1]。不管什麼時間，你都會看見他在田裡工作，彎著腰、駝著背，整個人就像他鎮日揮個不停的那把大鐮刀。他兩手永遠都結滿繭，也常常流血，每天晚上，他都累得頭一沾枕就睡著了。

我說啊，就這一點來說，他其實也不是特例。在馬丹薩巴茲，所有的村民都過得很苦。別的一些

1 Pistachio，西亞與地中海地區常見的漆樹科喬木，果實即俗稱的「開心果」。

村子運氣就比較好，往北一點，位在山谷上的村子，有果樹花草，有清新空氣，還有冰涼清澈的小溪。但是馬丹薩巴茲很荒涼，雖然村名是「綠野」的意思，但是和你所想像的景色沒有半點相似。村子位在塵土飛揚的平原上，周圍是連綿不絕的崎嶇山脈。風很熱，總是把塵土往眼睛裡吹。找水是日常的大問題，因為村裡的水井，就算是最深的那幾口，也常乾到快沒水。當然啦，河是有的，但是村民得走上半天才能到河邊，而且這條河的河水一年到頭都渾濁不堪。在經過十年的乾旱之後，就連河水也變淺了。我們可以這麼說，馬丹薩巴茲的人必須比以前辛苦一倍，才能得到只有以前一半的生活所需。

但是，阿育老爹認為自己運氣不錯，因為他擁有比什麼都要珍貴的家庭。他很愛他的妻子，從來不會對她大呼小叫，更不會打她。他很重視她的建議，也很高興有她陪在身邊。至於兒女，他得神保佑，像一隻手有五根手指那樣，總共有三男兩女五個孩子，他每一個都很愛。女兒乖順善良，有人品有名聲。而兒子呢，他已經教會他們正直、勇氣、友誼和埋頭苦幹的價值，他們也都是乖乖聽話的好兒子，會幫父親種莊稼。

儘管愛所有的兒女，阿育老爹私心最愛的還是排行老么、才三歲大的兒子卡伊斯。卡伊斯有雙深藍色的眼睛，每一個見到他的人，都會被他淘氣的笑聲給迷住。而他也是那種精力充沛，搞得其他人全筋疲力盡的小男生。他剛學會走路的時候，高興得不得了，只要人醒著，就整天走個不停；叫人頭痛的是，他甚至連晚上睡覺的時候也在走。他會夢遊，離開他家那間泥屋，在只有月光的黑夜裡到處走。他爸媽當然很擔心囉，要是掉進井裡，或走失，或更慘的，被夜裡埋伏在平原的什麼動物給攻擊了，該怎麼辦？他們試過很多辦法都無效。但最有效的方法往往也是最簡單的，最後阿育老爹找到的解決方法的確也最簡單：他從自家養的一隻山羊脖子上摘下鈴鐺，掛在卡伊斯的脖子上。就這樣，只要卡伊斯半夜起床，鈴聲就會吵醒其他人。一段時間後，夢遊的毛病好了，卡伊斯卻已習慣鈴鐺的存在，不肯拿下來。所以，儘管鈴鐺已經失去原本的功能，還是繫著繩子、掛在卡伊斯的脖子上。阿育老爹忙完一整天的工作回家時，卡伊斯總是從屋裡跑出來，一頭撞進爸爸懷裡，每跨出一小步，鈴鐺就叮叮噹噹地響。阿育老爹會把他抱起來，帶他進屋。小男孩專心地看著爸爸沖洗，然後在晚餐桌上坐在爸爸旁邊。吃過飯後，阿育老爹喝著茶，看著家人，腦海中會浮現一幅景象，想像所有的孩子都成家立業、有自己的子女，那麼他就會擁有一個更大的家族，成為一名驕傲的族長。

唉，阿布杜拉和帕麗啊，可是阿育老爹的快樂生活卻結束了。

這是因為有一天，魔怪來到馬丹薩巴茲村。他從山那邊走向村子的時候，邁出的步伐，讓大地搖搖晃晃。村民丟下鐮子、鋤頭和斧頭，四散逃逸，把自己鎖在家裡、全家人抱在一起。魔怪那震耳欲聾的腳步聲停止了，馬丹薩巴茲整個村子籠罩在魔怪的陰影裡。據說魔怪頭上有彎曲的犄角，粗黑的毛髮蓋在肩上，尾巴強勁有力，眼睛閃著紅光；其實誰都不確定魔怪的長相；你知道的，因為看見他的人都沒命了：膽敢偷瞄一眼的人，都會被魔怪當場吃掉。因為知道這樣，村民都很明智地低頭盯著地上。

村裡的每一個人都知道魔怪來做什麼。他們聽說過他去其他村子的事，也一直覺得很不可思議：他竟然這麼久都沒注意到馬丹薩巴茲村。說不定——他們自己推論——他們在馬丹薩巴茲過的貧瘠生活反倒幫了大忙，因為孩子都吃不飽，骨頭上沒幾兩肉。儘管如此，他們的好運還是用完了。

馬丹薩巴茲天搖地動，大氣都不敢喘一口。每家人都祈禱魔怪會跳過自己這家，因為他們知道，如果魔怪的腳踩上誰家屋頂，誰就得交出一個孩子，然後魔怪就會把那個孩子塞進布袋、扛到肩上，沿著原路回去。再也沒有人會見到那個可憐的孩子。而如果那一家人拒絕，魔怪就會奪走他家所有的孩子。

那麼，魔怪把小孩帶到哪兒去了？到他位在陡峭山頂的堡寨裡。魔怪的堡寨離馬丹薩巴茲非常遠，要經過許多山谷、幾座沙漠，還要翻過兩座山脈才到得了，可是有哪個神經正常的人會自己去那裡送死？據說堡寨裡有很多地牢，牆上掛滿剁肉刀，天花板上掛著吊肉的勾子；據說那裡還有巨大的串肉叉，以及大火坑。只要逮著闖入的人，魔怪就會勉強自己放棄不愛吃大人肉的習性。

我想你們都猜到魔怪恐怖的腳踩上誰家的屋頂了。一聽到屋頂上傳來的聲音，阿育老爹就發出痛苦的慘叫，他的妻子則暈了過去。孩子們也開始哭，有驚恐，也有哀傷，因為他們知道必將失去一個手足。這家人必須在明天黎明前把小孩貢獻出來。

我要怎麼讓你們明白，阿育老爹和他妻子在那天晚上所受的折磨呢？哪一個父母都不應該被迫作這樣的抉擇。阿育老爹和妻子在孩子們聽不見的地方，爭論到底該怎麼做。他們說著說著便哭了起來，哭了又說，說了又哭，一整夜反反覆覆。黎明將近，卻還是沒能作出決定——這很可能是魔怪所樂見的，因為他們下不了決心，他就可以一口氣把五個孩子全帶走。最後，阿育老爹從屋子外面撿來五顆形狀大小相仿的石頭，在每一塊上面寫一個孩子的名字，然後擺進一個麻布袋裡。他把布袋交給妻子，但她馬上退開，彷彿布袋裡裝著毒蛇似的。

「我做不到，」她搖著頭對丈夫說：「不要叫我抽。我受不了。」

「我也做不到。」阿育老爹說。但是透過窗戶，他看見太陽就快從東邊的山丘後面探出頭來。時間快到了。他哀慘地看著孩子們。砍掉一根手指，才能救整隻手。他閉上眼睛，從布袋裡摸出一顆石頭。

我想你們也知道阿育老爹抽中的是誰。一看見那個名字，他就仰天發出一聲慘叫。他把小兒子摟在懷裡，心都碎了，而完全信賴爸爸的卡伊斯，還快樂地摟著阿育老爹的脖子。一直到阿育老爹把他放到屋外，關上門，卡伊斯才發現不對勁。阿育老爹背靠門站著，緊閉雙眼，淚流滿面，聽著心愛的兒子用小拳頭敲門，哭著要爸爸放他進來。但阿育老爹站在那裡，低聲說：「原諒我，原諒我。」大地隨著魔怪的腳步聲搖晃；他的兒子尖叫；大地一次又一次隨著魔怪離開馬丹薩巴茲的腳步而震動，一直到他失去蹤影，大地才終於靜止。到處都靜悄悄的，只聽得見阿育老爹哭喊著要卡伊斯原諒他。

阿布杜拉，你妹妹睡著了，幫她的腿蓋上毯子。對，很好。我可以不講了吧？不行？你要我繼續講？你確定，小伙子？好吧。

我講到哪裡了？接著是四十天的哀悼期。每一天，鄰居都煮飯來給他們吃，和他們一起守夜。大家都竭盡所能地帶來各種東西：茶葉、糖果、麵包、杏仁，同時也帶來他們的安慰與同情。阿育老爹連一句謝謝都說不出口。他坐在牆角哭，淚水從兩隻眼睛流出來，好像要用淚水終結村裡的乾旱似的。你沒見過有人像他那麼痛苦，受那麼多折磨的。

接下來又過了好幾年。乾旱持續，馬丹薩巴茲村則更窮了。好幾個嬰兒在搖籃裡渴死。水井的水位前所未有的低，河也乾了，只有阿育老爹的悲傷一天比一天高漲。他對他的家再也沒有用處：他不工作、不禱拜，也不太吃東西。妻子和子女哀求他，但一點用都沒有。在家的另外兩個兒子接替了他的工作，因為阿育老爹每天什麼都不做，光是坐在田地邊上，孤伶伶的一個人，凝望遠山。他不和村民講話，因為他相信他們在他背後竊竊私語；他們說他太懦弱，竟然捨棄自己的兒子，說他是個不稱職的父親。真正的父親會和魔怪奮戰，會為捍衛家人而死。

有天晚上，他對妻子提到這件事。

「他們沒這麼說，」他的妻子回答，「沒有人認為你是懦夫。」

「我聽得見。」他說。

「你聽見的是你自己的聲音，老公。」她說。她沒告訴他，村民的確在他背後竊竊私語，但他們講的是他八成已經瘋了。

然後有一天，他也證明給他們看了。他在黎明起床，沒吵醒妻子和兒女，塞了幾片麵包到麻布袋裡，穿上鞋子、把大鐮刀綁在腰間，上路了。

他走了好多好多天。他一直走一直走，走到太陽變成遠遠的一團模糊火球。夜裡他睡在山洞裡，風灌進洞中呼呼響；再不然就睡在河邊、樹下或大石頭旁邊。他吃完麵包，開始找到什麼吃什麼：野莓、蕈菇，以及雙手在溪裡抓到的魚。有些日子，他甚至什麼都沒吃，但還是繼續走。要是有路人問他上哪兒去，他就告訴他們。有些人聽了哈哈大笑，有些人則快步走開，怕他是個瘋子；還有些人祝他好運，因為他們也曾被魔怪帶走孩子。阿育老爹低著頭繼續走。鞋子破了之後，他拿繩子把鞋綁在腳上；繩子斷了之後，他就光著腳往前走。就這樣，他越過沙漠、山谷和山脈。

最後，他來到魔怪堡寨所在的那座山。他急著想實現心願，一刻也不休息地往上爬。衣服撕裂、雙腿流血、頭髮結滿泥塊，但他的決心並未動搖。崎嶇的石塊割破他的腳底，爬過鷹巢旁邊時，老鷹啄傷他的臉頰，猛烈的狂風幾乎把他吹到山下去；但他還是繼續往上爬，從這塊岩石到下一塊岩石，直到站在魔怪堡寨的宏偉大門口。

誰這麼大的膽子？阿育老爹拿起石頭朝門丟去，魔怪的聲音隨即轟隆響起。

阿育老爹報出名字。「我是從馬丹薩巴茲村來的。」他說。

你是不想活了嗎？你一定是不想活了，才敢來騷擾我家！你想幹麼？

「我是來殺你的。」

大門裡面一晌沉默。接著大門咿咿呀呀打開，魔怪那宛如夢魘的龐大形影聳立在阿育老爹面前。

是嗎？魔怪說，聲音低沉如雷。

「是的，」阿育老爹說，「不是你死就是我亡。我們今天有一個會死。」

有那麼一會兒，魔怪看似要一掌把阿育老爹掃倒在地，然後用他利得像刀的牙將他一咬斃命。但他不知為什麼遲疑了。他瞇起眼睛。或許是這個人的瘋言瘋語，或許是這老人的外表：撕裂成片的衣服、流血的臉，從頭到腳的厚厚塵土。也或許是從這老人的眼睛，魔怪看不見絲毫的恐懼。

你說你是從哪裡來的？

「馬丹薩巴茲。」阿育老爹說。

從你的外表看來，這個馬丹薩巴茲，一定很遠吧。

「我不是來這裡閒聊的。我是來——」

魔怪舉起一隻長爪的手。**是，是，你是來殺我的。但我在被殺之前，總可以說幾句話吧。**

「很好，」阿育老爹說，「可是別說太多。」

謝謝你。魔怪咧嘴笑說。**我可不可以請問一下，我是對你做了什麼壞事，讓你非殺我不可。**

「你帶走我最小的兒子，」阿育老爹說，「他是我在這世界上最珍愛的人。」

魔怪咕噥一聲，摸摸下巴。**我從很多父親手裡帶走很多孩子啊，**他說。

阿育老爹生氣地舉起鐮刀，「那我也要替他們報仇。」

我必須說啊，我很欣賞你的勇氣。

「你根本不懂什麼是勇氣，」阿育老爹說，「所謂的勇氣，是要冒著失去什麼的風險。我已經沒有什麼可以失去了。」

你可能失去你的生命啊，魔怪說。

「你早就奪走我的生命了。」

魔怪又咕噥一聲，若有所思地打量阿育老爹。過了一會兒，他說：**很好，我願意和你決鬥。但是，請你先跟我來。**

「快一點，」阿育老爹說，「我快沒耐性了。」然而魔怪已經沿著一條龐大的走廊往前走。阿育老爹別無選擇，只能跟上去。他隨著魔怪穿過一條條迷宮似的走廊，每一道都有巨大的柱子支撐，天花板高得快碰到雲；他們穿過許多樓梯井，以及大得足以容納馬丹薩巴茲全村村民的大房間。他們一直走一直走，最後魔怪帶著阿育老爹進到一間很大的房間，房間的另一頭掛著帷幔。

過來吧，魔怪招手。

阿育老爹站到魔怪身邊。

魔怪拉開帷幔。帷幔裡是一面玻璃窗。透過窗戶，阿育老爹可以俯瞰一座巨大的花園，花園周圍種了一排絲柏，地面開滿色彩繽紛的花朵，還有好幾座鋪上藍色磁磚的水池、大理石露臺及翠綠的草坪。阿育老爹看見許多修剪成各種形狀的美麗樹叢，還有噴泉在石榴樹下噴湧。就算再過三輩子，他也想像不出這麼美的地方。

但是真正讓阿育老爹膝蓋一軟的，是他看見花園裡有許多孩子在快樂地奔跑嬉戲。他們在步道和林木間相互追逐、在樹叢裡玩躲貓貓。阿育老爹在孩子裡搜尋，最後終於找到他所要找的：他在那裡！他的兒子，卡伊斯，活生生的、健康得不得了！他長高了，頭髮也比阿育老爹印象裡來得長。他穿著漂亮的白襯衫和一條帥氣的褲子，暢快大笑地追逐兩個同伴。

「卡伊斯，」阿育老爹輕聲叫著，哈出的氣讓玻璃霧濛濛一片。然後他高聲喊起兒子的名字。

他聽不見的，魔怪說。**也看不見你。**

阿育老爹拚命跳著，揮舞手臂、捶打玻璃，直到魔怪重新拉上帷幔。

「我不明白，」阿育老爹說，「我以為……」

這是你的獎賞，魔怪說。

「什麼意思？」阿育老爹喊著。

當年我強迫你接受考驗。

「考驗？」

愛的考驗。那是很困難的挑戰，我知道，而且我知道那讓你付出很大的代價。可是你通過了。這是你的獎賞，也是他的。

「要是我當時不選擇呢，」阿育老爹叫嚷著，「要是我拒絕你的考驗呢？」

那你所有的孩子都會死，魔怪說，**反正他們也等於被詛咒了，因為有個懦弱的男人當父親：一個寧可看著他們全部沒命，也不願扛起良心負荷的懦夫。你當時所做的——扛起心靈的重擔——需要很大的勇氣。所以，我很尊敬你。**

阿育老爹無力地舉起鐮刀，但鐮刀從他手裡滑落，掉在大理石地板上，發出一聲匡噹巨響。他膝蓋發軟，非坐下不可。

你兒子不記得你了，魔怪說。**他現在過的是這樣的生活，你也看到他很快樂。他在這裡可以享受最好的食物與衣服，還有友誼與寵愛。有老師教他藝術、語言與科學，學習智慧與慈悲。他一無所缺。有一天，長大成人之後，他或許會選擇離去，也可以自由離去。我想他會以他的善良感動許多人，並帶給深陷悲苦的人幸福快樂。**

「我想見他。」阿育老爹說，「我想帶他回家。」

你想帶他回家？

阿育老爹仰頭看魔怪。

魔怪走到帷幔旁邊的櫃子，打開抽屜，拿出一個沙漏——你知道沙漏是什麼嗎，阿布杜拉？你知道，很好——然後，魔怪拿起沙漏，倒過來，放在阿育老爹腳邊。

我准許你帶他回家，魔怪說，**可是一旦你作了這樣的決定，他就永遠不能再回來這裡。要是你決定不帶他走，那麼你也永遠不能再回到這裡。等沙子漏光，你就要告訴我你的決定。**

說完，魔怪走出房間，留阿育老爹一個人，再次面對痛苦的抉擇。

我要帶他回家，阿育老爹馬上就想。這是他最想做的，是他身上的每一條神經都想要的；他不是曾經在千百次的夢境裡見到兒子回家的情景嗎？再次把小卡伊斯摟在懷裡、親吻他的臉頰、感覺他的小手握在手裡的軟嫩？然而……要是帶卡伊斯回家，在馬丹薩巴茲等待他的是什麼樣的生活？農夫的艱苦生活，最好的情況也不過像他自己這樣，頂多再比他稍稍好一點。那還得要卡伊斯沒像村裡的許多孩子那樣，因為乾旱而死。你能寬恕自己嗎，阿育老爹問自己。知道你因為自己的自私，讓他不能過上錦衣玉食、前途光明的生活？反過來說，要是他把卡伊斯留在這裡，知道兒子還活著，知道他在哪裡，卻永遠不能再見面，他要怎麼忍受？他怎麼受得了？阿育老爹開始哭。他好沮喪，拿起沙漏往牆上砸去。沙漏碎成千萬個碎片，細沙灑滿地板。

魔怪回到房間，看見阿育老爹站在滿地的碎玻璃上，垂頭喪氣。

「你這個殘酷的怪物。」阿育老爹說。

要是你活得像我一樣久，魔怪回答說，**你就會知道殘酷和慈悲其實是一體兩面。你作出決定了嗎？**

阿育老爹擦乾眼淚，拿起鐮刀，綁在腰際。他緩緩走向門口，頭垂得低低的。

你是個好父親，阿育老爹走過身邊時，魔怪說。

「你對我做的事，會讓你上刀山下油鍋！」阿育老爹疲憊地回答。

他走出房間，踏進走廊。魔怪在他背後喊他。

給你，魔怪說。他交給阿育老爹一個小玻璃瓶，裡面裝著黑色的液體。**回家的路上喝掉它，再見。**

阿育老爹收下瓶子，沒說一句話就走了。

許多天以後，他妻子坐在他們家那塊田的邊上，盼著他回來，就像他以前坐在那裡盼著卡伊斯回來那樣。每過一天，她指望他回來的希望就減少一分。村裡的人提起阿育老爹，已經開始用過去式了。有一天，她又坐在泥地上，嘴裡唸著禱詞，突然看見一個人影從山那邊走向馬丹薩巴茲。起初她以為那是個迷路的托缽僧，瘦伶伶的，一身破爛，眼神空洞，臉頰凹陷；但等那人一走近，她就認出那是她丈夫。她的心快樂狂跳，鬆了一口氣地大叫出聲。

梳洗乾淨，喝過水吃過飯之後，阿育老爹躺在家裡，村民圍在他身邊，一個問題接著一個地問個不停。

你去哪裡了，阿育老爹？

你看見了什麼？

你碰上了什麼事？

阿育老爹無法回答，因為他不記得自己碰上了什麼事。他不記得自己的旅程，不記得自己爬上魔怪的山，和魔怪講話，也不記得那個大宮殿，和那個有帷幔的大房間。他彷彿是從已經遺忘的夢裡醒來。他不記得那座祕密花園，不記得那些孩子，更重要的是，他不記得見過兒子卡伊斯在樹叢裡和朋友一起玩耍。事實上，只要有人提到卡伊斯的名字，阿育老爹就會困惑地眨眼睛。誰啊，他說。他甚至不記得自己有個叫卡伊斯的兒子。

你知道嗎，阿布杜拉，這是多麼慈悲的事？這抹去記憶的藥方？這是阿育老爹通過魔怪祕密考驗的獎賞。

那年春天，馬丹薩巴茲的天空終於烏雲密布，飄下來的不是過去幾年的那種毛毛雨，而是很大很大的豪雨。粗大的雨滴從天而降，乾渴的村子仰頭迎接。一整天，雨乒乒乓乓打在馬丹薩巴茲的屋頂上，掩蓋了這世界的其他聲音。沉甸甸的飽滿水珠從葉尖滾落，水井滿溢、河流高漲；綿延向東的山丘披上綠衣，野花怒放。許多年來第一次，草地上有孩子們在玩耍，牲口在吃草。每一個人都很快樂。

雨停之後，整個村子忙碌起來。有幾座土牆被雨沖垮了，幾座屋頂塌陷，還有一大片一大片的農田變成了沼澤；然而在十年的乾旱折磨後，馬丹薩巴茲的村民不會有怨言。牆重新豎起、屋頂修理好，挖好灌溉渠道將水排掉。這年秋天，阿育老爹有了他這輩子最豐盛的收成，而且隔年，以及再接下來的那一年，他的莊稼不只長得更多，也長得更好。到各大城市銷售農產品時，阿育老爹驕傲地坐在他堆得像金字塔的開心果後面，笑臉燦爛，宛如天底下最快樂的人。馬丹薩巴茲再也沒有乾旱。

再來就沒什麼好說的了，阿布杜拉。不過你可能會問，會不會有個英俊的年輕人騎著馬，在偉大探險的途中經過這個村子？或許他會停下來喝水，因為這村子現在有的是水；他將問村民要麵包，說不定就碰上阿育老爹？我沒法告訴你，孩子。我只能說，阿育老爹後來變得好老好老。我可以告訴你，他看著兒女結婚，就像他一直希望的，而他的兒女又生了更多孩子，每一個都帶給阿育老爹極大的快樂。

我只能告訴你，有些晚上，阿育老爹會沒來由的睡不著。雖然已經很老了，但他的腿還能走，只是要拄手杖。所以，夜裡睡不著的時候，他會偷偷溜下床，不吵醒妻子，抓起他的手杖走出家門。他在夜裡走著，手杖在面前叩叩敲地，夜晚的微風輕輕吹過他的臉。在他那塊田的邊上，有顆扁扁的大石頭。他坐在石頭上，常一坐就一個鐘頭，甚至更久，望著天上的星星，以及飄過月亮的雲。他想著自己漫長的人生，為他所擁有的富足和喜樂而感恩。如果還欲求更多、期待更多，他知道，那就太無恥了。他愉快地嘆口氣，聽著夜風從山上吹下來的聲音，聽著夜鳥的輕輕啼叫。

但是偶爾，他會覺得自己聽見另一個聲音。每次都一樣，是單一只鈴鐺高亢清脆的鈴聲。他不知道自己為什麼會聽到這個，因為他自己在夜裡獨坐，所有的綿羊和山羊都睡著了。有時候他告訴自己，他什麼也沒聽到，有時候他卻相信自己聽得一清二楚，所以對著暗處喊道：「誰在那裡？是誰？出來吧！」可是從來沒有人回答。阿育老爹不明白。就像他也不明白，為什麼每次聽到鈴聲的時候，就會隱隱感到一陣什麼——像是惡夢的尾巴輕輕拂過心頭——每次都出乎他的意料之外，像突如其來的一陣風。但它很快就過去了，就像所有的事情一樣。它過去了。

就是這樣，小伙子，故事講完了。我沒什麼好說的了。時間真的很晚了，而且我也累了，你妹妹和我天一亮就得起床。吹熄蠟燭吧。躺下來、閉上眼睛。好好睡吧，小伙子。我們明天早上得說再見了。

2

父親從來沒打過阿布杜拉。所以在他張開手掌、朝阿布杜拉頭側耳朵上方用力打來的時候，阿布杜拉的眼睛湧起詫異的淚水。他馬上眨著眼睛把淚水逼回去。

「回去。」父親咬緊牙關說。

阿布杜拉聽見帕麗在前面開始哭。

父親又打他一巴掌，這次更用力，朝他的左臉頰刮下。阿布杜拉的頭馬上歪向一邊。他臉熱辣辣的，更多淚水流下，左耳嗡嗡叫。父親彎下腰來，貼他好近，那張滿是皺紋的黝黑臉龐把沙漠、山脈和天空全部擋住。

「我告訴過你了，回家去，小子。」他滿臉痛苦地說。

阿布杜拉不吭一聲。他用力吞下口水，斜眼瞄著爸爸，手擱在額頭遮太陽，眼睛眨個不停。帕麗在前面那輛紅色的小拉車上，不停喊著他的名字。她聲音高亢，害怕得顫抖。「阿布拉！」父親狠狠瞪了他一眼，走回拉車。帕麗從車裡伸出雙手，想拉住阿布杜拉。阿布杜拉讓他們先走，然後才用手背抹抹眼睛，跟上去。

一會兒之後，父親朝他丟石頭。就像沙德巴格的小孩對帕麗的狗蘇佳丟石頭那樣，只是那些小孩的目的是擊中牠、傷害牠，而父親的石頭意不在傷害，一顆顆落在離阿布杜拉幾步之外。他等著，等父親和帕麗再次上路，就又跟上去。

最後，在太陽剛剛開始偏西的時候，父親再次停車。他轉身看看阿布杜拉，似乎考慮了一下，然後招手。

「你就是不放棄。」他說。

在拉車的車斗上，帕麗的手滑進阿布杜拉手裡。她仰頭看他，眼睛水汪汪的，微笑露出大大的牙縫，彷彿只要有他在身邊，她就不會碰上壞事。他的手指緊緊捏住她的手，就像他每天晚上睡覺時那樣。他和妹妹一起睡在小床上，頭碰頭，腿纏著腿。

「你應該要待在家裡，」父親說，「留下來陪你媽媽和伊奎巴。你應該要聽我的話。」

阿布杜拉心想，她是你的妻子。我的母親，我們早就埋進土裡了。但他知道要在話還沒脫口而出之前忍下來。

「算了，來吧。」父親說，「可是不准哭哭啼啼的。你聽見了嗎？」

「聽見了。」

「我警告你，我說什麼也不准。」

帕麗高興地衝著阿布杜拉笑。他低頭看她，看著她淡色的眼睛、粉紅圓潤的臉頰，也對她咧嘴笑了。

就這樣，車子一路顛簸穿過坑坑洞洞的沙漠，而他就走在拉車旁邊，握著帕麗的手。兄妹倆偷偷交換快樂的眼神，但很少交談，怕搞壞父親的心情、砸了他們的好運。漫漫長路，只有他們三個，眼前沒有別人，也沒有別的景物，只有暗銅色的峽谷和巨大的岩石峭壁。沙漠在他們面前不斷延伸，既寬且廣，彷彿只為他們而存在。空氣靜止熾熱，天空又高又藍，崎嶇的沙漠地表有石塊閃閃發亮。阿布杜拉什麼都聽不見，只聽見自己的呼吸聲，以及父親拉著紅色拉車往北行時，車輪吱吱嘎嘎的節奏。

一會兒之後，他們在一塊大岩石的陰影底下停車休息。父親呻吟一聲，將車把放到地上，拱起背，一臉痛苦的樣子，仰頭望著太陽。

「還要多久才能到喀布爾？」阿布杜拉問。

父親低頭看他們。他名叫薩博，皮膚黝黑，面容剛毅瘦削，五官稜角分明，鼻子的曲線像沙漠鷹的鳥喙，眼睛凹陷在顱骨裡。父親瘦得像根蘆葦，但是勞動的生活讓他肌肉強健，像纏在藤椅扶手上的藤條那麼緊實。「明天下午吧，」他說，把牛皮水袋舉到嘴邊，「如果我們不耽擱的話。」他喝了大大一口，喉結上上下下滑動。

「為什麼納比舅舅不來載我們？」阿布杜拉說，「他有車。」

父親瞪他一眼。

「那我們就不用走路去了。」

父親什麼都沒說。他摘下沾滿煤灰的小圓帽，用襯衫袖子抹掉額頭的汗水。

帕麗從車裡伸出一根手指，「看，阿布拉！」她興奮地大叫，「又一根！」

阿布杜拉順著她手指的方向望去，看見一根羽毛躺在石塊的陰影中。長長的灰色羽毛，顏色宛如燒過的木炭。阿布杜拉走過去，捏著羽莖撿起來，吹掉上面的灰塵。是獵鷹，他想，拿在手裡翻看；也說不定是鴿子，或是荒漠雲雀。他今天看到過許多隻荒漠雲雀。不，是獵鷹。他又吹了吹，交給帕麗，她高高興興地從他手裡一把搶過來。

在沙德巴格的家裡，帕麗在枕頭底下藏了一個陳舊的小茶葉盒，是阿布杜拉給她的，盒子上有生鏽的閂扣，盒蓋畫了一個印度人，纏頭巾、穿紅色長袍，雙手捧著一杯熱氣騰騰的茶，茶盒裡面裝著帕麗蒐集的羽毛。那是她最心愛的寶貝：墨綠夾雜酒紅的公雞羽毛；鴿子的白色尾羽；麻雀的羽毛，灰褐色，綴著一個個暗色斑點；還有帕麗最引以為傲的，一根閃著虹彩的綠色孔雀羽毛，頂端有顆漂亮的大眼睛。

孔雀羽毛是阿布杜拉兩個月前送給她的禮物。他聽說鄰村有個男孩家裡養了孔雀。有一天，趁父親到沙德巴格南邊的小鎮去挖水溝的時候，阿布杜拉走到那個村子，找到那個男孩，向他要一根孔雀羽毛。兩人討價還價，最後阿布杜拉答應用他的鞋換羽毛。他把孔雀羽毛塞在褲腰，藏在襯衫下面，等回到沙德巴格的時候，他的腳跟已經裂開，在地上留下有血漬的足印。荊棘和小碎片刺進他腳底的皮膚，每走一步都讓他兩條腿刺痛難耐。

回到家的時候，繼母帕瓦娜在屋子外面，彎腰在烤爐前做每日食用的烤餅。他迅速躲到家旁邊的那棵大橡樹後面，等她忙完。阿布杜拉在樹幹後面偷偷看著她工作。這個厚肩長臂的女人有雙粗糙的手，手指粗短，浮腫的圓臉一點都沒有蝴蝶的優雅神態，儘管她的名字「帕瓦娜」是蝴蝶的意思。

阿布杜拉真希望自己可以愛她，就像愛他自己的母親一樣。他的母親，在三年半以前生帕麗時因失血過多而死，當時阿布杜拉七歲。他的母親——他已經不記得她的長相了，只記得每天睡前，她用雙掌捧著他的頭，將他摟在胸前，輕撫他的臉頰哼唱搖籃曲：

我看見有個傷心的小精靈
在紙樹的樹蔭下
我知道有個傷心的小精靈
在夜裡被風吹走

他真希望自己可以像這樣愛著他的新媽媽。說不定，他想，帕瓦娜也暗暗這樣希望，希望她能愛他。就像她對伊奎巴，她自己那個一歲大的兒子一樣。她總是親吻他的臉蛋，一聽到他咳嗽打噴嚏就憂心忡忡；或者像愛她自己的第一個孩子歐瑪那樣。她好寵歐瑪，但在前年冬天，他因為感冒夭折了，當時才兩個星期大，帕瓦娜和父親剛幫他取好名字。那個嚴寒的冬天，沙德巴格有三個小孩病死，歐瑪是其中之一。阿布杜拉還記得帕瓦娜抱著裹在毯子裡的小屍體，哀慟痛哭；他還記得他們把他葬在山崗上的那一天，在青灰色的天空下，冰凍土地上的一個小土丘，薛奇伯穆拉[2]誦唱禱詞，寒風挾著雪和冰吹進每個人的眼睛裡。

阿布杜拉猜想，帕瓦娜如果知道他拿僅有的一雙鞋去換來一根孔雀羽毛，一定會很生氣；那可是父親在太陽底下辛苦工作才掙來的錢。她以前打過他好幾次。她的手厚實有力——大概是因為長年扛她那個生病的姊姊鍛鍊出來的吧，阿布杜拉想——而且知道怎麼揮藤條和甩耳光。

不過，說句公道話，帕瓦娜似乎也不以揍他為樂。她對繼子和繼女也還是有溫柔的一面。她曾經用父親從喀布爾買回來的布料，替帕麗縫了一件銀色與綠色相間衣服。她曾經以驚人的耐心，教阿布杜拉怎麼同時打兩顆蛋，而不弄散蛋黃。她也曾教他們怎麼用玉米殼捲成小娃娃，說那是她和姊姊小時候玩的遊戲。同時還教他們用破舊的小碎布給娃娃做衣服。

但是這些動作，阿布杜拉知道，只是善盡義務，比起帕瓦娜給予伊奎巴的愛，他們這口愛之井要淺得太多。要是有天晚上房子失火了，帕瓦娜會抓起哪個孩子往外衝，阿布杜拉想都不必想就知道答案。她絕對不會有半點猶豫。到頭來，事情其實很簡單：他和帕麗，他們不是她的孩子。大部分人都愛自己的親生兒女。他和妹妹不屬於她，這是不爭的事實。他們是另一個女人留下的拖油瓶。

他等到帕瓦娜拿烤餅進屋裡，又看著她從屋裡出來，一手牽著伊奎巴，一手提著要洗的衣服。他看著她往溪邊去，一直等到看不見她的身影，才偷偷溜進家裡。腳底板只要一碰地，就刺痛不已。在屋裡，他坐下來，套上他的塑膠舊涼鞋。他只剩下這雙拖鞋可穿了。阿布杜拉知道自己做了一件極不明智的事。但是跪在午睡的帕麗身邊，輕輕搖醒她，像個魔術師那樣，從背後亮出羽毛，一切都變得值得了——她臉上先是意外，接著欣喜萬分的神情；她吻著他臉頰的強勁力道，以及他用羽毛柔軟的尖端搔她下巴時，她的咯咯笑——他的腳突然不痛了。

父親再次用衣袖擦擦臉。他們輪流喝著水袋裡的水。喝完之後，父親說：「你累了，小伙子。」

「不累。」阿布杜拉說。雖然他是累了，筋疲力竭，而且腳很痛。穿著涼鞋走過沙漠不是容易的事。

父親說：「上來吧。」

阿布杜拉爬上車，坐在帕麗後面，背靠著木條側板，妹妹脊椎小小的骨關節抵著他的肚子和胸骨。父親拉車前行，阿布杜拉凝望天空、山脈，還有遠處那一排又一排緊緊相依的圓形山丘。他看著父親拉車的背影，頭垂得低低的，雙腳踢起一團團紅褐色的沙土。一支庫奇[3]遊牧者的隊伍經過他們旁邊，迤邐的塵土之中，鈴鐺叮叮噹噹，駱駝咕咕噥噥，有個麥色頭髮，眼畫墨圈的女人對著阿布杜拉微微一笑。

她的頭髮讓阿布杜拉想起自己的母親，心裡再次抽痛。他想起她的溫柔，她的快樂天性，她對人性殘酷的一無所知。他想起她打嗝似的笑聲，她偶爾歪著頭的那種羞怯神態。他母親是個高雅的人，不管個性或外形都是；她的腰好細，一頭豐盈的頭髮總是從披巾底下露出來。他以前常覺得很好奇，這麼纖瘦的身體怎麼能承載這麼多的喜悅，這麼多的善心。是承載不了。所以從她身上溢了出來，從

2 mullah，伊斯蘭教的教士。

3 Kuchi，阿富汗的沙漠遊牧民族。

她眼睛湧了出來。父親就不同了。父親個性嚴厲。他的眼睛和母親看著同樣的世界，但看見的卻只有冷漠，無窮無盡的勞苦。父親的世界冷酷無情，沒有任何東西是不勞而獲的。就連愛也不例外。任何東西都要付出代價，如果你沒錢，那麼痛苦就是你的貨幣。阿布杜拉低頭看著妹妹結了痂、疙疙瘩瘩的頭髮分線，看著她垂在拉車側板上的小手，他知道，母親在過世時，把自己的一部分留給了帕麗。她的真誠熱心，她的天真善良，她的樂觀希望。帕麗是天底下唯一一個，絕對不會，也永遠不會傷害他的人。有時候，阿布杜拉覺得她是他唯一真正的親人。

天色緩緩化為灰色，遠處的山峰開始變得像巨人蹲坐的模糊剪影。這天稍早，他們經過好幾座村子，大部分都像沙德巴格一樣偏僻，塵土飛揚。方形的小屋是烤泥塊砌成的，有的蓋在山坡上，有的在平地上，縷縷絲帶也似的炊煙從屋頂升起。曬衣繩。蹲在炊火前的婦人。幾棵白楊木，幾隻小雞，幾隻牛羊，和必不可少的清真寺。他們經過的最後一個村子，緊鄰一片罌粟田，有個正在田裡忙的老人家對他們揮手，嘴裡嚷著什麼，阿布杜拉聽不見。父親也向他揮手答禮。

帕麗說，「阿布拉？」

「嗯。」

「你覺得蘇佳會傷心嗎？」

「我想牠不會有事的。」

「不會有人傷害牠？」

「牠是隻大狗啊，帕麗。牠可以保護自己的。」

蘇佳以前是條大狗。父親說牠以前一定是條鬥犬，因為牠的耳朵和尾巴都被割掉了。至於牠可不可以，或想不想保護自己，是另一個問題。這條流浪狗一來到沙德巴格，孩子們就拿石頭丟牠，拿樹枝或生鏽的腳踏車輪軸打牠。蘇佳從不反抗。過了一段時間，村裡的孩子玩膩了，就不再欺負牠，隨牠自生自滅。但是蘇佳還是謹慎小心，疑神疑鬼，好像忘不掉以前被欺負的事。

牠在沙德巴格看到誰都躲，除了帕麗。帕麗讓蘇佳卸下了所有心防。牠對她的愛很大，很純粹。她是牠的宇宙。早晨，一看見帕麗走出家門，蘇佳就跳起來，全身抖動。牠被切掉的尾巴殘根拚命搖晃，而四條腿的輕快跳動，像是走在燒紅的炭上。牠興奮地在她身邊跳來跳去。一整天，這條狗如影隨形地跟著帕麗，嗅著她的腳後跟。夜裡分開了以後，蘇佳就孤伶伶地躺在門外，等待天明。

「阿布拉？」

「嗯？」

「等我長大以後，我可不可以和你住？」

阿布杜拉望著逐漸低垂、碰觸地平線的橘色太陽。「如果妳願意的話。可是妳不會願意的。」

「我願意！」

「妳會想要有自己的房子。」

「可是我們可以住隔壁。」

「也許吧。」

「你不能住得太遠。」

「要是妳討厭我了怎麼辦？」

她用手肘戳他腹側。「我才不會！」

阿布杜拉自顧自地咧嘴笑，「好啦，很好。」

「你會住得很近。」

「沒錯。」

「一直到我們變老。」

「很老很老。」

「永遠。」

「是的，永遠。」

她從前面轉頭看他，「你保證，阿布拉？」

「永遠，永遠。」

後來父親把帕麗扛在背上，阿布杜拉跟在後面，拉著沒人坐的拉車。走著走著，他腦袋一片空白，只感覺到自己膝蓋的起起落落，以及汗水順著小圓帽邊緣往下淌。帕麗的腿一下一下地在父親臂部彈動。在灰色的荒漠大地上，只有父親和妹妹拉長了的影子，拖著落在後面的他不斷往前走。

幫父親找到最後這份工作的是納比舅舅——他是帕瓦娜的哥哥，所以其實和阿布杜拉並沒有血緣關係。納比舅舅在喀布爾當廚子兼司機，一個月一次，從喀布爾開車到沙德巴格來看他們。他總是「叭—叭—叭」按著喇叭宣告他來了，村裡一大群小孩鬧哄哄地跟著這輛褐色車頂、閃亮車框的藍色大車子跑。他們拍打擋泥板和車窗，直到納比舅舅熄掉引擎，咧嘴笑著下車來。英俊的納比舅舅留著長長的鬢角，一頭黑色的鬈髮從額頭往後梳，身上一件特大的橄欖綠西裝，搭配白色襯衫和褐色便鞋。每個人都跑出來看他，因為他開車（雖然車是老闆的），因為他穿西裝，也因為他在大城市——喀布爾工作。

上一趟來訪的時候，納比舅舅對父親提到這份工作。他那個有錢老闆正在家裡進行加蓋工程，要在後院蓋一間附有浴室的小客房，獨立於主宅之外。納比舅舅建議老闆僱用父親，因為父親對建築工程很在行。他說這個工作工資很高，大約一個月左右就可以完工。

父親確實對建築工程很在行。他在很多工地打過工。打從阿布杜拉有記憶以來，父親就經常出外找工作，到處敲門找零工來做。他曾經不小心聽到父親對村裡的長老薛奇伯穆拉說，如果我生來是隻動物，薛奇伯穆拉，我敢說我一定是一頭驢子。有時候父親會帶著阿布杜拉一起上工。他們有一回在離沙德巴格步行要一天的小鎮上摘蘋果。阿布杜拉記得父親在梯子上站了一整天，直到太陽下山；他拱起的肩膀、在烈日下曝曬的後頸皺摺、皮膚粗糙的額頭，還有粗粗的手指扭轉摘下蘋果，一次一顆。他們也曾在另一個小鎮，為清真寺燒磚塊。父親教阿布杜拉如何找優質的土壤，也就是位在地底深層，顏色較淺的土壤。他們篩好土，加上稻草，然後父親耐住性子，教阿布杜拉怎麼慢慢滴水進去，才不會讓泥團變得太過鬆軟。過去這一年，父親挑過石頭、鏟過土、犁過田，還待過一個鋪柏油的道路工班。

阿布杜拉知道父親為了歐瑪的夭折而自責。如果他能找到更多工作，或更好的工作，他就可以給寶寶買更多的冬衣、更厚的毯子，甚至還能買個像樣的爐子來讓屋裡保持溫暖。父親就是這麼想的。葬禮過後，他沒對阿布杜拉提過歐瑪的事，一句都沒有，但是阿布杜拉知道。

他想起有一天——在歐瑪夭折之後幾天——他看見父親獨自站在門口的大橡樹底下。幾乎比村裡所有東西都還要高的那棵樹，也算是沙德巴格村年齡最長的居民了。父親說，就算這樹曾經目睹巴布爾大帝[4]揮軍征服喀布爾，他也不意外。他說他大半個童年時光，不是在這棵大樹的龐大蔭影底下度過，就是爬到隨風搖擺的枝幹上消磨。他自己的父親，也就是阿布杜拉的祖父，在粗大的樹枝上綁了長繩，裝上鞦韆。這架鞦韆度過了無數嚴苛的歲月，活得比老爺爺還久。父親說，小時候，他常和帕瓦娜，以及帕瓦娜的姊姊輪流盪鞦韆。

但是最近以來，帕麗扯著父親的袖子要他推她盪鞦韆時，剛下工的父親總是筋疲力竭。

明天再說吧，帕麗。

一下下就好嘛，爸爸。拜託啦，站起來嘛。

現在不行。下一次。

最後她只好放棄，放開他的袖子，走開了。有時候父親看著她走開，那張窄窄的臉整個垮下來。他會在床上翻個身，拉起被子，閉上眼睛。

阿布杜拉想像不出來父親盪鞦韆的模樣。他也無法想像父親曾經是個小男生，就像他自己一樣。一個小男生。無憂無慮，腳步輕盈。和玩伴一起衝進開闊的田野。這位雙手滿是傷痕、臉上布滿憂愁皺紋的父親，這位似乎生來就手握鐵鏟、指甲滿是泥垢的父親。

他們這天晚上必須在沙漠過夜。他們吃了麵包，以及帕瓦娜幫他們帶的最後一點水煮馬鈴薯。父親生火，擺上茶壺燒水煮茶。

阿布杜拉躺在火堆旁邊，和帕麗一起蜷縮在羊毛毯裡。她冰冷的腳底貼著他的腿。

父親彎腰靠近火燄，點了一根菸。

阿布杜拉翻身仰躺，帕麗也隨著調整姿勢，讓她的臉頰一如既往，剛好貼在他鎖骨底下的那個凹洞。他鼻子聞著沙漠塵土的銅腥味，眼睛仰望天空。密布的星辰宛如冰涼的水晶，明滅閃爍。一彎纖巧的新月，捧著自己那鬼魅似隱而不現的圓滿身影。

阿布杜拉想起前年冬天，大地陷入漆黑，風從門縫灌進屋裡，發出又緩又長又響的呼呼聲，天花板的每一條細縫都颼颼叫。屋外，雪掩去村子的輪廓。黑夜漫長無星，白晝短暫陰鬱，太陽鮮少現身，偶爾出現也只是露個臉就消失。他想起歐瑪聲嘶力竭的哭聲，然後無聲無息，最後父親在木板上刻了一彎鐮刀似的月亮——就像此刻在天上的新月——把板子釘在小墳前面那方結了霜的地上。

而今，秋日眼看著就又要走到盡頭。冬天已經躲在牆角那頭等候，可是父親和帕瓦娜都絕口不提，彷彿一說出口，就會加快冬季的降臨。

「父親？」他說。

父親在火堆的另一頭輕輕哼了一聲。

「你可以讓我幫你嗎？蓋客房，我是說。」

父親的香菸冒出繚繞的煙霧，眼睛凝望暗處。

「父親？」

父親從他坐著的石頭上轉身，「我想你可以幫我攪拌泥漿。」他說。

「我不知道該怎麼弄。」

「我會做給你看。你學得會的。」

「那我呢？」帕麗問。

「妳？」父親緩緩地說。他吸了一口菸，用棍子撥著火。小小的火花在黑暗中四散飛舞。「妳可

---

4 Emperor Babur, 1483-1530，為蒙古帖木兒之後，在一五二六年入侵印度，建立蒙兀兒王朝，並征服中亞各國。

以負責送水。讓我們永遠不會口渴。因為口渴的人是沒辦法幹活兒的。」

帕麗默不作聲。

「父親說得對。」阿布杜拉說。他知道帕麗想弄髒雙手，想爬進土堆裡，所以對父親指派給她的工作很失望。「沒有妳幫我們送水，我們就沒辦法蓋客房。」

父親把棍子伸到茶壺的把手底下，從火堆上舉起來，擺到一旁放涼。

「我告訴妳吧，」父親說，「如果妳應付得來送水的工作，我就再給妳找點別的事兒來做。」

帕麗揚起下巴，看著阿布杜拉，又露出她那大牙縫的微笑。

他想起她還是小寶寶的時候，睡在他的胸膛上，有時他半夜裡睜開眼睛，就會看見她靜靜地對著他笑，臉上就是這個表情。

帶大她的人是他。是真的。雖然當時他自己也還是小孩。十歲。帕麗是小嬰兒的時候，夜裡嘟嘟噥噥、嘰嘰咕咕吵醒的是他，抱著她在夜裡走來走去的也是他。他幫她換尿布，幫她洗澡。這不是父親該做的工作——因為父親是個男人——況且，他下工之後就筋疲力盡了。而帕瓦娜當時已經懷了歐瑪，總是遲不回應帕麗的需求。她老是沒有耐心，也沒有精力。所以照顧帕麗的工作就落在阿布杜拉身上，而他一點都不介意，做得高高興興的。他很高興自己是陪她跨出第一步、聽她講出第一句話的人。這是他人生的使命，他相信，是真主創造他的原因，所以在祂帶走母親之後，阿布杜拉必須照顧帕麗。

「巴巴，」帕麗說，「講故事給我聽。」

「很晚了。」父親說。

「拜託。」

父親天生是個內向的人，很少一次講超過兩個句子。但是偶爾，基於阿布杜拉也搞不清楚的原因，父親心裡會突然打通某些關節，源源不斷地湧出故事來。有時候，帕瓦娜在廚房裡把鍋碗瓢盆弄得乒乓作響，他會讓阿布杜拉和帕麗全神貫注地坐在他前面，把他小時候聽過的故事講給他們聽，帶他們踏進住著蘇丹、靈魔、凶狠魔怪和聰明智者的大地。有時候他自己編故事，當場信手拈來。他揉合想像與夢幻的能力總是讓阿布杜拉驚奇。對阿布杜拉來說，講著故事的父親比任何時候都更可親、更鮮活、更坦率，也更真實。這些故事彷彿一個針孔，讓他能略微瞥見父親那晦澀迷離的世界。

但是阿布杜拉從父親的表情看得出來，今天晚上沒有故事可聽。

「很晚了，」父親又說。他用披在肩上的披巾一角提起茶壺，給自己倒了一杯茶。他吹吹蒸氣，啜了一口，橘色的火光映在臉上。「該睡了，明天還有很長的路要走。」

阿布杜拉拉起毯子，蓋住妹妹和自己的頭。在毯子裡，他對著帕麗的頸背唱道：

我看見有個傷心的小精靈
在紙樹的樹蔭下

已經睡著的帕麗，昏沉沉地接唱：

我知道有個傷心的小精靈
在夜裡被風吹走

她幾乎馬上就打呼了。

後來阿布杜拉醒來，發現父親不在。他一驚而起。火已經熄了，什麼都不剩，只有一些燒得熾紅的餘燼。阿布杜拉慌忙地看看左邊、看看右邊，但是在這廣袤無邊、遮蓋一切的黑暗中，什麼都看不見。他覺得自己臉色發白、心臟狂跳。他豎起耳朵，屏住呼吸。

「父親？」他低聲說。

靜默。

驚惶開始在他胸口擴散。他一動也不動地坐著，身體挺直繃緊，側耳傾聽了好久。他什麼也沒聽見。他們孤伶伶的，他和帕麗，黑暗包圍著他們。他們被遺棄了。父親遺棄了他們。阿布杜拉第一次真正體會到這沙漠，這世界的浩瀚無邊。人有多容易就在這裡迷失方向啊。沒有人可以伸出援手，沒有人可以指引方向。這時，有個更可怕的想法鑽進他腦海裡。父親死了。有人割開他的喉嚨。強盜。他們殺了他，現在正朝他和帕麗逼近，慢慢來，不急，他們享受這滋味，他們享受這遊戲。

「父親？」他又喊了一聲，這回聲音顫抖起來。

沒人回答。

「父親？」

他喊著父親，一遍又一遍，有個爪子緊緊攫住他的氣管。他不知道過了多久時間，也不知道喊了父親多少遍，但黑暗裡還是沒有回答。他彷彿看見許多張臉，躲在突出地面的山巒裡，惡狠狠地對著他和帕麗咧嘴笑。他滿心驚慌，五臟六腑全擰成一團；他開始渾身發抖，低聲哭泣。他覺得自己就快要張嘴尖叫了。

這時，腳步聲傳來。一個身影從暗處出現。

「我以為你走了。」阿布杜拉哆嗦著說。

父親坐在火堆餘燼旁。

「你去哪裡了？」

「睡吧，小伙子。」

「你不會離開我們的，你不會的，父親。」

父親看著他，但是在夜的黑色裡，他的臉化成一個阿布杜拉無法猜透的表情。「你會吵醒你妹妹的。」

「別離開我們。」

「夠了。」

阿布杜拉再次躺下，妹妹緊緊抓住他的手，他的心臟狂跳，一下一下撞擊喉嚨。

阿布杜拉從沒來過喀布爾。他對喀布爾的瞭解，都來自於納比舅舅講給他聽的故事。陪父親去打工的時候，他曾到過幾個小鎮，但沒到過真正的城市，而納比舅舅告訴他的一切，當然也沒能讓他做好心理準備，面對這個最大也最繁忙城市熙來攘往的熱鬧景象。不管走到哪裡，他都看見交通號誌、茶館、餐廳，以及有著玻璃櫥窗和五顏六色豔麗招牌的商店。轎車鏗鏗鏘鏘駛過擁擠的馬路，擠在巴士、行人和腳踏車間呼嘯而過；馬車叮叮噹噹地走在寬闊的大道上，鑲鐵圈的車輪在路面跳躍。他和父親與帕麗一起走在擠滿賣香菸和口香糖的攤販、書報攤，以及釘馬蹄鐵的鐵匠的人行道上。在十字路口，穿不合身制服的交通警察吹起哨子，做出架勢十足的手勢，只是好像沒人在乎。

阿布杜拉腿上抱著帕麗，坐在一家肉品店旁邊的人行道長椅上，兄妹倆一起吃著父親在街頭小攤買來的一小錫盤烤豆沾胡荽醬。

「看，阿布拉，」帕麗指著對街的一家商店。店鋪的櫥窗裡站了一個年輕女人，身上一襲漂亮的綠色洋裝，綴滿小鏡子與珠珠，還披了一條顏色相稱的長絲巾，銀飾珠寶，搭配深紅色的長褲。她一動也不動，在阿布杜拉和帕麗吃豆子的時候，她連一根手指頭都沒移動，甚至到他們吃完了也還是如此。往上一條街，阿布杜拉看見一幢高大的建築正面掛著一幅巨型海報，上頭是一片鬱金香田，一個年輕漂亮的印度女子站在傾盆大雨裡，天真爛漫地躲在一間小屋後面。她羞怯地露齒微笑，濕漉漉的紗麗裹著曲線。阿布杜拉很想知道，這是不是就是納比舅舅說的電影院，讓大家可以去看電影的地方。他希望下個月納比舅舅也可以帶他和帕麗去看電影。這個想法讓他不禁笑起來。

街上那幢藍色磁磚的清真寺響起召喚禱拜的聲音後，阿布杜拉就看見納比舅舅把車停在路邊。穿著他那身橄欖綠西裝的納比舅舅打開駕駛座車門，差一點點就撞上一個身穿罩袍、騎腳踏車的年輕人；還好那人及時拐開。

納比舅舅快步繞到車子前面，擁抱父親。一看見阿布杜拉和帕麗，他的臉上就露出大大的笑容。他彎下腰來看他們。

「喜歡喀布爾嗎，小朋友？」

「這裡好吵。」帕麗說，納比舅舅哈哈大笑。

「的確是。來吧，上車。在車裡你們可以看到更多。上車前先把腳擦乾淨。薩博，你坐前面。」

後座涼涼的，硬硬的，顏色是搭配車身的淺藍色。阿布杜拉滑到駕駛座後面的窗邊，讓帕麗坐在他腿上。他注意到行人用嫉妒的目光看著這輛車。帕麗轉頭看他，兩人相視而笑。

納比舅舅開車上路後，他們看著城市在窗外飛掠。納比舅舅說他要繞遠路，讓他們可以多欣賞一下喀布爾。他指著那座叫塔帕馬拉姜的山丘，和山頂上那座可以俯瞰全市的拱頂陵墓。他說察希爾國王[5]的爸爸，納狄爾國王[6]就安葬在那裡。他帶他們看位在夏達瓦札山頂的巴拉希薩堡，說那是英國人在第二次阿富汗戰爭裡所用的堡壘。

「那是什麼，納比舅舅？」阿布杜拉敲敲窗子，指著一幢很大的黃色長方形建築。

「那是大筒倉。新的麵包工廠。」納比單手握方向盤，回頭對他們眨眨眼，「我們俄羅斯朋友送的禮物。」

一座做麵包的工廠，阿布杜拉嘖嘖稱奇，想起在沙德巴格老家的帕瓦娜，把麵糰一個個貼在他們那座土窯烤爐壁上的情景。

最後，納比舅舅轉進一條乾淨寬闊的馬路，兩旁種植著以固定距離隔開的絲柏。阿布杜拉從沒見過這麼大、這麼精緻的住宅，顏色有白、有黃、有淺藍；大部分是兩層樓，周圍有高牆，以雙扉大鐵門和外界隔絕。阿布杜拉看見路上停了好幾輛車，都和納比舅舅這輛差不多。

納比舅舅開進一條車道，兩旁是精心修葺的灌木。車道盡頭，出現一座大到不可思議的兩層樓白牆豪宅。

「你家好大。」帕麗倒抽一口氣，眼睛不敢置信地睜得大大的。

納比舅舅仰頭哈哈大笑。「要是這樣就好了。不是，這是我老闆的家。你們就要見到他們了，一

---

5 Mohammed Zahir Shah, 1914-2007，納狄爾國王之子，一九三三年繼位為阿富汗國王，一九七三年遭政變推翻，流亡海外。

6 Mohammed Nadir Shah, 1883-1933，原為阿富汗第三次抗英戰爭英雄，後於內戰中勝出，登基為國王，厲行改革，但遭激進派批評，於一九三三年遇刺身亡。

定要有禮貌喔。」

納比舅舅帶著阿布杜拉、帕麗和父親踏進屋裡，他們發現這屋子遠比想像來得壯觀。阿布杜拉估計，這幢豪宅的大小，大概可以裝下沙德巴格村至少一半的房子。他覺得自己好像踏進了魔怪的宮殿。屋後的大花園非常漂亮，有一排排色彩繽紛的花卉，精心修剪、高度及膝的灌木，還有翠綠的樹木點綴其中——阿布杜拉認出有櫻桃、蘋果、杏桃和石榴。一道有屋頂的走廊從主宅通向花園——納比舅舅說那叫遊廊——走廊兩旁的低矮欄杆，攀滿濃密交纏的綠色藤蔓。走向華達堤先生夫人等待接見他們的房間途中，阿布杜拉偷瞥了浴室一眼，裡頭有納比舅舅提過的陶瓷衛浴設備，還有閃亮的洗臉槽，配上黃銅色的水龍頭。每個星期都要花上好幾個鐘頭到沙德巴格公用水井扛水回家的阿布杜拉，對只要伸手一轉水就來的生活，簡直嘆為觀止。

現在，他們坐在綴有金色流蘇的大沙發上，阿布杜拉、帕麗和父親靠在背後的柔軟靠墊上，縫綴有八角形的小鏡子。沙發對面，一幅畫占據了大半的牆面，畫的是一名年老的雕刻工，俯身在工作臺上，用木槌敲著一塊石頭。寬闊的窗戶掛的是有皺褶的酒紅色窗簾，窗外的陽臺裝有及腰高的鍛鐵欄杆。屋裡的一切都精雕細琢，一塵不染。

阿布杜拉這輩子從沒感覺到自己身上這麼髒。

納比舅舅的老闆，華達堤先生，坐在一張皮椅上，雙臂抱胸。他看著他們，臉上的表情不能說是不友善，但顯得疏遠、捉摸不定。他比父親高；他一站起來歡迎他們的時候，阿布杜拉就發現了。他肩膀窄窄的，嘴唇薄薄的，額頭既高又亮。他身上穿的是白西裝，腰身收窄，配上敞開領口的綠襯衫，袖口用橄欖形的青玉石扣在一起。從頭到尾，他頂多說了十來句話。

帕麗看著面前玻璃桌上的那盤餅乾。阿布杜拉想都沒想過餅乾有這麼多花樣。指頭形狀的巧克力餅綴著一圈圈奶油；夾有橘子醬的圓餅乾；形狀像葉子的綠色餅乾；還有好多好多種。

「想吃嗎？」華達堤夫人說。一直都是她在講話。「自己動手吧，你們兩個。我是特地為你們準備的。」

阿布杜拉轉頭請求父親允許，帕麗也跟著做。華達堤夫人似乎覺得很有趣，揚起眉毛，歪著頭，露出微笑。

父親微微點頭。「一人一個。」他壓低聲音說。

「那可不行，」華達堤夫人說：「這是我叫納比跨過半個喀布爾，特地到這家烘焙坊買來的。」

父親臉紅起來，轉開目光。他坐在沙發邊緣，雙手抓著那頂破舊的小圓帽。他不敢把膝蓋對著華達堤夫人，眼睛也只敢看著她丈夫。

阿布杜拉拿起兩塊餅乾，一塊給帕麗。

「噢，再拿一塊，我們可不能讓納比白費功夫。」華達堤夫人笑咪咪地指正他們。她對納比舅舅露出微笑。

「一點都不麻煩。」納比舅舅臉紅了。

納比舅舅站在門邊，身旁有一架裝著厚重玻璃門的高大木櫃。阿布杜拉看見櫃裡的層架上有許多裝著華達堤先生和夫人照片的銀相框。一張是他們和其他夫婦的合照，每個人都穿厚重大衣、裹著厚圍巾，背景是一條波濤洶湧的河。另一張是在笑的華達堤夫人，她握著酒杯，光裸的手臂攬著一個男人的腰，讓阿布杜拉難以想像的是，那人竟然不是華達堤先生。還有婚禮的照片，高大體面的他身穿黑西裝，她一襲飄逸白禮服，兩人抿著嘴微笑。

阿布杜拉偷偷瞄她一眼，看見她的細腰，她漂亮的小嘴，形狀完美的眉毛，以及粉紅色的腳趾甲與粉紅色的唇膏。他想起她了：好幾年前，帕麗兩歲的時候，納比舅舅帶她去過沙德巴格，因為她說她想看看他的家人。她當時穿了一件粉桃色的無袖洋裝——他記得當時爸爸臉上吃驚的表情——戴著白色粗框的暗色太陽眼鏡。她始終面帶微笑，問起村子與他們生活的情景，也問孩子們的名字和年紀。她表現得好像自己屬於這間天花板低矮的泥屋一樣，背靠著沾滿黑色煤煙的牆壁，坐在有蠅屎斑的窗子與隔開客廳與廚房（阿布杜拉與帕麗就睡在廚房裡）、一張霧濛濛的塑膠布旁邊。她非常刻意地表現這趟拜訪，堅持要在門口脫掉高跟鞋；父親很體貼地搬椅子給她，她卻堅持要席地而坐，彷彿自己是和他們一樣的普通村民。阿布杜拉當時雖然只有八歲，心裡卻很明白。

華達堤夫人那一次的造訪，讓阿布杜拉印象最深刻的是帕瓦娜活像個隱形人。當時懷著伊奎巴的她靜靜坐在牆角，整個人皺縮成一團、收緊肩膀，雙腿盤在圓滾滾的肚子底下，好像恨不得躲進牆裡消失似的。她雙手揪著面紗，在下巴底下擰成一團；這髒兮兮的面紗讓人看不見她的臉。阿布杜拉幾乎看得見她身上散發出羞愧的氣息，宛如水蒸氣般蒸騰。她為了自己的渺小而感到困窘。阿布杜拉很意外地發現自己竟然對繼母心生同情。

華達堤夫人伸手從餅乾碟旁邊的小盒子裡拿出一根菸來點。

「我繞了遠路，讓他們稍微欣賞一下這座城市。」納比舅舅說。

「很好！很好！」華達堤夫人說，「你以前來過喀布爾嗎，薩博？」

父親說，「來過一、兩次，夫人。」

「我可以請問一下，你印象如何？」

父親聳聳肩，「很擁擠。」

「沒錯。」

華達堤先生挑起外套袖子上的一根線頭，低頭看著地毯。

「很擠，沒錯，有時候也很煩人。」他的妻子說。

父親點點頭，彷彿可以理解。

「喀布爾是座島，其實。有人說這裡很進步，或許是事實；我想絕對是事實，只是這裡和國內的其他地方一點關係都沒有。」

父親低頭看著手上的小圓帽，眨眨眼睛。

「別誤會我的意思，」她說：「我全心全意支持帶動這座城市進步的計畫；天曉得這個國家有多需要啊！只是，在我看來，這座城市有時候太過自滿了。我說啊，這地方實在是太自大。」她嘆口氣說，「這樣就讓人覺得很討厭。我自己向來欣賞鄉下。我好喜歡鄉下。那些偏遠的省份、村鎮，小村莊；那才是**真正的**阿富汗。」

父親不確定地點點頭。

「對部落的傳統習俗，我或許不是全部贊同，甚至有大部分不贊同，但是在我看來，鄉下的人過的是更為真實的生活。他們身上有一種不屈不撓的氣質，一種讓人耳目一新的謙遜性格。也很好客。很有韌性。很驕傲。我用的詞對不對啊，蘇雷曼？**驕傲**？」

「別說了，妮拉。」她丈夫靜靜地說。

凝重的沉默。阿布杜拉看著華達堤先生用手指無聲地敲打椅子扶手，而他的妻子臉上勉強掛著微笑，菸嘴一圈粉紅色痕跡，雙腳腳踝交叉，一個手肘擱在椅子的扶手上。

「驕傲也許不是恰當的用詞。」她打破沉默，「**尊嚴**。或許吧。」她微微一笑，露出一口整齊潔白的牙齒。阿布杜拉從沒看過像這樣的牙齒。「沒錯，這個詞好多了。住在鄉下的人有一種尊嚴。他們隨時隨地戴在身上，對不對？就像戴徽章一樣？我是說真的。我在你身上就看見了，薩博。」

「謝謝您，夫人。」父親含糊地說，在沙發上挪動了一下，眼睛還是盯著小圓帽。

華達堤夫人點點頭，目光轉向帕麗。「請容我說，妳實在好可愛呢。」帕麗往阿布杜拉更挨近一些。

華達堤夫人緩緩地吟詠，「我今天見到了我尋尋覓覓的容顏，那魅力，那美麗，那無法形容的優雅。」她微笑，「魯米[7]。妳聽說過這個人嗎？妳不覺得他這首詩就是為妳而寫的嗎，親愛的？」

「華達堤夫人是個很了不起的詩人。」納比舅舅說。

坐在另一邊的華達堤先生伸手拿餅乾，掰成兩半，咬了一小口。

「納比太會說話了，」華達堤夫人說，給他溫暖的一瞥。阿布杜拉再次看見納比舅舅臉頰泛起紅暈。

華達堤夫人擰熄香菸，用力在菸灰缸裡壓了幾下。「也許我可以帶孩子們出去走走？」她說。

華達堤先生氣惱地呼出一口氣，雙掌在椅子扶手上拍了一下，好像要站起身似的。但是他並沒站起來。

「我要帶他們去市集，」華達堤夫人對父親說，「如果你覺得可以的話，薩博。納比可以載我們去。蘇雷曼帶你去後面的工地，這樣你就可以自己看看。」

父親點點頭。

華達堤先生的眼睛緩緩閉起。

他們起身離開。

突然之間，阿布杜拉很希望父親謝謝這些人的餅乾和茶，拉起他和帕麗的手，離開這幢房子，離開這屋子所有的畫作、帷幕，以及塞滿太多東西的奢華與舒適。他們可以把水袋裝滿，買些麵包和水煮蛋，沿著原路回家。穿過沙漠、大岩塊、山丘，要父親講故事。他們會讓帕麗坐在車上，父子倆輪流拉車。儘管肺裡會吸滿沙塵，四肢會疲累不堪，但這樣走上兩天，或者三天，他們就能回到沙德巴格。蘇佳看見他們回來，會衝上前來，繞著帕麗轉圈圈。那時他們就回到家了。

父親說：「去吧，孩子們。」

阿布杜拉往前走一步，想說什麼，但納比舅舅的大手搭在他肩上，把他扳過來，帶他走向走廊，嘴裡說著：「你們該看看這裡的市集。你們絕對沒看過像這樣的地方。」

華達堤夫人和他們一起坐在後座，空氣裡滿是她香水的濃郁香氣，還有某種阿布杜拉不認得的味道：甜甜的，有點刺鼻。納比舅舅開車的時候，她不停地問他們問題。他們有什麼朋友？他們有沒有上學？問起他們每日的工作、他們的鄰居、他們玩的遊戲。陽光照在她的右臉上。阿布杜拉看得見她臉上細細的茸毛，還有下巴底下化妝品沒遮到的小細紋。

「我有一隻狗。」帕麗說。

「真的？」

「那隻狗真不是蓋的。」納比舅舅在前座說。

「牠叫蘇佳，我傷心的時候牠都知道。」

---

7 Rumi, 1207-1273，波斯蘇菲派神祕主義詩人，作品在伊斯蘭世界流傳甚廣。

「狗就是這樣，」華達堤夫人說，「牠們比我認識的一些人還善體人意呢。」

他們的車子經過三個在人行道上蹦蹦跳跳的女學生。她們身穿黑色制服，綁著白色頭巾。

「我知道我剛才是怎麼說的，但是喀布爾其實沒那麼糟。」華達堤夫人心不在焉地把玩她的項鍊。她看向窗外，臉色沉重。「我最喜歡春天快過去的時候。剛下完雨，空氣好乾淨。夏天的氣息初次出現。還有陽光照在山上的樣子。」她倦怠地微笑。「家裡有個孩子一定很好。有點嘈雜，有點改變。有點生活的味道。」

阿布杜拉看著她，感覺到這女人隱隱有些令人不安。在她的化妝、香水和渴求同情的表情底下，她的內心深處已四分五裂。他發現自己想起帕瓦娜煮飯的炊煙，想起廚房架子上的那些各式罐子，不成套的盤子，洗不乾淨的鍋子；他想念和帕麗一起睡的那張床墊，雖然已經髒兮兮，而且彈簧好像隨時都要戳出來似的。他想念那一切。他從來沒這麼想家，想得心都痛了。

華達堤夫人嘆口氣，癱靠在椅子上，抱著皮包，就像懷孕的女人捧著圓滾滾的肚子那樣。

納比舅舅把車停在擁擠的路邊。對街，在有著宣禮塔的清真寺旁邊，就是市集。那是由廊道與露天巷弄所組成的壅塞迷宮。他們漫步逛過一條條迴廊，經過賣皮衣、彩色珠寶戒指和各色香料的攤子，納比舅舅押後，華達堤夫人和他們兄妹倆走在前面。因為人在戶外，所以華達堤夫人戴上墨鏡，讓她的臉竟然有點像貓。

討價還價的聲音此起彼落。每個攤子都樂聲大作。他們經過店門開敞的商鋪，賣的是書、收音機、提燈，以及銀色的鍋子。阿布杜拉看見兩個阿兵哥穿著髒靴子、深褐色大衣，分抽一根菸，眼神漠然地看著每一個人。

他們停在一家鞋攤前面。華達堤夫人挑揀著一排排擺在盒子上展示的鞋。納比走到下一攤去，背著手，一臉不屑地看著攤上的舊銅板。

「這雙怎麼樣？」華達堤夫人對帕麗說。她手裡拿著一雙新的黃色運動鞋。

「好漂亮。」帕麗不敢置信地看著那雙鞋。

「試穿看看。」

華達堤夫人幫帕麗套上鞋子，扣上繫帶和釦子。她從眼鏡上緣看看阿布杜拉。「你也需要一雙，我想。你竟然穿著這雙涼鞋，從你們村子一路走到這裡，我真不敢相信。」

阿布杜拉搖搖頭，轉開視線。在巷子那頭，有個滿臉鬍子、雙腿畸形的老頭在向路人乞討。

「看，阿布拉！」帕麗舉起一隻腳，然後另一隻。她在地上跺跺腳，跳一跳。華達堤夫人叫納比舅舅過來，要他帶帕麗走到巷子那頭，看看鞋子好不好走。納比舅舅拉著帕麗的手，帶她往前走。

華達堤夫人低頭看阿布杜拉。

「你以為我是壞人，」她說，「因為我之前說的話。」

阿布杜拉看著帕麗和納比走過那個雙腿畸形的乞丐面前。那老頭對帕麗說了句話，帕麗轉頭對納比舅舅不知說了什麼，納比舅舅丟了一個銅板給那個老頭。

阿布杜拉悄悄哭了起來。

「噢，你這個好孩子。」華達堤夫人嚇了一跳，「你這可憐的小傢伙。」她從皮包裡拿出一條手帕，交給他。

阿布杜拉用力揮開。「拜託妳不要這麼做。」他說，聲音都沙啞了。

她在他旁邊蹲下，太陽眼鏡推到頭上。她眼睛也濕了。她用手帕輕輕擦著眼睛，在手帕上留下黑色的痕跡。「如果你恨我，我也不怪你。這是你的權利。可是——我不指望你瞭解，至少不是現在

——這樣最好。真的最好，阿布杜拉。這樣最好。總有一天你會明白。」

阿布杜拉抬頭仰望天空，發出哀號。就在這時，帕麗蹦蹦跳跳地回來了，眼睛裡滿是感激，臉上煥發快樂的光彩。

這年冬天的一個早晨，父親抓起斧頭，砍掉那棵大橡樹。他讓薛奇伯穆拉的兒子貝圖拉和其他幾個人來幫他。沒有人想干預。阿布杜拉和其他的男孩站在一起，看他們動手。父親首先做的是拆掉鞦韆。他爬到樹上，用刀子割斷繩子。然後，他和其他人一起砍龐大的樹幹，一直到接近傍晚，這棵老樹才終於轟隆一聲倒地。父親告訴阿布杜拉說，他們需要過冬的柴薪。但是他凶暴地掄起斧頭砍樹，下頷咬得緊緊的，一臉陰鬱，彷彿再也受不了多看這棵樹一眼。

現在，在石頭灰的天空下，他們幾個人砍著已經倒下的樹幹，鼻子和臉頰在寒風中泛紅，斧頭劈上樹幹時，響起空洞的回音。阿布杜拉站在樹頂的方向，從大枝幹上折下小樹枝。第一場冬雪在兩天前降下。不大。還不大，只是大風雪的前兆。但要不了多久，冬季就會籠罩沙德巴格，寒冬與冰柱，一週又一週的降雪與寒風，只要短短一分鐘就能讓人手背龜裂。但現在，地上的白雪還很稀薄，從這裡到陡峭的山坡上，都還有一塊塊淡褐色的土壤露出來。

阿布杜拉折了滿懷的小樹枝，拿到附近堆得愈來愈高的柴堆上。他穿了新的雪靴、手套，和新的冬季外套。這是二手的，但是除了父親已經修好的故障拉鍊之外，仍像新的一樣。深藍色的鋪棉外套，內裡是橘色毛皮。這外套有四個有袋蓋的深口袋，還有鋪棉的帽子，拉緊繩索就可以緊緊包住阿布杜拉的臉。他把帽子往後拉，露出頭來，吐了長長一口白濛濛的氣。

太陽已經落到地平線下面。阿布杜拉依然辨識得出矗立在村裡土牆之間、舊磨坊鮮明的灰色身影。夏天裡，這磨坊主要是藍鷺的棲身之地，但是冬天既然來了，藍鷺也離開，現在就換烏鴉入住。每天早晨，阿布杜拉都在烏鴉沙啞聒噪的叫聲中醒來。

他眼角瞥見了某個東西，在他右邊的地上。他走過去，蹲下來。

一根羽毛。小小的。黃色的。

他脫下一只手套，撿起羽毛。

今天晚上，他、他父親，還有他同父異母的弟弟伊奎巴，他們要去參加宴會。貝圖拉生了個兒子。會有樂手來替男人家演唱，還會有人拍鈴鼓；宴會上有茶，有剛烤好的熱麵包，還有配上馬鈴薯的羊肉湯。之後，薛奇伯穆拉會用手指沾過糖水，讓寶寶吸吮；接著，他會拿出他那顆發亮的黑石頭和雙刃剃刀，挑開蓋在寶寶肚子上的那塊布。這是尋常的儀式。生命在沙德巴格流轉不息。

阿布杜拉手裡轉著那根羽毛。

不准哭哭啼啼的。父親說。不准哭，我說什麼也不准。

沒有哭哭啼啼。村裡沒有人問起帕麗。沒有人提起她的名字。阿布杜拉覺得好震驚，她就這樣徹底從他們的生命裡消失。

只有蘇佳讓他看見了自己的哀慟。那條狗每天跑到他家門口，帕瓦娜對牠丟石頭、父親拿棍子打牠，但牠還是每天來。每天晚上，他都聽到哀悽的號叫；每天早晨，都看見牠躺在門口，下巴靠在前爪上，眨著那雙逆來順受的哀傷眼睛，看著打牠的人。就這樣過了好幾個星期，後來有天早上，阿布杜拉看見牠垂著頭，一瘸一瘸地走上山。沙德巴格村再也沒有人見過牠。

阿布杜拉把這根黃色羽毛收進口袋，走向磨坊。

有時候，在猝不及防的時刻，他會突然瞥見父親一臉沉鬱，沉浸在難以理解的情緒裡。在他看來，父親似乎縮小了，彷彿被剝奪了某種重要的東西。他垂頭喪氣地在屋裡晃蕩，再不然就坐在他家那座新的鍛鐵爐的熱氣裡，把伊奎巴抱坐在膝上，似乎什麼都沒看見地盯著火燄。他現在講話的語調拖得長長的，這是阿布杜拉印象中不曾聽過的，彷彿有什麼重重的東西壓在他所講的每一個字上。他常好久不講話，臉上一點表情都沒有。他不再講故事，自從帶阿布杜拉從喀布爾回來之後，一個故事都沒講過。也許，阿布杜拉想，父親也把他的靈感賣給華達堤夫婦了。

沒了。

消失了。

什麼都沒留下。

什麼都沒說。

只有帕瓦娜說的：我們非得靠她不可。對不起，阿布杜拉。一定得是她。

砍掉一根手指，挽救整隻手。

磨坊後面，在一座坍塌的石塔基底，他跪在地上，脫掉手套，開始挖土。他想起她濃密的眉毛、寬闊圓潤的額頭，以及那有牙縫的微笑；他腦袋裡聽見她銀鈴似的笑聲在屋裡迴盪，就像以前一樣。他想起他們從市集回來時碰上的那場打鬥。帕麗嚇壞了，高聲尖叫。納比舅舅立刻帶走她。阿布杜拉一直挖到手指碰到金屬。他把雙手探到底下，從洞裡拿出那個小茶盒，拂掉蓋子上的冰冷泥土。

最近，他經常想到啟程去喀布爾的前一天晚上，父親講的那個故事，關於老農夫阿育老爹和魔怪的故事。阿布杜拉發現自己就在帕麗以前站的位置上，她的缺席宛如一股氣息從他腳下的泥土竄出，讓他的雙腳無法動彈、讓他的心分崩瓦解，而他多渴望能灌一大口魔怪給阿育老爹的神奇藥水，讓他也可以遺忘。

但是無法遺忘。無論阿布杜拉走到哪裡，都會在眼角瞥見帕麗的身影。她就像沾在他襯衫上的灰塵。她就在他們家愈來愈常出現的靜寂裡、出現在他們言語之間的靜寂裡，有時候冰冷而空洞，有時卻滿載各種未說出口的事情，像一片滿載水氣但始終未落下雨的烏雲。有些個夜晚，他會夢見自己再次置身沙漠，獨自一人，周圍群山環繞，而遠方有一道微弱的閃光：忽明，忽滅，忽明，忽滅，宛如信息。

他打開茶盒。全都在裡面，帕麗的羽毛：公雞、鴨子、鴿子掉下的羽毛，還有那根孔雀羽毛。他把這根黃色的羽毛收進盒子裡。總有一天，他想。

希望。

他在沙德巴格的日子已經屈指可數，就像蘇佳一樣。他明白了。這裡已經沒有什麼可留戀的地方。這裡不是他的家。等到冬天過去，春天融雪之後，他會在黎明之前起身、走出家門。他會選定方向，開始走。他會一直走一直走，只要雙腿能走多久，就走多遠，遠遠離開沙德巴格。倘若有一天，跋涉穿過廣袤開闊的曠野時，感覺絕望了，他就會停下腳步，閉上眼睛，回想帕麗在沙漠上撿到的那根獵鷹羽毛。他會想像那根羽毛從獵鷹身上脫落，從遠離地表半哩的雲端飄下，在強勁的氣流裡轉啊轉啊，隨著陣陣狂吹的風飛過一哩又一哩，越過沙漠、越過山巒，最後終於落地，而且以微乎其微的機率，偏偏掉落在一塊大岩石底下，讓他妹妹找到。這會讓他滿懷驚喜，滿懷希望，因為機緣就是這麼湊巧。雖然他知道不該這麼做，但他還是會鼓起勇氣，張開眼睛，繼續往前走。

3

一九四九年，春

帕瓦娜先聞到味道，然後一掀開被子，就看到了。到處都是，瑪舒瑪的屁股、大腿上都是，還有床單、床墊和被子也是。瑪舒瑪轉頭看她，怯怯懇求原諒的表情，以及羞愧——這麼久以來、這麼多年之後，還是羞愧。

「對不起。」瑪舒瑪低聲說。

帕瓦娜好想哀號，但她強迫自己擠出一個無力的微笑。她有時要耗費極大的心力才能想起、才能不忽略這不可撼動的事實：這是她必須親手處理的工作，這團髒亂，而落在她頭上的工作沒有什麼公不公平、或應不應該可言。這是她理當承受的。她嘆口氣，看看這弄髒了的床單，想到等在眼前的工作就煩心。「我會幫妳弄乾淨。」她說。

瑪舒瑪開始默默地哭起來，表情甚至沒有改變。只有眼淚，湧出眼眶，淌了下來。

屋外，在清晨的寒意中，帕瓦娜開始在柴灶裡生火。火燒旺了之後，她舀了一杓從沙德巴格村公共水井打來的水，開始煮它。她雙手靠近火上。站在這裡，她可以看見磨坊和清真寺。她和瑪舒瑪小時候，薛奇伯穆拉就是在清真寺裡教她們識字的。她也看得見薛奇伯穆拉在和緩山坡底下的家。等到太陽升起後，他家的屋頂會變成一方紅色，在灰撲撲的背景裡顯得格外亮眼，那是因為穆拉的妻子在屋頂上曬番茄。帕瓦娜仰頭望向晨星，那褪去光芒的慘澹星辰，漠然地對她眨眼。她打起精神。

進到屋裡，她讓瑪舒瑪翻身俯臥，把一塊毛巾浸濕，擦乾淨瑪舒瑪的屁股、抹掉她背上和肌肉無力大腿上的穢物。

「為什麼要燒熱水，帕瓦娜？」瑪舒瑪臉壓在枕頭上說，「幹麼這麼麻煩？妳不必這樣的。對我一點也沒差。」

「或許吧。可是對我有差。」帕瓦娜聞著惡臭，皺起臉，「別再說話了，讓我快點弄完。」

就這樣，帕瓦娜的一天如常展開。自從父母親在四年前過世之後，她的每一天都是這樣開始的。她餵雞、劈柴，從水井揹水回來；她揉麵糰，在家裡這幢泥屋外面的烤爐烤麵包。她擦地板。下午，她和村裡的其他婦人一起蹲在溪邊，在石頭上洗衣服。之後，因為今天是星期五，所以她會到墓園裡去掃爸媽的墓，為他們各唸一段短短的禱詞。從早到晚，在忙這些家務的同時，她還要抽時間幫瑪舒瑪翻身：先把枕頭墊在這邊的屁股下，等一下再換到另一邊的屁股。

這天，她看見薩博兩次。

她看見他蹲在他家那幢小泥屋門口，搧著柴灶裡的火，在炊煙裡瞇緊眼睛，他的兒子阿布杜拉在他身邊。她後來又看見薩博和其他人講話，那些男人和薩博一樣，都已成家，但當年也是和薩博一起打架，一起放風箏、追狗、玩捉迷藏的玩伴。這些日子以來，薩博很不好過，碰上悲劇：老婆死了，留下兩個沒娘的孩子，其中一個還嗷嗷待哺。他現在一開口淨是疲憊、低不可聞的聲音。他在村子裡蹣跚走動，彷彿成了自己困乏疲累的縮小版。

帕瓦娜遠遠看著他，心中的渴望讓她快撐不住了。每一回走過他身邊，她都拚命轉開視線。如果兩人的目光意外相逢，儘管他只對她點點頭，但她總是刷一下的紅了臉。

這天晚上，躺下來要睡覺時，帕瓦娜的手臂幾乎舉不起來，腦袋累得一點力氣都沒有。她躺在床上，等著入睡。

這時，在黑暗裡：

「帕瓦娜。」

「什麼？」

「妳記得有一回，我們一起騎腳踏車？」

「嗯。」

「我們騎得好快！沿著山坡往下騎。那些狗一直追著我們。」

「我記得。」

「我們兩個都拚命尖叫。後來我們撞到石頭……」帕瓦娜幾乎可以看見姊姊在黑暗中微笑，「母親好生氣。納比也是。因為我們撞壞了他的腳踏車。」

帕瓦娜閉上眼睛。

「帕瓦娜？」

「什麼？」

「妳今天可以睡我旁邊嗎？」

帕瓦娜踢開自己的被子，穿過房間，來到瑪舒瑪床邊，鑽進她的毯子底下。瑪舒瑪的臉頰貼著帕瓦娜的肩膀，一條手臂跨在妹妹胸前。

瑪舒瑪低聲說，「妳不該為我受罪的。」

「別又來了。」帕瓦娜也輕聲說。她很有耐心地慢慢摸著瑪舒瑪的頭髮，因為瑪舒瑪喜歡。她們又這樣壓低聲音聊了好一會兒，東一點西一點地講些瑣事，溫暖的鼻息噴在彼此臉上。對帕瓦娜來說，這是很快樂的時刻。讓她想起她們小時候，鼻子貼鼻子躲在毯子底下，無聲地咯咯笑，悄悄聊著祕密和八卦。沒多久，瑪舒瑪就睡著了，作著夢，嘴裡喃喃有詞。帕瓦娜凝望窗外那漆黑的天空。她的心在零碎的思緒間跳躍，最後轉到她有一回在舊雜誌上看到的照片：暹羅有一對滿臉沉鬱的兄弟，肥厚的軀幹連在一起。兩人緊緊相連，無法擺脫對方，其中一個的骨髓製造血液，流進另一個的血管裡，兩人永遠合而為一。帕瓦娜覺得整個人被壓得緊緊的，好像有隻手死命掐住她的胸膛。她深吸一口氣。她想要再把思緒轉向薩博，卻發現自己不停想著她在村裡聽到的流言。他們說他在找新妻子。她拚命把他的臉從心頭趕走。她掐斷這個愚蠢的念頭。

帕瓦娜是個意外。

瑪舒瑪已經出娘胎，靜靜地在產婆懷裡蠕動。但她們母親卻大叫一聲，又有個頭頂從她兩腿之間露出來。瑪舒瑪的出生非常順利，她就這樣自己出來了，這個小天使，產婆後來說。但帕瓦娜出生的過程拉得很長，對母親來說是場折磨，對寶寶來說則很危險。帕瓦娜脖子纏著臍帶，彷彿是嚴重的分離焦慮症發作似的，產婆必須解開臍帶，才能讓她出世。在心情最惡劣的時候，也就是陷在自我憎惡的情緒裡無法自拔的時候，帕瓦娜會想，說不定臍帶是對的，臍帶知道誰才是比較好的那一半。

瑪舒瑪按時進食，按時睡覺。只有需要吃東西或換尿布的時候才會哭。醒著的時候，她總是快快樂樂，心情很好，容易逗樂；一個咯咯笑吱吱叫的小寶貝。她老愛含著她的波浪鼓。

真是個懂事的寶寶啊，大家都這麼說。

帕瓦娜則是個暴君。她所有的壞脾氣都拿來對付母親。她們的父親被這個小嬰兒的戲碼搞得心煩意亂，便帶著她們的哥哥，逃到他自己的哥哥家去睡覺。對女嬰的母親來說，夜晚簡直像一場漫長得有如史詩的悲慘折磨，只偶爾有幾次片刻的歇息。她抱著帕瓦娜整夜走來走去，搖晃她、唱歌給她聽，夜夜如此。帕瓦娜用力扯著她破皮腫脹的胸部、咬著乳頭，彷彿要從她的每一根骨頭裡吸乾奶水似的，害她痛得一臉苦相。但是餵奶解決不了問題，就算吃飽了，帕瓦娜還是拳打腳踢、尖聲嘶叫，母親怎麼苦苦懇求都沒有用。

瑪舒瑪從房間的另一個角落，以沉思無助的表情觀看，彷彿很同情身處困境的母親。

納比也不會這樣，有一天母親對父親說。

每個寶寶都不一樣。

她簡直要了我的命。

會過去的，他說，就像壞天氣一樣，會過去的。

是過去了，也許是腸絞痛，或者其他無害的病痛。但來不及了，帕瓦娜身上已經被貼了標籤。

雙胞胎十個月大的那個夏末，一天下午，沙德巴格村的村民在參加完婚禮之後聚在一起。女人家們忙著把一碟碟灑上點點藏紅花的鬆軟白米飯堆成金字塔；她們切麵包、從鍋底刮起焦乾的鍋巴，遞送一盤盤佐優格醬與乾薄荷的炸茄子。納比和其他男生跑出去玩，女孩的母親則和鄰居一起待在村裡的那棵大橡樹下，坐在薦毯上，不時看著併肩睡在樹蔭下的兩個女兒。

飯後喝茶時，兩個寶寶睡醒了，幾乎立刻有人抱起了瑪舒瑪。大家輪流抱來抱去，從表姊到姑姑到叔叔；她坐在某人的腿上、站在某人的膝上；好多手搔著她柔軟的肚子，許多鼻子搓著她的鼻子。

她高興地抓起薛奇伯穆拉的麵包時，大家都笑得前傾後仰。她這隨和、易於相處的個性，讓大家嘖嘖稱奇。大家把她高高抱起，欣賞她臉頰的粉紅肌膚、藍寶石似的藍眼睛、線條優美的額頭，說她再過幾年就要成為人人驚豔的大美人兒。

帕瓦娜一直待在母親腿上。在瑪舒瑪表演的時候，帕瓦娜靜靜看著，彷彿有點迷惑，雖是觀眾的一員，卻不明白這喧鬧因何而來。母親不時低頭看她，捏捏她的小腳，輕輕的，幾乎是帶著歉意。只要有人提到瑪舒瑪長了兩顆新牙，母親就會訕訕地說帕瓦娜有三顆。但沒人注意。

女孩們九歲的時候，有一天近晚時分，他們全家到薩博家裡，吃齋戒月結束後的開齋晚餐。大人們貼著房間四牆坐在墊蓆上高聲聊天。茶傳來傳去，祝福和八卦也是。老人家數著念珠。帕瓦娜高高興興地和薩博呼吸著相同的空氣，坐在他那雙貓頭鷹也似的黑眼睛的視線裡。一整個晚上，她都偷偷地瞄他，看見他在咬糖塊，或搓著線條平滑的額頭，或是因為某位伯父說的話而開心大笑。有那麼一、兩次，被他看見她在看他，她立即轉開目光，窘得不得了；她的膝蓋開始發抖，嘴巴乾得幾乎無法開口說話。

這時，帕瓦娜想起她藏在家裡那堆東西底下的筆記本。薩博很會講故事，那些靈魔和精靈、惡魔和魔怪的故事。村裡的孩子常圍著他，安靜無聲地聽他為大家編故事。大約六個月前，帕瓦娜不小心聽到薩博對納比說，他希望有一天能把這些故事寫下來。不久之後，帕瓦娜和母親到另一個小鎮的市集，在一個賣二手書的攤位上看見一本漂亮的筆記本，有清爽的格線內頁，還有厚厚的暗褐色皮面。拿在手上，她知道母親絕對買不起這本筆記本。所以帕瓦娜趁攤商轉開視線時，迅速把筆記本塞進毛衣底下。

但是從那時之後過了六個月，帕瓦娜還找不到勇氣把筆記本給薩博。她怕他會哈哈大笑，或看穿她的心意，把筆記本退還給她。於是，她每天夜裡躺在小床上，手裡偷偷抱著那本筆記本，躲在毯子裡，指尖輕輕摩娑封面上的雕花。明天，她每天晚上都對自己保證，明天我就帶筆記本去找他。

後來，這天傍晚，在開齋晚餐之後，所有孩子都跑到外面去玩。帕瓦娜、瑪舒瑪和薩博，輪流盪著薩博父親掛在大橡樹結實枝幹上的鞦韆。輪到帕瓦娜盪的時候，薩博老是忘了要推她，因為他忙著講故事。這回講的是棵大橡樹的故事，他說這棵樹有神奇的魔力。如果你有心願想實現，他說，就跪在樹前面，低聲說出來。如果橡樹願意幫你實現心願，就會飄下十片葉子，掉在你頭上。

鞦韆速度慢下來、幾乎就要靜止之際，帕瓦娜轉頭想叫薩博繼續推，但話沒出口，就消失在她的喉嚨之間。薩博和瑪舒瑪相視而笑。在薩博手上，帕瓦娜看見那本筆記本。**她的**筆記本。

我在家裡找到的，瑪舒瑪後來說。是妳的嗎？我會想辦法還妳錢的，我保證。妳不介意，對吧？我只是覺得那很適合他。可以寫他的故事。妳有沒有看見他的表情？有沒有，帕瓦娜？

帕瓦娜說不會，她不介意，但她內心卻崩潰了。她腦海裡一次又一次浮現姊姊和薩博相視微笑的畫面，他們兩人眉來眼去的表情。帕瓦娜彷彿在眨眼間化為一陣輕風，就像薩博故事裡的妖怪，在他們眼裡她完全不存在。這讓她傷心蝕骨。那天夜裡，她在床上靜悄悄地哭了。

十一歲時，帕瓦娜已經早熟地瞭解，男生會對暗戀的女生做些古怪的行為。特別是和瑪舒瑪放學回家的路上，她更是看得明明白白。學校位在村裡那座清真寺的後半部，除了教學生誦讀《可蘭經》之外，薛奇伯穆拉也教村裡的每個孩子讀書寫字、背誦詩文。沙德巴格運氣很好，能有這麼睿智的人來當長老，她們的父親告訴她們。下課回家時，雙胞胎姊妹常會碰上一群坐在牆頭的男生。他們有時會叫嚷起鬨，有時丟小石子。帕瓦娜常會回嘴，或撿顆大石頭丟回去，但瑪舒瑪總是拉著她的手肘，用明理的語氣叫她走快點，別被他們激怒。但她會錯意了。帕瓦娜之所以生氣，不是因為他們丟石子，而是因為他們只對著瑪舒瑪丟。帕瓦娜知道：他們是故作嬉鬧，鬧得愈厲害，就表示他們的渴望愈深。她注意到他們的目光從她身上彈開、追隨瑪舒瑪，驚嘆得近乎絕望，無力轉開視線。她知道在粗俗的玩笑和色瞇瞇的笑容背後，他們是為瑪舒瑪驚豔的。

有一天，其中一個男生丟了一塊石頭，而不是小石子。石頭落在姊妹腳邊。瑪舒瑪撿起來的時候，男生們竊笑，手肘碰來碰去。石頭上用橡皮筋綁了一張紙條。走到離他們很遠的距離之後，瑪舒瑪打開紙條，姊妹倆一起看。

我發誓，自從見過妳
　整個世界奇幻迷離
花園分不清樹葉與花朵
心煩意亂的鳥兒分不清鳥食與陷阱

是魯米的詩，薛奇伯穆拉教過。

他們手法愈來愈高明了，瑪舒瑪輕笑說。

在詩底下，這個男生寫著：我想娶妳。然後在下面又添上一句：我有個堂弟可以娶妳的姊妹。他是絕佳的對象。他們可以一起在我叔叔的田裡牧羊。

瑪舒瑪把紙條撕成兩半。別理他們，帕瓦娜，她說，他們都是白癡。是笨蛋，帕瓦娜也贊同。

要花很多力氣才能在臉上擠出一個笑容。那張紙條已經夠慘的了，但真正刺傷她的是瑪舒瑪的反應。那個男生並沒有指名字條是寫給誰的，瑪舒瑪卻一口咬定詩的收件人是她，而那人的堂弟是留給帕瓦娜的。帕瓦娜第一次透過姊姊的眼光看見自己。她明白姊姊是怎麼看她的。就和其他人對她的看法一樣。瑪舒瑪說的話讓她傷心欲絕。那徹底擊垮了她。

況且，瑪舒瑪又補上一句，我已經有對象了。

納比回來了。他每個月回來看她們一次。他是家族裡的成功故事，說不定也是全村的成功典範，因為他住在喀布爾，因為他開著他老闆那輛引擎蓋上裝飾著老鷹頭的閃亮藍色大車回沙德巴格，所有的人都圍過來看他進村，村裡的小孩跟在車邊又跑又叫。

「還好嗎？」他問。

他們三個一起在屋裡喝茶、吃杏仁。納比長得很好看，帕瓦娜想，因為有輪廓精巧如雕刻的顴骨、榛子色的眼睛、長長的鬢腳，還有那從額頭往後梳的濃密黑髮。他身上還是慣常穿的那件橄欖綠西裝，尺碼大概大了一號左右。帕瓦娜知道，納比很以這套西裝為豪：不時扯扯袖子、拉拉衣領、撫平褲子上的皺痕，儘管他一直沒辦法去掉西裝上揮之不去的燒焦洋蔥味。

「這個嘛，昨天霍梅拉王后[8]來和我們喝茶吃餅乾。」瑪舒瑪說，「她讚美我們家裝潢得很高雅。」

她親暱地對哥哥微笑，露出一口發黃的牙齒。納比低頭看著茶，哈哈笑起來。還沒去喀布爾找工作之前，納比幫帕瓦娜一起照顧瑪舒瑪。或者應該說他努力嘗試了一陣子。但是他做不來。他受不了。喀布爾是納比的逃避之道。帕瓦娜很嫉妒哥哥，但也沒有完全怪他，雖然哥哥很自責——她知道哥哥每個月給她的錢，很大一部分是出於懺悔。

納比來的時候，瑪舒瑪會梳頭髮，在眼睛周圍塗上墨色。帕瓦娜知道，她這麼做固然有部分原因是為了他，但更重要的是因為透過他，她可以和喀布爾有所連結。在瑪舒瑪心中，他讓她可以和華麗豪奢，和那個擁有汽車、燈光、豪華餐廳與皇家宮殿的城市扯上關係，不管這個關係有多麼遠。帕瓦娜還記得，很久以前，瑪舒瑪常對她說，自己是落難到鄉村裡的城市女孩。

「那你呢？給自己找到老婆沒？」瑪舒瑪戲謔地問。

納比揮揮手，笑著打發她。以前爸媽問他這個問題的時候，他也都是這樣應付的。

「那你什麼時候才要再帶我去逛逛喀布爾啊，哥哥？」瑪舒瑪說。

納比帶她們去過喀布爾一次。去年。他回沙德巴格來載她們，開車到喀布爾，逛著那裡的大街小巷；他帶她們去看所有的清真寺、購物區、電影院與餐廳。他指給瑪舒瑪看那座位在山頂、俯瞰全市的巴格巴拉宮。在巴布爾花園裡，他抱起坐在車子前座的瑪舒瑪，帶她去看蒙兀兒帝王的墓塚。他們三個一起在沙賈漢清真寺禱拜，然後在鋪了藍色磁磚的池邊，吃納比準備的餐點。那天或許是瑪舒瑪自意外發生以來最快樂的一天，也因為這樣，帕瓦娜很感謝哥哥。

「快了、快了，真主保佑。」納比手指敲著杯子說。

「你可以幫我調整一下我膝蓋底下的墊蓆嗎，納比？噢，這樣好多了。謝謝你。」瑪舒瑪嘆氣說，「我真的好愛喀布爾喔。要是可以，我恨不得明天一大早就衝過去。」

「那一天很快就會來了。」納比說。

「哪一天，我可以走路的那天？」

「不是，」他結結巴巴地說，「我是說……」瑪舒瑪爆出笑聲，納比也跟著咧嘴笑了。

納比在屋外把錢交給帕瓦娜。他側身靠著牆，點亮一根菸。瑪舒瑪在屋裡，睡她的午覺。

「我剛才見到薩博，」他搓著指尖說，「真是慘。他告訴我那個女娃兒的名字，可是我忘了。」

「帕麗。」帕瓦娜說。

他點點頭。「我沒問，但他告訴我說他想再娶。」

帕瓦娜轉開視線，想假裝不在乎，但她耳朵裡聽見自己心臟怦怦跳的聲音，感覺到皮膚上冒出一層汗來。

「就像我說的，我並沒有問，是他自己告訴我的。他把我拉到旁邊。他把我拉到旁邊，親口告訴我的。」

帕瓦娜懷疑納比知道，知道她這些年一顆心都在薩博身上。瑪舒瑪是她的孿生姊妹，但是真正瞭解她的人是納比。帕瓦娜想不通哥哥幹麼告訴她這個消息。有什麼好處呢？薩博需要的是一個沒有包袱的女人，一個沒有束縛，可以全心全意為他、為他的兒子，為他剛出生的女兒付出的女人。帕瓦娜的時間已經被耗盡了。她的整個人生都耗盡了。

「我相信他會找到對象的。」帕瓦娜說。

納比點點頭。「我下個月再來。」他用腳踩熄香菸，開車離去。

帕瓦娜回到屋裡，很意外地看見瑪舒瑪醒著。「我以為妳在睡覺。」

瑪舒瑪眼神飄向窗戶，緩緩、疲憊地眨著。

姊妹倆十三歲的時候，偶爾會替母親到鄰近城鎮的熱鬧市集買東西。空氣裡瀰漫著剛灑過的水在泥土路上蒸發的氣味。她倆穿梭在一條條巷弄之間，經過賣水煙壺、真絲披肩、銅鍋和舊手錶的攤子。宰好的雞綁著腳倒掛，在肉攤的一塊塊羊肉與牛肉上方緩緩兜轉。

在每一條迴廊，帕瓦娜都會看見：只要瑪舒瑪走近，男人的眼睛立即一亮。她看見他們竭力表現得淡然，但目光卻流連忘返，無法離去。要是瑪舒瑪望向他們的方向，他們就很白癡地表現出一副受寵若驚的樣子。他們想像自己已經和她共同擁有某個時刻。她害他們話講到一半就住口，菸抽到一半就忘了抽；她害他們膝蓋發軟、茶水溢出杯子。

有時候瑪舒瑪似乎很受不了，彷彿很不好意思似的，告訴帕瓦娜說她不想出門，不想被別人盯著看。在這樣的日子裡，帕瓦娜會覺得，姊姊內心深處似乎明白自己的美貌是一種武器。是一把上膛的槍，槍口卻對著她自己的頭。然而，大部分的日子，受人矚目卻讓她樂在其中。大部分的日子，她都很享受自己美貌的威力，只靠著一抹轉瞬即逝、刻意造作的微笑，就能鑽進男人的思想裡，就能讓他們說出甜言蜜語。

非常灼眼呢，像她這樣的美貌。

而帕瓦娜呢，拖著腳步走在她身邊的帕瓦娜，胸部扁平，臉色灰黃。她的鬈髮蓬亂，大臉哀怨，粗腰厚肩，宛如一個可悲的影子，不知是該嫉妒或為自己和瑪舒瑪一起被看見、一起被注目而感到欣喜，就像下游的野草得以舔食澆灌上游百合花的水流一般。

這一輩子，帕瓦娜總是避免和姊姊一起站在鏡子前面。看見自己的臉出現在瑪舒瑪旁邊，看見自己的長相有多平庸，會剝奪她的希望。但是在大庭廣眾之下，每一個陌生人的眼睛都是鏡子。她無處可逃。

她抱瑪舒瑪到外面去。姊妹倆坐在帕瓦娜掛好的吊床上。她記得要先塞好坐墊，讓瑪舒瑪背靠牆的時候比較舒服。這天晚上好安靜，只聽得見蟋蟀的吱吱叫聲。到處黑漆漆的，只有幾戶人家窗戶裡透出油燈的光線。夜空上，四分之三圓的月亮灑下潔白如紙的月光。

帕瓦娜在水煙壺的水瓶裡裝滿水。她拿了兩塊火柴頭大小的鴉片和一小撮菸草，混合之後放進水煙缽裡，然後點燃金屬盤上的炭，把水煙壺遞給姊姊。瑪舒瑪從管子裡深深吸了一口煙，斜靠在墊子上，問說可不可以把腿擱在帕瓦娜的膝上。帕瓦娜彎腰，把姊姊那雙癱軟的腿抬到自己腿上。

抽煙的時候，瑪舒瑪的臉很鬆弛。她眼皮低垂，頭不太穩地歪向一邊，聲音裡帶著遲緩遙遠的感覺。嘴角悄悄漾起一個微笑，不是心滿意足，而是古怪、慵懶、自我耽溺的微笑。瑪舒瑪處在這樣狀況下的時候，她們很少交談。帕瓦娜傾聽微風的聲音，以及水煙壺咕嚕咕嚕的水滾聲。她望著星星，以及在身邊盤旋而上的煙霧。這靜悄悄的氣氛好宜人，她和瑪舒瑪都不覺得要用不必要的言語去填滿。

後來瑪舒瑪開口，「妳可以幫我一個忙嗎？」

帕瓦娜看著她。

「我希望妳帶我去喀布爾。」瑪舒瑪緩緩吐氣。煙旋轉、盤繞，每眨一次眼，形影就變換一次。

「妳說真的嗎？」

「我想去看達魯拉曼宮。我們上次沒機會看。或許再去一次巴布爾墓園。」

帕瓦娜傾身向前，看清楚瑪舒瑪的表情。她想尋找開玩笑的痕跡，但在月光裡，她只看見姊姊眼睛一眨也不眨，閃著平靜的光芒。

「至少要走兩天才能到喀布爾耶。搞不好要三天。」

「想想看，我們去敲納比的門的時候，他臉上會有什麼表情。」

「我們連他住哪兒都不知道。」

瑪舒瑪懶洋洋地揮揮手，「他已經告訴我們他住哪一帶了，我們只要敲幾扇門問問就成。沒那麼困難啦。」

「我們要怎麼去？瑪舒瑪，以妳的狀況？」

瑪舒瑪把水煙管從嘴裡拉出來。「妳今天出去工作的時候，薛奇伯穆拉來過，我和他談了好久。我告訴他說我們要去喀布爾幾天。只有妳和我兩個。最後他給我他的祝福，還有他的騾子。瞧，都安排好了。」

「妳瘋了。」帕瓦娜說。

「這是我想要的。這是我的心願。」

帕瓦娜靠牆坐下，搖搖頭。她抬起目光，仰望薄雲斑駁的漆黑夜色。

「我無聊得要死，帕瓦娜。」

帕瓦娜嘆口氣，吐出滿腔的鬱悶，看著姊姊。

瑪舒瑪又把管子含在嘴裡。「拜託，別拒絕我。」

兩姊妹十七歲的時候，有天清晨，兩人坐在大橡樹高高的枝椏上，雙腿晃盪。

薩博就要跟我開口了，瑪舒瑪一副說悄悄話似的，但音調卻高了八度。

開口？帕瓦娜說，不明白姊姊的意思，至少在當下並不明白。

這個嘛，當然不是他自己開口啦。瑪舒瑪掩嘴笑。當然不是。來提親的是他父親。帕瓦娜聽懂了。她的心沉到腳底下。妳怎麼知道？她麻木的嘴唇勉強擠出一句話。

瑪舒瑪開始說，字句以飛快的速度滔滔不絕從她嘴裡湧出來，而帕瓦娜幾乎半個字都沒聽進去。她腦海中只浮現姊姊和薩博婚禮的畫面。身穿新衣的孩子們，拿著裝滿指甲花的花籃，後面跟著吹嗩吶打鼓的樂手；薩博打開瑪舒瑪的手掌，把指甲花擺進她的掌心，用白色的緞帶綁好；誦唸禱詞、眾聲祝福、贈送禮物；他們倆在綴飾金色圓珠的頭紗底下相視凝望，餵彼此吃一湯匙的甜雪酪和甜麵糕。

而她，帕瓦娜，會站在那裡，和所有的賓客一起，看著這個場景上演。大家會希望她微笑、鼓掌、快樂，哪怕她的心已經片片支解、粉碎無存。

一陣風穿樹而過，她們四周的枝椏搖搖晃晃，樹葉沙沙作響。帕瓦娜想辦法讓自己鎮定下來。

瑪舒瑪終於說完了。她咬著下唇，咧嘴笑著。妳問我怎麼知道他要提親了。我來告訴妳。不，我拿給妳看。

她從帕瓦娜面前轉過頭去，手探進口袋。

接下來發生的事，瑪舒瑪一無所知。在姊姊轉開頭的時候，帕瓦娜用手掌根壓住樹枝、抬起屁股，再重重坐下。枝椏晃動。瑪舒瑪大叫一聲，身體失去平衡；她雙臂狂亂揮動，整個人往前栽。帕瓦娜看著自己的雙手採取行動。她的手其實算不上推，只是碰觸。帕瓦娜的指尖碰上瑪舒瑪的後背，在接觸的那一瞬間，輕輕一戳。但這個動作僅只維持了一瞬間：在帕瓦娜還沒伸手抓姊姊的裙襬、在瑪舒瑪還沒驚慌地喊著她的名字、在她還沒有驚慌地喊著姊姊名字之前的短短一瞬間——帕瓦娜抓住瑪舒瑪的裙子，眼看著就要救到她了。但這個希望也只存活了短短一瞬。裙衫撕裂，從她手中滑落。

瑪舒瑪從樹上跌下去。這墜落的過程，彷彿永遠沒有盡頭。她的軀幹一路碰撞樹枝，驚起鳥兒、晃動枝葉；她的身體旋轉、彈跳，壓斷比較小的樹枝，直到低處有一根粗大的枝幹，也就是綁著鞦韆的那根枝幹，擋住她的下背，發出清晰可聞的喀嚓一聲。她整個人往後翻，幾乎摔成兩半。

幾分鐘後，她身邊圍了一群人。納比和他們的父親叫喊著瑪舒瑪，想把她叫醒。眾人低頭圍觀。有人拉起她的手。那隻拳頭依舊握緊的手。他們扳開她的手指，看見她掌心握著捏碎了的樹葉：不多不少，正好十片。

瑪舒瑪聲音有點顫抖：「妳現在就得這麼做。要是等到明天早上，妳就狠不下心了。」

在她們四周，除了帕瓦娜以小灌木和看來乾枯的野草生起的微弱火光之外，全是荒涼、無邊無際、被黑暗吞噬的沙漠與山巒。她們已經在這片灌木叢生的荒野走了將近兩天，朝喀布爾的方向，帕瓦娜走在騾子旁邊，瑪舒瑪被固定在鞍座上。帕瓦娜拉著她的手。她們一路跋涉，沿著彎彎曲曲、高低起伏的陡峭山路，越過崎嶇多岩的山脊，腳邊大地東一叢西一叢地長著赭黃與鏽紅色的野草，到處鏤刻著宛如蛛網的長裂縫。

帕瓦娜站在火堆旁邊，看著瑪舒瑪。隔著火堆，她躺在一塊鋪了毯子的岩塊上。

「喀布爾怎麼辦？」帕瓦娜說，雖然她現在已經知道，這根本只是一個詭計。

「噢，妳應該比我聰明才對啊。」

帕瓦娜說，「妳不能要求我做這件事。」

「我累了，帕瓦娜。這不是生活啊，我過的這種日子。我的存在，對我們兩個來說都是懲罰。」

「那我們就回家去。」帕瓦娜說，喉嚨開始縮緊，「我不能這麼做。我不能讓妳走。」

「妳是不能。」瑪舒瑪哭喊起來，「是我要讓妳走。我要放妳自由。」

帕瓦娜想起好久以前，有個晚上，瑪舒瑪坐在鞦韆上，她在背後推著。她看著瑪舒瑪伸長腿、頭往後仰，鞦韆一路爬升到頂點，那頭長髮翻飛，宛如曬衣繩上的床單。她記得她們用玉米殼一起做成的那些娃娃，並為她們穿上用舊碎布做成的新娘禮服。

「告訴我，妹妹。」

帕瓦娜眨眨眼，逼走讓她視線迷濛的淚水，用手背抹抹鼻子。

「他兒子，阿布杜拉，還有那個小女兒帕麗。妳想妳可以愛他們，就像愛自己親生的兒女嗎？」

「瑪舒瑪。」

「妳可以嗎？」

「我會盡力。」帕瓦娜說。

「很好。那就嫁給薩博。照顧他的孩子。然後生養妳自己的兒女。」

「他愛妳。他不愛我。」

「他會愛妳的，給他一點時間。」

「這全都要怪我，」帕瓦娜說，「是我的錯，全是我的錯。」

「我不知道妳在說什麼，而且我也不想知道。眼前，我所想要的只有這個。大家會理解的，帕瓦娜。薛奇伯穆拉會告訴他們的。他會告訴他們說，他祝福我這麼做。」

帕瓦娜揚起臉，仰望黑暗的天空。

「開心一點，帕瓦娜，拜託，開心一點。為了我。」

帕瓦娜覺得自己彷彿就要開口，就要說出全部的始末，告訴瑪舒瑪說她錯得有多離譜，說她對這個同胎的妹妹瞭解得是多麼的少，說多年以來，帕瓦娜的人生一直是漫長且沒有說出口的歉意。但這有什麼好處？又要以傷害瑪舒瑪為代價、換來自己的解脫？她吞下這些話。她已經帶給姊姊太多的傷痛了。

「我想要抽水煙。」瑪舒瑪說。

帕瓦娜正要開口反對，但瑪舒瑪打斷她，「是時候了。」她說，語氣更堅定、更決絕。

帕瓦娜從綁在馬鞍前面的袋子裡取出水煙壺。她以顫抖的雙手，開始準備擺進水煙缽的混合物。

「多一點，」瑪舒瑪說，「多放一點。」

帕瓦娜抽著鼻子，淚濕雙頰，又放了一撮，再一撮，然後又再多添了一點。她點火燒炭，把水煙壺擺在姊姊身邊。

「好了，」瑪舒瑪說，火燄的橘色火光在她臉頰、在她眼裡躍動。「如果妳愛我，帕瓦娜，如果妳是我的親生妹妹，那就走開吧。不要吻我。不要說再見。不要讓我求妳。」

帕瓦娜想要開口說幾句話，但是瑪舒瑪發出嗆到的痛苦聲音，把頭轉開。

帕瓦娜緩緩邁步。她走到騾子旁邊，綁緊鞍具、抓起韁繩。她霎時領悟，沒有瑪舒瑪，她很可能不知道該如何活下去。她不知道自己活不活得下去。如果瑪舒瑪的過世成為比她在世更沉重的負擔，她要如何熬過這樣的日子？她要如何學會繞開瑪舒瑪棄世所留下的這個大洞口呢？

*慈悲一點吧。*她幾乎聽見瑪舒瑪這麼說。

帕瓦娜拉起韁繩，牽著騾子轉身，開始走。

她劃破夜色往前走，沁涼的夜風凌厲地劃過她的臉。她低著頭。她只轉頭回望一次，就那麼一次。透過濕潤的雙眼，營火遙遠、黯淡，只是一朵模糊的黃色。她心頭浮現雙胞胎姊姊的影像：獨自一個人、躺在火邊。火很快就會熄了，瑪舒瑪會覺得冷。她本能地想轉身，為姊姊蓋上毯子，躺到姊姊身邊。

帕瓦娜逼自己轉身，繼續往前走。

這時她聽見了一個聲音。遠遠的，悶悶的，很像在哀號。帕瓦娜停下腳步，歪著頭，再次側耳傾聽。她的心開始在胸膛狂跳。她好害怕，懷疑那會不會是瑪舒瑪改變了心意，喊她回去。或者那只是豺狼或沙狐，在某個暗處嚎叫。帕瓦娜無法確定。她想，也許是風。

別離開我，妹妹，回來。

要想確定，唯一的方法就是沿著來時路往回走，這也是帕瓦娜開始做的事。她轉身，朝瑪舒瑪的方向走了幾步。但她停下腳步。瑪舒瑪說的沒錯。如果她現在回去了，等太陽升起，她絕對不會有勇氣做這件事。她會狠不下心，繼續留下來。她會永遠留下來。這是她唯一的機會。

帕瓦娜閉上眼睛。風吹起披巾，拍打她的臉。

沒有人需要知道。沒有人會知道。這將成為她的祕密，她只能與群山分享的祕密。問題是，這是不是她能與之共生共存的祕密。帕瓦娜認為她知道答案。她這一輩子都與祕密共生共存。

她又聽到遠遠的哀號聲。

每一個人都愛妳，瑪舒瑪。

沒有人愛我。

為什麼，姊姊？我做了什麼？

帕瓦娜動也不動地站在黑夜裡，站了好久好久。

最後，她作了自己的選擇。她轉身、垂下頭，走向她所望見的地平線。之後，她再也沒有回頭。她知道只要一回頭，自己就會變得軟弱。她會失去自己原有的決心，因為她會看見一輛舊腳踏車衝下山坡，在岩塊和碎石上蹦躍、金屬架撞上她們的屁股，只要突然一煞車，就捲起一團團的塵土；她坐在前座的車架上，瑪舒瑪坐在椅墊上操控，全速轉過每一個髮夾彎，讓腳踏車整個歪斜得像要翻過去。但是帕瓦娜並不害怕。她知道姊姊不會把她甩下車把，姊姊不會傷害她。這世界化為天旋地轉的朦朧光影，無止無盡的興奮刺激，風在她們耳朵裡呼嘯。帕瓦娜轉頭，看著姊姊，姊姊也看著她，她們一起放聲大笑，任由流浪狗追著她們跑。

帕瓦娜邁步向前，走向她嶄新的人生。她一直走，一直走，黑暗圍繞著她，如同母親的子宮，在夜幕拉起之際，她抬頭仰望黎明的薄霧，瞥見東方有一道淺淡的光線照上大圓石的側邊；她感覺宛若新生。

4

奉至仁至慈真主阿拉之名。

我知道你讀到這封信的時候，馬柯斯先生，我已經走了。因為我把信交給你的時候，請你等我死後再打開。請容我先說明，過去七年能與你相識，真是太好了，馬柯斯先生。在寫這封信的時候，我回想起我們每年在院子裡種番茄，你每天早上來我的小屋喝茶吃點心，還有我們興致一來，你教我英文、我教你法爾西語，真是美好的回憶。謝謝你的友誼，你的貼心，以及你為這個國家所做的一切。我相信你會把我的感激之情，轉達給你善心的同事，特別是我的朋友：極有同情心的安拉．艾德莫維克女士，以及她可愛的女兒蘿希。

我應該說清楚，這封信不只是寫給你的，馬柯斯先生，也是寫給另一個人的。我希望你能轉交這封信，原因我會述明。所以，如果我提到了一些你早就知道的事，請原諒我。因為我提這些事是出於必要；為了她的緣故。誠如你將看見的，這封信不只是一份自白，馬柯斯先生，我之所以寫這封信，也有現實的因素。因此，我恐怕需要你的協助，親愛的朋友。

故事該從何說起，我想了很久。對一個年紀想必七十好幾、接近八十的人來說，這不是簡單的事。和許多同輩的阿富汗人一樣，我並不知道自己確切的年齡，但我相信我差不多有這麼老，因為我記得很清楚，我和我的朋友、後來成為我妹婿的薩博第一次打架，就在我們聽說納狄爾國王被槍擊身亡、他兒子察希爾國王繼位的那一天。那是一九三三年的事。我可以從這裡開始講起，或者也可以換個地方。故事就像一列行駛的火車，無論你從哪裡跳上車，遲早都會到達你的目的地。可是我想，我應該從讓這個故事結束的那件事開始講起。是的，我想從妮拉・華達堤開始，是很合情合理的。

我在一九四九年認識她，也就是她嫁給華達堤先生的那一年。當時，我已經替華達堤先生工作兩年了。我在一九四六年離開我生長的那個小村沙德巴格，來到喀布爾，先幫附近的另一戶人家工作了一年。我離開沙德巴格的情況並不光彩，馬柯斯先生，就把這當成我懺悔的第一個部分吧！我之所以離開家鄉，是因為和兩個妹妹相依為命的生活讓我覺得快要窒息了。我有一個妹妹是殘廢。這並不能解釋我的行為，但當時我很年輕，馬柯斯先生，急著想要體驗世界；充滿了夢想，儘管它或許不大、也不清晰，但眼看著自己的青春就這樣慢慢消失、自己的前途就這樣逐漸被斬斷，所以我離開家鄉——為了養活妹妹，這是事實，但也是為了逃避。

既然我全天候為華達堤先生工作，當然也就住在他家裡。那段時間啊，這幢房子的模樣，和你在二〇〇二年來到喀布爾之後所看見的慘狀天差地遠。當年這房子潔白閃耀，彷彿鑲滿鑽石，大門進來是一條鋪柏油的寬闊車道；屋裡，天花板挑高的玄關裝飾著高大的瓷瓶，還有一面鑲著雕花胡桃木框的圓鏡，就在你有一陣子掛著舊相片的地方，那張你用自製的相機，幫你的童年好友在海邊拍的那張照片。客廳的大理石地板閃閃發亮，鋪著暗紅色的土耳其地毯。地毯已經不見了，真皮沙發、手工雕刻茶几、青玉石棋組、桃花心木大櫥櫃也都不見了。這些豪華傢俱雖然有一小部分還在，但也都已經不是原來的面貌。

第一次踏進鋪石磚的廚房時，我吃驚得連嘴巴都合不攏。我覺得這房子大得可以住得下我們沙德巴格全村的人。我有六個爐嘴的爐子、冰箱和烤麵包機，以及一大堆湯鍋、平底鍋、刀子和廚具任我使用。屋裡共有四間浴室，每一間都有花樣繁複的大理石磁磚和陶瓷洗臉槽；至於你樓上浴室臺子上的那幾個方形的洞呢，馬柯斯先生？那裡原本是鑲著青玉石的。

然後就是後院。你一定要找一天坐在你樓上的辦公室，馬柯斯先生，俯看花園，想像原本的模樣。以前要進到花園，必須穿過一道半月形的遊廊，欄杆上攀滿翠綠的藤蔓。當年草坪茂盛油綠，綴著一畦畦花床，有茉莉、薔薇、天竺葵、鬱金香，周圍則種著兩排果樹。你可以躺在其中一棵櫻桃樹下，馬柯斯先生，閉上眼睛，聆聽微風穿過樹葉的聲音，心裡一定會想，天底下再也沒有比這裡住起來更舒服的地方了。

我自己住的地方是在院子後面的小屋。小屋有一扇窗，四面刷成白色的乾淨牆壁，對一個需求不多的年輕未婚男子來說，這空間是夠用了。我有一張床、一張書桌、一把椅子，還有足夠的空間擺上一天禱拜五次之用的禱拜毯。當時很適合我，現在也是。

我替華達堤先生作飯。這是我偶然學到的技藝，先是觀察我已過世的母親作菜，後來又跟隨一位烏茲別克的老廚師學習。到喀布爾的第一年，我在附近人家工作，就是給這位老廚師當助手。同時，我也很高興是華達堤先生的司機。他擁有一輛一九四〇年代中期出廠的雪佛蘭，藍色車身、褐色車頂、奶油色的塑膠座椅，鉻鋼輪胎，好漂亮的一輛車；不管開到哪裡，大家都看得目不轉睛。他允許我開，因為我證明自己是個謹慎小心、技術精良的司機，而且他是那種很罕見的，不喜歡開車的男人。

若我說自己是個稱職的僕人，馬柯斯先生，請不要認為我是在自吹自擂。透過仔細的觀察，我熟知華達堤先生喜歡什麼、討厭什麼，知道他的癖好、他的憎惡。我也很清楚他的習慣與規矩。比方說，每天早上吃完早餐之後，他喜歡去走一走。但是他討厭自己一個人散步，就希望我陪他去。我當然滿足他這個期望，儘管實在看不出來我陪他去做什麼。在散步的時候，他很少和我講話，好像永遠都沉浸在自己的思緒裡。他腳步輕快、背著手，對經過的人點頭，腳上那雙擦得晶亮的真皮便鞋，鞋跟在路面喀啦喀啦敲響。因為很難跟得上他那雙長腿跨出的步伐，我老是落在後面，拚命追趕。除了散步之外，他大半時間都躲在樓上的書房裡，看書或者和自己下棋。他喜歡畫畫——我說不上來他畫得好不好，因為他從來不讓我看他的作品——我經常看見他在書房窗邊，或遊廊上，專注地皺起額頭，拿炭筆的手在素描簿上塗抹著。

我每隔幾天就載他到城裡各處。他每週去看他母親一次。還有一些家族聚會，雖然華達堤先生大部分都不去，偶爾還是會出席，我就載他去參加葬禮、生日宴會和婚禮之類的。我每個月載他去一次美術用品店，讓他補充粉彩筆、炭筆、橡皮擦、削筆器和素描簿。有時候，他喜歡坐在後座，就只是出門兜風。我會說，去哪裡，老爺？他聳聳肩，我就說，好的，老爺，然後換檔上路。我開車在城裡到處轉，沒有目標，也沒有目的地，一開好幾個小時，從這個社區到那個社區，沿著喀布爾河開上巴拉希薩堡，有時候還到達魯拉曼宮去。有些日子，我會開車離開喀布爾，開到喀爾喀湖，停在湖堤旁邊，熄掉引擎。華達堤先生靜靜坐在後座，沒對我說半句話，看似心滿意足地搖下車窗，看著鳥兒從這棵樹飛到那棵樹，以及一道道陽光照在湖上，在水面映照出成千上萬微小浮動的金色亮片。我透過照後鏡看著他，他也看著我，宛如天底下最寂寞的人。

一個月有一天，華達堤先生會很慷慨地把車借給我，讓我開回家鄉沙德巴格，去看我妹妹帕瓦娜和妹夫薩博。不論何時，只要我的車一開進村裡，就會有一大堆鬼吼鬼叫的孩子迎上來，跟著車子跑、拍打擋泥板、敲車窗；有幾個小鬼甚至想爬到車頂上，害我得把他們趕走，怕他們刮花車漆或敲凹了擋泥板。

看看你，納比，薩博對我說，你是名人呢。

因為他的孩子——阿布杜拉和帕麗——失去了親生母親（帕瓦娜是他們的繼母），所以我總是很關心他們，特別是對那個男孩，因為他看起來很需要別人的關懷。我主動說要單獨載他出門兜風，但他總是堅持要帶小妹妹同行，抱她坐在腿上、搭車繞著沙德巴格轉。我讓他玩雨刷、按喇叭，教他怎麼把車頭燈從暗轉到全亮。

在車子帶來的喧鬧平息之後，我會和妹妹與薩博坐下來喝茶，告訴他們我在喀布爾的生活。我很小心，不多談華達堤先生的事。我真的很喜歡他，因為他對我很好，我覺得在背後議論他，簡直像是背叛。如果我是一個嘴巴比較不緊的人，我就會告訴他們，對我來說，蘇雷曼·華達堤是個謎樣的人物，似乎是個安於用繼承來的財富度過餘生，沒有職業、沒有特別的熱情，顯然也沒有意願在身後留下什麼名聲的人；我會告訴他們，他過著沒有目標也沒有方向的生活。就像我載他去的那些沒有目的的兜風一樣。坐在後座的人生，只看著窗外的景色模糊飛掠。漠不關心的人生。

我應該會這樣告訴他們的，但我沒有。還好我沒這麼說。因為我實在錯得太離譜了。

有一天，華達堤先生到院子裡來，身上穿著一套我從沒見他穿過的漂亮細條紋西裝。他要我載他到城裡一個高級住宅區。我們到了之後，他叫我把車停在路邊，臨著一幢高牆圍繞的漂亮房子。我看著他按大門門鈴，一個僕人來開門迎他進去。這房子很大，比華達堤先生的更大，也更漂亮；車道兩旁是高大纖長的絲柏樹，還有成排的濃密灌木，開著我不認得的花。後院至少比華達堤家的大一倍，而且圍牆好高，就算有人踩著另一個人的肩膀，也很難瞥見裡面。這是更高一級的有錢人，我知道。

那是晴朗的初夏，天空陽光燦亮。我搖下車窗，溫暖的風吹了進來。雖然司機的工作是開車，其實大半的時間都在等待：等在商店外面，引擎空轉；等在結婚禮堂外面，聽著廳裡傳來的樂聲。這天，我玩了幾圈牌，打發時間。玩牌玩累了，我下車，向左走了幾步，再向右走幾步。然後又坐進車裡，心想，在華達堤先生出來之前，也許可以偷空打個盹。

這時，大門打開，出現一位黑髮的年輕女子。她戴著太陽眼鏡，身上是一件長度不到膝蓋的橘色短袖洋裝。她光著腿，腳上也沒穿鞋。我不知道她有沒有注意到我坐在車裡，就算有，她也沒表現出來。她舉起一隻腳，把腳跟貼在背後的牆上，這個動作讓她的裙襬微微上揚，露出了裙裡的大腿。我感覺到一股熱氣從臉頰往下灌進脖子。

請容我再坦承一件事，馬柯斯先生，一件本質有點不堪，也很難巧妙解決的事情。當時，我已經快三十歲了，正是最迫切需要女人陪伴的年輕男子。不像和我一起在村裡長大的那些男人——他們從沒看過成熟女人的大腿，一直要到結婚才算取得執照，可以一窺究竟——我有過一些經驗。我在喀布爾找到一些地方，可以用謹慎便利的方法解決年輕男人的需求，我偶爾會到那些地方去。我之所以提起這事，只是要強調，我睡過的那些妓女，沒有一個比得上從那幢豪宅走出來的這位美麗優雅女子。

她靠在牆上，點一根菸，緩緩地抽。以迷人的優雅神態，用兩根指尖夾著菸，每回把菸拿到唇邊，就用另一手遮住嘴巴。我心醉神迷地看得目不轉睛。她彎著纖細手腕的樣子，讓我想起在一本豪華詩集裡看到的插畫：一名黑髮亮麗、睫毛纖長的女人，和愛人一起躺在花園裡，白皙優雅的手指端著一杯酒給他。這時，在街道的另一頭似乎有什麼東西吸引了這位女子的注意，我趁著這一瞬間，用手指飛快地梳梳頭髮，因為熱氣已經讓我的頭髮變得塌扁了。等她轉回頭來，我再次僵住不動。她抽了幾口菸，在牆上摁熄香菸，走回屋裡。

終於，我可以呼吸了。

這天晚上，華達堤先生把我叫進客廳說：「我有個消息要告訴你，納比。我要結婚了。」

看來我是高估他喜歡離群索居的程度了。

訂婚的消息很快就傳開。流言也是。從在華達堤先生家裡來來去去的工人那裡傳進我耳裡。最愛嚼舌根的是札西德，他是園丁，每週三天來維護草坪、修剪大樹和灌木。他是個討人厭的傢伙，每講完一句話，就不由自主地彈彈舌頭。他那條舌頭啊，總是像抓著滿滿一把肥料的手，迫不及待地要把流言散播出去。他也是一輩子在我們這個街坊工作的工人，就和我，以及其他的廚子、園丁、跑腿小弟一樣。一個星期裡有一、兩天，在下工之後，他們會擠到我的小屋來喝飯後茶。我不記得這個習慣是從什麼時候開始的，一旦我答應了第一次，就再也無力改變它，因為那會顯得無禮和小器；更糟的是，讓別人以為我自認高人一等。

有天晚上喝茶的時候，札西德告訴其他人說，華達堤先生的家人不贊成這樁婚事，因為他的未婚妻人品不佳。他說喀布爾人盡皆知，她名聲很差，雖然年僅二十歲，卻已經「在全城拋頭露面」，和華達堤先生的轎車一樣。更慘的是，他說，她不但不想否認這些傳聞，還把這些事寫成詩。他一說到這些事，屋裡的其他人就七嘴八舌地非議；有個人還說，要是在他們村裡，這女人早就被割斷喉嚨了。

這時我站起來，告訴他們說我聽夠了。我罵他們，說他們活像圍在一起縫衣服聊八卦的老太婆。我也提醒他們，如果沒有像華達堤先生這樣的人，我們就只能回村子裡去撿牛糞。你們的忠心、你們的尊敬都哪裡去了？我責問他們。

屋裡一晌靜默，我還以為自己已經讓這些笨蛋瞭解了，結果爆出一陣笑聲。札西德說我是個馬屁精，這屋子未來的女主人說不定會寫一首詩，就叫「獻給馬屁精納比之歌」。他們哈哈大笑，我氣得衝出小屋。

但我沒跑得太遠。他們輪番貢獻的流言還是很吸引我。儘管我表現得正義凜然，說什麼要言正行端、舉止謹慎，但我還是留在聽得見的地方。我不想錯過任何聳動的細節。

訂婚過後沒幾天，就舉行婚禮了。沒有歡天喜地的盛大儀式，也沒有歌手和樂手，就只有一位穆拉、一位證人，在一張紙上簽了兩個名字。就這樣，在我第一次見到她的兩個星期後，華達堤夫人搬了進來。

請容我打岔一下，馬柯斯先生，從這裡開始，我會以「妮拉」來稱呼華達堤先生的妻子。不消說，當時我自然沒有權利可以這麼叫她，而且就算有人允許我，我也不會接受。我向來滿心尊敬地稱她為「夫人」。但是考慮到寫這封信的目的，我要捨去禮節，以我心中對她的稱呼來叫她。

好了。我打從開始就知道，他們的婚姻不會幸福。他倆很少交換溫柔的眼神，也不對彼此說什麼充滿愛意的話。他們只是住在同一幢房子裡的兩個人，各過各的生活。

早晨，我伺候華達堤先生吃早餐。和往常一樣，是半片烤南餅、半杯不加糖的胡桃綠茶，灑一點肉桂，以及一顆水煮蛋——他喜歡戳一下蛋，看蛋黃流出來。剛開始我無法拿捏這個特別的熟度，心中非常焦慮。在我照常陪華達堤先生出門作晨間散步時，妮拉還在睡。她通常要睡到中午，甚至更晚。等她起床時，我都已經準備伺候華達堤先生吃午飯了。

一整個早上，在我忙著家務的時候，心裡總渴盼著妮拉推開客廳通往遊廊紗門的那一刻。我會在腦海裡上演這段情節，猜想她那天的模樣：她的頭髮會梳起來，我尋思，在腦後紮成一個髮髻；或者我會看見她的一頭長髮，垂散在肩頭顫動？她會戴太陽眼鏡嗎？她會穿涼鞋嗎？她會選擇那件繫帶的藍色絲袍，還是那件有大圓釦的洋紅色袍子？

等她真的出現了，我會讓自己在院子裡忙個沒完，假裝車子引擎蓋需要擦，或哪一叢薔薇需要澆水，但眼睛始終離不開她。我看著她把太陽眼鏡推到頭頂，揉揉眼睛，或拿下綁在頭髮上的橡皮筋，頭往後一仰，讓烏黑豐盈的鬈髮飄散開來。我看著她下巴抵在膝蓋上，坐著凝望院子，懶洋洋地抽著菸，或者蹺起腿、一隻腳上上下下地移動——在我看來是無聊或不安的動作，但也可能只是無法克制的調皮舉動。

華達堤先生偶爾會在她身邊，但通常沒有。他整天大部分的時間都和過去一樣，在樓上的書房看書、畫素描，他的日常作息並沒有因為結婚而改變多少。大部分的日子，妮拉都在寫東西，不是在客廳裡，就是在遊廊上，手裡拿著鉛筆、膝上一疊紙，香菸必不可少。晚上，我伺候他們吃晚餐，他們的沉默總是毫不掩飾，目光低垂、盯著盤子上的米飯，只有偶爾一句「謝謝你」，以及湯匙叉子撞上磁盤的聲音打破寂靜。

一個星期有一、兩次，我載妮拉出門，因為她要買香菸，或新的筆組、筆記本、化妝品。如果事先知道要載她，我就會特意梳好頭髮，用手指刷淨牙齒。我洗臉；用檸檬切片搓手指，去掉洋蔥的臭味；拍掉西裝上的灰塵；把鞋擦亮。那套橄欖綠的西裝，其實是我從華達堤先生那裡接收來的，我很希望他沒告訴妮拉，雖然我想他應該說過。他這麼說並沒有惡意，只是像華達堤先生這種有地位的人，通常無法瞭解，這麼微不足道的小事，會給像我這樣的人帶來多大的恥辱。有時候，我甚至會戴上我父親留給我的羊皮帽。我站在鏡子前面，把父親的帽子在頭上挪過來挪過去，希望讓自己在妮拉面前表現出好形象。我非常專心，全神貫注，這時就算有隻黃蜂停在我的鼻子上，恐怕也要狠狠叮我一口，才能讓我注意到牠的存在吧。

一旦開車上路，只要有可能，我就會想辦法繞點遠路到目的地，讓我們的路程延長個一分鐘——或者兩分鐘，但不能再多，免得她起疑——也讓我可以和她在一起稍微久一點。我兩手握在方向盤上，眼睛直直盯著馬路。我發揮嚴格的自制精神，不從照後鏡裡看她，除非她對我說話。只要有她坐在後座，聞著她身上散發的種種香味：昂貴的香皂、乳液、香水、口香糖、香菸，我就心滿意足了。大部分的日子裡，光是這樣，就讓我的心宛如長了翅膀，快樂高飛。

我們的第一次交談，就是在車子裡。我指的是第一次真正的交談，而不是她無數次叫我拿這個、扛那個的要求。那天我載她去藥房拿藥，她說：「那裡是什麼樣子啊，納比，你的村子？那裡叫什麼來著？」

「沙德巴格，夫人。」

「沙德巴格，沒錯。那裡是什麼樣子？告訴我。」

「沒什麼好說的，夫人。和其他村子差不多。」

「那裡一定有什麼特別的地方。」

我外表平靜，心裡卻波濤洶湧，急著想找出什麼，像是一些古怪的，能讓她覺得有意思、感到有趣的事。結果沒用。像我這樣的人，一個鄉下人，過著平凡生活的平凡人，怎麼可能說出什麼有趣的話，來吸引像她這種時髦女子呢？

「那裡的葡萄很棒。」我說，但話一出口，我就恨不得賞自己一個耳光。葡萄？

「是啊。」她淡淡地說。

「真的很甜。」

「噢。」

我心裡已經死了千千萬萬遍。我覺得腋下開始冒出汗來。

「那是一種特別的葡萄，」我的嘴巴突然乾了起來，「據說只能生長在沙德巴格。非常敏感，你知道，非常嬌貴。如果種到其他地方，就算只是隔壁村子，那葡萄也會枯萎而死。葡萄會死掉，悲傷而死，沙德巴格村的人是這麼說的，但那當然不是真的。是土壤和水的問題。可是大家都這麼說，夫人，因為悲傷。」

「好動人啊，納比。」

我偷偷從照後鏡裡瞄她一眼，看見她望著車窗外面，但讓我如釋重負的，是我發現她的嘴角浮現一抹隱隱約約的微笑。受到鼓舞的我竟然說：「我可以再為妳講一個故事嗎，夫人？」

「當然啦。」打火機喀答一響，煙從後座朝我飄來。

「嗯，我們沙德巴格有位穆拉。當然，每個村子都有穆拉。我們村子的穆拉叫薛奇伯，他有很多故事可講。他腦袋裡裝了多少故事，我說不上來，可是他經常告訴我們：如果仔細看穆斯林的掌紋，不管是在世界的哪一個角落，你都會看到很驚人的事實：掌紋一模一樣。意思是什麼呢？意思是，穆斯林左手的掌紋長得像阿拉伯數字的八十一，而右手的掌紋則是阿拉伯數字十八。八十一減掉十八，得到多少？六十三。正是先知去世的年紀，願他安息。」

我聽見後座傳來低低的笑聲。

「有一天，有個旅人經過我們村子，那天晚上他和薛奇伯穆拉一起吃晚飯，這是我們村裡的習俗。那位旅人聽到這個故事，想了想，然後說，可是我尊敬的薛奇伯穆拉啊，我有一回碰到一個猶太人，我發誓，他的掌心也有相同的掌紋，您要怎麼解釋？穆拉就說，那個猶太人一定有顆穆斯林的心。」

她突然迸出的笑聲，讓我一整天都心醉神迷。彷彿——上主原諒我的褻瀆——彷彿從天堂、從正義的花園降臨到我身上，就像書上寫的，那有小河流淌、長年綠蔭蒼翠與果實不斷的樂園。

知道嗎，馬柯斯先生，讓我著迷的不只是她的美貌——雖然她的美貌就夠讓我心醉。我這輩子從沒見過像妮拉這樣的年輕女子。她的一舉一動——講話的神態，走路、穿衣、微笑的模樣——對我來說都很新奇。妮拉違反了我以前對女人言行的所有看法，我知道像札西德那樣的人——當然也包括薩博，甚至是我們村子裡的每一個男人，還有女人——會對她的品格堅決不以為然；但是對我來說，那只是為她原本就極為可觀的魅力，更添一層神祕色彩。

於是，那一整天我做事的時候，她的笑聲都在我耳邊迴盪；後來，其他工人過來喝茶的時候，我咧嘴笑著，耳朵裡全是她銀鈴般的笑聲，完全聽不見他們的咯咯笑。我很自豪，知道我講的那個有趣故事，稍稍彌補了她婚姻生活的不愉快。她是個特別的女人。那晚睡覺的時候，我覺得自己或許也有些不凡。這就是她對我的影響。

沒過多久，妮拉和我，我們就每天交談。通常是在接近中午、她坐在遊廊喝咖啡的時候。我會走過去，假裝有什麼工作要做，然後沒過多久，我就拄著鐵鏟，或端著一杯綠茶，一面和她講話。我覺得受寵若驚，她竟然選擇我。畢竟，家裡的傭人又不只我一個。我已經提過那個肆無忌憚的渾球札西德，另外還有一個下巴肥厚的哈札拉女人，每個星期來兩天洗衣服。但是她找的人是我。我相信，我是唯一一個，包括她丈夫在內，可以解除她孤獨的人。通常都是她在說話，我覺得很好；我很高興自己像只花瓶，可以裝滿她的故事。比方說，她告訴我，她父親帶她去賈拉拉巴德打獵的事，說她好幾個星期都作惡夢，夢見眼睛空洞無神的死鹿。她說她小時候，在第二次世界大戰之前，和母親一起去了巴黎。為了到那裡，她又搭火車又搭船。她形容給我聽，說她覺得火車輪子是怎麼震得她的肋骨快斷掉；她清清楚楚記得，掛在勾子上的簾幕隔開一間間包廂，以及蒸氣引擎冒著煙、發出有節奏的嘶嘶聲。她告訴我說，她前一年在印度待了六個月，和她父親一起，她當時病得好重。

偶爾，趁她轉頭在菸灰缸裡撣菸灰的時候，我會迅速偷瞄她一眼，看看她腳趾甲上的紅色指甲油，刮得乾乾淨淨的小腿上微微閃著的金光，腳背上的弧線，以及，永遠少不了，她那曲線完美的豐滿胸部。我不禁讚佩那些能在與她做愛時撫摸、親吻這胸部的男人。一旦嘗過這樣的滋味，此生還有什麼遺憾呢？因為一旦站上世界頂峰，接下來還有什麼可做的呢？我得要有很大的意志力，才能在她轉頭面對我的時候，及時轉開目光。

和我的上午閒聊變得愈來愈自在之後，她開始抱怨起華達堤先生。有一天，她說她覺得他很冷漠，經常傲氣凌人。

「他對我很慷慨大方。」我說。

她很不以為然地揮揮手。「拜託，納比。你不必替他說話。」

我很有禮貌地垂下目光，盯著地上看。她說的倒也不見得不是事實。華達堤先生有時候很愛糾正我講話的腔調，那種高人一等的態度，是可以解釋為傲慢，而且這樣的解釋也未必不對。有時候我進到房間裡，把一盤甜點擺在他面前，或為他添茶、擦淨桌上的殘屑，他卻視若無睹，對他來說，我和在紗門外面盤旋的蒼蠅差不多，十分微不足道，讓他連眼睛都懶得抬一下。不過，說到底，這也不算什麼，因為我知道住在我們那附近的人——我曾替他們工作——是會用棍子和皮帶抽打僕人的。

「他這個人很無趣，也沒有冒險精神。」她不停地攪動咖啡，「蘇雷曼是個沉思冥想的老頭，困在一具年輕的身體裡。」

她這麼直接坦率，倒讓我吃了一驚。「這倒是真的，華達堤先生非常喜歡獨處。」我刻意委婉地說。「說不定他該搬去和他母親一起住。你覺得呢，納比？他們可合得來呢，我告訴你。」

華達堤先生的母親是個噸位頗大——用豐滿還不足以形容——的老太太，和一群言聽計從的僕人與兩條心愛的狗，住在喀布爾的另一個區域。她很寵那兩條狗，狗的地位不是和僕人相當，而是比僕人更高，而且還高上好幾級。那兩條狗體型很小，沒有什麼毛，非常醜，很容易受驚、焦慮不安，不時發出高亢的叫聲。我很討厭牠們，每次我一進到那幢房子，牠們就撲上來，傻乎乎地想爬上我的腿。

我可以明顯感覺到，每次載妮拉和華達堤先生到老太太家，後座總是瀰漫緊張的氣息，從妮拉那痛苦緊皺的額頭，我知道他們吵過架了。我記得我爸媽吵架的時候，總是要吵到有一方勝出才停止。他們用這樣的方法趕走不快、作出裁決，才不會讓心裡的不痛快影響隔天的正常生活。但這不是華達堤夫婦的作風。他們的爭吵並不是煙消雲散，而是像一滴墨水滴進一碗水裡，留下永不消散的痕跡。

不需要什麼特別的聰明才智也猜得到，老太太不贊成他們的婚姻，而妮拉也知道。

在妮拉和我聊天的時候，我腦海裡始終有個疑問揮之不去。她為什麼會嫁給華達堤先生？我沒有勇氣問她。這種問題逾越了我的分際。我只能從其他人，特別是其他女人身上的經驗去推想，婚姻——即便是像這樣不幸福的婚姻——是逃離更大不幸的方法。

有一天，一九五〇年的秋天，妮拉把我叫去。

「我要你帶我到沙德巴格去。」她說。她說她想見見我的家人，看看我生長的地方。她說，我幫她作飯，載她在喀布爾到處轉已經一年了，但她對我的瞭解非常有限。她的要求讓我不知所措。但不知所措還算是最輕描淡寫的說法了。像她這種地位的人，說要長途跋涉去看僕人的家人，簡直太異乎尋常。我一方面因為她對我的興趣而感到興奮，另一方面又很擔心，因為我知道在讓她看見自己的出身有多麼寒微時，我一定會覺得不安，也會覺得很羞愧；沒錯，就是羞愧。

我們在一個陰霾的早晨出發。她穿高跟鞋和粉桃色的無袖洋裝，但我覺得我沒資格建議她該怎麼穿。一路上，她問起村裡的種種情形、我認識的人、我妹妹和薩博，以及他們的孩子。

「告訴我他們叫什麼名字。」

「這個嘛，」我說，「老大叫阿布杜拉，九歲。他親生媽媽去年死了，所以他是我妹妹帕瓦娜的繼子。他妹妹帕麗快兩歲了。帕瓦娜上一個冬天生了個兒子，可是才兩週大就死了。」

「怎麼回事？」

「冬天啊，夫人。在這些村子裡，冬天每年都會帶走一、兩個孩子。你只能希望這一次能跳過你家。」

「天啊。」她低聲說。

「不過，好消息是，」我說，「我妹妹又懷孕了。」

一到村裡，同樣有大批打赤腳的孩子衝向車子，但是，妮拉一從後座下車，所有孩子立刻一片沉默、往後退開，八成是怕她會罵他們。但妮拉表現出極大的耐心與親切。她蹲下來、面帶微笑，和他們每一個講話、握手、摸摸他們髒兮兮的臉頰，搓亂他們沒洗的頭髮。讓我很尷尬的是，大夥兒圍上來看她。我兒時的玩伴貝圖拉和他的兄弟們蹲在屋頂上，活像一排烏鴉，嘴裡還嚼著菸草。還有他的父親，薛奇伯穆拉，以及三個白髮蒼蒼、手裡不住數著念珠的老人，他們坐在牆邊的陰影裡，衰老的眼睛很不悅地盯著妮拉和她光裸的臂膀。

我介紹妮拉認識薩博，然後進到他和帕瓦娜的那間小屋裡，後面跟著一群看熱鬧的人。在門口，妮拉堅持要脫鞋，儘管薩博告訴她沒這個必要。進到屋裡，我看見帕瓦娜靜靜坐在牆角，整個人縮得像顆球似的。她歡迎妮拉，聲音小得簡直像在耳語。

薩博對著阿布杜拉挑起眉毛。「端茶來，小夥子。」

「噢，請別麻煩。」妮拉說，坐到帕瓦娜旁邊的地板上，「沒有必要。」但是阿布杜拉已經消失在相鄰的那個房間裡，我知道那裡既是廚房，也是阿布杜拉和帕麗睡覺的地方。一張霧濛濛的塑膠布垂到門檻，隔開廚房和我們所在的房間。我手裡把玩著車鑰匙坐下。真希望我有機會事先通知我妹妹，讓她可以為了客人來訪，稍微整理一下。裂縫處處的泥牆沾滿黑黑的煤煙，妮拉身體底下皺巴巴的墊蓆是一層厚厚的灰塵，房裡唯一的窗戶滿是蒼蠅屎。

「這地毯好漂亮。」妮拉愉快地說，手指摸著那塊印有大象足印圖案的鮮紅色地毯。這是薩博和帕瓦娜唯一有價值的財產——結果，在這年冬天也賣掉了。

「這是我父親傳下來的。」薩博說。

「這是土耳其地毯吧？」

「是的。」

「我好喜歡他們用的羊毛。他們的手工真是好得不可思議。」

薩博點點頭。他一次都沒看她，就連對她說話的時候也不例外。

塑膠布掀起，阿布杜拉端著裝有茶杯的托盤回來，擺在妮拉面前的地板上。他為她倒一杯茶，然後在她對面盤腿坐下。妮拉試著和他說話，用幾個簡單的問題要他開口，但阿布杜拉只點了點他那顆剃光的頭，喃喃回答一、兩個字，那雙淺褐色的眼睛充滿戒心地盯著她。我心裡想著待會兒要和這孩子談一談，稍微譴責一下他的這個態度。我會很和氣地講，因為我喜歡這個孩子，他天性認真，而且很能幹。

「妳什麼時候生?」妮拉問帕瓦娜。

我妹妹低下頭，說預產期在冬天。

「妳真好命，」妮拉說，「就要生孩子了。而且還有個這麼有禮貌的繼子。」她對阿布杜拉微笑，但小男生依舊面無表情。

帕瓦娜嘟嘟噥噥不知說了什麼，大概是謝謝你之類的。

「還有一個小女孩，我記得?」妮拉說：「帕麗?」

「她在睡覺。」阿布杜拉簡短地說。

「噢，我聽說她很可愛。」

「去把你妹妹帶來。」薩博說。

阿布杜拉拖延著，看看父親又看看妮拉，然後才很不情願地站起來，去帶妹妹。

如果活到這把年紀還想推卸責任的話，那我就會說阿布杜拉和妹妹之間只是一般的兄妹關係。但這不是事實。只有老天知道這兩個人為什麼會選擇彼此。這是個謎。我從沒見過兩個人之間的關係像這樣親密的。事實上，對帕麗來說，阿布杜拉不只是哥哥，甚至還更像是父親。她還是小嬰兒的時候，夜裡哭了，從床上跳起來抱著她走來走去的是他；幫她換濕掉的尿布、哄她睡覺、替她裹上毯子的是他。他對她的耐心無窮無盡。他抱著她在村裡到處現寶，彷彿她是天底下最讓人渴望得到的獎賞。

他帶著還沒睡醒的帕麗進到屋裡，妮拉問說她可不可以抱一下。阿布杜拉把妹妹交出去，但一臉懷疑地瞪著她，似乎心裡的本能警鐘響了。

「她好可愛喔。」妮拉嚷著，她笨手笨腳的姿勢，洩露了她對小小孩的缺乏經驗。帕麗困惑地看著妮拉，然後又看看阿布杜拉，哭了起來。他立即從妮拉手裡把妹妹搶回來。

「看她的眼睛！」妮拉說，「還有這個臉頰！是不是好可愛啊，納比？」

「她是很可愛，夫人。」我說。

「而且她的名字也太棒了，帕麗。她漂亮得像個小精靈！」

阿布杜拉看著妮拉，抱著帕麗在懷裡搖，臉上浮現陰霾。

回喀布爾的路上，妮拉癱在後座，頭靠著車窗。好長一會兒，她什麼話都沒說。然後，她突然哭了起來。

我把車停在路邊。

她好長一段時間沒開口，手捧著臉哭，肩膀抽動。最後，她用手帕擤擤鼻子。「謝謝你，納比。」她說。

「謝我什麼，夫人？」

「謝謝你帶我到那裡去，讓我有幸見到你的家人。」

「是他們的榮幸才對。還有我。我們都感到很光榮。」

「你妹妹的小孩很漂亮。」她摘下太陽眼鏡，擦擦眼睛。

我想了想，原本是打算保持沉默，但她當著我的面哭，這個親密的時刻需要親切的話語。我溫柔地說：「妳很快就會有自己的孩子，夫人。慈悲的真主會眷顧妳的。再等等吧。」

「我想祂不會；祂做不到。」

「祂當然做得到，夫人。妳還很年輕，只要祂賜願，就會發生。」

「你不瞭解，」她疲憊地說。我從沒見過她這麼疲憊，這麼筋疲力竭。「沒了。在印度的時候，他們從我身體裡面整個拿掉了。我裡面是空的。」

我想不出任何話來說。我好想爬進後座、到她身邊，把她攬進懷裡，用吻來安慰她。還來不及回過神，我已經轉身把她的手握在手裡。我以為她會把手縮回去，但她的手指輕輕地捏著我的，我們就這樣坐在車裡，沒看彼此，只看著環繞我們的平野。從這條地平線延伸到另一條地平線的廣袤平野，枯黃凋萎，鏤刻著一條條乾涸的灌溉溝渠，綴著灌木、岩塊與在這裡那裡騷動著的生命力。我握著妮拉的手，看著山丘與電線桿。我的目光追隨著在遠處顛簸駛過的貨櫃車，看著車後捲起的團團塵土。我願意就這樣滿心幸福地坐到天黑。

「帶我回家吧。」最後，妮拉放開我的手說，「我今天想早點休息。」

「是，夫人。」我清清嗓子說，把排檔推到一檔。我的手微微顫抖。

她回到臥房，好幾天沒出來。這不是第一次。她以前偶爾會拉把椅子到二樓的臥房窗前，靜靜地坐在那裡，抽菸、抖著腿，面無表情地瞪著窗外，不說話、不換掉身上的睡衣、不洗澡、不刷牙，也不梳頭。但這一次，她連東西都不肯吃。也就因為這異於往常的情況，讓華達堤先生格外緊張。

第四天，大門響起敲門聲。我打開門，看見一位身材高大的老先生，一身燙得平整的西裝，腳穿擦得晶亮的便鞋。他不是站在門口，而是巍然聳立在我面前，那似乎一眼就可以看穿我的目光，那雙手握著手杖宛如手持權杖的神態，讓他散發出一股威嚴，令人望而生畏。他還沒開口說話，我就已經察覺到了：他是個習慣發號施令的人。

「我知道我女兒不太舒服。」他說。

所以他就是那位父親了。我以前沒見過他。「是的，老爺，恐怕是真的。」

「那就讓開，年輕人。」他推開我。

在花園裡，我讓自己忙著劈爐灶要用的柴薪。從這裡，我可以清楚看見妮拉臥房的窗戶。父親的身影出現在窗框裡，彎著腰靠近妮拉，一手握著她的肩膀。妮拉臉上的表情像是受了驚，像是被某種突然響起的噪音給嚇著，例如鞭炮或是被風吹得砰然摔上的門。

那晚，她開始進食。

幾天之後，妮拉叫我進屋，說她要辦場宴會。在華達堤先生還是單身的時候，我們幾乎沒辦過宴會。妮拉搬進來之後，一個月總要辦個兩、三場。在宴會舉行的前一天，妮拉會詳細指示我要準備什麼前菜和主菜，然後我就開車去市場採買必要的品項。在這些必要的品項裡，最主要的是酒——我以前沒買過，因為華達堤先生不喝酒——他的理由無關宗教信仰，純粹只是不喜歡酒精的作用。然而，妮拉和某些特定的店家很熟，她常開玩笑地叫它們是「藥房」。在那裡，可以用相當於我薪水兩倍的價錢，買到一瓶「藥」。幹這件差事的感覺很複雜，因為我扮演了助人犯罪的角色，然而一如既往，讓妮拉高興比什麼都重要。

請你瞭解，馬柯斯先生，我們在沙德巴格辦餐會的時候，例如婚禮或割禮，是在兩個不同的屋子進行的，女人一間、男人一間；在妮拉的宴會上，男人和女人混在一起。大部分的女人都穿得和妮拉一樣，也就是露出整條手臂和大部分腿的洋裝。她們抽菸，也喝酒，手上的玻璃杯裡裝著半滿的無色或紅色或暗銅色的液體；她們講笑話、開懷大笑，隨心所欲地摸著男人的臂膀，而那些男人呢，我知道他們正準備娶宴會上的其他女人。我端著盛有蔬菜餡餅與烤肉捲的小盤子，穿過煙霧瀰漫的房間，從這一頭走到那一頭，從這群賓客迎向那群賓客，聽著留聲機上播放的唱片。那不是阿富汗音樂，而是妮拉稱為「爵士」的音樂；幾十年之後我才知道，那也是你所喜歡的音樂，馬柯斯先生。在我聽來，鋼琴的隨意叮咚，和喇叭怪異的號叫，簡直是不協調的噪音。但是妮拉很喜歡，我不斷聽到她對賓客說他們應該聽聽這張或那張唱片。一整個晚上，她都端著酒杯，對酒比對我端上來的食物還有興趣。

華達堤先生沒怎麼努力和客人交際。他象徵性地和大家應酬了一下，但大部分時間都待在角落裡，臉上掛著淡漠的表情，轉動手上那杯汽水，要是有人對他說話，就抿著嘴，報以禮貌性的微笑。他還有個習慣，就是在賓客開始起哄請妮拉朗誦詩作的時候告退。這天晚上也一樣。

在這天晚上之前，這一直是我最喜歡的部分。她一開始朗誦，我總會想辦法找點事情來做，留在附近。那天晚上，我手裡拿著毛巾，站在那裡一動也不動，凝神傾聽。妮拉的詩和我從小讀過的都不一樣。我知道，我們阿富汗人很愛我們的詩，就算是最沒受過教育的人，也都能背一點哈菲茲[9]，海亞姆[10]或薩迪[11]的詩。你還記得嗎，馬柯斯先生，去年你告訴我說你有多喜歡阿富汗？我問你為什麼，你笑著說，因為就連你們街頭塗鴉的人，都會在牆上寫魯米的詩！

但是妮拉的詩有違傳統，完全不遵循什麼既定的格律或節奏。詩的內容講的也不是尋常題材，例如樹木、春天的花朵或白頭翁之類；妮拉寫的是愛，而這愛不是魯米或哈菲茲所寫的那種精神上的渴望，而是肉體的愛。她描寫情人的枕邊細語、相互撫觸；她描寫歡愉。我從沒聽過女人家嘴裡說出這樣的詞彙。我站在那裡，聆聽妮拉帶著菸味的聲音在走廊裡迴盪，閉上眼睛、耳朵赤紅，想像她迎向我，想像我們就是詩裡的愛人，直到有人要喝茶或吃煎蛋、妮拉叫喚我的名字，才會打破魔咒，讓我轉身匆匆離去。

那天晚上，她朗誦的詩卻讓我猝不及防。詩裡講的是住在鄉村的一個男人和妻子，哀悼他們在冬天死於苦寒的嬰孩。從大家的頻頻點頭，室內嗡嗡響起的讚賞聲，以及妮拉抬起頭來時大家的衷心喝采看來，賓客的確很喜歡這首詩。然而，我卻覺得有點意外，有點失望，因為我妹妹的不幸被用來取悅賓客，而我也無法甩開那種隱約感到被背叛的感受。

晚宴過後幾天，妮拉說她需要一個新皮包。華達堤先生正坐在餐桌上看報紙，吃著我端上來的扁豆湯與南餅午餐。

「你需要什麼嗎，蘇雷曼？」妮拉問。

「不用，aziz。謝謝妳。」他說。Aziz是親愛的，甜心的意思。我很少聽到他用別的名詞叫她，但他嘴裡這麼叫她的時候，我卻感覺到他們兩人之間的距離前所未有的遙遠。而從華達堤先生口中說出來，這個甜蜜的稱呼似乎也變得索然無味到了極點。

在開往商店的途中，妮拉說她要去接一個朋友，指示我怎麼到那人的家。我在路邊停車，看著她走過那條街，進到一幢牆面是鮮豔粉紅色的兩層樓樓房。起初我讓引擎空轉，但過了五分鐘，妮拉還沒有出來，我就熄掉引擎。還好我這樣做了，因為兩個鐘頭之後，我才看見她的身影輕快地走過人行道，朝車子而來。我打開後座車門，她坐進來，我聞到在她熟悉的香水味之下，還有另一種味道，隱隱帶著香柏，或許還有點薑的味道；我記得在兩天前的晚宴上聞過這個香味。

「我沒找到我喜歡的。」妮拉在後座補唇膏的時候說。

她在照後鏡裡瞥見我一臉困惑。她放下唇膏，睫毛下的眼睛凝望我。「你載我去了兩家店，可是

9 Hafez, 1325-1389，伊朗知名抒情詩人，作品在伊朗、阿富汗等地流傳甚廣。

10 Omar Khayyám, 1048-1122，古波斯詩人，著有《魯拜集》。

11 Saadi, 1210-1290，伊朗詩人。

我找不到喜歡的皮包。」

她的眼睛在鏡裡牢牢盯住我的，盯了好一會兒，等待著，知道我已經探知她的祕密。她是在測試我的忠誠。她要求我作出選擇。

「我想妳應該是去了三家店才對。」我無力地說。

她咧嘴一笑。「*Parfois je pense que es mon seul ami*，納比。」

我眨眨眼。

「我的意思是，有時候我覺得你是我唯一的朋友。」

她對我露出燦爛的微笑，但這無法提振我萎頓的情緒。

這天其餘的時間，我做家務的速度比平常慢了一半，熱忱也只有不到平常的幾分之一。那天晚上工人們過來喝茶時，其中一個唱歌給大家聽，就連歌聲也無法讓我高興起來。我覺得自己好像被戴了綠帽。我很確定，她對我的影響力終於變小了。

然而等我早晨起了床，它又回來了，再一次瀰漫我的住處，從地板到天花板，滲進牆壁裡、浸透我所呼吸的空氣，宛如水蒸氣。完全無計可施啊，馬柯斯先生。

我說不上來到底是什麼時候，開始有了這個主意。

也許是那個起了風的秋日早晨，就在我為妮拉倒茶，就在我彎著身子、為她切一片荳蔻糖糕，擺在她窗臺上的收音機播報新聞說，即將來臨的一九五二年冬天將比前一年冬天更為嚴寒的那時。也或許是更早一些，在我載她到粉紅外牆的那幢房子的那一天。或者還要更早，在她於車裡哭泣、我握著她手的那一刻。

無論是在哪一個時間點上，這個主意一進到我的腦袋裡，就再也無法鏟除了。

請容我這麼說，馬柯斯先生，我神志清明地仔細思考過，相信我的提議是出於善意與真誠的心。有些事情在短期來說很痛苦，但長期而言，卻能給每一個人帶來更大也更長久的好處。但是，我也有一些沒那麼光明正大的自私動機。最主要的理由是：我要給妮拉一個其他男人——包括她丈夫，包括那個粉紅屋子的主人——無法給她的東西。

我先找薩博談。如果要自我辯護，我會說，倘若我認為薩博願意接受我給的錢，我就不會提出這個提議，而會大方地把錢給他。我知道他很需要錢，因為他告訴我說他有多努力在找工作。我可以先向華達堤先生預支薪水，來幫助薩博支撐一家子過冬的生計。但是薩博就像我的許多同胞一樣，飽受自尊的折磨，既不肯坦承，又甩不掉的自尊折磨。他絕對不會拿我的錢。他娶了帕瓦娜之後，就不願再收我每個月給帕瓦娜的那一筆小錢。他是個男人，他要養活自己的家人。就是因為這樣，他才會不到四十歲就死了。有天早上他在巴格朗附近的甜菜田幫忙收成的時候，突然就這麼倒下。我聽說他死的時候，起水泡流血的雙手還緊緊抓著甜菜刀。

我不是個父親，所以我不想假裝自己瞭解薩博作出這個決定的痛苦思量。我也無從得知華達堤夫婦之間的討論。在我向妮拉提出這個主意的時候，我只要求她，在和華達堤先生商量的時候，必須說這是她自己的主意，不是我的。我知道華達堤先生會抗拒。我從沒在他身上瞥見過一絲一毫的父性本能。事實上，我還曾經懷疑過，或許就是因為妮拉不能生育，他才決定娶她的。無論如何，我都不想介入他倆之間的緊張氣氛。夜裡躺在床上，我只想到我告訴妮拉的時候，她眼裡突然湧現的淚水，想到她如何握著我的手，目光中流露出感激；我很確信——那絕對近似於愛。我只想到我送給她的禮物，是比我更有錢有勢的人無法給她的；我只想到我是多麼全心全意、多麼快樂地奉獻給她。而且我還想，還希望——當然是癡心妄想——她或許會認為我不只是個忠心的僕人而已。

華達堤先生終於讓步之後——我並不意外，因為妮拉是個意志堅決的女人——我就通知薩博，並提議要開車載他和帕麗到喀布爾來。我始終無法完全理解，為什麼他選擇陪女兒從沙德巴格步行過來。也不知道他為什麼會允許阿布杜拉跟著。也許他是很珍惜和女兒相處的有限時間。也或許是因為他的自尊，薩博不肯搭買走他女兒的人的車。反正最後他們三個滿身塵土，按照約定，在清真寺門口等我。載他們到華達堤家的時候，我竭盡所能表現出愉快的樣子，這是為了兩個孩子——這兩個對命運、對即將揭開的可怕場景一無所知的孩子。

沒有必要詳述細節，馬柯斯先生，接下來的發展一如我原本所擔心的。事情已經過了這麼多年，但只要這個回憶一浮現，我還是會覺得很揪心。怎麼可能不呢？這兩個無助的孩子，這兩個只能以最簡單與最純粹方式表達愛的孩子，我硬生生地把他們拆開。我永遠忘不了那突如其來的情感爆發。我抱走帕麗時，她攀在我肩上，驚慌失措、雙腿狂踢，尖叫嘶喊著：阿布拉，阿布拉；阿布杜拉高喊妹妹的名字，拚命想闖過父親身邊。妮拉瞪大眼睛，雙手掩住嘴巴，或許是想抑止她自己的尖叫吧。這一幕讓我無法釋懷。過了這麼久的時間，馬柯斯先生，我依然無法釋懷。

當時帕麗快滿四歲，除了年紀還小，她也需要很多外力來幫助適應新的生活。比方說，她被交代不可以再叫我「納比舅舅」，只可以叫我「納比」。只要叫錯了，大家就會好聲好氣地糾正她，包括我自己在內，一而再、再而三，直到她開始相信我們兩個之間沒有任何關係。對她來說，我成為廚子納比和司機納比。妮拉成為「媽咪」，華達堤先生成為「爸爸」。妮拉準備教她法文，因為法文是妮拉自己的母語。

華達堤先生對帕麗的冷淡態度只維持了很短一段時間。或許他自己也沒料到，小帕麗淚眼汪汪的不安和想家，能讓他卸下心防。沒過多久，帕麗就加入我們的晨間散步。華達堤先生讓她坐在娃娃車上，推著她在附近散步；再不然就是把她抱在腿上、坐在汽車的駕駛座，耐心微笑著看她按喇叭。他僱了一名木匠，替帕麗打造有三個抽屜、帶輪腳的床，裝玩具的楓木櫃，以及一座小衣櫥。他把帕麗房裡所有的傢俱全漆上黃色，因為他發現這是帕麗最喜歡的顏色。有一天，我看見他盤腿坐在衣櫥前面，帕麗在他身邊。他用非常驚人的技巧，在櫃門上畫長頸鹿與長尾猴。以他孤僻的個性來看，這件事所代表的意義很大，馬柯斯先生，我看著他素描這麼多年，還是第一次親眼看到他畫出的作品。

帕麗所帶來的影響之一，是華達堤家，有史以來第一次，終於開始像個正常的家庭了。因為夫婦倆都很愛帕麗，所以妮拉和丈夫每餐都一起吃飯。他們帶帕麗到附近的公園，心滿意足地併肩坐在長椅上，看著帕麗玩耍；晚上，我清理完餐桌，端茶給他們的時候，我常看到帕麗坐在他們的腿上，她或他唸故事給帕麗聽。隨著日子一天天過去，帕麗逐漸忘掉她過去在沙德巴格的生活與那裡的人。

帕麗到來所帶來的另一個影響，是我始料未及的：我退居幕後了。請悲憫我吧，馬柯斯先生，請記得我當時還只是個年輕人，而且我承認，我抱持著希望，愚不可及的希望。到頭來，我只是個工具，是妮拉成為母親的工具。我發現了她之所以不幸福的根本原因，並給予她解藥。我以為這樣我們就可以成為情人？我很想說我才沒這麼蠢，馬柯斯先生，但這不見得是真話——我想事實是，我們都在等待，我們每一個人，都在等待克服不可能的機率，等待異於尋常的事情發生在自己身上。

我沒有預見的是，我會就這樣漸漸消失於無形。帕麗占據了妮拉的時間。上課、遊戲、午睡、散步，更多的遊戲。我們不再每天聊天。如果她們兩個一起玩蓋房子或拼圖，妮拉根本就不會注意到我端咖啡給她，或我還在房間裡，就站在她們背後。我們講話的時候，她總是心不在焉，急著想盡快結束；在車上，她的表情也很冷淡。就因為這樣，儘管我感到很羞愧，但我必須承認，我有點怨恨我的外甥女。

華達堤夫婦和帕麗的家人約定，他們不准來訪。不准和她有任何形式的接觸。在帕麗搬進華達堤家之後不久，有一天，我開車到沙德巴格。我帶了小禮物要送給阿布杜拉，以及我妹妹當時還在襁褓中的小兒子伊奎巴。

薩博毫不留情地說：「你禮物已經送了。該走了。」

我告訴他，我不明白他為什麼對我這麼冷淡，這麼不友善。

「你當然瞭解，」他說，「別以為你好像非再來看我們不可。」

他說的沒錯，我是瞭解。我們之間築起了一道冰牆。我的來訪很尷尬、緊張，甚至會引來爭吵。現在，我們坐在一起喝茶，聊天氣或這年的葡萄收成，似乎是很不自然的事。薩博和我假裝一切如常，但那所謂的正常早已不復存在。無論理由為何，都是因為我才害他家庭破碎的。薩博不願再看我一眼，我瞭解。我不再每個月去看他們。我再也沒見過他們。

一九五五年早春，馬柯斯先生，這個家裡每一個人的人生都在一夕之間改變。我記得那是個下雨天。不是那種惹得青蛙跳出來呱呱叫的惱人大雨，而是一整個早上斷斷續續飄個不停的毛毛細雨。我之所以記得，是因為向來很懶的園丁札西德倚著一根耙子說，這種爛天氣可怎麼工作。我正準備回到我的小屋，避開他東拉西扯的閒聊，卻聽見主屋裡傳來妮拉的尖聲嘶喊，叫著我的名字。

我快步衝過院子到屋裡去。她的聲音是從二樓傳來的，主臥房的方向。

我看見妮拉窩在牆角，背靠著牆，手掌摀住嘴巴。「他有點不對勁。」她說，但手還是摀在嘴上。

華達堤先生穿著白色內衣坐在床上，喉嚨裡發出奇怪的聲音，臉色蒼白、表情扭曲，頭髮凌亂；他拚命想用右手做出某個動作，卻始終辦不到。而且我很驚恐地發現，一絲唾液從他的嘴角淌下來。

「納比！想想辦法！」

當時六歲的帕麗也來到房間，衝到華達堤先生床邊，拉著他的衣服。「爸爸？爸爸？」他低頭看她，睜大眼睛，嘴巴一開一合。她放聲尖叫。

我馬上把她抱開，帶到妮拉身邊。我叫妮拉把孩子帶到另一個房間，因為她不該看見父親這個樣子。妮拉眨眨眼，彷彿從恍惚狀態中醒來，看看我、再看看帕麗，伸手接過她。妮拉不停問我，她丈夫是怎麼了，一直叫我一定要想想辦法。

我從窗口叫札西德上來，有史以來第一次，這個一無是處的笨蛋終於派上用場。他幫我一起替華達堤先生套上睡褲，我們把他從床上抬起來、扛到樓下，放進車子後座。妮拉也上了車，坐在他旁邊。我叫札西德留在家裡照顧帕麗。他開口抗議，但我張開手掌，使勁拍了他的太陽穴一記。我說他是頭蠢驢，叫他聽命行事。

就這樣，我把車倒出車道，上路了。

整整過了兩個星期，我們才接華達堤先生回家。但混亂的情勢接踵而至。親戚大批大批地來到家裡，我幾乎得一天二十四小時泡茶煮飯，才能餵飽這位叔叔、那名表哥，以及這個年邁的姑姑。門鈴整天響個不停；人潮湧進家裡，客廳的大理石地板隨時有鞋跟在喀喀響，走廊不時回盪嗡嗡的竊竊私語。大部分的人我以前在家裡都沒見過。我知道他們之所以上班打卡似的出現，與其說是來看這個離群索居、和他們一向沒什麼往來的病人，不如說是來向華達堤先生這位威儀堂堂的母親表達敬意。她當然也來了，這位母親，還好狗沒帶來，謝天謝地。她衝進屋裡的時候，一手捏著手帕，擦著哭紅的眼睛與流鼻水的鼻子。她一動也不動地坐在床邊哭。而且，她穿了一身黑，真是嚇壞我了，彷彿她兒子已經死了似的。

從某個角度來說，他也的確是死了。起碼，以前的他是死了。他一半的臉成了僵硬的面具，雙腿差不多完全沒有功能；左臂還能動，但右臂只剩骨頭和鬆軟的皮肉。他發出的沙啞聲音，咕咕噥噥的，沒有人聽得懂。

醫生說，華達堤先生和中風前一樣，能感受到各種情緒，也能理解事情，但是沒辦法做的，至少在目前做不到的，是表達自己的感覺和理解。

然而，也不見得完全如此。事實上，在大約一個星期之後，他就很清楚地對訪客，包括他母親，表達他的感受。儘管病得這麼重，他基本上還是個孤僻的人。而且，他們的憐憫、他們愁眉苦臉的表情，以及一看他現在的慘況就哀悽地搖頭，對他來說一點好處都沒有。他們一踏進房裡，他就用還有功能的左手做出生氣揮趕的動作。他們對他講話，他就轉開臉。要是他們坐在床沿，他就抓著床單，咕咕噥噥，拳頭猛捶自己的身體側邊，直到他們離開為止。對於帕麗，他也一樣堅持不想見，只是態度要溫柔得多。她到他床邊來玩娃娃，他會一臉哀求地抬頭看我，眼睛盈滿淚水，下巴顫動，直到我帶她離開房間——他沒嘗試和她講話，知道自己一開口就會讓她失望。

大批訪客止步，讓妮拉如釋重負。在訪客擠滿屋子的時候，妮拉和帕麗一起躲在二樓的帕麗房間，讓她婆婆氣得不得了。毫無疑問的——說起來，誰又能怪這位老太太呢——老太太希望媳婦能待在兒子床邊，就算只是為了面子也行。當然，妮拉對於面子一點都不在意，也不在乎別人怎麼說她。別人說的可多囉。「這算哪門子老婆啊？」我聽到老太太咆哮了不只一次。只要有人肯聽，她就抱怨妮拉沒心肝、靈魂有破洞。老公需要她的時候，她躲到哪裡去了？哪一種老婆會拋棄她這忠貞可愛的老公？

當然啦，老太太說的話，有部分也是事實。在華達堤先生床邊忠心守候的人是我。是我餵他吃藥，迎接進到房間裡來的人；醫生最常囑咐的人是我，因此，別人要打聽華達堤先生的病況，問的也是我，而不是妮拉。

華達堤先生謝絕訪客，解除了妮拉的不快，但也帶來另一個麻煩。躲在帕麗房間、鎖起門來，她不只讓自己躲開了那位凡事看不順眼的婆婆，也躲開了她身陷困境的丈夫。現在，家裡沒有別人了，她必須面對她根本就無法勝任的配偶義務。

她做不來。

而且，她不做。

我不是說她狠心或無情。我活到這把年紀，馬柯斯先生，已經瞭解到，要批評別人的內心想法，必須要從謙卑和慈悲的角度來判斷。我要說的是，有一天我走進華達堤先生的房間，看見妮拉趴在他的肚子上哭，一手還拿著湯匙，濾掉渣的扁豆湯從他的下巴滴到綁在脖子上的圍兜。

「讓我來吧，夫人。」我輕聲說。我從她手裡接過湯匙、幫他擦乾淨嘴巴，開始餵他。但是他呻吟起來，緊閉眼睛，把臉轉開。

之後沒多久，我提著兩只行李箱走下樓梯，交給司機。他把行李箱塞進他那輛沒熄火的車子後車廂。我扶帕麗上車。她穿的是她最喜歡的黃外套。

「納比，你會帶爸爸到巴黎來看我們吧，像媽咪說的？」她問，帶著露出牙縫的微笑。

我說我當然會啊，等她父親好一點就去。我親吻她那兩隻小手的手背。「帕麗小姐，祝妳好運，幸福快樂。」我說。

妮拉走下門口的臺階，我迎上去。她雙眼浮腫，眼線暈開。她剛才在華達堤先生的房間裡，向他道別。

我問她說他怎麼樣。

「鬆了一口氣吧，我想。」她說，然後又補上一句：「雖然這可能只是我一廂情願的想法。」她拉上皮包的拉鍊，把肩帶揹到肩上。

「別告訴別人我到哪兒去了。這樣最好。」

我答應她，我不會說。

她說她很快就會寫信給我。她深深看著我的眼睛，看了好久好久，我相信我在她的目光裡看到真實的感情。她用掌心摸摸我的臉。

「我很高興，納比，有你陪他。」

她把我拉近身前，擁抱我，臉頰貼著我的臉頰。我的鼻子裡滿是她頭髮的香氣，她香水的味道。

「是你，納比。」她在我耳邊說，「一直都是你。你不知道嗎？」

我不懂。我還來不及問，她就放開我，低著頭，靴子鞋跟踩在柏油路面，走下車道。她坐進計程車後座的帕麗身邊，朝我的方向瞥了一眼，手掌貼在玻璃上。計程車駛離車道，而她的手掌，那貼在玻璃上的白皙掌心，就成了我對她的最後印象。

我看著她離去，一直等到車子轉出街尾，才把大門關上。然後，我靠在門上，哭得像個孩子。

儘管華達堤先生不願意，還是有些客人持續來訪，至少還延續了一段時日。最後，就只剩他母親來看他了。她約莫一星期來一次，每次總是朝我彈彈手指，我就幫她拉來一把椅子，接著她撲通一聲坐到兒子床邊，開始自言自語地數落他那個離家棄夫的妻子。她是個妓女。騙子。酒鬼。在丈夫最需要她的時候，不知逃到什麼地方去的懦弱鬼。華達堤先生靜靜忍受，目光越過她的肩頭，面無表情地凝望窗外。接著是連串的新聞和最新狀況，單調瑣碎得讓人聽得耳朵都痛了。有個表姊和她妹妹吵架，因為她妹妹竟然無恥到要和她買一模一樣的茶几；某某人上週五從巴格朗回來的時候車子爆胎；誰誰誰剪了新的髮型。諸如此類。有時候華達堤先生會咕噥幾聲，老太太就轉頭看我。

「你。他說什麼？」她總是用這種態度對我說話，言詞尖銳，有稜有角。

因為我差不多整天都待在他身邊，所以慢慢搞懂了他費解的話語。我傾身靠近他，那些聽在別人耳裡費解難辨的嘟囔咕噥，我可以分辨得出來是要喝水、要用便盆，或是要翻身。我成了他實質上的傳譯。

「您公子說他想睡一下。」

老太太會嘆口氣，說這樣也好，她也該走了。然後俯身親吻他的額頭，說她很快就會再來。陪她下樓、走到她司機等候的大門口之後，我就馬上回到華達堤先生的房間，坐在他床邊的凳子上，兩人靜靜享受沉默。有時候，他的目光會迎向我，輕輕搖搖頭，露出扭曲的微笑。

因為我現在的工作不太多——我一個星期只開車出門一、兩次，去採買日用品，而且也只煮兩個人的飯——我看不出來有必要花錢請其他僕人，因為他們的工作我自己就可以做。我向華達堤先生提出這個想法，他的手挪動一下，我靠過去。

「你會把自己累壞的。」

「不會的，老爺。我很樂意這麼做。」

他問我說確定嗎，我說是的。

他的眼睛湧出淚水，無力的手指緊緊握住我的手腕。我以前從沒見過比他更嚴肅內斂的人，但是自從中風之後，再小的事情都會讓他生氣、不安、淚眼汪汪。

「納比，聽我說。」

「是，老爺。」

「你想拿多少薪水，就拿多少吧。」

我告訴他，他沒必要這麼說。

「你知道我把錢擺在哪裡。」

「好好休息吧，老爺。」

「多少錢我都不在乎。」

我說我中午打算煮羊肉湯。「你覺得怎麼樣，老爺？想想，我自己也很想吃呢。」

晚上我和其他工人的聚會也不再舉行了。我不再在乎他們怎麼看我，我不要他們再踏進華達堤先生的房子，以取笑他為樂。解僱札西德，更是讓我很高興。我也打發了來洗衣服的那個哈札拉女人。之後，我洗衣服、晾衣服；我照料樹木、修剪灌木、割整草坪，種新的花卉和蔬菜。我打掃房子，換掉生鏽的水管、修理漏水的水龍頭，給地板打蠟、清洗窗戶、撢掉窗簾的灰塵、清理地毯。

有一天，我在華達堤先生二樓的房間，趁他睡覺的時候清掉牆板上的蜘蛛網。那時是夏天，很熱，也很乾燥。我幫華達堤先生拿掉了所有的被毯和床單，捲起他睡褲的褲管。我已經把窗戶打開，天花板上的電扇吱吱嘎嘎地轉動，但是用處不大，熱氣還是從四面八方撲來。

房間裡有個相當大的衣帽間，我一直想找個時間整理一下，那天終於決定動手。我打開門，開始整理西裝，一件一件撢乾淨，雖然我知道華達堤先生很可能再也不會穿上它們。這裡還有一疊疊積滿灰塵的書，我也全部擦乾淨。我用布把他的鞋擦亮，整整齊齊排成一列。我找到一個大的硬紙箱，它被幾件冬季長大衣的衣襬蓋住，很難看得見。我把紙箱拉出來，打開。箱子裡裝滿華達堤先生的素描簿，一本疊著一本，每一本都是他過往人生哀傷的遺跡。

我拿起素描簿，隨意翻開。我的膝蓋幾乎無法動彈。我翻了整本素描簿。我放下這本、拿起另一本；再一本、又一本，一本接一本。一頁頁在我眼前飛掠，每一頁都是一聲輕輕的嘆息，撲上我的臉。用炭筆畫的每一頁都是同一個主題。從樓上臥房的窗廊望見的、在擦拭轎車擋泥板的我；在遊廊邊拄著鏟子的我。在一張張畫紙上，我在繫鞋帶、在打盹、在劈柴、在端壺倒茶、在禱告、在給灌木澆水。畫裡有車子，停在喀爾喀湖的堤岸，我坐在駕駛座，搖下車窗、手垂在車門外，後座裡有個隱約的人影，鳥兒在頭上盤旋。

是你，納比。

一直都是你。

你不知道嗎？

我回頭看華達堤先生。他側身熟睡著。我輕輕地把素描簿擺回紙箱裡，合上箱蓋，推回大衣底下的角落。然後我走出房間，輕輕關上房門，免得吵醒他。我穿過幽暗的走廊，走下樓梯。我看見自己不停地走。走進夏日的暑熱裡，走下車道，推開大門，沿著馬路走，轉過街角，繼續走，一次都沒回頭看。

我現在還怎麼留下來呢，我尋思。剛才發現的事，我既不覺得噁心，也不覺得受寵若驚，馬柯斯先生，我只是覺得很不舒服。我試著想像自己在知道真相之後，還留下來的情景。我在紙箱裡發現的事情，讓一切籠上了陰影。這樣的事情無法逃避，無法甩開。然而，我又怎麼離開呢，因為他處在這麼無助的狀態？我無法離開，在找到適合的人來接替我的職務之前，我無法離開。我至少還欠華達堤先生這份恩情，因為他向來善待我，而我卻一直偷偷在他背後爭取他妻子的好感。

我走進餐廳，坐在玻璃餐桌旁。我說不上來我一動也不動地在那裡坐了多久，馬柯斯先生，一直到我聽見樓上的動靜，眨眨眼，發現光線已經改變了，然後才站起來，煮一壺水來泡茶。

有一天，我進到他房間，告訴他說，我要給他一個驚喜。這差不多是一九五〇年代末期的事，早在電視還沒引進喀布爾之前。那些日子，我們兩個用打牌和下棋來打發時間。下棋是他最近才教我的，但我下得很好。我們也花很多時間在上閱讀課。他是個很有耐心的老師。他會閉上眼睛聽我朗讀，只要我唸錯，就輕輕搖頭。又錯了，他會說。當時，他的說話能力已經有極戲劇性的進步。再唸一遍，納比。我一九四七年受僱於他的時候，也算是識字，這要感謝薛奇伯穆拉，但是在蘇雷曼的教導之下，我的閱讀能力才算真的有進步，最後連我書寫的能力都提升了。他為我上課當然是為了幫我，但也有自私的目的，因為現在我可以唸他喜歡的書給他聽——他當然可以自己讀，但只能讀一會兒，因為他很容易累。

要是我忙著做家事，沒辦法陪他，他就沒有什麼事可以打發時間。他聽唱片。但他通常都只能望著窗外，看棲在枝頭的鳥兒，看天空和雲，傾聽孩子們在街上玩耍的嬉鬧，以及拉著驢子的水果販子，高喊**櫻桃！新鮮櫻桃！**

我說要給他驚喜，他問是什麼事。我把手臂伸到他脖子底下，說我們得先下樓。在那段日子，我抱他並沒有什麼問題，因為我還年輕力壯。我輕鬆地把他抱起來，走到樓下客廳，輕輕放到沙發上。

「再來呢？」他說。

我從玄關推了一部輪椅進來。一年多來，我拚命遊說，他卻始終頑固拒絕。現在我自作主張，還是去買回來了。他立刻搖頭。

「是怕鄰居說閒話嗎？」我說，「你會因為其他人說的話而覺得難堪？」

他叫我帶他回樓上。

「我才不管那些鄰居怎麼想或怎麼說咧，」我說，「所以呢，我們今天要做的就是去散個步。今天天氣很好，我們去散步，你和我，就是這樣。因為我們如果不走出這幢房子，我就要發瘋了。要是我瘋了，你該怎麼辦？而且，老實說，蘇雷曼，別再動不動就掉眼淚了；你簡直像個老太婆。」

結果他又哭又笑，還一直說不要、不要。我抱他坐到輪椅上、替他蓋好毯子，推他走出前門，他還是一直喊著不要。

值得一提的是，我剛開始的時候的確想找人來替代我。我沒把我的打算告訴蘇雷曼；我認為最好先找到適合的人，再直接告訴他。是有很多人來打聽這份工作。我和他們在屋外見面，免得引起蘇雷曼的懷疑。但是找人比我原本預期的要來得問題多多。有些人根本和札西德半斤八兩——我很容易就嗅得出來，因為我長年和這種人打交道——所以馬上就被我打發走。有些人缺少不可或缺的烹飪技藝，因為就如同我提過的，蘇雷曼是個相當挑剔的饕客。再不然就是不會開車。很多人不識字，這是個嚴重的缺點，因為我現在習慣每天下午唸書給蘇雷曼聽。我發現有些人欠缺耐心，這又是另一個嚴重缺點，因為蘇雷曼常發火，不時耍小孩脾氣，照顧他極需要耐心。另外還有一些人，我直覺認為缺乏做這份艱鉅工作的必要性情。

於是，都已經過了三年，我還留在這個家裡，還不停告訴自己，只要把蘇雷曼的命運交到我可以信任的人手裡，我就要離開。過了三年，我還是每天用濕布巾擦洗他的身體、幫他剪頭髮，替他刮鬍子、剪指甲；我餵他吃東西、幫他用便盆，像照顧嬰兒那樣替他擦屁股、換濕尿布。這段時間，我們之間因為熟悉，因為日常的作息，發展出不需言語的緊密關係，而且無可避免的，以前從未想到過的不拘形式慢慢滲進了我們的關係裡。

於是，我一旦讓他同意坐上輪椅，例行的晨間散步也就恢復了。我推他走出家門，沿街和路過的鄰居打招呼。其中一位是巴希里先生。年輕體面的他剛從喀布爾大學畢業，在外交部工作。他和哥哥各自帶著妻子，搬到對街一幢兩層樓的大宅，就在我們對面隔著三戶人家的地方。有時候我們會碰到他正在暖車準備上班，我總是停下來和他談笑幾句。我常推蘇雷曼到新城公園，坐在榆樹的樹蔭底下，看著往來交通——計程車司機手掌猛拍喇叭、腳踏車鈴叮叮噹噹響、驢子嘶叫，行人不要命地走到公車前面。我們，蘇雷曼和我，成為附近街頭、公園的熟悉景象，我們常停下來和賣雜誌的人與肉販開心打招呼，或者和指揮交通的年輕警察愉快地說上幾句，也和靠在保險桿上等著載人的計程車司機閒聊。

有時候，我會抱他坐進雪佛蘭的後座，把輪椅塞進行李廂，開著老爺車載他到帕格曼。在那裡，我總是可以找到一片綠油油的漂亮野地，和樹木成蔭的潺潺溪流。吃過午飯之後，他試著拿筆寫生，但現在很困難，因為中風影響了他慣用的右手。然而，他還是想辦法用他的左手，重現樹木、山丘與盛開野花的畫面，那精湛的技藝可比我天生的繪畫本領來得高強許多。最後，蘇雷曼累了，沉沉睡去，鉛筆從手裡掉下來，這時我就拿起毯子蓋住他的腳，躺在他輪椅旁邊的草地上。我會傾聽微風拂過枝葉的聲音，仰望天空，看著一條條的雲飄過頭頂。

遲早，我會發現自己的思緒飄向和我隔著一整個大陸的妮拉。我會想見她那柔軟閃亮的頭髮，她穿著涼鞋腳趴答一踩，踩熄燃燒的菸頭；我想起她頸部的線條，胸部隆起的曲線。我渴望能再次靠近她，再次酣飲她的香味，再次感覺到她摸著我的手時，我心臟熟悉的狂跳。她答應要寫信給我的，雖然已經過了這麼多年，而且她分明很可能已經忘記我了，但老實說，每次有信送到家裡，我心中總還是會湧起期待。

有一天，在帕格曼——那是一九六八年，蘇雷曼母親過世的那一年。也就是在這一年，巴希里兄弟都當了爸爸，各添了一個兒子，取名叫埃德利斯和提慕爾。我經常看見這一對堂兄弟坐在娃娃車上，讓媽媽推著在附近散步。那一天，在蘇雷曼還沒開始打盹之前，我們一起下棋。他以猛烈的攻勢開局之後，我思索著如何讓自己立於不敗之地。這時他說，「告訴我：你幾歲，納比？」

「這個嘛，四十幾了。」我說，「就我所知。」

「我覺得你應該結婚，」他說，「趁你外表還沒變老之前。你頭髮都開始變白了。」

我們相視而笑。我告訴他說，我妹妹瑪舒瑪以前也常這麼對我說。

他問我記不記得他僱用我的那天，二十一年前的一九四七年。

我當然記得。我當時在離華達堤宅邸只有幾條街的一戶人家當二廚，日子過得很不開心。我聽說他要找廚子——他原來的廚子結婚搬走了——有天下午，我就直接找上門去，按下大門的門鈴。

「你是個很糟糕的廚子，當時。」蘇雷曼說，「現在是很棒，但是你煮的第一餐飯，我的天啊。還有你第一次開我的車載我，我簡直以為自己要中風了。」他頓了一下，咯咯笑起來，這句無心說出的笑話讓他自己都很意外。

對我來說，這也完全出乎意料之外，馬柯斯先生，真的讓我很震驚，因為這麼多年來，蘇雷曼從來沒對我的廚藝或開車技術，有過任何怨言。「那你為什麼要僱用我？」我問。

他轉頭看我。「因為你就這麼走進來。我心想，我從沒見過這麼漂亮的人。」

我低頭盯著棋盤。

「我一見到你，就知道我們是不一樣的；你和我，我所想要的根本就不可能。然而，我們有晨間散步，有開車兜風，我不會說這樣我就滿足了，但總比沒有你在身邊強。我讓自己學著安於有你在身邊的生活。」他停了一下，然後說，「我想你瞭解我在說什麼，納比。我知道你懂。」

我無法抬眼看他。

「我必須告訴你，就算只有一次也好：我愛你，愛了很長很長一段時間，納比。請不要生氣。」

我搖頭表示不生氣。好幾分鐘過去，我們兩個都沒說話。他所說的，讓我們感覺到痛苦，因為那被壓抑的人生，因為那永遠得不到的幸福。

「而我現在之所以告訴你，」他說，「是希望你能瞭解，我為什麼要你離開。去給你自己找個妻子。建立你自己的家庭，納比，就像其他人一樣。你還有時間。」

「這個嘛，」最後我說，企圖用插科打諢來化解緊張，「說不定有一天我會這麼做，然後你就會後悔莫及。那個替你洗尿布的可憐渾蛋也是。」

「你老愛開玩笑。」

我看著一隻金龜子緩緩爬過一片灰綠色的樹葉。

「別為我而留下。這就是我心裡想說的話，納比。別為我而留下。」

「你也太抬舉自己了吧。」

「又開玩笑。」他疲憊地說。

我沒說什麼，雖然他說錯了。我這回不是在開玩笑。我之所以留下來，已經不再是為了他。剛開始的時候的確是。我起初之所以留下，是因為蘇雷曼需要我，因為他完全仰賴我。我以前曾經從需要我的人身邊逃走，那種懊悔，我想我到死都擺脫不掉。我不能再這麼做。但是慢慢的，不知不覺的，我留下來的理由改變了。我無法告訴你，這改變是什麼時候、或怎麼發生的，馬柯斯先生，我只能告訴你，我這時是為自己而留下。蘇雷曼說我應該結婚，但事實是，我看著自己的生活，明白我已經擁有其他人在婚姻裡尋求的東西了。我有舒適的生活，有同伴，還有個永遠歡迎我、愛我、需要我的家。身為男人的生理需求——我當然還是有的，只是隨著年齡漸長，不再那麼頻繁，那麼迫切——可以透過我前面提到的方式，設法加以解決。至於孩子，我雖然一直很喜歡小孩，但是從沒在心裡感覺到想要為人父母的衝動。

「要是你打算一輩子打光棍，不結婚，」蘇雷曼說，「那我對你有個請求。可是在我說出口之前，你必須先答應。」

我說他不能這樣要求我。

「我就是要。」

我抬頭看他。

「你可以說不的。」他說。

他很瞭解我。他露出歪曲的微笑。我答應，然後他提出他的要求。

對於接下來那些年發生的事，馬柯斯先生，我該怎麼告訴你呢？對我們這個危難國家的近代史，你非常清楚，我不必再為你重述一遍。光是想到要寫出來，我就覺得好累好煩，況且，這個國家的苦難已經有太多的記錄了，而且寫的人都比我更有學養，文筆更好。

我只能以兩個字作總結：戰爭。或者應該說，許多戰爭。不是一場戰爭、兩場戰爭，而是許多場戰爭，大大小小，正義與不義，英雄與魔頭角色快速翻轉調換的戰爭。每一個新的英雄，都會讓人開始懷想起以前的魔頭。名字換來換去，臉孔也變來變去，而我看不起任何一個，因為他們的炸彈攻擊、火箭彈、地雷、狙擊手、世仇恩怨、殺戮、強暴、搶劫。嗯，夠了。這任務太龐大，也太痛苦。我已經活過那些歲月，我打算讓那些日子在這信裡重新出現得愈少愈好。那段時間唯一讓我覺得寬慰的是，我為小帕麗做了正確的事——她現在一定已經長大成人了。她很安全，遠離這一切殺戮，讓我的良心稍稍得到寬慰。

如你所知，馬柯斯先生，一九八〇年代，喀布爾的情勢還算好，因為大部分的戰鬥都發生在鄉間。然而，那還是流亡的時代，我們附近許多家庭收拾行囊、離開家園，不是到巴基斯坦，就是去伊朗，希望能輾轉到西方國家安頓下來。我還鮮明地記得，巴希里先生來道別的那天。我和他握手，祝他平安。我也和他兒子埃德利斯說再見。當時已經十四歲的他，留著長髮、瘦瘦高高的，嘴唇上有淡粉色的絨毛。我告訴埃德利斯，我會很想念他和他堂弟提慕爾在街頭踢足球、放風箏的情景。你或許記得，多年之後，你和我，馬柯斯先生，我們見到了這對堂兄弟，他們都已長大成人，在二〇〇三年春天到家裡來參加你辦的派對。

一九九〇年代，喀布爾城內爆發武力衝突，落入那些自封偉大頭銜，事實上卻是一出娘胎就拿著卡拉希尼科夫衝鋒槍，燒殺擄掠、槍不離手的盜賊手裡。等飛彈開始飛射時，蘇雷曼就留在家裡，不肯外出。他堅決拒絕瞭解他家牆外在發生的事。他拔掉電視、拿開收音機，不看報紙。他叫我不要帶任何戰爭的消息回家。他根本就不知道誰和誰打、誰贏誰輸，彷彿只要堅決忽略戰爭，戰爭就不會來煩他。

這當然是不可能的事。我們住的這條街，原本是一個安靜、隱密、整潔的街區，這時成了交戰區。子彈射進每一幢屋子。飛彈在空中呼嘯而過。火箭彈發射、落下，在柏油路上炸出大洞。夜裡，紅色白色的曳光彈到處飛，直到天明。有些日子，我們可以暫時得到幾個鐘頭的平靜，接下來戰火瞬間迸裂，槍彈從四面八方飛射，街上的人放聲嘶吼。

這房子之所以變成你在二〇〇二年時看見的模樣，馬柯斯先生，主要也就是因為這段期間受到的損害。坦白說，有些是因為歲月與疏於照料——我當時已經是個老頭了，不再像過去那樣有照顧房子的心力。樹已經死了，果樹很多年不再結果，草坪枯黃、花也凋萎。但對這幢原本美麗的房子最冷酷無情的，還是戰爭。在附近爆裂的火箭彈震裂了窗戶；飛彈炸毀了花園東邊的牆面，也炸掉了一半我和妮拉常在一起聊天的遊廊；手榴彈損毀了屋頂；子彈射得牆壁千瘡百孔。

接著是洗劫，馬柯斯先生。武裝人員隨意走進來，拿走任何引起他們興趣的東西。他們搶走了大部分的傢俱、畫作、土耳其地毯、雕塑、銀燭臺、水晶花瓶；他們從浴室的檯面撬下青玉石。某天我被有人走進玄關的聲音吵醒。我看見一群烏茲別克軍人用彎刀剝下樓梯的地毯。我就站在那裡看。我又能怎樣呢？對他們來說，給個老頭腦袋吃子彈，又算得了什麼？

就像這幢房子一樣，蘇雷曼和我都逐漸衰老破敗了。我的視力模糊，大部分日子膝蓋都在疼——請原諒我的無禮，馬柯斯先生，但光是小便都變成耐力的考驗。可想而知的，衰老對蘇雷曼的影響比我還大。他整個人萎縮，變得很瘦，而且驚人地衰弱。他有兩次差點死掉，一次是在馬蘇德[12]和古勒卜丁[13]兩軍交戰最為激烈、街頭橫屍遍野的時候。他得了肺炎，醫生說是因為他吸進自己的唾液。當時喀布爾的醫生雖然不多，處方藥也很短缺，我還是想辦法把蘇雷曼從死亡邊緣救了回來。

也許因為兩人整天關在家裡、相依為命的關係，蘇雷曼和我，我們那段日子常吵架。像尋常夫妻那樣，為一些微不足道的小事頑固地吵個沒完沒了。

你這個星期已經煮過豆子湯了。

我沒有。

明明有。你星期一煮過了。

我們為了昨天到底下過幾盤棋而吵，為了我為什麼明知道太陽會把水曬熱，還老是要把水擺在窗臺上而吵。

你為什麼不叫我拿便盆來，蘇雷曼？

我叫了啊，我都叫了一百遍啦！

你以為我是什麼，是聾子還是懶鬼嗎？

有差嗎？要我說啊，你又聾又懶！

你自己整天躺在床上，還有臉說我懶！

諸如此類的。

我想餵他吃東西的時候，他會拚命把頭扭來扭去；我就不理他，走出房間，狠狠把門摔上。有時候，我承認，我是故意要他擔心的。我離開家。他會哭喊，你要去哪裡，我不理他，假裝要永遠離開。其實我只是走到街上，抽根菸。這是我老了之後才養成的習慣，抽菸，但我只有生氣的時候才抽。有時候，我在外面一待幾個鐘頭，要是他真的惹惱我了，我甚至會待到天黑。但我總是會回來。我一言不發地進到他的房間，幫他翻身、拍鬆枕頭，卻迴避彼此的目光、緊閉嘴唇，等待對方先開口求和。

最後，戰鬥在神學士到來之後結束了。這些一臉嚴厲的年輕人，滿臉蓬亂的黑色大鬍子，眼睛四周塗著黑眼線。他們的殘酷暴行已經有詳細的記錄了，我想我沒有理由再詳述給你聽，馬柯斯先生。我應該說，很諷刺的是，那幾年的喀布爾，對我個人來說，是暫時的解脫。他們大部分的侮辱和狂熱行動，都是針對年輕、特別是窮苦的婦女。而我，我是個老頭。我對他們政權的主要讓步是蓄鬍，老實說，這反而讓我省了每天刮鬍子的麻煩。

「說真的，納比，」蘇雷曼躺在床上低聲說，「你已經沒看頭了，納比。你看起來活像個先知。」

在街上，神學士把我當吃草的老牛。我也以沉默、遲鈍的表情，讓他們更把我當牛看，避免引起不必要的注意。我一想到他們可能對妮拉做的事，就不寒而慄。有時候，我心中浮現她的影像，想到她在晚宴上笑著，手裡端著一杯香檳，光裸的臂膀、纖細的長腿，彷彿是我憑空想像出來的人物，彷彿從來就不曾真的存在。彷彿那一切都不是真的——不只是她，還有我、帕麗，以及年輕健康的蘇雷曼，甚至包括我們共同生活的時間、我們共同居住的房子，全都不是真的。

然後，二〇〇〇年夏季，有一天，我端著茶和一盤剛烤好的麵包到蘇雷曼房間。我馬上就知道情

---

12 Ahmad Shah Massound, 1953-2001，為一九八〇年代阿富汗的抗蘇英雄，一九九〇年代北方聯盟的重要領導人，二〇〇一年遭自殺式炸彈攻擊身亡。

13 Gulbuddin Hekmatyar, 1947-，成立古勒卜丁伊斯蘭黨，即所謂的聖戰士團體，從事武裝行動，曾於一九九三至一九九四年，以及一九九六年出任阿富汗總理。

況不對勁。他呼吸得很吃力，那張萎頓的臉突然之間變得更加枯槁。他想開口說話，卻只發出刺耳的聲音，低不可聞。我放下盤子，衝到他身邊。

「我去找醫生來，蘇雷曼。」我說，「你等等。我們會讓你好起來，像以前一樣。」

我轉身要走，可是他拚命搖頭。他用左手的手指比了個手勢。

我俯身，耳朵貼近他的嘴巴。

他拚命想要說話，可是我一個字都聽不懂。

「對不起，蘇雷曼，」我說，「你一定得讓我去找個醫生來。不會太久的。」

他又再搖頭，這次慢慢地搖，那雙有白內障的眼睛湧起淚水，嘴巴開開合合，用頭指著床頭櫃的方向。我問他那裡是不是有他需要的東西，他閉上眼睛，點點頭。

我打開床頭櫃的抽屜，裡面沒什麼東西，只有藥丸、他的老花眼鏡、一瓶舊的古龍水、一本筆記本，以及他已經很多年沒用的炭筆。我正要開口問他到底要找什麼，就發現那東西塞在筆記本底下。一個信封，蘇雷曼以笨拙的字跡寫上我的名字。裡面是一張紙，他在上面寫了一段文字。我讀了。

我低頭看著他，看著他凹陷的太陽穴，凹凸不平的臉頰，空洞的眼睛。

他又做了個手勢。我靠過去。我的臉頰感覺到他呼吸的冰冷、吃力和不均勻，聽見他的舌頭在嘴巴裡奮鬥，想擠出話來。最後，他或許是用盡僅存的一絲意志力，想辦法在我的耳邊說話了。

我無法呼吸。費了好大的勁，才從哽住的喉嚨裡擠出話來。

「不，拜託，蘇雷曼。」

你答應過我的。

「還不到時候。我會把你救回來的。等著瞧吧。我們會撐過去的，就像以前一樣。」

你答應過我的。

我在他身邊坐了多久？我努力和他溝通了多久？我說不上來，馬柯斯先生。我只記得最後我站起來、繞到床的另一側，躺在他身邊。我幫他翻過身來，讓他和我面對面。他整個人輕得像一個夢。我在他乾燥龜裂的嘴唇上印上一個吻，把枕頭塞在他的臉和我的胸口之間，然後捧著他的後腦勺。我攬著他，給他一個又緊又長的擁抱。

我只記得，事後，他的瞳孔擴大。

我走到窗邊坐下，蘇雷曼的茶還在我腳邊的托盤上。那是個晴朗的早晨，我記得。商店不是已經開門，就是快開門了。小男生出門上學。路上已經塵土飛揚。有隻狗懶洋洋地在街上悠晃，一群蒼蠅像黑雲般在牠頭上盤旋。我看見兩個年輕人騎摩托車經過。跨坐在後座的那個人，一肩扛著電腦螢幕，一肩扛著西瓜。

我把額頭抵在暖暖的玻璃上。

蘇雷曼抽屜裡的那張紙條是遺囑。他把所有東西全留給了我。房子，他的錢，他的個人物品，甚至那輛車，雖然那車早就鏽蝕毀壞了。殘骸還在後院裡，輪胎沒氣，就只是一大塊生鏽的破銅爛鐵。

有一段時間，我真的不知道該拿自己怎麼辦。半個多世紀以來，我一直在照顧蘇雷曼。我每天的生活都圍繞著他的需要打轉，身邊也始終有他陪伴。現在，我可以想做什麼就做什麼，卻發現自由很虛幻，因為我最想要的已經被剝奪了。大家都說要找到生命的宗旨，努力實踐；但有時候，你卻要等活過之後，才發現自己的人生本來就有宗旨，而且很可能是你之前一直都沒想到過的。現在，我實現了人生的宗旨，卻覺得自己失去方向，隨波逐流。

我發現我再也沒辦法在屋裡入睡。我甚至沒辦法待在裡面。蘇雷曼離開之後，這房子顯得太大了。每個角落、每個隱蔽處、每個裂縫，都會喚起滿滿的回憶。所以我搬回院子另一頭，我以前住的小屋。我花錢僱了幾個工人，重新架設小屋的電力，好讓我有燈可以看書，夏天有電扇可以吹。至於空間，我需要的不多。我的東西就只有一張床，一些衣服，和那箱裝著蘇雷曼素描的紙箱。我想你可能會覺得很奇怪，馬柯斯先生。沒錯，就法律上來說，這幢房子和裡面所有的東西都屬於我，但對於任何東西，我都沒有真正擁有的感覺；我知道我永遠都不會有。

我讀很多書。從蘇雷曼書房裡拿出來的書，每讀完一本，就擺回去。我種了一些番茄，一些薄荷。我也在附近散步，但常常才走兩條街，膝蓋就犯疼，讓我不得不回家。有時候，我會拉把椅子到花園裡，無所事事地坐著。我不像蘇雷曼。孤獨對我來說不太合適。

然後，二〇〇二年的某一天，你來按了大門的門鈴。

當時，神學士已經被北方聯盟趕走了，美國人來到阿富汗。成千上萬的救援人員從世界各地湧進喀布爾，來蓋診所和學校，修復道路和灌溉溝渠，提供庇護所、食物和工作。

陪你來的傳譯是個年輕的阿富汗本地人，身穿亮紫色外套、戴太陽眼鏡。他要找房子的主人。我告訴傳譯說，我就是房子的主人時，你們兩個迅速地交換眼神。他眉頭一皺，說：「不是啦，老伯，我們要找的是屋主。」我請你們兩個進來喝茶。

接下來，在殘存的遊廊裡，喝著綠茶進行的對話，是以法爾西語進行——不過你知道，馬柯斯先生，過去七年來，承蒙你的慷慨指導，我已經學會一些英語了。透過傳譯，你說你是從希臘的一個小島，蒂諾斯來的。你說你是外科醫生，和醫療團一起來喀布爾為臉部受傷的孩童進行外科手術。你說你和你的同事需要住處——也就是現在所謂的宿舍。

你問，我要收你多少租金。

我說：「不用錢。」

我還記得，那個穿亮紫色外套的年輕人翻譯了之後，你眨眨眼，重新說一遍你的問題，八成是以為我誤解了你的意思。

那名傳譯整個人往前，坐在椅子邊緣、靠近我，用推心置腹的語氣問我腦袋是不是有問題，我知不知道你們醫療團打算付多少錢，我對現在喀布爾的租金有沒有概念。他說我坐擁金山。

我告訴他，對長者講話，要摘下太陽眼鏡才對。然後我叫他做好自己的工作，也就是翻譯，別亂出主意。我轉頭面對你，說出我諸多理由裡完全不帶私人因素的原因：「你們離開了自己的國家，」我說，「你們的朋友、你們的家人，來到這個被上帝放棄的城市，來協助我們的國家、我們的同胞。我怎麼能賺你們的錢？」

那位年輕的傳譯——我之後再也沒看見他和你們在一起——雙手一攤，很失望地輕笑幾聲。這國家變了，以前不是這個樣子的，馬柯斯先生。

有時候在夜裡，我躺在黑漆漆的房間，看著主屋燈火通明。我看著你和你的朋友——特別是勇敢的安拉．艾德莫維克小姐，我衷心敬佩她的愛心——在遊廊或院子裡，吃著盤裡的餐點，抽菸，喝酒。我也聽得到音樂，有時候是爵士樂，讓我想起妮拉。

她已經死了，這我知道。我是聽安拉小姐說的。我對她提過華達堤夫婦的事，還說妮拉是位詩人。去年，她在電腦上找到一家法國出版社，他們把過去四十年來最好的作品，挑選出版了一本線上版的選集。裡面有一篇是妮拉的詩，上頭說她在一九七四年過世。我想到這些年來的白費心機，一心期待著一個早就不在世間的人捎信來。知道她死於自殺，我並不太意外。我現在明白了，有些人隱密、濃烈、不求回報的愛，反而會造成其他人的不幸。

這我就不要再多說了，馬柯斯先生。

我的來日無多。我一天比一天衰弱，撐不了多久。感謝上主的恩慈。也謝謝你，馬柯斯先生。不只是因為你的友誼，不只是因為你每天花時間過來看我、坐下來陪我喝茶，和我分享你在蒂諾斯的母親與童年好友夏黎亞的近況，也因為你對我們同胞的愛心，以及提供給這裡的兒童無價的服務。

也要謝謝你對這幢房子進行的修繕工作。我大半輩子都住在這裡，這裡是我的家，而且我也相信我會在這個屋頂底下嚥氣。我曾經失望心碎地親眼見證了這幢房子的衰敗。但是看到房子重新粉刷、花園精心修復，換上新的窗戶，以及陪我度過無數快樂時光的遊廊得以重建，我真的非常高興。謝謝你，我的朋友，謝謝你種了那些樹，讓花朵再次在花園裡盛放。如果說我也以某種方式協助你們為城裡的民眾提供服務，那你們為這幢房子所做的一切，早已超過我應該收取的房租了。

但是，雖然有可能讓你覺得我很貪心，我還是要請你幫兩個忙，一個是為我，一個是為另一個人。第一個要求是，請把我葬在喀布爾本地的阿胥坎－阿列凡墓園。我相信你知道那個地方。從墓園大門進去，朝北端走，不必走太遠，你就會找到蘇雷曼．華達堤的墳墓。請幫我在他附近找塊地，把我葬在那裡。為我自己，我只有這個請求。

另一個請求是請你找到我的外甥女帕麗。如果她還活著，要證明這點應該不難——有網際網路這麼好的工具。如你所見，這個信封裡除了信，還有一張我的遺囑，我把房子、錢和我為數不多的私人物品全部留給她。請你把信和遺囑一起交給她。也請告訴她，告訴她說我不知道自己當時的行為會造成不可收拾的嚴重後果。告訴她說我只能從希望之中找到安慰。希望她無論身在何處，或許都能找到天底下最大的平靜、恩慈、愛與幸福。
謝謝你，馬柯斯先生。願上主保佑你。

你永遠的朋友
納比

5

二〇〇三年，春

這位名叫安拉·艾德莫維克的護士警告過埃德利斯與提慕爾。她把他們拉到一旁說：「要是你們表現出任何反應，哪怕再小，害她傷心，那我就把你們踢出去。」

他們站在瓦吉·阿巴汗醫院男子病房光線幽暗的長廊盡頭。安拉說這女孩唯一的親戚——或者該說是唯一來探訪她的親戚——是她的舅舅，如果她被移到女子病房，那舅舅就不能去看她了。所以醫院的工作人員把她安置在男子病房，但不是在病房裡面——因為女孩和不是親戚的男人共處一室非常不妥——而是在這裡，在走廊的盡頭，非男非女的疆域。

「我還以為神學士都已經被趕跑了呢。」提慕爾說。

「很瘋狂吧？」安拉說，莫名所以地笑了笑。埃德利斯回到喀布爾的這個星期以來，常在外國援助工作人員臉上見到這種不以為意的表情。他們得小心因應阿富汗文化的種種不便與特異之處。這種輕鬆取笑的權利、高人一等的態度，讓他隱隱覺得有些被冒犯了。但是本地人似乎都不太在意，或即使注意到了，也不認為是一種侮辱，所以他想自己大概也不應該在意。

「但是他們讓**妳**進到這裡。妳來來去去的。」提慕爾說。

安拉挑起一邊眉毛。「我不算。我又不是阿富汗人。所以我不算是真正的女人。你不明白嗎？」

提慕爾吊兒郎當地咧嘴笑說：「安拉。是波蘭人？」

「波士尼亞。不准有任何反應。這裡是醫院，不是動物園。你保證。」

提慕爾說，「我保證。」

埃德利斯瞥了護士一眼，擔心提慕爾這有點輕率，又很不必要的揶揄會冒犯她，但是顯然沒有。對於堂弟的這種能耐，埃德利斯既覺得討厭，又有點嫉妒。他向來覺得提慕爾很粗俗，缺乏想像力與敏銳度。他知道提慕爾對妻子不忠，也沒誠實納稅。提慕爾在美國擁有一家房地產貸款公司，埃德利斯很清楚，他肯定和貸款詐欺案脫不了關係。但是提慕爾長袖善舞，他的錯誤永遠可以靠著幽默、堅定的友誼，以及人見人愛的天真表情來解決。英俊的外表當然更是有益無害，包括他矯健的身材、綠色的眼睛與有酒窩的笑容。提慕爾，埃德利斯想，是個樂於享受孩童特權的成年男子。

「很好。」安拉說，「那好吧。」她拉開釘在天花板上充當簾幕的床單，讓他們進去。

這個女孩——安拉叫她蘿希，是蘿莎娜的簡稱——看上去大約九歲，或許十歲。她坐在鐵架床上，背靠著牆，膝蓋彎起，抵在胸前。埃德利斯立刻垂下目光，勉強壓抑差點就脫口而出的驚呼。可以料想得到，提慕爾並沒有這樣的自制力。他彈著舌頭，還用痛苦而且清晰可聞的聲音喊著噢，噢，噢，一遍又一遍。埃德利斯瞄了提慕爾一眼，一點都不意外地發現他熱淚盈眶，淚水很戲劇化地在他眼裡顫動。

女孩抽搐了一下，發出呻吟。

「好了，結束了，我們走。」安拉厲聲說。

在醫院外面，站在坍塌的臺階上，護士從淡藍色手術袍的胸前口袋抽出一包紅色萬寶路。提慕爾盈眶的淚水瞬間消逝無蹤。他拿了一根菸，為自己和護士點火。埃德利斯覺得有點反胃，頭重腳輕。他嘴巴好乾，很擔心自己會吐，大出洋相，印證安拉對他、對他們兩個的評價：有錢的天真僑民，惡魔既然已經被趕跑了，就回鄉來見識一下大屠殺的慘狀。

埃德利斯以為安拉會罵他們，起碼會罵提慕爾，但她的態度與其說是斥責，還不如說是調情。提慕爾對女人向來有這種魅力。

「那麼，」她風情萬種地說，「你有什麼話好說，提慕爾？」

在美國的時候，提慕爾叫「提姆」。他在九一一之後改了名字，據說此後生意好了一倍。稍微改一下名，他對堂哥說，對他事業的幫助，比大學文憑還有用——如果他有上大學的話；不過當然是沒有啦。埃德利斯才是巴希里家族裡的知識份子。但是，自從回到喀布爾之後，埃德利斯聽他自我介紹的時候都用「提慕爾」這個名字。這個小小的欺瞞並沒有什麼壞處，甚至還很必要，但依舊讓人耿耿於懷。

「對不起，我剛才失態了。」提慕爾說。

「也許我該懲罰你。」

「放輕鬆點嘛，小貓咪。」

安拉的目光轉到埃德利斯身上。「嗯，他是個牛仔，而你，你安靜敏感。你很……該怎麼形容呢……內向？」

「他是個醫生。」提慕爾說。

「噢？那這家醫院一定把你嚇壞了。」

「她出了什麼事？」埃德利斯說，「那個女孩蘿希；誰對她做出這種事？」

安拉的臉挨過來，用一種近似母性的堅決語氣說，「我為她奮戰。我和政府、醫院官療體系、混帳的神經外科醫生奮戰。我一步步地為她奮戰。我不會罷手。她什麼人都沒有。」

埃德利斯說，「我以為她還有舅舅。」

「他也是渾蛋。」她彈彈菸灰，「那麼，你們到這裡來幹麼，小子？」

提慕爾開始說。他述說的梗概或多或少符合事實。他們是堂兄弟，在蘇聯入侵之後，舉家逃亡出國，先是在巴基斯坦待了一年，然後在一九八〇年代初期定居加州。這是他們去國近二十年之後，第一次回到家鄉。但他又補充說明，說他們回來是要「重新找回與家鄉的聯繫」，要「教育」他們自己、「親眼目睹」這些年戰火摧殘的劫後慘況。回到美國之後，他說，他們要喚起大家的意識、發起募款，以求「回報」。

「我們想要有所回報。」他說，把這麼老套的說法講得熱情有力，實在讓埃德利斯覺得很窘。

提慕爾當然沒說出他們回到喀布爾的真正目的，是要收回他們父親所擁有的房產，那幢他和埃德利斯從出生住到十四歲的房子。因為數以千計的外國救援工作人員湧入喀布爾，而且都需要有地方可住，所以喀布爾的房地產價格飛漲沖天。他們稍早之前去過那幢舊宅，那裡被一群看起來疲憊不堪、衣衫襤褸的北方聯盟士兵占據。離開的時候，他們碰上一個中年男子。他就住在對街隔三戶人家的地方。他叫馬柯斯．瓦佛里斯，是希臘來的整型外科醫生。他請他們吃了午飯，還提議帶他們到瓦吉．阿巴汗醫院來看看，因為他所工作的非政府組織在這裡有間辦公室。他也邀請他們今天晚上去參加派對。他們來到醫院之後，聽說了這個女孩的事——在大門臺階上偶然聽見兩名護工提到她——於是提慕爾用手肘戳戳埃德里斯說：我們應該去看看，老哥。

提慕爾的故事似乎讓安拉覺得很無趣。她彈彈菸灰，紮緊把金色髮髮盤成髮髻的橡皮筋。「那麼，我們今晚派對見囉？」

是提慕爾的父親，也就是埃德利斯的伯父，派他們回喀布爾來的。過去這二十年的戰亂期間，他們家族位在新城區的兩層樓房已經數度易主。重新取回所有權需要時間，也需要金錢。這國家的法院已經被成千上萬的產權糾紛案件給塞爆了。提慕爾的父親說他們要「運作一下」，打通惡名昭彰、怠惰無能、遲緩僵化的阿富汗官僚體系——講白了也就是要「找對人去賄賂」。

「這我很在行。」提慕爾說，彷彿還需要說明似的。

埃德利斯的父親和癌症苦苦搏鬥多年後，在九年前過世。他在家裡去世，妻子、兩個女兒和埃德利斯都隨侍在側。他死的那天，一大堆人來到家裡：叔伯、姑姨、表親，朋友與舊識，坐在沙發和餐椅上，等椅子全坐滿了，就坐到地板上、樓梯上。女人家聚在餐廳和廚房，泡著一壺又一壺的茶。身為獨子的埃德利斯，必須簽所有的文件：為來到家裡宣告父親死亡的驗屍官簽文件，為帶著擔架來送走父親遺體的那幾個溫文有禮的葬儀社年輕人簽文件。

提慕爾始終陪在他身邊。他幫埃德利斯接電話；他接待一波波湧進家裡致意的人潮；他從老爹燒烤屋叫來米飯和羊肉——這家本地燒烤屋的老闆阿布杜拉是提慕爾的朋友，他都戲謔地喊他「美國大叔[14]」；開始下雨之後，提慕爾替年長的賓客停車。他叫來在當地阿富汗電視臺任職的哥兒們——和埃德利斯不同的，提慕爾與阿富汗社區的互動很密切。他有一回對埃德利斯說，他手機裡的聯絡人有三百多個。他擬好了訃告，要在當晚的阿富汗電視臺發布。

那天下午，提慕爾開車載埃德利斯到位於海沃的殯儀館。那時大雨傾盆，六八〇公路北向車道車速緩慢。

「你爸爸，他對人很好，老哥。他是個老派的人。」提慕爾聲音沙啞，把車開下交流道，不停用手背抹掉眼淚。

埃德利斯鬱鬱地點頭。他這輩子都沒辦法在別人面前掉眼淚，就算是需要掉眼淚的場合，例如葬禮，也不例外。他認為這是自己的小缺陷，就像色盲一樣。然而，他還是隱隱覺得——他知道自己這樣很不理性——有點怨恨提慕爾，因為在家裡的時候，堂弟八面玲瓏和誇張的哭泣，讓他相形見絀。彷彿死的是**他的**父親。

他們被帶進一間光線幽暗、寂靜的房間，裡頭擺滿黑色調的笨重傢俱。有個穿黑西裝外套、頭髮中分的中年男子迎接他們。他身上飄著昂貴咖啡的香味。他用專業的口吻，對埃德利斯表達哀悼之意，然後要埃德利斯簽下葬令與授權表格，又問家族希望有多少張死亡證明書。等文件全部簽完，他很技巧地拿出一本叫「一般價目表」的冊子，放在埃德利斯面前。埃德利斯打開來。

殯儀館的經理清清嗓子。「如果你父親是阿富汗清真寺教團的教友，這個價格當然就不適用。我們和他們有合作關係，他們會支付場地與儀式的費用。你們不必自己負擔。」

「我不知道他是不是。」埃德利斯說。他知道父親生前是個信仰堅貞的人，但只在私底下如此。他連星期五的禱拜都很少去。

「要我等你一下嗎？你可以打電話到清真寺問問看。」

「不用了，老兄。不必。」提慕爾說，「他不是。」

---

14 原文為Uncle Abe，因Abe既為燒烤屋的店名，又恰為林肯總統的暱稱。

「你確定？」

「確定。我記得他提過。」

「我明白了。」殯儀館經理說。

在屋外，他們在越野車旁邊共抽一根菸。雨已經停了。

「簡直是攔路搶劫。」埃德利斯說。

提慕爾對著一灘黑黑的雨水吐口水。「不過，這還真是一門好生意啊，死亡。你不得不承認。永遠有市場需求。可惡，比賣車還好賺！」

當時，提慕爾和人合夥經營一家二手車行。那家車行原本已奄奄一息，後來提慕爾和一個朋友入夥，不到兩年的時間，他就讓車行轉虧為盈。是個白手起家的人，埃德利斯的父親總喜歡這樣講這個姪子。另一方面，在加州大學戴維斯分校完成第二年內科住院醫師訓練的埃德利斯，薪水則少得像奴隸。他剛結婚一年的妻子娜曦，正一面準備法學院的入學考試，一面在法律事務所擔任祕書，每週工作三十個小時。

「這是貸款，」埃德利斯說，「你要知道，提慕爾。我會還你錢的。」

「別放在心上，老哥。你說怎樣就怎樣吧。」

提慕爾解救埃德利斯，這不是第一次，也不會是最後一次。埃德利斯結婚的時候，提慕爾送他一輛全新的福特探險家當結婚禮物。埃德利斯和娜曦在戴維斯買下一間小公寓時，提慕爾替他的貸款作保；在家族裡，到目前為止，他是每個孩子都最喜歡的叔伯。如果埃德利斯碰上麻煩，只能打一通電話時，他幾乎確定自己會打給提慕爾。

然而。

埃德利斯發現，比方說，家族裡的每個人都知道貸款作保的事。提慕爾告訴他們的。在婚禮上，提慕爾要歌手暫停音樂，在參加婚禮的賓客面前大聲宣布，然後以極為盛大的儀式，將福特車的鑰匙擺在托盤上、呈獻給埃德利斯和娜曦。照相機閃個不停。這是讓埃德利斯最不安的地方：炫耀招搖、公然作秀，虛張聲勢。他不喜歡這樣批評自己的堂弟，因為他就像自己的親弟弟一樣。但是提慕爾真的像是自己寫宣傳稿的人，他的慷慨大方，埃德利斯懷疑，都是縝密算計的行為，用來建構他自己精心設計的角色。

埃德利斯和娜曦有天晚上在床上鋪新床單的時候，為了提慕爾而小吵一架。

每個人都希望別人喜歡自己啊。她說，難道你不是嗎？

好吧，但我可不會花錢買別人的喜歡。

她認為他這麼說很不公道，也很忘恩負義，因為提慕爾為他們做了這麼多事。

你沒搞清楚重點，娜曦。我要說的是，把自己的善行張貼在告示板上公告周知，實在很不得體。默默行善才是最高貴的。當眾簽支票，算什麼大善行。

這個嘛，娜曦拍拍床單說，我想我們最好別再說了。

「老哥，我記得這個地方。」提慕爾看著那幢房子說，「那個屋主叫什麼來著？」

「好像叫華達提什麼的，我想，」埃德利斯說，「我只記得他的姓。」他想起他們小時候，數不清有多少次在這戶人家的大門口玩，而經過幾十年之後，他們才第一次有機會走進門裡。

「真主的安排。」提慕爾喃喃說。

在坑坑洞洞的街道上轉錯幾個彎，計程車司機終於找到地方。這是一幢普通的兩層樓房，如果是在埃德利斯所住的聖荷西那一帶，八成會氣死屋主協會[15]的那些傢伙。但是以喀布爾的標準來看，這是一幢氣派的宅邸，有寬闊的車道、大鐵門，與高聳的圍牆。一名武裝警衛帶他們進門後，埃德利斯看見，就像他在喀布爾所看見的其他東西一樣，這幢房子在經年累月造成的損毀下——損毀的證據歷歷在目：煤灰色的牆上有著彈孔和鋸齒狀的裂痕，灰泥大塊剝落，露出底下的磚塊；車道上枯死的灌木、花園萎黃的草坪上光禿禿的樹木——在這個破敗的外表之下，仍然看得見一絲往日的光彩。俯瞰後院的遊廊，有一大半已經不見了。但也像喀布爾的其他事物一樣，埃德利斯瞥見緩慢遲疑的重生跡象。有人已經開始重新粉刷屋子、在花園裡種玫瑰，花園面向東方坍塌的一大片牆面也重新豎起，儘管弄得並不太好看。房子面街的那一側，架著一座梯子，埃德利斯推論他們正在修理屋頂。重建消失的那一半遊廊的工程已經展開。

他們在玄關見到馬柯斯。有雙淡藍眼睛的他，一頭灰髮已經開始變得稀疏了。身穿灰色的阿富汗服裝，一條黑白格花的傳統圍巾優雅地圍在脖子上。他帶他們進到一間人聲鼎沸、菸味瀰漫的房間。

「我有茶、葡萄酒和啤酒；還是你們想要烈一點的東西？」

「在哪裡，我自己倒。」提慕爾說。

「噢，我喜歡你。在那邊，音響旁邊。對了，冰塊沒問題，是瓶裝水做的。」

「謝天謝地。」

提慕爾在這樣的聚會總是如魚得水，埃德利斯只能羨慕他的輕鬆神態、信手拈來的妙語如珠，以及自信的魅力。他跟著提慕爾走到吧檯，提慕爾從一個紅寶石色的瓶子裡，幫他倆各倒了一杯酒。

房間裡大約有二十來個客人坐在散放各處的坐墊上。地板鋪著酒紅色的阿富汗地毯。這裡的裝潢很低調，很有品味，讓埃德利斯覺得有種異國的時髦風情。音響播放的是妮娜．西蒙斯的CD。所有人都在喝酒，也差不多每個人都抽菸，談著新近爆發的伊拉克戰爭，以及對阿富汗可能造成的影響。角落裡的電視播的是CNN國際臺，聲音轉到靜音。夜晚的巴格達，身陷震懾戰，綠色的閃光到處迸亮。

手裡各端著一杯加冰塊的伏特加，他們走到馬柯斯和兩名表情嚴肅的年輕人身邊。這兩名年輕人是德國人，替世界糧食計畫組織工作。就像他在喀布爾見到的救援工作人員一樣，埃德利斯發現他們有點令人望而生畏，似乎已經看透世界，很難被什麼事情打動。

他對馬柯斯說：「這房子很棒。」

「那就自己告訴房東吧。」馬柯斯穿過房間，帶回來一位瘦弱的老先生。老先生一頭灰白交雜的豐厚頭髮，從額頭往後梳，鬍子理得短短的，兩頰因為提早掉牙而凹陷。他身上那件尺碼過大的橄欖綠西裝已經很老舊了，樣式也是一九四〇年代的風格。馬柯斯不掩關愛地對著老人微笑。

「納比將[16]？」提慕爾脫口叫出，埃德利斯也隨即想起了。

老人羞怯地對他們咧嘴笑。「對不起，我們以前見過嗎？」

「我是提慕爾．巴希里。」提慕爾用法爾西語說：「我們家以前就在你們對面。」

「真主偉大啊！」老人深吸一口氣說：「提慕爾將？那你就是埃德利斯將？」

埃德利斯點點頭，露出微笑。

---

15 Homeowner Association，簡稱HOA，由房屋所有權人所組成的社區組織，以促進社區發展，保障房產價值為宗旨。

16 jan，為對親近之人的暱稱。

納比擁抱他們兩個。他親吻他們的臉頰，嘴笑得合不攏，不敢置信地看著他倆。埃德利斯記得納比推著他的老爺華達堤先生在街上散步。有時候他會把輪椅停在人行道上，兩人一起看著他、提慕爾和鄰居的小孩踢足球。

「納比將從一九四七年就住在這裡了。」馬柯斯說，手攬著納比的肩頭。

「這房子現在是你的？」提慕爾說。

提慕爾臉上詫異的神情，讓納比露出微笑。「我從一九四七年開始替華達堤先生工作，直到他在二〇〇〇年過世。他很好心，在遺囑裡把這房子留給我。沒錯，這房子是我的。」

「他把房子**給**你。」提慕爾不敢置信地說。

納比點點頭。「是的。」

「你一定是個了不起的廚子！」

「而你呢，我記得你是個麻煩精，請原諒我這麼說。」

提慕爾咯咯笑。「我向來就不知輕重，納比將。安份的事都留給我堂哥做了。」

馬柯斯轉著手上的酒杯，對埃德利斯說：「妮拉．華達堤，前任屋主的太太，是個詩人。好像還小有名氣。你聽說過她嗎？」

埃德利斯搖搖頭。「我只知道，她在我出生之前，就已經出國去了。」

「她和女兒一起住在巴黎。」那名德國人湯瑪斯說，「她一九七四年死了。自殺，我想。她有酗酒的問題，至少我在資料上看到的是這樣。一、兩年前，有人給我一本她早年作品的德文譯本，我覺得她的詩寫得很好，真的。超乎意料地性感，就我記得。」

埃德利斯點點頭，再次覺得有點尷尬，竟然要一個外國人來為自己介紹阿富汗藝術家。提慕爾站在幾呎外，他聽見堂弟熱烈地和納比討論房租的問題。當然是用法爾西語。

「你難道不知道你可以收他們多少房租嗎，像這樣的地方，納比將？」他對老人家說。

「我知道，」納比笑著說，「我很清楚城裡的租金行情。」

「你可以狠狠敲他們一筆！」

「這個嘛……」

「可是你卻讓他們免費住。」

「他們是來幫助我們國家的，提慕爾將。他們離開家鄉，來到這裡。如果我像你說的那樣，敲他們竹槓，似乎不太對吧。」

提慕爾咕嚕一聲，喝掉杯裡剩下的酒。「嗯，你若非和錢過不去，老朋友啊，那你就是比我善良太多了。」

安拉走進房間裡來，一襲藍寶石色的阿富汗衫，罩在褪色的牛仔褲上。「納比將！」她喊他。她親吻他的臉頰，一手攬著他的時候，納比似乎有點吃驚。「我愛這個老頭。」她對大家說，「而且我喜歡讓他很窘。」然後又用法爾西語對納比說了一遍。他仰起頭哈哈大笑，有點臉紅。

「你何不讓我也窘一下呢？」提慕爾說。

安拉用手指敲敲他的胸口，「這傢伙是個大麻煩。」她和馬柯斯以阿富汗的方式打招呼，在臉頰上親了三下，對那兩個德國人也是。

馬柯斯伸出一手攬著她的腰。「安拉・艾德莫維克。喀布爾最強悍的女性工作人員。千萬別惹她。而且呢，和她拼酒，也絕對會讓你喝到掛。」

「我們來測試一下。」提慕爾說，從背後的吧檯拿起一個杯子。

那位老先生，納比，告退了。

接下來的一個多鐘頭，埃德利斯周旋在賓客之中，或者應該說他在努力融入吧。隨著酒瓶裡的酒愈來愈少，交談氣氛也愈來愈熱絡。埃德利斯聽見德文、法文，還有應該是希臘文的語言。他又喝了一杯伏特加，接著拿起一瓶微溫的啤酒。在和一群人聊天的時候，他鼓起勇氣講了一個歐瑪穆拉[17]的笑話。這是他在加州聽人用法爾西語說的，但現在翻成英文卻不太傳神，而且他講得也太簡略。聽起來平淡乏味。他走開來，聽到有人提起喀布爾就要有一家愛爾蘭酒吧了。大家都一致認為，那家酒吧肯定撐不久。

他在屋裡走來走去，手裡拿著微溫的啤酒。置身在這樣的聚會裡，他向來很不自在。他試著讓自己專心欣賞裝潢。牆上有很多海報，有巴米揚大佛、騎馬比武大賽，以及一個名叫蒂諾斯的希臘小島港口。他沒聽說過蒂諾斯這個地方。玄關有張加框的照片，黑白的，有點模糊，看起來像是自製照相機的成品。照片上是一個留著黑色長髮的女孩，背對鏡頭。她在海灘，坐在一塊石頭上，面對大海。相片的左下角看起來像被燒過。

晚餐是鋪著小蒜瓣的迷迭香羊腿。還有羊乳酪沙拉，以及青醬義大利麵。埃德利斯給自己弄了一點沙拉，最後卻坐在房間角落裡，翻攪著那碟沙拉，吃不下去。他看見提慕爾和兩個年輕迷人的荷蘭女子坐在一起。又在逢場作戲了，埃德利斯想。爆出笑聲，其中一個女子碰觸提慕爾的膝蓋。

埃德利斯拿著酒走出屋子，來到遊廊，坐在木頭長椅上。天色很暗，遊廊只靠著掛在頂上的兩個電燈泡照明。他從這裡可以隱隱約約看見，花園盡頭有間像是有人住的小屋，以及在花園右邊，一輛車子的側影：很長、很大、也很老，從線條看起來，應該是部美國車。四○年代的車款吧，也可能是五○年代初期出廠的。埃德利斯看不太清楚，況且，他向來也不是個車迷。他相信提慕爾一定知道。

提慕爾總是可以如數家珍地講出車款、年份、引擎大小，所有的資料。那輛車看來四個輪胎都沒氣了。附近人家的狗斷斷續續地吠叫。屋裡，有人放了李歐納·柯恩的CD。

「安靜又敏感。」

安拉在他身邊坐下，杯子裡的冰塊叮咚響。她腳上沒穿鞋。

「你那位堂弟，牛仔，他是派對的靈魂人物。」

「我一點都不意外。」

「他長得很好看。他結婚了？」

「有三個小孩。」

「太慘了。那我只好乖乖的囉。」

「他聽妳這麼說，一定會很失望的，我相信。」

「我這人是有原則的。」她說：「你不太喜歡他。」

埃德利斯真心誠意地告訴她，提慕斯簡直就是他的親兄弟。

「可是他讓你很尷尬。」

這倒是事實。提慕爾是讓他很尷尬。他表現得像典型的阿富汗裔美國人，醜陋的那種，埃德利斯想。在這座飽受戰火摧殘的城裡橫衝直撞，好像他屬於這裡似的；以親切無比的熱絡態度和本地人稱兄道弟，稱他們為兄弟、姊妹、伯叔；從他所謂的「賑災款」錢裡抽出鈔票，裝腔作勢地給乞丐；和老太太們開玩笑、叫她們「媽媽」，要她們對著他的錄影機講故事，而他自己則擠出愁眉苦臉的模

---

17 Mullah Omar，神學士的精神領袖，為一九九六至二〇〇一年阿富汗的實質領導人。

樣；假裝自己是他們之中的一員，彷彿他一直都在這裡，好像在其他人被槍擊、被謀殺、被強暴的時候，他沒在聖荷西的金牌健身中心舉重練胸肌與腹肌似的。這是偽善，也很讓人反感。埃德利斯覺得很詫異的是，似乎沒有人看穿他的行為。

「他告訴妳的並不是事實，」埃德利斯說，「我們來這裡是要收回原本屬於我們父親的房子。就只有這樣。沒別的。」

安拉咯咯笑。「我當然知道。你以為我被騙了？我和這國家的軍閥及神學士打過交道；我什麼場面都見識過；也沒有什麼事情嚇得倒我。沒有任何事情，沒有任何人可以騙倒我。」

「我想這大概是真的吧。」

「你很誠實。」她說：「最起碼你很誠實。」

「我只是想到這些人，想到他們所經歷的一切，覺得我們應該尊敬他們。至於我們，我指的是像提慕爾和我這樣的人，我們運氣很好，在這裡被炸成人間煉獄的時候，我們不在這裡。我們和這些人不一樣。我們不應該假裝自己和他們一樣。故事必須由他們自己來講，我們沒有資格奪走他們的故事。我語無倫次了。」

「語無倫次？」

「我在胡言亂語。」

「不，我瞭解。」她說，「你是說，他們的故事，是他們給你的禮物。」

「禮物，沒錯。」

他們又喝了一點酒，聊得更久，這是埃德利斯來到喀布爾之後，第一次真正敞開心懷的談話，不必忍受本地人、政府官員或援助機構人員意在言外的嘲諷與隱約的指責。他問起她的工作，她說她以前在科索沃為聯合國工作，也到過種族屠殺之後的盧安達，以及哥倫比亞和蒲隆地，還曾經在柬埔寨處理童妓問題。她來喀布爾已經一年了，這是她的第三個任務，這次是和一個小型的非政府間國際組織合作，在醫院工作，同時也組織一個每週一看診的行動診所。她結過兩次婚，也離了兩次，沒有小孩。埃德利斯發現很難揣測安拉的年齡，儘管她的實際年齡很可能比外表更年輕。在發黃的牙齒與疲累的眼袋之下，她有著緩緩褪去的美貌與堅毅的性感。但再過四年，或許五年，埃德利斯想，連這些也會消失。

這時她說：「你想知道蘿希出了什麼事嗎？」

「妳不必告訴我的。」他說。

「你以為我喝醉了？」

「妳醉了嗎？」

「有一點。」她說，「可是你是個正直的傢伙。」她輕輕拍著他的肩膀，帶點戲謔。「你之所以要問，是出於正當的理由。其他像你一樣從西方回來的阿富汗人，都像是，該怎麼說呢：伸長了脖子。」

「都像觀光客。」

「沒錯。」

「像看色情表演。」

「可是你或許是個好人。」

「如果妳告訴我，」他說，「我會把這當成禮物。」

於是她告訴他。

蘿希住在喀布爾與巴格朗之間的一個小村子，家裡有爸媽、兩個姊姊，還有一個年紀很小的弟弟。

上個月的某個星期五，她伯父，也就是她父親的哥哥，到家裡拜訪。差不多有一年的時間，蘿希的父親和伯父一直為了蘿希一家所住的這片產業鬧得很不愉快。伯父認為這片產業應當屬於他，因為他是長子，但是他父親卻傳給比較偏愛的弟弟。然而，他這天來的時候，氣氛卻很好。

「他說他想了結兄弟之間的爭端。」

蘿希的母親事前作好準備，殺了兩隻雞、煮了一大鍋葡萄乾飯，還從市場買回來新鮮的石榴。伯父來了以後，和蘿希的父親親吻、擁抱。蘿希的父親用力抱起哥哥，抱得他腳都離開了地毯。蘿希的母親鬆了一口氣地哭了。全家人坐下來吃飯。大家都盛了第二盤、第三盤的飯菜，也吃了石榴。飯後，他們一起喝綠茶，吃小塊的太妃糖。伯父到外面去上廁所。

他回來的時候，手裡拿著斧頭。

「砍樹用的那種。」安拉說。

第一刀砍向蘿希的父親。「蘿希告訴我，她父親根本不知道發生了什麼事。他什麼也沒看見。」從背後，一刀砍向脖子，差點就把頭斬斷了。蘿希的母親是第二個。蘿希看見母親想要反抗，但是斧頭朝臉部與胸口揮了幾下，她就再也沒有聲音。這時孩子們都尖叫奔逃，伯父追著他們跑。蘿希看見她的一個姊姊朝走廊衝去，但被伯父扯住頭髮，壓倒在地；另一個姊姊衝到走廊上，但伯父緊追不捨，蘿希聽見他踢開浴室門的聲音，接著一聲慘叫，然後就歸於沉寂。

「蘿希決定帶著弟弟逃跑。他們跑到屋子外面，想從大門出去，但門鎖住了；當然是那個伯父鎖上的。」

他們跑過院子，在驚惶絕望之中，也許忘了院子並沒有門，沒有路可以出去，而牆又太高，爬不上去。伯父從屋裡衝出來，朝他們而來，蘿希看見五歲的弟弟跳進烤爐——他們媽媽一個鐘頭之前才用來烤麵包的烤爐。蘿希聽見他在火燄裡的慘叫，自己腳下也絆了一下，跌倒在地。她仰躺著，看見藍天，看見斧頭揮下。然後就不醒人事。

安拉講完了。屋裡，李歐納．柯恩正唱著現場演唱版的「誰在烈燄中」（Who By Fire）。

埃德利斯說不出話來。就算他可以開口，也不知道該說什麼。如果這是神學士、蓋達組織或某些狂妄聖戰士幹的好事，他或許會說些什麼，表達無濟於事的義憤填膺。但是，這不能歸罪於古勒卜丁、歐瑪穆拉或賓拉登，或布希，或他的反恐戰爭。這場屠殺的背後，是很普通，也很世俗的原因，卻讓這件事變得更可怕、更令人失望。「全無道理」這四個字躍上心頭，但埃德利斯甩開來。大家總是這麼說：「全無道理的暴力行為」、「全無道理的謀殺」。彷彿這世上還有「有道理」的謀殺似的。

他想起那個女孩，蘿希，在醫院裡，蜷縮在牆邊，腳趾交纏，一臉稚氣的表情；理成光頭的頭頂上有個洞，一團拳頭大小的大腦組織露出來，微微閃著亮光，讓她的頭頂宛如紮上錫克人的頭巾。

「她自己告訴妳的？」最後他問。

安拉沉重地點頭。「她記得非常清楚。每一個細節。她可以告訴你每一個細節。我真希望她能忘掉，因為她老是作惡夢。」

「那個弟弟，他怎麼了？」

「燒傷太嚴重。」

「那個伯父呢？」

安拉聳聳肩。

「他們說要很謹慎，」她說，「我的工作。他們說要謹慎，要專業。介入太深絕非好事。可是蘿希和我……」

音樂突然停了。又跳電了。有好一會兒，大地漆黑，只見月光。埃德利斯聽見屋裡的人怨聲連連。鹵素手電筒突然亮起來。

「我為她而戰，」安拉說。她沒有抬頭。「絕不罷休。」

隔天，提慕爾要和德國人搭車到以陶器聞名的伊斯塔里夫。「你應該和我們一起去。」

「我要待在飯店裡看書。」埃德利斯說。

「你可以回聖荷西再看，老哥。」

「我需要休息，昨天晚上可能喝多了。」

德國人來接走提慕爾之後，埃德利斯在床上躺了一會兒，盯著牆上那幅褪色的一九六〇年代宣傳海報。海報上有四個金髮的旅人，面帶微笑在藍湖[18]健行，那彷彿也是他的童年回憶、他在阿富汗的童年，遠在戰爭尚未開始之前，遠在一切尚未發生之前。中午剛過，他出門散步，在一家小餐館裡吃烤肉當午餐。想享受餐點根本不可能，因為有許多髒兮兮的年輕臉孔貼在玻璃上，盯著他吃東西。這太難以招架了。埃德利斯承認，應付這種情況，提慕爾比他在行。提慕爾會和他們一同取樂，像個訓練新兵的士官，吹吹口哨、要乞討的孩子排好隊，然後從「賑災款」裡抽出幾張鈔票，一人發一張，每發一張，就啪一聲併攏腳跟、立正敬禮。孩子們很愛這一套，他們也會回禮，還叫他叔叔。有時候還會爬到他腿上。

吃完午飯，埃德利斯叫了計程車，到醫院去。

「但先在市集停一下。」他說。

提著箱子，他穿過走廊，兩旁是畫滿塗鴉的牆壁，和以塑膠布充當房門的病房。一個包著一隻眼睛的老人，拖著一雙光腳丫蹣跚拖行而過；燈泡全不見了的病房裡，病人躺在令人窒息的熱氣中。身體的酸味到處瀰漫。來到走廊盡頭，他在布簾前面停了一下，才掀開來。看見那個女孩坐在床沿，他的心猛然一抽。安拉蹲在她面前，替她刷著那口小小的牙齒。

有個男人站在床的另一側，形容憔悴，曬得黝黑，留著落腮鬍，一頭粗短的黑髮。埃德利斯一進來，那人馬上站起來，一手貼在胸前、鞠躬。埃德利斯再次受到打擊，因為阿富汗本地人一眼就能看出他是從西方回來的。一點點的金錢和權力，就讓他在這個城市裡取得了毫無來由的特權。那人告訴埃德利斯說，他是蘿希的舅舅。

「你又來了。」安拉說，把牙刷泡進一碗水裡。

「希望可以。」

「有什麼不可以的。」她說。

埃德利斯清清嗓子。「主佑平安，蘿希。」

女孩看著安拉，徵求同意。她的語氣有點躊躇，像是高亢的耳語。「主佑平安。」

「我給妳帶禮物來了。」埃德利斯放下箱子，打開來。一看到埃德利斯拿出小型電視和錄影機，女孩的眼睛馬上恢復光彩。他給她看他買的四部影片。店裡大部分的錄影帶都是印度電影，再不然就

---

18 Band-e Amir，又稱阿富汗聖湖，以湖水靛藍如寶石聞名，阿富汗於二〇〇九年在此設置首座國家公園。

是動作片，像是李連杰的武打片、尚克勞德范達美，還有史帝芬席格的每一部電影。但他還是找到了「ＥＴ」、「我不笨，我有話要說」、「玩具總動員」和「鐵巨人」。他在家裡陪自己的兒子看過這些電影。

安拉用法爾西語問蘿希，她想看哪一部。蘿希指著「鐵巨人」。

這個走廊盡頭沒有插頭，安拉花了好一會兒功夫才找到延長線。等埃德利斯插上插頭、影像出現之後，蘿希的嘴巴漾起微笑。在她的微笑裡，埃德利斯發現自己對這個世界的瞭解有多麼稀微：活到三十八歲，卻還是不懂這世界的野蠻、冷酷，與無窮盡的殘暴。

「妳一定會喜歡。」埃德利斯說。他很難正眼看她，目光總是滑向她頭頂那團閃亮的大腦組織，一大堆交錯的血管與毛細管網絡。

安拉離開去照顧其他病人之後，埃德利斯在蘿希的床邊坐下，和她一起看電影。那位舅舅很沉默，坐在房裡顯得莫名所以。電影演到一半，突然停電了。蘿希哭起來，舅舅從椅子上挨近她，用力抓著她的手。他對她講了幾句很快、很簡短的話，用的是埃德利斯不會講的普什圖語。蘿希皺起臉，想甩開舅舅。埃德利斯看見她舅舅用力抓著她，抓得指關節泛白，而蘿希那雙小手在他的手掌底下彷彿消失了一般。

埃德利斯穿上外套。「我明天再來，蘿希。如果妳願意的話，我們可以一起看另一部電影。妳想看嗎！」

蘿希在毯子底下縮成一團。埃德利斯看看那位舅舅，思索著如果是提慕爾，該會怎麼對付這個傢伙。提慕爾和他不一樣，絕對壓抑不了突如其來的情緒爆發。給我十分鐘，讓我和他獨處一下。他會這麼說。

那名舅舅隨他走出來。在臺階上，他一開口就嚇了埃德利斯一跳。「我才是真正的受害者，老爺。」他必定是看見埃德利斯臉上的表情了，因為他馬上修正說：「她當然是受害者。但我的意思是，我也是個受害者。你當然明白，你是阿富汗人。可是這些外國人，他們不懂。」

「我得走了。」埃德利斯說。

「我是個苦力。運氣好的話，一天可以賺個一、兩塊錢，老爺。而且我自己有五個孩子，其中一個還是瞎子。現在這個。」他嘆一口氣，「我有時候心裡想——上主原諒我——我對自己說，或許阿拉應該讓蘿希……唉，你知道的。那樣或許比較好。因為我問你，老爺，哪一個男孩會娶她？她永遠找不到丈夫。那誰來照顧她？我必須照顧她。我必須永遠照顧她。」

埃德利斯知道自己被纏住了。他伸手拿皮夾。

「你能給多少都好，老爺。不是給我的，當然，是為了蘿希。」

埃德利斯遞給他兩張鈔票。那名舅舅眨眨眼，目光從鈔票上抬了起來。他說，「二——」然後猛然住嘴，彷彿怕他會讓埃德利斯知道自己犯了錯。

「給她買雙像樣的鞋吧。」埃德利斯說，走下臺階。

「阿拉保佑你，老爺。」那個舅舅在背後喊他。「你是個好人。你是個善良的好人。」

埃德利斯第二天、第三天都到醫院。很快的，這變成他的慣例。他天天陪在蘿希身邊。他開始知道工作人員的名字，認識了在一樓工作的男護士、清潔工，以及醫院門口那幾名吃不飽、疲累不堪的警衛。他儘量不讓別人知道他到醫院去的事。在國際電話上，他沒對娜曦提起蘿希的事。他也沒告訴提慕爾他去哪裡，也沒說他為什麼不能一起去帕格曼或去內政部見某個官員。但提慕爾還是發現了。

「你真是好樣的，」他說，「你做的事情很高尚。」他頓了一下，又補上一句：「但是，小心一點。」

「你是說別再去了。」

「我們再一個星期就要離開了，老哥。你不會希望她太黏你的。」

埃德利斯點點頭。他不知道提慕爾是不是很嫉妒他和蘿希的關係，甚至是有點怨恨他，埃德利斯或許奪走了他扮演英雄的大好機會。提慕爾，手裡抱著小嬰兒，走出烈燄四起的建築，慢動作播放，群眾爆出喝采。埃德利斯下定決心，絕不讓提慕爾把蘿希拿來這樣展示。

然而，提慕爾說的沒錯。他們再一個星期就要回家了，而蘿希已經開始叫他埃德利斯叔叔。要是他到得晚了，就會看見她焦躁不安。一見他，她就伸出手臂、緊緊摟住他的腰，臉上浮現鬆了一口氣的神情。他的到訪是她最期待的事，她對他說。有時候，看錄影帶的時候，她會雙手緊抓著他的手。不在她身邊的時候，他常想起她手臂上淡黃色的汗毛，她那雙細細的淡褐色眼睛，漂亮的雙腳，圓圓的臉頰，以及她雙手托腮、聽他唸故事書的神態。他從法國中學附近的一家書店幫她找了一些童書。有幾次，他甚至異想天開，想像帶她回美國的情景，想像她和他的兩個兒子，札畢和雷瑪會多麼合得來。就在去年，他和娜曦還討論過生第三個孩子的可能性。

「現在怎麼辦呢？」安拉說。他預定明天離開。

這天稍早的時候，蘿希給了埃德利斯一張圖畫，用鉛筆畫在醫院的病歷紙上，畫了兩個正在看電視的人。他指著其中一個留長髮的說：這是妳？

另一個是你，埃德利斯叔叔。

妳留長頭髮？以前？

我姊姊每天幫我梳頭髮。她很會梳，所以都不會痛。

她一定是個好姊姊。

等頭髮長回來了，你可以幫我梳。

我很願意。

別走，叔叔。不要離開我。

「她是個貼心的女孩。」他對安拉說。她的確是。很有禮貌，也很乖。他懷著些許罪惡感，想起在聖荷西的札畢和雷瑪，他們很久以前就說他們不喜歡自己的阿富汗名字，眼看著就要變成小暴君，變成他和娜曦發誓絕對不要養出來的那種蠻橫的美國小孩。

「她是個倖存者。」安拉說。

「是的。」

安拉靠在牆上。兩名護工推著輪床從他們旁邊經過。輪床上躺了一個年輕男孩，頭上纏著滲血的繃帶，大腿上還有個傷口。

「其他從美國或歐洲來的阿富汗人，」安拉說，「他們來替她拍照、拍錄影帶，滿口承諾；然後他們回家，把照片給家人看，好像她是動物園裡的動物。我之所以容許他們這麼做，是因為我認為他們或許可以幫得上忙。但是他們忘了。我再也沒聽到他們的消息。所以我再問一次，現在怎麼辦？」

「她需要的手術？」他說，「我想讓她動手術。」

她遲疑地看著他。

「我們團隊裡有個神經外科醫療中心，我會和我們老闆談一談；我們可以安排她飛到加州動手術。」

「是可以，但那需要錢。」

「我們可以募款。最壞的情況，就我自己出錢。」

「自掏皮夾。」

他笑起來。「正確的說法是『自掏腰包』。不過，沒錯。」

「我們得要徵求舅舅的同意。」

「如果他會再出現的話。」自從埃德利斯給了他兩百塊錢之後，那位舅舅就再也不見人影，音訊全無了。

安拉對他微笑。他以前沒做過像這樣的事。就這樣一頭栽進承諾裡，實在令人興奮、醺醺然，甚至狂喜；他覺得自己活力充沛，幾乎無法呼吸。讓他自己更詫異的是，眼睛裡竟然漾起淚水。

「Hvala，」她說，「謝謝你。」她踮起腳尖，親吻他的臉頰。

「我搞了那個荷蘭妞，」提慕爾說，「派對上的那個。」

埃德利斯從窗邊抬起頭。飛機底下層層疊疊的興都庫什山，那柔和的褐色山峰讓他讚嘆不已。他轉頭看坐在走道旁的提慕爾。

「深色頭髮的那個。吞了半顆維他命V[19]，一直混到晨間禱拜的鐘聲響起。」

「天啊。你就是長不大啊？」埃德利斯說，他很討厭提慕爾又把自己的行為不檢、捻花惹草、活像大學男生的荒唐行徑告訴他，害他心裡有負擔。

提慕爾笑起來。「記住，堂哥，在喀布爾發生的一切……」

「拜託，別再說了。」

提慕爾哈哈大笑。

在機艙後面，好像有場小派對在進行。有人唱著普什圖的歌曲，有人敲打保麗龍盤子，當成是坦布拉琴。

「真不敢相信，我們碰上老納比了。」提慕爾喃喃說道，「天啊。」

埃德利斯掏出擺在胸前口袋的安眠藥，沒配水就吞了下去。

「所以我下個月還要回來。」提慕爾說，雙手抱胸、閉上眼睛。「之後可能得再多來幾趟，可是我們應該辦得成。」

「你信任那個叫法魯格的傢伙？」

「鬼才信。所以我才要再回來啊。」

法魯格是提慕爾聘用的律師。他的專長是幫流亡國外的阿富汗人討回在喀布爾的產業。提慕爾已經看過法魯格準備提出的法律文件，他希望法魯格妻子當法官的表親可以負責審理這個案子。埃德利斯再次把頭靠在窗上，等著藥丸發揮效力。

「埃德利斯？」提慕爾悄聲說。

「嗯？」

「我們在那裡看見的事情真是活見鬼了。」

你還真有見識啊，老弟。「是啊。」埃德利斯說。

「每平方哩都有一千件悲劇啊，老哥。」

19 威爾剛的俗稱。

很快的，埃德利斯的頭開始嗡嗡響，視線逐漸模糊。在沉沉睡去之際，他想起自己和蘿希的道別，他拉著她的手指，說他們會再見面；她輕聲啜泣，幾乎悄然無聲，靠在他的肚子上哭。

從舊金山機場回家的路上，埃德利斯懷念起喀布爾交通的狂躁混亂。駕著淩志開在一〇一號公路的南向車道，一路秩序井然，平整無坑洞，感覺真是太奇怪了；到處有著明確的標示，每個人都溫文有禮、打燈號、相互禮讓。他想起他和提慕爾在喀布爾把性命交給那些奮不顧身、血氣方剛的計程車，不禁露出微笑。

坐在前座的娜曦不停問問題。喀布爾安全嗎？吃的東西還好嗎？有沒有生病？有沒有拍照和錄影？他竭盡所能地回答。他向她描述那些被炸毀的學校，住在無屋頂建築裡的遊民，乞丐，泥濘，時有時無的電力，但聽起來很像在描述音樂。他沒辦法讓一切生動起來。喀布爾那迷人、鮮活的細節——比方說廢墟中的健身中心，窗上的阿諾史瓦辛格畫像——他無法掌握這些細節，覺得自己的描述聽來淡而無味、平凡單調，就像一篇普普通通的美聯社報導。

坐在後座的兩個兒子遷就他，聽了一會兒，或至少假裝聽了一會兒。埃德利斯感覺得到他們的無聊。接著，八歲的札畢跟娜曦說他要看電影。大他兩歲的雷瑪又多聽了一會兒，但沒多久，埃德利斯就聽到他那部任天堂ＤＳ傳出賽車的聲音。

「你們兩個孩子是怎麼回事？」娜曦責備他們，「爸爸從喀布爾回來，你們一點都不好奇？都沒有問題想問？」

「沒關係，」埃德利斯說，「隨他們吧。」但是他們的興趣缺缺讓他很惱。他們之所以能擁有今天的幸運生活，純粹是因為基因的隨機決定，而他們竟如此不當一回事。他突然覺得自己和家人之間有了裂痕，就連娜曦也一樣，她對他這趟旅程的問題，大多繞著餐館與沒有自來水打轉。他以責備的眼光看著他們，當初他剛抵達喀布爾的時候，當地人一定也是這樣看他的。

「我餓壞了。」他說。

「你想吃什麼？」娜希問，「壽司？義大利菜？奧克里吉那邊有家新開的小館子。」

「我們吃阿富汗菜吧。」他說。

他們到老爹燒烤屋，就在聖荷西東區，靠近舊的巴利雅沙跳蚤市場那邊。餐館老闆阿布杜拉年約六十出頭，滿頭灰髮，留八字鬍，一雙手看來很強壯。他和他太太都是埃德利斯的病人。埃德利斯一家人走進餐館，阿布杜拉就從櫃檯出來。老爹燒烤屋是小型的家庭餐廳，只有八張桌子，鋪著通常都油膩膩的塑膠桌布；塑膠護貝的菜單、牆上掛著阿富汗海報，牆角還有部老舊的汽水機。阿布杜拉負責招呼客人、收錢，打掃。他的妻子蘇塔娜在後面，她才是負責變出美味餐點的人。埃德利斯看見她人在廚房，彎腰不知在弄什麼，眼睛因為蒸氣而瞇了起來，頭髮攏在網帽裡。她和阿布杜拉是一九七〇年代末期在巴基斯坦結婚的，他們告訴過埃德利斯，也就是在共產黨占領家鄉之後。他們在一九八二年獲得美國庇護，那一年，他們的女兒帕麗出生。

幫他們點菜的就是她。帕麗很親切，很有禮貌，遺傳了母親的白皙皮膚，眼睛也流露同樣堅定的目光。她身體的比例有點奇怪，上身纖細小巧，腰部以下卻顯得沉重，臀寬腿粗、腳踝肥大。身上是一襲慣常穿的寬鬆裙裝。

埃德利斯和娜曦點了羊肉配糙米飯和蔬菜餅。兩個男生點了烤肉餅，這是他們在菜單上所能找到最接近漢堡肉的東西。在等上菜的空檔，札畢告訴埃德利斯說他們的足球隊踢進決賽了。他是右衛。

比賽在星期天舉行。雷瑪說他星期六有吉他演奏。

「你要彈什麼？」埃德利斯有氣無力地問，開始感到時差的壓力。

「塗成黑色[20]。」

「很酷喔。」

「我覺得你練習不夠。」娜曦略帶譴責地說。

雷瑪放下手裡正在捲著的紙巾。「媽！真的嗎？你沒看到我有多忙嗎？我每天有這麼多事情要做！」

吃到一半的時候，阿布杜拉走到他們桌邊來打招呼，雙手在綁在腰間的圍裙上抹了抹。他問他們今天的菜好不吃，他們還需不需要別的。

埃德利斯告訴他說，他和提慕爾才剛從喀布爾回來。

「提慕爾將幹麼去了？」阿布杜拉問。

「還是不幹好事啊。」

阿布杜拉咧嘴笑了。埃德利斯知道他有多喜歡提慕爾。

「燒烤屋生意好吧？」

阿布杜拉嘆口氣。「巴希里醫師，要是我想詛咒誰，就會說：『願阿拉賜給你一家餐館！』。」

他們全和阿布杜拉一起笑起來。

後來，就在他們離開餐館，坐上休旅車的時候，雷瑪說：「爹地，他給誰吃東西都不收錢嗎？」

「當然不是。」埃德利斯說。

「那他為什麼不收你的錢？」

「因為我們是阿富汗人，也因為我是他的醫生。」埃德利斯說。但這個答案只對了一部分。真正的原因，他猜，是因為他是提慕爾的堂哥。幾年前，阿布杜拉開餐館的錢是向提慕爾借的。

回到家裡，埃德利斯先是吃了一驚，發現起居室和玄關的地毯都已經剝掉，裸露的樓梯露出釘子和樓板。接著他想起來了，他們家正在重新裝潢，要拆掉地毯、改鋪硬木地板——寬條的櫻桃木地板，顏色是地板包工所說的「銅壺色」。廚房櫃門已經磨掉色漆了，在原本擺微波爐的位置空出一大塊空間。娜曦說她星期一只上半天班，早上要見鋪地板的工人和傑森。

「傑森？」然後他想起來了，傑森．史皮爾，做家庭劇院的傢伙。

「他要來測量尺寸。他已經用折扣價幫我們弄到重低音揚聲器和投影機了。他星期三會派三個人來施工。」

埃德利斯點點頭。家庭劇院是他的主意，是他一直想要的東西。但現在，這個主意卻讓他很困窘。他覺得自己和這一切都沒有關係：傑森．史皮爾、新櫃子和銅壺色地板、兒子要價一百六十美元的高筒球鞋、他房裡的繩絨床單，以及他和娜曦努力追求這些物質的精力。他的雄心所造就的成果，如今只讓他感到華而不實，只讓他想到他的生活與他在喀布爾所見到的世界之間，存在著如此殘酷的不公平。

「怎麼回事，親愛的？」

「時差，」埃德利斯說，「我需要睡一下。」

星期六，他去參加了吉他演奏會；隔天，又去看了札畢的足球賽，但撐了半場之後，他不得不在下半場時溜到停車場，睡了半個小時。讓他鬆一口氣的是，札畢並沒有發現。星期天晚上，幾個鄰居過來吃晚飯。他們輪流看著埃德利斯旅途的照片，還很有禮貌地坐了一個小時，看喀布爾的錄影帶。

20 Paint it Black，滾石合唱團的暢銷單曲。

埃德利斯原本不想播的，但娜曦堅持要放給大家看。晚餐的時候，他們問起埃德利斯的旅程，他對阿富汗情勢的看法。他啜了一口莫西多雞尾酒，簡短回答。

「我簡直無法想像那裡的情況。」辛西亞說。辛西亞是皮拉提斯老師，在娜曦運動的那家健身房授課。

「喀布爾是……」他搜尋恰當的字彙，「每平方哩有一千件悲劇。」

「去到那裡，一定有很大的文化衝擊。」

「是啊。」埃德利斯沒說的是，真正的文化衝擊是回到美國之後才發生的。

最後，話題轉向最近社區裡發生的郵件失竊事件。

那天夜裡躺在床上，埃德利斯說：「你覺得我們一定要擁有這一切嗎？」

「這一切？」娜曦說。他從鏡子裡可以看見她，正在洗臉槽刷牙。

「這一切。所有的東西。」

「我們不一定要啊，如果你是這個意思的話。」她說。她對著水槽吐出牙膏，漱漱口。

「妳不覺得太多了嗎，這一切？」

「我們很努力工作，埃德利斯。你還記得醫學院入學考試、法學院入學考試、醫學院、法學院、接受住院醫師訓練的那些年？這些東西都是我們自己掙來的。我們沒有任何必要覺得抱歉。」

「買家庭劇院的那筆錢，都可以在阿富汗蓋一所學校了。」

她進到臥房，坐在床沿，摘掉隱形眼鏡。她有著最美麗的側影，他好愛她額頭和鼻子之間的輪廓，線條剛毅的顴骨，以及纖細的脖子。

「那我們就兩樣都做啊，」她轉頭看他，眨著不讓眼藥水流出來。「我看不出來為什麼不能兩樣都做。」

幾年前，埃德利斯發現娜曦在資助一個名叫米蓋的哥倫比亞小孩。她從沒對他提過這件事，因為她負責家裡的郵件和財務，所以埃德利斯有好多年都不知道這件事，直到後來看見娜曦在讀米蓋的信。那封信由修女從西班牙文譯成英文，還附上一張照片，一個高高瘦瘦的男生站在茅屋前面，手裡抱著足球，背後什麼都沒有，只有看起來瘦弱的牛隻和綠色的山丘。娜曦從唸法學院的時候就開始資助米蓋。十一年來，他們就這樣魚雁往返，娜曦寄去支票、米蓋寄來照片與修女幫忙翻譯的感謝信。

她摘下戒指。「怎麼了？你在那裡得了倖存者罪惡感症候群？」

「我只是看事情的角度開始有點不同了。」

「很好。那就好好利用吧。但可別紙上談兵。」

時差讓他這晚睡不著。他看了一會兒書，在樓下看了一部分重播的「白宮風雲」，最後到被娜曦改裝成書房的客房裡用電腦。他找到一封安拉發來的電子郵件。她希望他安全返家，全家平安。喀布爾的雨下得「很火大」，她說，街道的泥巴淹到腳踝。大雨造成洪水，喀布爾北方的修馬里，有兩百戶人家必須出動直升機撤離。安全情勢也緊張起來，因為阿富汗支持布希對伊拉克的戰爭，蓋達組織很可能會有報復行動。她的最後一行寫著：「你和你老闆談過沒？」

安拉的電子郵件後面，附了一段她替蘿希抄下來的短信：

埃德利斯叔叔收信平安，

上主保佑你平安回到美國。我相信你的家人一定很高興見到你。我每一天都想你。我每一天都看你買給我的影片。我每一部都喜歡。你不能陪我一起看，讓我很傷心。我情況很好，安拉阿姨也很照顧我。請替我向你的家人問好。上主保佑我們很快能在加州再相見。

蘿莎娜敬上

他回信給安拉，謝謝她，說他很遺憾聽到洪災的事。他希望雨很快就停。他告訴她，他這個星期就會和上司談蘿希的事。他在下面又寫了一段：

蘿希將收信平安：

謝謝妳親切的問候，收到妳的信我很高興。我也很想妳。我把妳的事告訴我的家人，他們都很希望能早日見到妳，特別是我的兒子，札畢將和雷瑪將，他們問了好多關於妳的問題。我們都很期待妳的到來。愛妳的埃德利斯叔叔。

他登出，上床睡覺。

星期一，他一進辦公室，就看見一大堆電話留言。連續處方箋的申請單從籃子裡滿出來，等待他核准。他有一百六十多封電子郵件要看，語音信箱也塞爆了。他在電腦上查看行事曆，竟發現這個星期的門診掛號超量——以醫生的術語來說就是硬擠——他一整個星期所有的空檔都被塞滿了。更慘的是，他這天下午要見洛斯穆森太太。這位格外愛唱反調、討人厭的太太，多年來有些不太明顯的症狀，治療也不見效果。一想到要面對她的忿忿不滿，他就一身冷汗。最後有個語音留言是他的上司瓊安·

雪佛，說他在啟程赴喀布爾之前診斷為肺炎的一名病患，最後證明是充血性心臟衰竭。這個案例下周要提交同儕審查。每個月一次透過視訊進行的同儕審查，由所有的醫療院所共同參與，在會中提出醫生所犯下的錯誤，用來作為檢討的重點。雖然會中並不會提出犯錯醫生的名字，但是這樣的匿名並沒有太大用處。埃德利斯知道，最後，大半與會的人都會知道那個被指責的醫生是誰。

他覺得開始頭痛了。

他這天早上的時程嚴重延宕。一名哮喘病患沒預約就進來，需要呼吸治療，同時要嚴密監控尖鋒吐氣流量和氧飽合度。一位埃德利斯三年前看過的行政人員因為前壁心肌梗塞被送了進來。埃德利斯一直忙到午休時間過了一半，才能吃午飯。在醫生用餐的會議室裡，他匆匆咬了幾口乾巴巴的火雞肉三明治，一面趕著補上筆記。他也回答同事提出的相同問題。喀布爾安全嗎？阿富汗人對美軍入駐有什麼看法？他給了精簡迅速的回答，心思全在洛斯穆森太太、亟須回覆的語音訊息、還沒簽核的連續處方箋、這天下午硬擠進來的三個病人、即將來臨的同儕審查，以及家裡裝潢包工的鋸鑽敲釘上。談起阿富汗人——他意外地發現，這件事竟然已這麼快、又這麼不可理解地成為已經發生過的事——突然好像是在討論一部最近剛看過、令人揪心，但感動情緒卻已開始消褪的電影。

這是他從醫以來最難熬的一個星期。雖然他很想，卻找不出時間和瓊安．雪佛談蘿希的事。一整個星期，他心情都很惡劣。在家裡，他對兩個兒子很暴躁，只要有一點噪音，或工人在家裡進進出出，他就發火。但是他的睡眠狀態已經恢復正常。他又接到安拉寄來的兩封電子郵件，告訴他更多喀布爾的最新情況。拉比亞．巴卡希女子醫院已重新啟用；卡爾札伊政府將同意開放有線電視網絡播放節目，挑戰了堅決反對的伊斯蘭強硬派。在第二封電子郵件的簡短附註裡，她說自從他離開之後，蘿希開始變得沉默寡言。她再次問他是不是已經找上司談過。他離開電腦。但一會兒之後，他又回到電腦前面。他覺得很慚愧，竟然對安拉的詢問這麼惱火，竟然這麼信口開河。他回信她，用大寫字母：**我會的。在適當時機。**

「我希望你不要介意。」

瓊安．雪佛坐在她的辦公桌後面，雙手交疊在膝上。她渾身充滿愉悅的活力，圓臉、一頭粗粗的白髮。她透過架在鼻梁上那副窄窄的老花眼鏡看他。「你知道，重點不是在質疑你。」

「是啊，當然啦。」埃德利斯說，「我瞭解。」

「而且，不要覺得難過。這樣的事情，我們誰都可能碰上。在X光的片子上，充血性心臟衰竭和肺炎是很難分辨的。」

「謝謝妳，瓊安。」他站起來要離開，卻在門口停下。「噢，我有件事一直想找妳討論。」

「沒問題、沒問題。坐下吧。」

他再次坐下。他告訴她蘿希的事，描述她的傷勢，以及瓦吉．阿巴汗醫院缺乏資源的情況；他告訴她，他對安拉和蘿希所作的承諾。講出這些事情，他才驚覺得這個承諾讓他心頭沉重，這是當初他在喀布爾醫院的走廊上、安拉親吻他臉頰時所未曾感覺到的。他發現這就像買了東西卻後悔一樣。

「天啊，埃德利斯。」瓊安搖著頭說：「我很敬佩你。但這實在太可怕了；這可憐的孩子，我簡直無法想像。」

「我知道。」他說。他問說醫療團隊會不會願意幫她負擔手術費用。「或者是一系列的手術。我想她可能需要動很多次手術。」

瓊安嘆口氣。「我真希望可以。但我懷疑董事會會批准，埃德利斯。我非常懷疑。你知道我們過去五年一直有赤字。而且還會有法律問題，很複雜的法律問題。」

她等著他回答，或許是準備好聽他的反駁，但是沒有。

「我瞭解。」他說。

「你應該可以找到做這類工作的人道救援組織，不是嗎？要花一點功夫，但是……」

「我會去問問看。謝謝妳，瓊安。」他又站起來，很意外地發現自己竟然感覺輕鬆許多；她的回答幾乎讓他如釋重負。

家庭劇院又耗了一個月才裝好，但非常棒。從裝在天花板上的投影機所投射出來的畫面非常鮮明，在一〇二吋螢幕上的動作流暢非凡；七點一聲道環繞音響系統、圖示等化器，以及他們四個牆角所構成的最佳低音陷阱，產生了讓人驚豔的聽覺效果。他們看「神鬼奇航」，兩個兒子對這個高科技設備興奮得不得了，一左一右坐在他身邊，吃著擺在他腿上的那桶爆米花。他們還沒看完終場那段拖得很久的戰鬥場面，就睡著了。

「我抱他們上床睡覺。」埃德利斯對娜曦說。

他先抱一個，再抱另一個。這兩個孩子正在抽長，瘦長的身體以驚人的速度不斷長高。幫他們一一蓋上被子的時候，他突然意會到，他的兒子很快就會讓他心碎了。再過一年，頂多兩年，他就會被取代了。這兩個孩子會開始迷上其他東西、其他人，會因為他和娜曦而覺得困窘。埃德利斯充滿渴望地回想他們還很小、很無助的時候，是那麼全心全意地依賴他；他記得札畢小時候好怕下水道人孔蓋，每次都要跌跌撞撞地繞個大圈避開；有一次看老電影的時候，雷瑪問他，他以前是不是活在只有黑白的世界裡。這回憶讓他不禁微笑。他親吻兒子的臉頰。

他坐下來，在一片漆黑中，看著雷瑪睡覺。他明白，他對兒子所下的批判太倉促，也太不公平。就算對自己，他也太倉促地批判自己了。他並不是罪犯。他所擁有的一切都是靠自己掙來的。在九〇年代，他所認識的每一個人幾乎都在混夜店、追女生的時候，他卻埋頭苦讀，凌晨兩點蹣跚穿過醫院走廊，放棄睡眠、休閒與撫慰。他把自己的二十幾歲奉獻給醫學。他付出了自己的代價。為什麼他要覺得不好受？這是他的家。這是他的人生。

過去這一個月，蘿希對他來說變得愈來愈抽象，像是戲劇裡的一個角色。他們之間的關係已經磨損了。他當時在醫院裡意外感受到的親密感，那麼迫切、那麼真切的親密感，如今卻消蝕得黯然模糊。那段經驗已經失去力量。他領悟到，曾經緊緊攫住他的那股強烈決心，其實只是一個假象、一個幻影。他陷入了宛如藥物作用的影響裡。他和那女孩之間的距離，現在變得好遠好遠；無邊無際、難以跨越的距離。而他對她的承諾是輕率而誤導的錯誤，對自己的力量、意志與性格的嚴重錯估。有些事情最好忘記。他沒有能力可以做到，就是這麼簡單。過去那兩個星期，他又收到安拉的三封電子郵件。他讀了第一封，但是沒有回覆。接下來兩封，他看都沒看便直接刪除。

書店裡大約排了十二、三個人，隊伍從臨時架設的臺子延伸到雜誌架。一個高大闊臉的女人發給排隊的人一張黃色的小便利貼，讓他們寫上自己的名字，以及希望簽在書上的任何字句。一名女店員站在隊伍前面，幫忙把書翻到書名頁。

埃德利斯手裡抱著一本書，排在很前面。站在他前面的那名婦人年約五十出頭，一頭金髮剪得很短，轉頭對他說：「你讀過了嗎？」

「沒有。」

「我們讀書會下個月要讀這本書。這次輪到我挑書。」

「喔。」

她皺起眉頭，一隻手掌貼在胸口。「我希望大家都讀這本書。這故事好感人，好鼓舞人心。我敢說一定會改編成電影。」

他對她說的話是事實。他沒讀過這本書，也懷疑自己會讀。他不認為自己想要在書上重溫自己的經歷。但其他人會讀。而一旦讀了，他們就會知道，他就會曝光。大家都會知道。娜曦，他的兒子，他的同事。他一想到就覺得想吐。

他再次翻開書，跳過誌謝感言，跳過共同作者的簡介——那位共同作者才是真正執筆的人。他再次看著書衣折口上的照片。完全看不出來受傷的跡象。就算有傷疤——一定會有——也被那頭波浪似的黑色長髮給蓋住了。蘿希穿著綴有金色小珠珠的上衣，一條阿拉字樣的項鍊，青玉石耳扣。她倚著樹，對著鏡頭微笑。他想起她畫給他的那兩個樹枝似的人兒。別走，別離開我，叔叔。在這名年輕女子身上，他一點都看不到那個渾身發抖的小東西的影子；他六年前在布簾裡看到的那個小東西。

埃德利斯看著書上的獻辭。

獻給我生命中的兩位天使：我的母親安拉，以及叔叔提慕爾。你們是拯救我的人。你們賜給我一切。

隊伍往前移動。金色短髮的那名婦人拿到簽名了。她站到一旁，心臟狂跳的埃德利斯踏步向前。蘿希抬起頭。她南瓜色的長袖襯衫上搭著阿富汗披肩，戴著小小的橄欖形銀耳環。她眼睛的顏色比他印象中的更深，身體呈現女性的曲線。她眼睛眨也沒眨地看著他，雖然沒露出半點認出他的神色，雖然微笑很禮貌，但她的表情有一絲逗趣，有一點疏遠，戲謔。狡黠。無畏。他整個人被擊垮了，他想好的話——他甚至寫了下來，在來這裡的路上不斷在腦海裡預習——全都枯竭。他連一句話都說不出口。他只能站那裡，一臉蠢相。

店員清清嗓子。「先生，如果你把書給我，我可以幫你翻好，請蘿希為你簽名。」

書。埃德利斯低頭，看見書還緊緊抓在手裡。他不是來簽書的，當然。在經過這一切之後，還來簽書真是太厚顏無恥了——厚顏無恥到怪誕的地步。然而，他看著自己把書交出去，店員熟練地翻到正確的那一頁，蘿西的手在書名下振筆疾書。他還有幾秒鐘的時間可以說句話。並不是因為這樣就能彌補他那不可原諒的過錯，而是他覺得自己欠她這句話。但店員把書交還給他的時候，他卻一句話都說不出來。他真希望自己有提慕爾的勇氣，就算只有一點點都好。他再次看著蘿希。她的目光已經越過他，望向排在他後面的那個人。

「我——」他開口。

「我們得讓後面的人上來，先生。」那名店員說。

他低下頭，離開隊伍。

他的車停在書店後面的停車場。走向車子的這段路，感覺像是他這輩子最漫長的一段。他打開車門，卻停下腳步，沒上車。他用那雙顫抖不休的手，再次翻開書。寫在書頁上的不是簽名。她用英文寫給他兩句話。

他闔上書。他覺得自己應該會覺得如釋重負才對，心裡卻隱隱希望上演的是另一種場面。或許是她對他皺起臉，說些孩子氣的話，充滿怨恨和厭惡的話；新仇舊恨爆發開來；如果是那樣或許會好一些。但是沒有，她乾淨俐落，手段圓滑地打發了他。還有這段話。別擔心。書裡沒你。善意的行為。更正確來說，或許是慈悲的舉動。他應該覺得大石落地。但這話很傷人。他感覺到這兩句話朝他揮來，宛如斧頭劈向他的頭。

在附近的一棵榆樹下有張長椅，他走過去，把書擺在那裡。他走回車子，坐進駕駛座。過了好一會兒，他才有辦法轉動鑰匙，開車離去。

France
| 法國 |
巴黎
亞維農

6

一九七四年，二月

編按

《視差》第八十四期（一九七四年冬季號），第五頁

親愛的讀者：

五年前，我們開始每季推出專題報導，訪問鮮為人知的詩人，當時並未料到會廣受歡迎，許多讀者希望我們推出更多專訪。正因為諸位讀者的熱情來函，讓這些專題報導得以成為《視差》年年都有的傳統。而這個專題報導也是本刊記者的最愛。透過這些報導，讓我們得以探索或重新探索深具價值的詩人，以及對他們作品遲來的賞析。

然而，遺憾的是，本期的專題卻籠罩在陰影之下。本季報導的妮拉·華達堤為一位阿富汗詩人，去年冬天在巴黎近郊的庫伯瓦城接受艾帝安·伯陶勒訪問。相信各位讀過本期專訪之後必定會同意，華達堤夫人在訪談中所透露的，是本刊有史以來最動人也最坦率的故事。但令人哀傷的是，在專訪過後未久，我們接獲她過世的消息。詩界將永遠懷念她。她身後遺有一名女兒。

真是不可思議啊，這個時機。就在電梯門叮咚一聲開啟之際——分秒不差——電話也同時響起。帕麗聽見電話鈴響，因為那是朱利安公寓裡的電話。他的公寓位在這條狹窄無光的走廊盡頭，是最接近電梯的一間。她直覺地知道是誰打來的。看看朱利安臉上的表情，他也知道。

已經踏進電梯裡的朱利安說，「別接了。」

他背後是一個從樓上下來的婦人，圓臉，態度冷淡，很不耐煩地瞪著帕麗。朱利安叫她「山羊女」（La chèvre），因為她下巴那撮汗毛很像山羊鬍子。

他說，「走吧，帕麗，我們已經遲了。」

他在第十六區一家新開的餐廳訂了七點鐘的位子。這家餐廳的紅燜雞、紅衣主教龍蝦，以及小牛肝佐雪莉酒醋都已經大為轟動。他們要和朱利安大學的老朋友克里斯汀與奧赫莉碰面——他們是他學生時代的朋友，不是現在教書的同事。他們約好在六點半喝餐前酒的，但現在都已經六點十五分了。他們得走路到地鐵站、搭到獵舍（Muette），然後再穿過六條街到餐廳。

電話鈴聲響個不停。

那個山羊女咳了一聲。

朱利安語氣更堅定地說：「帕麗？」

「很可能是媽媽。」帕麗說。

「是啊，我知道。」

帕麗很不理性地想：媽媽，有無比戲劇化天分的媽媽，挑了這個時間點打電話，讓她陷入非作選擇不可的兩難：是要和朱利安一起進電梯，還是要接她的電話。

「可能很重要。」她說。

朱利安嘆息。

電梯門在他背後關上。他靠在走廊牆上，雙手插進束腰風衣的口袋裡，儼然是梅爾維爾警察電影裡的角色。

「只要一分鐘。」帕麗說。

朱利安懷疑地瞥她一眼。

朱利安的公寓很小。快走六步，她就已經穿過玄關、跨過廚房，坐在床沿，伸手拿起床頭櫃上的電話。他們這房間裡只有一張床頭櫃。然而，這間公寓的景觀很棒。今天下雨，但如果是在晴朗的日子，他們可以從面向東方的窗子望出去，盡覽十九與二十區的風光。

「喂？」她對著聽筒說。

有個男聲回答：「妳好。是帕麗．華達堤小姐嗎？」

「請問哪位？」

「妳是妮拉．華達堤夫人的女兒嗎？」

「是的。」

「我是德洛涅醫師。我是為妳母親的事打電話來的。」

帕麗閉上眼睛。在慣常的恐懼出現之前，她心頭閃現一絲罪惡感。她以前接過這樣的電話，次數多到數不清，從她還是個青少年的時候，甚至還要更早以前——有一次，五年級的時候，她正在考地理，老師不得不打斷考試，帶她到走廊上，壓低聲音告訴她發生了什麼事。對帕麗來說，這樣的電話很稀鬆平常，但是反覆發生，並不能讓她輕鬆自在地去面對。她每次接到電話都會想，這一次，就是這一次，而她每回都一掛上電話，就衝到母親身邊。朱利安用經濟學的口吻對帕麗說，如果她切斷關注的供給，或許對關注的需求也就跟著消失了。

「她發生意外。」德洛涅醫師說。

帕麗站在窗邊，聽醫師解釋。她手指纏著電話線，捲起又鬆開，聽醫生述說母親到醫院的經過。前額撕裂傷、縫合、破傷風預防注射，擦過雙氧水、局部抗生素、包紮。帕麗心裡浮現十歲時的往事。有一天放學回家，她在廚房看見二十五法郎和一張紙條。*我和馬可一起去亞爾薩斯。你記得他的。過兩天回來。要乖（別太晚睡！）愛妳，媽媽。*那天，帕麗站在廚房裡，渾身發抖，淚眼汪汪，告訴自己說兩天還好，還不算太久。

醫生在問她問題。

「什麼？」

「我說，妳會不會來帶她回家，小姐？她的傷不嚴重，妳知道，但是最好不要單獨回家。或者要我們幫她叫計程車？」

「不，不用。我半個小時就到。」

她坐在床上。朱利安會很惱，八成也會覺得在克里斯汀和奧赫莉面前很沒面子，因為他們的看法對他似乎很重要。帕麗不想到走廊上去面對朱利安。她也不想到庫伯瓦去面對她媽媽。她寧可躺在這裡，傾聽風挾著雨絲敲打在玻璃上的聲音，直到沉沉睡去。

她點起一根菸。朱利安進到房裡，在她背後說：「妳不去了，對吧？」她沒回答。

「阿富汗夜鶯」摘錄

妮拉．華達堤接受艾帝安．伯陶勒專訪

《視差》雜誌第八十四期（一九七四年冬季號），第三十三頁

艾：我知道妳其實是一半阿富汗人，一半法國人？

妮：是的，我母親是法國人。巴黎人。

艾：但是她和你父親是在喀布爾認識的。妳在喀布爾出生。

妮：是的。他們一九二七年在喀布爾認識。在王宮的一場正式晚宴上。當時我母親隨同父親，也就是我的外祖父，到喀布爾。我外祖父被派到那裡去擔任阿曼努拉國王[21]的改革顧問；你知道阿曼努拉國王嗎？

我們坐在妮拉．華達堤家的客廳裡。華達堤夫人這幢小公寓，位於住宅大樓的十三樓，坐落在巴黎北郊庫伯瓦的市中心。客廳很小，光線不足，也沒有什麼裝潢：一張鋪著橙黃色軟墊的沙發、一張茶几，兩架高大的書櫃。她背窗而坐，窗戶敞開，好讓她不斷點燃的香菸煙霧能散去。

妮拉說自己四十四歲。她是位十分迷人的女士，美貌或許過了巔峰，但只是稍稍減損而已。尊貴高聳的顴骨、細緻的皮膚、纖細的腰身。一雙睿智、賣弄風情的眼睛，具有穿透力的目光讓人覺得自己既被評價又被測試，既勾魂又被戲弄。我猜，這雙眼睛至今仍是攻無不克的誘惑工具。她素顏的臉只塗了唇膏，微微暈染開來，超出了嘴唇的輪廓。她頭上綁了頭巾，一件褪色的紫色上衣搭牛仔褲，

---

21 Amanullah Khan, 1892-1960，阿富汗國王，致力西化改革，於一九二九年遭政變推翻出亡。

沒穿襪，沒穿鞋。雖然才上午十一點，她已經開了一瓶沒冰過的夏多內白酒。她很慷慨地倒給我一杯，但我婉拒了。

妮：他是他們有史以來最好的一位國王。

我覺得她選擇的代名詞很有意思。

艾：「他們」？妳不認為妳是阿富汗人？

妮：這樣說吧，我已經捨棄了我比較麻煩的那一半。

艾：我很好奇，為什麼會這樣。

妮：如果他成功了，我指的是阿曼努拉國王，對你的問題，我或許就會有不一樣的答案。

我請她解釋。

妮：你知道，他有一天早上醒來，這位國王，宣告他要重新塑造自己的國家——簡直是存心要氣死大家——要讓阿富汗成為嶄新，而且更文明的國家。以真主之名！他說。不准再戴頭巾，比方說。想想看，伯陶勒先生，阿富汗竟然因為一個女人穿布卡[22]而逮捕她！等他的妻子索拉雅王后在公共場合出現、露出一張臉，大家會是什麼反應？烏啦啦。穆拉肚子裡的氣簡直可以吹起一千艘興登堡號飛船。也不准再有一夫多妻，他說！你要瞭解，這個國家的歷代國王都有一大堆後宮佳麗，她們生下的一大堆孩子，有一大半國王連正眼都沒瞧過。從今以後，他宣布，沒有人能強迫你結婚。而且也不再有聘金這回事了，阿富汗勇敢的女人們，再也沒有童婚。還有呢：妳們全都得上學。

艾：他很有遠見。

妮：也可能是個傻瓜。我總覺得這兩者只有一線之隔。

艾：他後來怎麼了？

妮：結果不出所料，當然是很慘啦，伯陶勒先生。聖戰開始囉。他們對他發動聖戰，那些穆拉，以及部落族長。想想看，上千隻拳頭高舉。國王撼動大地，你知道，卻被一大群像大海一樣的狂熱份子包圍。你很清楚，海床震動的時候會發生什麼事情，伯陶勒先生。大鬍子叛軍捲起的海嘯，撲向這位可憐的國王，把他高高捲起、拋進驚濤駭浪裡，無助地掙扎。他們把他沖上印度海岸，接著到義大利，最後到了瑞士，在那裡他才漸漸遠離是非，成為一個流亡的老人，死在那裡。

艾：那國家變成什麼樣子？我猜是不太適合妳。

妮：反過來說也通。是我不適合那個國家。

艾：所以妳在一九五五年移居法國。

妮：我之所以移居法國，是因為希望我女兒可以擺脫那種人生。

艾：哪一種人生？

妮：我不希望她違反自己的意願和本性，變成那種勤奮但悲哀的女人，一輩子埋頭苦幹，永遠擔心自己會說錯話、做錯事、表錯情。在西方世界——比方法國——有些人很讚賞這樣勤懇工作的女人，但是讚賞她們的那些人，自己遠在他方不說，往往連穿著鞋子走上一天都受不了。我不希望她變成那種眼睜睜看著自己的欲望灰飛煙滅、自己的夢想幻滅破碎的女人，然而——這是最慘的，伯陶勒先生——如果你看到她們，她們還是面帶微笑，假裝自己無憂無慮，彷彿她們過著令人欣羨的生活。但是如果你仔細看，就會看見她們無助的表情、她們的絕望，證明她們愉悅的臉都是裝出來的。很悲慘啊，伯陶勒先生。我不希望我的女兒變成那樣。

22 Burqa，伊斯蘭女性罩住全身與臉部的罩袍。

艾：我想她應該可以理解？

她又點起一根菸。

妮：嗯，孩子總是不盡如你所望，伯陶勒先生。

在急診室，有個壞脾氣的護士叫帕麗在登記櫃檯旁邊等。附近有輛堆滿紙夾板和病歷的輪車。帕麗覺得很詫異，怎麼會有人自願耗費青春，接受職業訓練，讓自己最終淪落到像這樣的地方。她一點都不理解。她痛恨醫院。她討厭看見別人的慘狀，那令人作嘔的氣味，吱吱嘎嘎響的輪床，掛著單調畫作的走廊，頭頂上沒完沒了的廣播。

德洛涅醫師比帕麗預期得年輕，鼻子纖細、嘴巴窄薄，一頭整齊的金色鬈髮。他帶她走出急診室，穿過雙扉推門，進到大走廊。

「妳母親到醫院的時候……」他用推心置腹的語氣說，「她醉得相當厲害……妳好像不意外。」

「我不意外。」

「許多醫護人員也不意外。他們說她在這裡有一大堆記錄。我是新來的，所以，我當然沒有這個榮幸見過她。」

「情況有多糟？」

「她脾氣很壞，」他說，「而且，可以說，相當戲劇性。」

他們同時笑了笑。

「她不會有事吧？」

「是啊，眼前看來是不會有事。」德洛涅醫師說，「但我必須建議，誠心誠意地建議，她一定要少喝酒。她這次運氣很好，但誰知道下一次……」

帕麗點點頭。「她人呢？」

他帶她回到急診室，轉過牆角。「三號床。我馬上拿出院單過來。」

帕麗謝謝他，朝媽媽的病床走去。

「妳好，媽媽。」

媽媽露出疲憊的微笑。她的頭髮亂七八糟，腳上的襪子不成雙。他們幫她的額頭纏上繃帶，一罐無色的液體透過點滴管流進她的左臂。她身上的病袍穿反了，帶子也沒綁好，前襟微微敞開，帕麗瞥見一條粗黑的垂直線，是她母親當年剖腹手術的舊傷疤。她幾年前問過媽媽，她的傷疤為什麼不是一般常見的水平刀痕，媽媽說醫生曾經給了她一個技術性的理由，但她已經不記得是什麼了。最重要的是，她說，他們把妳給弄出來了。

「我毀了妳的夜晚。」媽媽低聲說。

「意外在所難免。我來帶妳回家。」

「我可以睡上一個星期。」

她的眼睛迷迷濛濛地閉了起來，但還懶洋洋、拖長語調不停說話。「我只是坐在那裡看電視。後來肚子餓，就到廚房去拿麵包和橘子醬。我滑倒了。我不確定是怎麼回事，也不知道是絆到什麼，可是跌下去的時候，我的頭撞到烤箱門的把手。我想我可能昏過去一、兩分鐘。坐下，帕麗。妳這樣讓我很有壓迫感。」

帕麗坐下。「醫生說妳喝了酒。」

媽媽睜開半隻眼睛。頻繁地來看醫生，卻讓她對醫生的憎惡程度有增無減。「那個男生？他這麼說的？那個小混蛋。他懂什麼？他呼吸都還有他媽媽乳頭的味道咧。」

「我每回提到這件事，妳就愛開玩笑。」

「我好累，帕麗。妳可以留著下次再教訓我。鞭刑臺又跑不掉。」

現在她真的睡著了。鼾聲，不太文雅的鼾聲，只有在她狂飲之後才會出現。

帕麗坐在床邊的凳子上，等待德洛涅醫師，一面想像朱利安在燈光幽暗的餐桌上，手持菜單，隔著裝波爾多紅酒的高腳杯，對克里斯汀和奧赫莉解釋這場危機。他提議要陪她到醫院來，但態度非常敷衍，純粹只是出於禮貌。反正，到這裡來也不是什麼好主意。如果德洛涅醫師認為自己見識過戲劇性的場面……然而，就算他不能陪她到醫院來，帕麗也希望他不要單獨去吃這頓飯。但他還是去了，讓她微微有些吃驚。他可以向克里斯汀和奧赫莉解釋的。他們可以另挑一個晚上，更改訂位。但朱利安還是去了。這不只是不體貼而已。不。他的這個舉動還有些惡毒，有些刻意的打擊意味。帕麗早就知道他有這樣的本領，而她最近開始懷疑，他是不是也有這樣的嗜好。

就是在像這樣的急診室裡，媽媽第一次見到朱利安。那是十年前，一九六三年，帕麗十四歲的時候。他載一個犯偏頭痛的同事到醫院來。媽媽則是帶帕麗來。那次的病人是帕麗，在學校體育課嚴重扭傷腳踝。帕麗躺在輪床上，朱利安推著輪椅進來，和媽媽開始聊天。帕麗已經不記得他們聊了些什麼。她只記得朱利安說：「巴黎——和城市同名？」媽媽則是一貫的回答：「不是，沒有s[23]。在法爾西語裡的意思是小精靈。」

後來，在那個星期的一個雨夜，她們和他在聖日爾曼大道旁的一家小餐館碰面。在公寓裡，媽媽為了穿什麼，上演了一齣舉棋不定的戲碼，最後穿上粉藍色束腰洋裝，配上晚宴手套和尖頭細跟高跟鞋。一直到了電梯裡，她還對帕麗說：「這有點太過賈姬風了，對不對？妳覺得呢？」

用餐之前，他們抽菸，三個人都抽。媽媽和朱利安用超大的霧面馬克杯喝啤酒。他們喝完一輪，朱利安叫了第二輪，接著還有第三輪。朱利安身穿白襯衫，打領帶，配上格紋晚宴外套，流露出良好出身的氣質，彬彬有禮、進退有節，時而輕鬆微笑、時而自在大笑。他的太陽穴上有一抹灰白，是帕麗在燈光幽暗的急診室裡沒發現的。她估計他的年紀應該和媽媽差不多。他對時事非常熟悉，花了很多時間談戴高樂否決英國加入歐洲共同市場的事，而且讓帕麗很意外的是，竟然可以講得頗為有趣。直到媽媽問起之後，他才說自己在索邦大學教經濟學。

「教授啊？太厲害了。」

「噢，才不呢。」他說，「妳應該找一天來聽課，保證妳馬上打消這個想法。」

「說不定我會去喔。」

帕麗感覺得出來，媽媽已經有點醉了。

「也許我可以挪出一天來，去看你教書。」

「教書？妳一定要記得啊，妮拉，我教的是經濟理論。如果妳真的來了，就會發現我的學生認為我是笨蛋。」

「這個嘛，我很懷疑。」

帕麗也很懷疑。她猜，朱利安肯定有一大堆學生想和他上床。一整頓晚餐，她都很小心不被逮到在看他。他有張從黑白電影裡直接走出來的臉孔，一張天生適合拍成黑白照片的臉，威尼斯式百葉窗在他臉上映出一道道平行的陰影，一縷香菸的煙霧在旁邊盤旋而上。一綹括弧似的頭髮垂下額頭，如

23 帕麗（Pari）和巴黎（Paris）的法文發音相同。

此優雅——或許是太過優雅了。事實上，這綹頭髮就算不是精心設計的結果，帕麗也沒看到他抬起手來把頭髮撥開。

他問起媽媽所經營的那家小書店。那家店在塞納河對岸，埃克樂橋的另一頭。

「妳有爵士樂的書嗎？」

「噢，當然有！」媽媽說。

窗外的雨霹靂啪啦的下，小餐館裡面變得更加喧鬧。服務生端上乳酪泡芙與火腿串烤之後，媽媽和朱利安開始沒完沒了地談起巴德．鮑威爾（Bud Powell）、桑妮．斯蒂特（Sonny Stitt）、迪吉．葛拉斯彼（Dizzy Gillespie），以及朱利安最愛的查理．帕克（Charlie Parker）。媽媽告訴朱利安，她比較喜歡西岸風格的查特．貝克（Chet Baker）和邁爾士．戴維斯（Miles Davis），問他有沒有聽過邁爾士．戴維斯的《泛泛藍調》（Kind of Blue）。帕麗覺得很驚訝，媽媽竟然這麼喜歡爵士樂，竟然熟知這麼多不同風格的樂手。這不是第一次，她一方面對媽媽產生孩子氣的敬佩之心，一方面卻也為自己並不完全瞭解自己的母親而微微不安。不意外的是，媽媽輕易且徹底地誘惑了朱利安。這是媽媽最在行的。她向來可以吸引男人的注意，一點問題都沒有。她生吞活剝男人。

帕麗看著媽媽戲謔低語，因為朱利安的笑話而咯咯笑，心不在焉地扭著一綹頭髮。她再次讚嘆，媽媽是如此年輕、如此美麗——媽媽，只比她大二十歲的媽媽。她烏黑的長髮，她豐滿的胸部，她懾魂的眼睛，以及那張閃著亮眼光彩，有著優雅貴族五官的臉蛋。帕麗更驚訝的是，她和媽媽的相似之處竟如此之少；她嚴肅的淡色眼睛、長鼻子、有牙縫的微笑，和扁平的胸部。倘若她有任何美貌可言，那也是更平凡更世俗的那種美。在媽媽身邊，帕麗總是意識到自己的外貌是用普通布料編織而成的。有時候，媽媽也會這麼提醒帕麗，雖然是包藏在讚美的特洛伊木馬裡。

她會說，妳很幸運，帕麗。妳不必加倍努力讓男人把妳當一回事。他們會注意到妳。太多的美貌反而壞事。她笑起來。噢，聽我說，這不是我自己的經驗，當然不是，這是我觀察來的心得。

妳的意思是我不美。

我的意思是妳不會希望那樣的。況且，妳很漂亮，已經夠漂亮了。我愛妳啊，親愛的，這樣甚至更好。

她也不太像父親，帕麗相信。他個子很高，有張嚴肅的臉、高高的額頭、窄窄的下巴，和薄薄的嘴唇。帕麗房間裡還收著幾張他的照片，是小時候從喀布爾的家裡帶來的。他在一九五五年生病——也就是媽媽帶她到巴黎來的那一年——不久之後，便過世了。有時候帕麗會盯著父親的舊照片，特別是一張他倆的黑白照片，父親和她站在一輛老式的美國車前面。他靠著擋泥板，把她摟在懷裡，兩人都在微笑。她記得有一次坐在父親身邊，看他在衣櫃面板上畫長頸鹿和長尾猴。他讓她替一隻猴子上色，拉著她的手，耐性十足地帶著她一筆一筆塗上顏色。

看著舊照片上的父親，攪動了帕麗心中悠遠的情緒，打從她有記憶以來就一直存在的一種感覺。她覺得在自己的人生中少了某種東西或某個人，對她的生存至關重要的人或物。有時候那種感覺隱隱約約的，彷彿跨越陰暗小徑與廣闊距離而來的訊息，宛如無線電頻道上的微弱訊號，遙遠、飄乎不定。但有時候那感覺卻非常清晰，缺少的那個東西與她如此親密，讓她的心不禁一痛：例如兩年前在普羅旺斯，帕麗在農舍外面看見一棵巨大的橡樹；還有一次是在杜樂麗花園，看見一位年輕媽媽用一輛小小的紅色手推車推著兒子的時候。帕麗不明白。她曾經讀過一篇報導，說有個土耳其男人突然陷入極度沮喪，因為他的雙胞胎哥哥在亞馬遜雨林搭獨木舟旅行時心臟病發，儘管他從來不知道自己有個雙胞胎哥哥。這是最接近她心中感覺的故事。

她有一次對媽媽提過。

這個嘛，也沒什麼神祕的，親愛的，媽媽說，妳很想念父親。他遠離了妳的生活。妳當然會有這樣的感覺。過來，給媽媽親一個。

她母親的解釋非常合理，但還是不能讓她滿意。帕麗相信，如果父親還在世，如果他和她在一起，她會覺得自己更完整。但她也記得，自己從很小的時候就有這樣的感覺，當時她明明還和爸媽一起住在喀布爾的那幢大宅裡。

用完餐點之後不久，母親去上洗手間，帕麗有幾分鐘的時間和朱利安獨處。他們聊起帕麗在一個星期前看過的一部電影，珍・摩露（Jeanne Moreau）在裡面演一個賭徒。他們也聊學校和音樂。她說話的時候，他手肘擱在桌上，身體微微傾前靠近她，很有興趣地聆聽，既微笑又皺眉，目光片刻都沒離開過她。這是一場表演，帕麗對自己說，他只是在假裝。這是個精雕細琢的行為，是他用來應付女人的手腕，是他一時衝動之下選擇的策略；和她稍微調一下情、利用她來取悅自己。然而，在他堅不退讓的凝視之下，帕麗還是不由自主地脈搏加速、腹部緊繃。她發現自己裝出刻意造作的世故，那可笑的語氣，完全不像她平常的樣子。她明知道自己這樣做，卻無法制止。

他告訴她說，他曾經結過一次婚。很短暫的婚姻。

「真的？」

「幾年前。我三十歲的時候。那時我住在里昂。」

他娶了一個年紀比較大的女人。婚姻維持不了多久，因為她的占有欲很強。媽媽還在座的時候，朱利安並沒提起這件事。「我們其實只是肉體關係。」他說這句話的時候，眼睛盯著她，露出足以撩動心緒的小小微笑，謹慎地衡量她的反應。帕麗點起一根菸，表現得很冷靜，像碧姬芭杜，彷彿男人常告訴她這種事情。但是，她的內心卻在顫抖。她知道在這餐桌上發生了小小的背叛行為。稍微有點不正當，不見得完全無害，但又讓人心神激盪。媽媽重新梳好頭髮、上好口紅回來之後，他們的隱密時光終止了，帕麗不禁怨恨起媽媽的介入，但不到一會兒，怨恨就被懊悔所取代。

她在約莫一個星期之後再次見到他。那天早晨，她端著一碗咖啡到媽媽房間。她看見他坐在媽媽的床沿，轉著手錶。她不知道他在家裡過夜。她站在走道上，透過房門的縫隙看他。她的腳彷彿生了根似的一動也不動，手捧著碗，嘴巴像吞進一團乾泥巴。她看著他，他背部光潔無瑕的肌膚、微微凸出的肚子，部分被發皺的床單掩住的大腿，以及兩腿之間的那團濃黑。他扣好手錶，伸手到床頭櫃上拿香菸、點火，然後不經意地把目光轉到她身上來，彷彿他一直知道她站在那裡。他抿著嘴對她微笑。這時媽媽在淋浴間裡不知說了什麼，帕麗轉身離去。她沒被手上那杯咖啡燙著，真是奇蹟。

媽媽和朱利安交往了大約六個月。他們經常一起去看電影、逛博物館，上藝廊看那些有著異國名字、掙扎著想出名的畫家展覽。有一個周末，他們開車到波爾多附近的阿卡松海灘，帶著曬黑的皮膚與一箱紅酒回來。朱利安帶她去參加大學的教職員活動，媽媽則邀請他出席書店的作家朗讀會。帕麗起初跟著去——朱利安請她去，似乎是為了取悅媽媽——但不久之後，她就開始找藉口留在家裡。她不去，不能去。太難以忍受了。她太累了，她說，再不然就是身體不舒服。她要去朋友蔻蕾特家念書，她說。蔻蕾特是她從念二年級就認識的朋友，瘦瘦的，看起來很冷淡，留一頭軟塌的長髮，鼻子像烏鴉喙。她喜歡讓人目瞪口呆，老講些惹人生氣、中傷別人的話。

「我敢說他一定很失望，」蔻蕾特說，「妳不跟他們去。」

「這個嘛，就算他失望，也沒表現出來。」

「他不會表現出來的，對不對？妳媽會怎麼想？」

「什麼事怎麼想？」帕麗說，雖然她心知肚明。她知道，她希望聽別人說出來。

「什麼事？」蔻蕾特的語氣變得狡黠，興奮。「他透過她來得到妳啊！他想要的是妳。」

「太噁心了。」帕麗不安地說。

「再不然就是他想一箭雙鵰。也許他喜歡幾個人一起上床。如果是這樣嘛，我就要請妳幫我講好話囉。」

「妳真是討厭，蔻蕾特。」

有時候在媽媽和朱利安出門之後，她會脫掉衣服、站在走道上，看著穿衣鏡裡的自己。她會找自己身上的缺陷。太高了，她想，太沒有曲線，太……實用取向。媽媽迷人的曲線，她一點都沒有遺傳到。有時候她就這樣光著身子走進媽媽的房間，躺在床上。她知道這是媽媽和朱利安做愛的地方。帕麗赤裸裸地躺在那裡，閉上眼睛、心臟狂跳，沉緬於放逸的情緒裡，某種嗡嗡的感覺從她的胸口擴展開來，漫延到她的腹部、繼續往下探。

結束了，當然。他們結束了，媽媽和朱利安。帕麗鬆了一口氣，但也不訝異。男人到頭來都會辜負媽媽。他們總是無法達到她為他們設下的理想標準。以豐沛熱情開始的關係，最後總是以相互譴責與惡毒言詞、以暴怒與痛哭、以鍋具齊飛與情緒崩潰而宣告結束。極為戲劇性。不管是開始或結束一段關係，媽媽都沒辦法不處理得過火。

接著的一段時間，一如預期，媽媽突然喜歡獨處。她會躺在床上，在睡衣外面套上舊大衣，萎靡、哀傷、一絲笑容都沒有地待在公寓裡。帕麗知道這個時候別去理她。她不喜歡別人安慰或陪伴她。這陰鬱的情緒會持續好幾個星期。而和朱利安分手的這回，低潮時期比往常來得更久。

「啊，該死！」媽媽這時說。

她坐在床沿，身上還穿著病袍。德洛涅醫師已經把出院文件交給帕麗，護士正在拆下媽媽手臂上的點滴注射。

「怎麼了？」

「我只是剛剛想起來，再過幾天有個專訪。」

「專訪？」

「一本詩刊雜誌的人物專訪。」

「很棒啊，媽媽。」

「他們還要配上照片。」她指著頭上的傷口。

「我相信妳會想出辦法，巧妙藏起傷口的。」帕麗說。

媽媽嘆口氣，轉開視線。護士拔出針頭的時候，媽媽皺起眉頭，對護士吼了幾句很不友善、也很不應該的話。

「阿富汗夜鶯」摘錄

妮拉．華達堤接受艾帝安．伯陶勒專訪

《視差》雜誌第八十四期（一九七四年冬季號），第三十六頁

我再次環顧這間公寓，注意到擺放在書櫃上的一張照片。一個小女孩蹲在長滿野生灌木的野地，很專心地在摘果子，大概是某種野莓吧！她穿著鮮黃色的外套、釦子直扣到脖子，和頭頂上的深灰色

天空形成強烈對比。背景是一幢石砌農舍，窗板緊閉、木瓦破舊。我問起這張照片。

妮：那是我女兒帕麗。她的名字和巴黎同音，但字尾沒有s。是「小精靈」的意思。照片是我們兩個一起到諾曼第旅行時拍的。一九五七年吧，我想。她當時大概八歲。

艾：她住在巴黎嗎？

妮：她在索邦大學念數學系。

艾：妳一定很以她為榮。

她微笑，聳聳肩。

艾：她會選擇數學，我有點驚訝，因為妳獻身藝術。

妮：我不知道她這能力是哪裡來的。那些難以理解的公式和理論。我猜對她來說，那些東西並不太難理解。可是我自己連乘法都不太會哩。

艾：這也許是她的一種叛逆。妳對叛逆略有所知的，我想。

妮：是啊，但是我用對方法啦。我喝酒、抽菸，談戀愛；主修數學算什麼叛逆？

她笑起來。

妮：況且，她也沒有叛逆的理由。我給了她想像得到的一切自由。她一無所缺，我的女兒。她什麼都不缺。她現在和男朋友住在一起。那人年紀比她大得多，她是被他的博學多聞、慇勤有趣給吸引了，肯定是。那人是自戀狂，自我大得像波蘭一樣。

艾：妳不贊成。

妮：我贊不贊成都沒關係。這裡是法國啊，伯陶勒先生，不是阿富汗。年輕人的生死不是由父母親的贊同與否來決定的。

艾：令嫒和阿富汗斷了關係囉？

妮：我們離開的時候，她才六歲。她不太記得在阿富汗的生活。

艾：可是妳就不同了，當然。

我請她告訴我，她早年的生活。

她道個歉，離開房間。一會兒之後回來，交給我一張皺巴巴的黑白老照片。一名表情剛毅、身材高大的男子，戴眼鏡，油亮的頭髮一絲不苟地分成兩邊。他坐在書桌後面，正在看一本書。身上是一件翻尖領的西裝、雙排釦背心、白色立領襯衫，打上領結。

妮：我父親。一九二九年。我出生那年。

艾：他看起來很出色。

妮：他是喀布爾的普什圖貴族。受過高等教育，儀態無懈可擊，非常善於交際。也很健談，至少在公開場合是如此。

艾：那在私底下呢？

妮：要不要猜猜看呢，伯陶勒先生？

我拿起照片，再仔細看看。

艾：淡漠，我覺得。嚴肅、深不可測，絕不妥協。

妮：你真的非和我喝一杯不可。我痛恨——不，我討厭自己一個人喝酒。

她倒給我一杯夏多內。出於禮貌，我啜了一口。

妮：我父親，他的手很冷。不管天氣冷熱，他的手永遠都是冰冷的。他總是穿西裝，一樣不管天氣冷熱。作工精美、燙出平整的折痕。他還戴軟呢帽，當然也穿手工雕花鞋，雙色的那種。他應該算是英俊吧，我想，雖然是嚴肅的那型。而且——這是我後來才明白的——他裝腔作勢，甚至有點荒唐地讓自己變成冒牌的歐洲人——每個星期玩草地保齡球和馬球、娶了令人垂涎的法國太太，這些都是那位有進步思想的年輕國王大大讚賞的事。

她摳著指甲，好一會兒沒說話。我給錄音機的錄音帶翻面。

妮：我父親睡在他自己的房間裡，我母親和我睡。大部分的日子，他都在外面和部長或國王的顧問吃午飯。再不然就出去騎馬、玩馬球，或者打獵。他很愛打獵。

艾：所以妳不常見到他。他在妳的生活裡缺席。

妮：也不盡然。每隔幾天，他會特別撥出幾分鐘陪我。他會來到我的房間，坐在我床邊，那就是叫我爬到他腿上的信號。他會抱著我在他膝上坐一會兒，父女倆什麼話也沒說，然後他會說：「嗯，我們現在應該做什麼呢，妮拉？」有時候他會讓我抽出他西裝口袋裡的手帕來玩。當然，我只是把手帕捲起來，再塞回他的口袋裡，他裝出一臉驚訝，那個表情讓我覺得很有喜感。我們就這樣玩了一次又一次，直到他煩了為止。通常都玩不了多久，他就用他冰冷的手搓搓我的頭髮，「爸爸得走了，我的小鹿。去跑跑吧。」

她把照片拿回另一個房間，回來之後，從抽屜裡拿出一包新的香菸，點火。

妮：那是我的小名。我很喜歡。我常在花園裡跳來跳去——我們家的花園很大——嘴巴裡唸著：「我是爸爸的小鹿！我是爸爸的小鹿！」一直到後來，我才知道這個小名有多邪惡。

艾：不好意思？

她露出微笑。

妮：我父親獵鹿啊，伯陶勒先生。

她們可以走過幾條街，回媽媽的公寓，但是雨下得很大。在計程車裡，媽媽縮成一團坐在後座，身上裹著帕麗的風衣，一言不發地瞪著窗外。在這一剎那，帕麗覺得她看起來好老，比四十四歲還老。又老又脆弱又單薄。

帕麗有好一陣子沒到媽媽的公寓來了。她打開門鎖讓兩人進門之後，發現廚房流理臺堆滿了髒酒杯、開封了的薯片、沒煮的義大利麵條，以及沾滿一團團不明食物的盤子。餐桌上有個裝滿空酒瓶的紙袋，危顫顫地快要倒下來。帕麗看見地板上的報紙，其中一張被稍早流出的血浸溼了，上面還有一只粉紅色的襪子。看見媽媽的生活環境變成這樣，帕麗心頭一驚。她也覺得有罪惡感。但是媽媽這個人啊，這也可能是刻意製造出來的效果。她很恨自己竟然會這麼想。這是朱利安會有的想法。她要妳覺得難受。過去這一年來，他已經對她說過好幾次。她要妳覺得難受。他第一次這麼說的時候，帕麗感到如釋重負，非常能理解。他能說出她沒辦法，或不願說出口的話，讓她很感激。她覺得自己找到盟友了。但是，最近以來，她開始懷疑。她在他的話裡嗅到一絲刻薄。令人無法釋懷的欠缺善意。

臥房地上散落著衣服、錄音帶、書和更多的報紙。窗臺上有只玻璃杯，半滿的水因為漂滿菸蒂而變黃。她掃掉床上的書和舊雜誌，扶媽媽躺進毯子裡。

媽媽抬頭看她，一隻手背擱在纏了繃帶的額頭上。這姿勢讓她很像默片裡行將昏倒的女演員。

「妳不會有事吧，媽媽？」

「我想不會有事。」她說。不像哀求別人關注的樣子。媽媽用單調、乏味的語氣說。聽起來疲憊、真誠，且絕決。

「妳嚇壞我了，媽媽。」

「妳要走了嗎？」

「妳希望我留下來嗎？」

「是啊。」

「那我就留下來。」

「把燈關掉。」

「媽媽？」

「嗯。」

「妳還在吃藥嗎？妳是不是停藥了？我覺得妳沒吃藥，我很擔心。」

「別又開始唸我。把燈關了。」

帕麗關掉電燈，坐在床沿，看著媽媽入睡。然後她走進廚房，開始恐怖的清理工作。她找到一雙手套，先開始洗碗。她清洗牛奶早就發酸變臭的玻璃杯、黏了一層陳年早餐穀片的碗、食物上長著一點一點毛絨絨綠色真菌的盤子。她回想起第一次在朱利安家洗碗的情景。那是他們第一次一起過夜之後的早晨，那簡單的家務是讓她多麼樂在其中。她在他家的水槽洗碟子，他在唱機上放著珍．寶金（Jane Birkin）的唱片。

她是在一年前和他重逢的，一九七三年，是將近十年來的第一次碰面。她在加拿大大使館前面碰到他，當時她去參加學生抗議獵殺海豹行動的示威遊行。帕麗原本不想參加，而且她還有一份半純函數的報告要趕完，但是蔻蕾特堅持要她一起去。她們當時一起住，但住在一起卻只增加她們彼此的不快。蔻蕾特哈草、綁髮帶，身穿繡有鳥兒和雛菊的洋紅色長袍。她經常帶長髮凌亂的男生回家，他們吃掉帕麗的食物，吉他又彈得很糟。蔻蕾特不時上街頭吶喊，反對虐待動物、種族歧視、奴隸制度與法國在太平洋的核子試爆。公寓裡永遠鬧哄哄的，有帕麗不認識的人進進出出。等兩人真正獨處時，帕麗察覺到她們之間有種新的緊張，蔻蕾特身上有種自大的優越感，對帕麗頗不以為然，儘管她並沒有說出口。

「他們騙人，」蔻蕾特激動地說，「他們說他們的方法很人道。人道！妳看過他們用棍子敲海豹的頭嗎？那種打海豹的刺棒？大半時候，可憐的海豹甚至還沒死，他們就用勾子戳進海豹身體、拖到船上來。他們給活生生的海豹剝皮啊，帕麗。活生生的！」蔻蕾特陳述最後這項事實的模樣，那強調的語氣，讓帕麗想要道歉。為什麼道歉，她也不太清楚，但她知道，這些日子以來，歉意壓得她在蔻蕾特身邊喘不過氣來；就因為蔻蕾特對她的譴責和諸多怒氣。

抗議行動大約只來了三十個人。有傳言說碧姬．芭杜會現身，但結果證明這只是傳言。蔻蕾特對這個結果很失望。她氣呼呼地和一個戴眼鏡、蒼白單薄的男生爭論。帕麗猜測，這名叫艾瑞克的男生是發起這場抗議行動的人。可憐的艾瑞克。帕麗很同情他。還在氣頭上的蔻蕾特帶頭前進，帕麗拖拖拉拉地走在隊伍後面，身邊一個胸部扁平的女生，喊起口號來緊張兮兮、歇斯底里的。帕麗的目光始終盯著路面，拚命想讓自己不招惹人注意。

在街角，有人拍了拍她的肩膀。

「妳一副亟需拯救的樣子。」

他穿著斜紋外套，搭配毛衣、牛仔褲，脖子上是一條羊毛圍巾。頭髮留長了，也變老了一些，但變得更優雅，八成會讓和他同齡的女人覺得很不公平，甚至怒火中燒。他依然精瘦緊實，眼角多了幾道魚尾紋，太陽穴上多了一些灰髮，臉上微有一絲疲憊。

「我是啊。」她說。

他們親吻臉頰，他問她要不要和他一起喝杯咖啡。她答應了。

「妳朋友看起來很生氣。氣得簡直要殺人了。」

帕麗轉頭，看見蔻蕾特站在艾瑞克旁邊，嘴裡仍然唸唸有詞，拳頭高舉，但是，很荒謬的，也惡狠狠地瞪著他們兩個。帕麗忍住笑意——如果真的笑出來，那肯定要鑄成無可彌補的傷害了。她抱歉地聳聳肩，低頭離去。

他們到一家小咖啡館，坐在窗邊的位子。他幫他們各點了一杯咖啡和糖霜千層派。帕麗看著他和服務生講話，那種權威的語氣她還記得非常清楚，同時也感覺到當年看他來接媽媽時，心中的那種悸動。她突然覺得很不自在，對自己咬過的指甲、沒撲粉的臉、塌扁下垂的鬈髮很不自在——她好希望剛才淋浴完有把頭髮吹乾，但是那時時間來不及了，蔻蕾特已經像動物園裡的動物那樣踱來踱去。

「我從不認為妳是會上街頭抗議的那種人。」朱利安說，為她點了一根菸。

「我不是。應該說是罪惡感多於信念吧。」

「罪惡感？對獵殺海豹？」

「對蔻蕾特。」

「噢，是啊。妳知道，我覺得我自己都有點怕她呢。」

「我們都怕她。」

他們笑了起來。他伸手越過桌子，摸著她的圍巾，然後放下手。「說妳長大了，有點太老套，所以我不會這麼說。可是妳看起來真的秀色可餐，帕麗。」

她拉緊風衣的翻領。「是因為這件頑皮豹探長的外套？」蔻蕾特告誡過她，這是個愚蠢的習慣：

在心儀男人面前，用這種自嘲的搞笑手法來掩飾自己的緊張。特別是在他們讚美她的時候。這不是第一次，也絕不會是最後一次，她好嫉妒媽媽那種渾然天成的自信態度。

「接下來你就會說我人如其名。」她說。

「哈，不。拜託。那太明顯了。讚美女人是一門藝術，妳知道。」

「不，我不知道。可是我相信你很懂。」

服務生端上他們的甜點和咖啡。帕麗聚精會神地看著服務生的手，看他把杯盤擺到桌上，她自己卻掌心冒汗。她這輩子只有過四個情人——和媽媽在她這個年齡相比，甚至和蔻蕾特相比，她知道，這都是個不起眼的數字。她太小心、太敏感、太容易妥協，也太容易遷就別人。整體而言，比起媽媽和蔻蕾特，她比較穩定，也比較不需要耗神。但是，這不是能吸引男人成群結隊而來的特質。此外，那四個情人，她也一個都不愛——雖然她曾經騙其中一個說她愛他——但是他們壓在她身上的時候，她想的是朱利安，是他和他俊美的臉，他那張似乎會自己隱隱發光的臉。

吃點心的時候，他談起自己的工作。他說他早就辭掉教職，在國際貨幣基金會工作了好幾年，負責債務可持續性的工作。這個工作最棒的部分就是可以到處旅行，他說。

「去哪裡？」

「約旦，伊拉克。然後我花了幾年的時間在寫一本非正式經濟的書。」

「出版了嗎？」

「只聞樓梯響。」他微笑說，「我現在替巴黎的一家私人顧問公司工作。」

「我也想去旅行。」帕麗說，「蔻蕾特一直說我們應該去阿富汗。」

「我猜我知道**她**為什麼想去。」

「這個嘛，我一直在想這件事。我指的是回阿富汗。我才不在乎什麼印度大麻，可是我想到那個國家去，看看我出生的地方。或許找找我和爸媽一起住的那幢舊房子。」

「我不知道妳有這種衝動。」

「我的意思是，我很好奇。我記得的事情這麼少。」

「我記得妳提到過一次家裡的廚子。」

帕麗暗暗覺得受寵若驚，他竟然記得她在那麼多年前說過的話。在這段時間裡，他一定想起過她；她必定始終在他心裡。

「是啊，他叫納比。他也是司機。他幫我父親開車，一輛很大的美國車，藍色，車頂是黃褐色的。我記得引擎蓋上還有一隻老鷹頭。」

後來，他問起她的學業，以及她對複雜變數的興趣，她也回答了他。他聽她講話的模樣，是媽媽從來不會有的——帕麗對學術的熱情，似乎是媽媽覺得難以理解，也很不耐煩的話題。媽媽連假裝有興趣都辦不到。她會開些漫不經心的玩笑，用它來掩飾自己的無知。嗚啦啦，她會說，我的頭，我的頭啊，轉得像圖騰啊！我和妳談個條件吧，帕麗。我來給我們倒點茶，妳快回到地球；成交？她咯咯笑起來，然後帕麗會取笑她。但她在這些笑話裡察覺到一些尖銳、某種隱晦的斥責，暗示她的知識奧祕難懂、她潛心追求的目標淺薄而無謂。淺薄而無謂。是喔，只有詩裡才有黃金屋啊，她想，雖然她從沒這麼對母親說過。

朱利安問她在數學裡找到什麼，她說她覺得數學很令人安心。

「我大概會選擇『令人膽寒』，這才是比較正確的形容詞吧。」

「這也是啦。」

她說，數學之所以令人安心，是因為數學真理恆常不變，沒有隨機，也沒有曖昧不明。答案或許難以捉摸，但總是找得出來的。它們就在那裡，等待著、等著粉筆把它們寫出來。

「換句話說，就是和人生完全不同。」他說，「人生呢，要不沒有答案，要不呢就是一團理不清的答案。」

「我有這麼透明嗎？」她笑起來，用餐巾遮住臉，「我覺得自己好白癡。」

「一點也不，」他說。他拉開餐巾。「一點也不。」

「像你的學生一樣。我一定是讓你想起你的學生了。」

他問了更多問題，從這些問題裡，帕麗發現他對解析數論（analytic number theory）頗有瞭解，而且熟悉高斯（Carl Gauss）和黎曼（Bernhard Riemann），至少對他們有粗淺的認識。他們一直聊到天黑。他們喝咖啡，接著喝啤酒，最後換成葡萄酒。然後，在已經不能再拖之後，朱利安微微傾身，很有禮貌地以克盡職責的語氣問：「那麼，告訴我，妮拉好嗎？」

帕麗鼓起臉頰，緩緩吐氣。

朱利安心領神會地點點頭。

「她也許保不住書店了。」帕麗說。

「很遺憾聽到這個消息。」

「業績已經下滑了好幾年。她說不定得把店收掉。她不肯承認，但這一定是個打擊。對她打擊很大。」

「她還寫作嗎？」

「沒有。」

他很快就轉換話題。帕麗鬆了一口氣。她不想談媽媽和她酗酒的毛病，以及想辦法讓她繼續服藥的奮戰。帕麗記得那些尷尬的凝視。每一次他們獨處的時候，她和朱利安獨處、媽媽在隔壁房間著裝，朱利安總是看著帕麗，而她總是想辦法找話說。媽媽一定早就察覺了。這會是她終結與朱利安關係的原因嗎？如果是，帕麗覺得，她之所以這麼做，比較像是嫉妒的愛人，而不是個保護女兒的母親。

幾個星期之後，朱利安要帕麗搬去和他一起住。他住在左岸，第七區的一間小公寓。帕麗答應了。蔻蕾特帶刺的敵意讓她在那間公寓再也待不下去。

帕麗記得第一次和朱利安在他的公寓裡度過週日。他們躺靠在沙發上，身體挨著身體。帕麗愉快地半睡半醒，朱利安在喝茶，一雙長腿伸到茶几上。他正在看報紙的民意版，唱機播放著賈克・布萊爾（Jacques Brel）的唱片。帕麗不時轉頭靠在他胸膛上，朱利安則俯身，在她的眼皮、耳朵或鼻子上印下一個吻。

「我們得告訴媽媽。」

她可以感覺到他緊張起來。他折好報紙，拿下老花眼鏡，擺在沙發的扶手上。

「她應該要知道。」

「我想是吧。」他說。

「你想？」

「不，當然了。妳說的沒錯。妳應該打電話給她。但是要小心。別希望徵求她的同意，或要她祝福妳，因為妳什麼都得不到。只要告訴她就好。而且要確保她知道這不是談判。」

「你說得容易。」

「嗯，也許吧。但是，要記得，妮拉是個有仇必報的女人。我很抱歉這麼說，但這是我們之所以結束的原因。她的報復心強得驚人。所以我知道，對妳來說很不容易。」

帕麗嘆口氣，閉上眼睛。光想到這件事就讓她胃揪得緊緊的。

朱利安的掌心輕撫她的頭髮。「別太緊張。」

帕麗隔天打電話給她。媽媽已經知道了。

「誰告訴妳的？」

「蔻蕾特。」

當然了，帕麗想。「我本來就打算要告訴妳的。」

「我知道妳會。妳會的。瞞不了的，像這樣的事。」

「妳生氣嗎？」

「有關係嗎？」

帕麗站在窗邊。她心不在焉地用手指摸著朱利安那個破舊菸灰缸的藍色邊緣。她閉上眼睛。「不，媽媽，沒關係的。」

「嗯，我真希望我可以說這無所謂，我一點都不心痛。」

「我沒打算要傷害妳。」

「我想這很值得討論。」

「我怎麼會想要傷害妳呢，媽媽？」

媽媽笑起來。空洞、醜惡的笑聲。

「有時候我看著妳，在妳身上卻看不見我的影子。我當然看不到啦。我想這也沒什麼好意外的，畢竟。我不知道妳是哪一種人，帕麗。我不知道妳骨子裡是哪一種人、妳有能力做什麼；對我來說，妳是個陌生人。」

「我不知道妳在說什麼。」帕麗說。

但媽媽已經掛斷電話了。

「阿富汗夜鶯」摘錄

妮拉．華達堤接受艾帝安．伯陶勒專訪

《視差》雜誌第八十四期（一九七四年冬季號），第三十八頁

艾：妳的法文是來法國才學的嗎？

妮：我小時候，母親在喀布爾教我的。她只和我講法文。我們每天上課。她離開喀布爾的時候，我很難受。

艾：離開喀布爾、回到法國？

妮：是的。我父母親在一九三九年離婚，那年我十歲。我是我父親的獨生女，讓我和她一起走根本不可能。所以我留下，她到巴黎和姊姊艾格涅絲一起住。我父親想彌補我的失落，安排了私人家教、騎術課和美術課來占滿我的時間。但是沒有任何東西能取代母親。

艾：令堂後來呢？

妮：噢，她過世了。納粹占領巴黎的時候。他們沒殺死她，他們殺的是艾格涅絲。我母親，她死於肺炎。我父親一直到盟軍解放巴黎之後才告訴我，但當時我已經知道了。我就是知道。

艾：那一定很難受。

妮：簡直是悲劇一場。我很愛我媽媽。我本來打算戰後來法國和她一起住的。

艾：我猜這表示妳和父親不太合得來。

妮：我們之間有點緊張。我們吵架，經常吵，這對他來說是前所未有的事。他不習慣有人頂嘴，女人頂嘴當然就更不習慣了。我穿什麼衣服、到什麼地方去，我說什麼、怎麼說、對誰說，都有得吵。我變得大膽、愛冒險，他變得更清心寡欲、對感情更嚴格。我們成了死對頭。

她輕輕笑起來，繫緊綁在腦後的頭巾結。

妮：然後我開始談戀愛。常常奮不顧身地去愛，而且讓我父親驚駭的是，我總是愛錯人。有一回是管家的兒子，另一次是幫我父親處理公務的低階公務員。莽撞任性的激情，從一開始就注定沒有好下場。我偷偷安排約會、從家裡溜出去，但是當然，總會有人通知我父親，說在某條街上看到我。他們會告訴他說我在尋歡作樂——他們總是這麼說——我在「尋歡作樂」。再不然就是說我在「招搖過街」。我父親得派一隊搜查隊去把我帶回家。他會把我鎖起來。關好幾天。他會站在門外說，妳羞辱了我。妳為什麼要這樣羞辱我？我該拿妳怎麼辦？有時候，他用他的皮帶，或握緊的拳頭來回答他自己的問題。他追得我滿屋子跑。我猜他以為他可以把我嚇得乖乖聽話。那段時間我寫了很多東西，充滿色慾激情、駭人聽聞的長詩。而且也很灑狗血，矯揉造作；恐怕是這樣沒錯。籠中鳥、被上鐐銬的情人，諸如此類的東西。我一點都不覺得自豪。

我覺得她並不是會故作謙虛的人，所以我可以推斷，這是她對自己早期作品的真實評價。而倘若如此，她對自己的評價就太過嚴苛了。她那段時期的詩作其實非常出色，即便是經過翻譯，還是令人驚豔，特別是她寫出這些作品的時候年紀還那麼輕。那些詩非常動人，有豐富的想像力、情感充沛，充滿省思與敘事技巧，以極美的手法闡述孤獨與無法抑止的哀傷。詩裡記錄了她的失望、她年少戀情的潮起潮落，以及愛的甜蜜、承諾與困境。而且還瀰漫著幽閉恐懼症的感覺，彷彿地平線不斷壓縮，必須與暴虐困境苦苦奮鬥的感覺——而那種暴虐，通常是透過一個無名無姓、巍然聳立的邪惡男性角色呈現。不難理解，那是她父親的化身，讀者可以推想而知。我把這些感覺告訴她。

艾：我知道傳統的法爾西詩有固定的節奏、韻腳與格律，但是妳的詩打破這些規矩。妳運用隨心所欲的想像力，強調日常生活中沒有規律可言的種種細節；這相當具有開創性，我知道。如果妳是生長在一個比較富裕的國家，比方說伊朗，妳一定可以成為公認的文學開創者；妳認同這樣的說法，對嗎？

她淡淡微笑。

妮：你自己想吧。

艾：但是，妳之前說的話還是很讓我驚訝，說妳對那些詩一點都不自豪；有任何讓妳感到滿意的作品嗎？

妮：很棘手啊，這個問題。我的答案是肯定的，只要我可以把作品和創作過程分開來的話。

艾：妳的意思是把目的和手段分開來。

妮：我認為創作過程必然要做一些偷雞摸狗的事。只要深入挖掘，伯陶勒先生，在美麗的文字底下，你必定會找到一些不太光明正大的東西。創作意味著破壞別人的生活、把他們變成不樂意也不知情的參與者；你偷走他們的欲望、他們的夢想，盜用他們的缺憾、他們的痛苦。你拿走了並不屬於你的東西。你明知故犯。

艾：而妳非常擅長此道。

妮：我之所以這麼做，並不是為了某些高貴的藝術理念，而是因為我別無選擇。這股衝動太過強烈了。如果我不屈服，就會發瘋。你問我是不是覺得自豪。明知道我取得結果的方法，在道德上是有爭議的，我很難拿來誇耀；就留給愛替我宣傳的人來判定吧！

她喝掉杯裡的酒，然後把瓶裡餘下的酒全倒進杯子。

妮：然而，我可以告訴你的是，喀布爾沒有人會替我宣傳。在喀布爾，沒有人認為我是什麼開創者，只覺得我是個品味低俗、放蕩、道德敗壞的人。最嚴重的是我父親。他說我的創作是「妓女」的胡言亂語。他就是用那兩個字。他說我踐踏他的家風，讓他的家族聲譽掃地；他說我背叛他。他問我為什麼覺得當個正派的人這麼困難。

艾：妳怎麼回答？

妮：我告訴他，他所謂的正派不正派，我一點都不在乎。我告訴他，我才不想拿狗鍊鍊在自己的脖子上。

艾：我猜這讓他更不高興。

妮：當然啦。

我遲疑地說出下一句話。

艾：可是我能理解他的忿怒。

她挑起一邊眉毛。

艾：他在家族裡德高望重，不是嗎？而妳直接挑戰他所知的一切、他所珍視的一切。從某個層面來說，妳透過妳的生活與妳的創作，為女人開拓新的疆界，為女人爭取發言權、取得合法的自我地位；妳違抗的專制體系，是像他那樣的男人堅守多年的體制。妳說出不該說的話。妳在進行一個女人的小革命，我們可以這麼說。

妮：一直以來，我認為我寫的是性愛。

艾：但這只是一部分，對不對？

我翻著我的筆記，提起幾首極度充滿情欲的詩——〈荊棘〉、〈只為等待〉和〈枕頭〉。我坦白告訴她，這幾首並不是我最愛的詩，因為缺乏細膩與曖昧的描寫手法，讀起來讓人覺得，只是為了驚世駭俗、為了醜化而寫。打動我的是詩裡的控訴意味，也就是對阿富汗性別角色的忿怒抨擊。

妮：這個嘛，我當時是很忿怒。讓我忿怒的是，我必須接受保護，不接觸性愛、不接觸我自己身體的那種態度。因為我是個女人。而女人呢，你不知道嗎，在情感、道德和智力上都不成熟；她們缺乏自制力，你明白吧，很容易受到肉體的引誘。她們性慾高漲，所以必須好好控制，免得她們跳上每個阿貓阿狗的床。

艾：但是——請原諒我這麼說——妳就是這麼做的，不是嗎？

妮：我只是為了反抗這個看法。

她愉快地笑了起來，淘氣且狡猾慧黠的笑聲。她問我要不要吃午餐。她說她女兒剛在她的冰箱裡裝滿存貨，接著就做了一個非常棒的煙熏火腿三明治。她只做了一個。至於她自己呢，她又開了一瓶葡萄酒，點起另一根菸，坐下來。

妮：你是不是有同感，我們今天的閒聊應該要維持很好的氣氛呢，伯陶勒先生？

我說我同意。

妮：那就幫我兩個忙：吃掉你的三明治；別再盯著我的杯子。

不用說，這當然讓我打消念頭，不追問她喝酒的問題。

艾：後來怎麼了呢？

妮：一九四八年，快滿十九歲的時候，我病了。病得很重，差點沒命。我父親帶我到德里治療。他在那裡陪了我六個星期，接受醫生的診治。他們說我很可能會死。或許我應該死的。對年輕詩人來說，死亡很可能帶給事業極大的發展。回到喀布爾後，我很虛弱、很孤僻，根本不可能寫作。我對食物、交談或娛樂都興致缺缺。我謝絕訪客，每天只想拉起窗簾、睡上一整天。我大部分的時間也都是在睡覺。最後，我終於下床，慢慢恢復日常作息。我所謂的日常作息，指的是為了維持身體機能和表面的文明教養，不得不做的一些基本行為。但是我覺得我整個人都縮小了。彷彿把我自己最重要的一部分遺留在印度。

艾：妳父親擔心嗎？

妮：恰恰相反。他深受鼓舞。他以為和死亡擦身而過之後，我終於擺脫了不成熟與任性倔強。他不瞭解我的失落。我在書上讀過，伯陶勒先生，如果遇上雪崩、你被埋在雪下面，會搞不清楚哪邊是上，哪邊是下；你想給自己挖出一條路來，結果卻挖錯方向，讓自己走上死亡之路。這就是我的感覺：失去方向、身陷混亂，找不到自己的指南針。還有說不出來的沮喪。在這樣的狀態裡，你會變得很脆弱。也很可能就是因為這樣，所以在隔年，一九四九年，蘇雷曼．華達提向我父親提親時，我答應了。

艾：妳當時二十歲。

妮：而他不是。

她提議要再給我一個三明治，我婉拒了。她說要給我咖啡，我答應了。燒水的時候，她問我結婚沒有。我告訴她說我沒有結婚，而且也很懷疑我此生會不會結婚。她回頭看我，目光流連了一會兒，咧開嘴笑。

妮：哈，我通常一眼就看得出來的。

艾：意外吧！

妮：也許是因為腦震盪的關係。

她指著頭上的頭巾。

妮：這不是綁來趕時髦的。我幾天前滑倒，把頭摔出一個洞來。但我還是應該要看出來的。我的意思是，關於你。以我的經驗，像你這麼瞭解女人的男人，通常都不想和女人扯上關係。

她把咖啡給我，點起一根菸，坐下來。

妮：對於婚姻，我有個理論，伯陶勒先生。在兩個星期之內，你差不多就能知道這段婚姻行不行得通。但是讓人很詫異的是，很多人明明在最初的兩個星期就已經知道答案了，卻還是陷在自我的幻想裡，擁抱錯誤的希望、把彼此綁在一起好幾年，甚至好幾十年。至於我，我根本不需要那麼長的時間就搞清楚了。我丈夫是個正直的人，但是他太嚴肅、太冷淡，太無趣了。而且，他愛上了我們的司機。

艾：啊，妳一定很震驚！

妮：嗯，這讓經典的老戲碼變得更複雜了。

她的微笑略帶哀傷。

妮：大部分時候，我都替他覺得很難過。他真是挑了一個最糟的時代、一個最糟的地方出生。我女兒六歲的時候，他因為中風過世了。當時，我應該可以留在喀布爾的。我有房子，也有我丈夫的財產。那裡有園丁，還有我前面提過的那位司機。我應該可以過舒服的生活。但是我收拾行李，帶著帕麗，到法國來。

艾：正如妳前面所說，妳是為了她著想，才這麼做的。

妮：我所做的一切，伯陶勒先生，都是為了我女兒。但是她並不完全瞭解，或者說是不感激我為她所做的一切。她有時候自私得嚇人，我的女兒。要是她知道她原本可能有什麼樣的人生，要不是因為我……

艾：妳對妳女兒很失望嗎？

妮：伯陶勒先生，我開始相信她是我的懲罰。

一九七五年某天，帕麗回到她的新公寓，在床上發現一個包裹。距離她從醫院急診室接回媽媽已經事隔一年，距她離開朱利安也已經九個月了。帕麗現在和一名護理學生住在一起。名叫薩希亞的這個阿爾及利亞女生，有頭捲捲的褐色頭髮，和一雙綠色眼睛。她是個能力很強的女孩，個性開朗溫和，兩人住在一起很輕鬆愉快。但是薩希亞已經和男友山米訂婚，學期結束就要搬去和他一起住。

包裹旁邊有張折起來的紙。這是妳的包裹。我今晚在山米家過夜，明天見。薩希亞上。

帕麗把包裹打開。裡面是一本雜誌，同時還夾著另一張紙條。紙條上是熟悉的字跡，近乎女性化的優雅字跡。這是寄給妮拉的，後來轉到住在蔻蕾特舊公寓的那對夫婦手裡，最後再轉到我手上；妳該更新妳的轉信地址了。要讀這本雜誌得先作好心理準備。恐怕我們兩個都不太受得了。朱利安。

帕麗把雜誌丟在床上，給自己弄了個菠菜沙拉和蒸丸子，換上睡衣，在租來的黑白電視機前邊吃了起來。她心不在焉地看著越南難民被空運到關島的影像。她想起蔻蕾特，她曾經在街頭抗議美國的越戰。蔻蕾特帶著大理花和雛菊編成的花圈來參加媽媽的告別式；她擁抱親吻帕麗，在講臺上唸了一首媽媽的詩，非常感人。

朱利安沒出席喪禮。他打電話來，很牽強地表示他不喜歡告別式，他覺得告別式讓人很沮喪。

誰喜歡呢？帕麗說。

我想我最好別參加。

隨你吧，帕麗對著話筒說。但她心想，不來並不能讓你的罪孽得到赦免。就像出席並不能讓我的罪孽得到赦免一樣。因為我們太不顧一切，我們太自私了。天啊，帕麗明知道和朱利安交往，是對媽媽的最後一擊，卻還是和他在一起。她明知道終此一生，在她不備之際，罪惡感與椎心的懊悔都會隨時襲上心頭，而她會因此痛徹心扉，她卻還是和他在一起。自此而後的每一天、日日夜夜，她都要與罪惡感搏鬥。罪惡感會像漏水的水龍頭，在她內心深處滴滴答答流個不停。

晚餐後，她洗了個澡，為即將來臨的考試讀了一些筆記。又看了更多電視、清洗擦乾碗碟，擦拭廚房地板。但是沒有用。她沒辦法轉移自己的注意力。那本雜誌躺在床上，呼喚著她，宛如低頻的嗡嗡聲。

之後，她在睡衣外面套上風衣，往南走過幾條街，在夏貝爾大道上散步。風很冷，雨滴打在路面和商店櫥窗上，但是公寓裝不下她此時此刻的騷動不安。她需要這凜冽潮濕的空氣，這開闊的空間。

帕麗記得，年紀還小的時候，她有問不完的問題。我在喀布爾有表哥表妹嗎，媽媽？我有沒有姑姑和叔叔？還有祖父，我有沒有祖父和祖母？他們為什麼都不來看我們？我們可以寫信給他們嗎？拜託，我們可不可以去看他們？

她大部分的問題都圍繞著父親打轉。他最喜歡的顏色是什麼，媽媽？告訴我，媽媽，他很會游泳嗎？他是不是很會講笑話？她記得他有一次在房間裡追著她跑。讓她在地毯上打滾、搔著她的腳底和肚子；她記得他身上那薰衣草香皂的味道、他發亮的高額頭，和他修長的手指；他那橄欖形的青玉石袖釦、他西裝褲上的摺痕；她看見他們一起在地毯上踢起微小的塵粒。

帕麗向來希望母親能給她一些線索，讓她能串起那些零碎、不連貫的片段回憶，轉化成某種前後一致的故事。但是媽媽從不多說。她總是隱瞞她自己以及她們在喀布爾生活的細節；她不讓帕麗接近她們共同的過往。最後，帕麗就不再問了。

而今，媽媽卻把自己和自己的人生告訴這名雜誌記者，這個艾帝安·伯陶勒。遠比告訴自己女兒的來得多。

她從來沒告訴過女兒。

剛剛在公寓裡，帕麗把這篇專訪讀了三遍。她不知道該怎麼想，該相信什麼。好多內容聽起來都不像真的。某些部分甚至像拙劣的仿冒情節：駭人聽聞的肥皂劇，被戴上鐐銬的美人、注定不會有好下場的愛情故事、無所不在的壓迫，講得如此慷慨激昂、如此扣人心弦。

帕麗轉向西方，朝著皮嘉勒廣場，雙手插在風衣的口袋裡，疾步快走。天空迅速轉暗，打在她臉上的傾盆大雨變得更大，也更規律，讓櫥窗迷離、車燈模糊。帕麗不記得曾經見過這個人，她的外祖父、媽媽的父親，只見過他在書桌上看書的那張舊照片，但她很懷疑他真是媽媽所塑造的那個翹鬍子翹的大壞蛋。帕麗認為自己看穿了這個故事。她有自己的想法。在她的版本裡，他是有理由為女兒的幸福擔憂，因為他這個女兒非常不快樂，又有自我毀滅的傾向，無法自拔地搞砸自己的人生。他受盡羞辱、尊嚴一再受到踐踏，但還是與女兒站在一起，在她生病的時候帶她到印度、陪在她身邊六週之久。講到這個，媽媽到底得了什麼病？他們在印度對她做了什麼？帕麗很想知道，想到媽媽肚子上那道垂直的刀疤——帕麗曾經問過，而薩希亞告訴她，剖腹產的傷口是水平橫切的。

還有媽媽對雜誌記者提起的，關於自己的丈夫，也就是帕麗父親的事。這是毀謗嗎？他真的愛納比，那個司機嗎？而如果真有其事，若非為了混淆視聽、羞辱某人，甚或招惹痛苦，又何必在事過境遷之後才揭發出來呢？然而，她又是為了要羞辱誰？

至於她自己，媽媽留給她的冷言冷語——在她和朱利安交往之前就是這樣了——她倒是不意外。媽媽對自己的為母之道，那種有選擇性的、經過淨化的說法，她也不意外。

謊言？

媽媽以前是個頗有天分的作家。帕麗讀過媽媽以法文寫的每一篇作品，也讀過每一首從法爾西文譯成法文的詩。她作品的力與美絕不容否定。但是，如果媽媽在專訪裡所提到的生活是謊言，那麼她作品的意象又是從何而來？她那些誠摯、真愛、殘酷與哀傷的文字，又是從哪裡得到源源不絕的靈感？她純粹是個有天分的騙子？一個魔術師，手中的魔棒一揮，就能讓觀眾湧起連她自己也沒見識過的情感？有這個可能嗎？

帕麗不知道——她不知道。或許，媽媽真正的意圖是撼動帕麗腳下的大地。媽媽故意要讓她站不穩、立不直，讓她不認得自己，讓她心中承載懷疑的重量、懷疑她自以為對自己此生所知的一切、讓她迷失方向，彷彿黑夜在沙漠中漫遊、周遭淨是黑暗與未知；真相隱遁，宛如一朵微小的燈光，在遠處明滅閃爍、不停移動，逐漸隱去。

或許，帕麗想，這是媽媽的報復。不只因為朱利安，也因為帕麗向來帶給她的失望。帕麗，帕麗應該終結她的酗酒、她的情史、她拚命追求快樂卻一無所獲的歲月；一次次地嘗試，最後都是死巷一條，不得不放棄。而每一次的失望，都讓媽媽受到更多的傷害，讓她行為更加脫軌，也讓幸福更加遙不可及。我到底算什麼，媽媽？帕麗想。在妳子宮裡成長的我——假設我真是在妳子宮裡受孕成長的話——到底算什麼？是一粒希望的種子？一張買來載妳離開黑暗的船票？一塊縫補妳心裡那個洞的補丁？倘若如此，那麼我力有未逮。差得遠了。我不是減輕妳疼痛的藥膏，只是另一條死巷、另一個負擔，妳一定早就看出來了。早就醒悟了。只是妳能怎麼辦呢？妳又不能找家當鋪，把我賣了。

或許這個專訪是媽媽最後的一笑。

帕麗走到一家糕點店的雨棚底下躲雨。這裡往西走幾條街，就是薩希亞受訓的那家醫院。她點起一根菸。她可以打電話給蔻蕾特，她想。告別式之後，她們只講過一、兩次話。她們還小的時候，經常不停嚼口香糖，嚼到兩頰痠痛。她們一起在媽媽的梳妝鏡前面，給彼此梳頭、綁頭髮。帕麗看見一個老太太過街，戴著塑膠雨帽，費力地牽著一條黃褐色的小梗犬走上人行道。這不是第一次，一團小小的雲朵從帕麗記憶的迷霧中浮現，緩緩變成一隻狗的形影。不是像這位老太太的小玩具狗，而是一隻大惡犬，毛茸茸、髒兮兮，尾巴和耳朵都被切斷。帕麗其實並不確定，這是回憶還是鬼魂，或者什麼都不是。她有一回問過媽媽，他們在喀布爾的時候有沒有養狗。媽媽說，妳知道我不喜歡狗。牠們一點自尊都沒有。你踢了牠們，牠們還是愛你。真讓人失望。

媽媽還說過：

在妳身上，我看不見自己的影子。我不知道妳到底是誰。

帕麗丟掉手上的香菸。她決定要打電話給蔻蕾特，約個地方喝茶、聊聊她的近況，看她現在和誰交往；像以前一樣去逛街。

看看她這位老朋友是不是還想去喀布爾。

帕麗和蔻蕾特碰了面。她們約在一家熱門的酒吧，裝潢走摩洛哥風，到處都是紫色的帷幕與橘色抱枕，小小的舞臺上有個鬈髮的琴手在彈烏德琴。蔻蕾特不是自己一個人。她帶了一個年輕男子來。他叫艾瑞克．拉康貝，在第十八區的中學教七、八年級戲劇課。他告訴帕麗說他以前見過她一次，在學生抗議獵殺海豹的活動上。起初帕麗想不起來，後來記起他就是因為動員不力、被蔻蕾特用手指戳著胸口罵的那個男生。他們席地而坐，坐在鬆軟的芒果色坐墊上，點飲料喝。帕麗原本以為蔻蕾特和艾瑞克是一對，但是蔻蕾特拚命講艾瑞克的好話，帕麗很快就明白，蔻蕾特是為了她才帶他來的。碰到這種情況，她通常都會覺渾身不自在，但是看見艾瑞克明顯的緊張，她的不安反而減輕了。帕麗覺得他那動不動就臉紅、拚命道歉、困窘而搖頭的模樣很有趣，也很可愛。吃著麵包和橄欖醬麵包的時候，帕麗偷偷瞄他。他算不上英俊。一頭塌扁的長髮用橡皮筋束在脖子底部，一雙手小小的，皮膚蒼白。他的鼻子太窄、額頭太凸，下巴幾乎看不見，但是他老是眼神明亮地咧嘴笑，習慣講完一句話就露出一個微笑，宛如畫出一個愉快的問號。對帕麗來說，儘管他的臉不像朱利安的那麼有魅力，但要比朱利安親切得多。沒過多久，帕麗就發現，除了外表的和善體貼之外，艾瑞克內心其實是個非常具有包容力、正直高尚的人。

他們在一九七七年春天一個很冷的日子結婚，就在吉米．卡特就任美國總統的幾個月之後。艾瑞克違反雙親的期望，堅持要公證結婚，沒有賓客，只有他倆，以及擔任證人的蔻蕾特。他說正式的婚禮太鋪張了，他們負擔不起。他父親是位富有的銀行家，說要替他們買單；畢竟，艾瑞克是他們的獨生子。他先說要把這筆錢當成結婚賀禮，後來又讓步說是借給他們，但艾瑞克都拒絕了。帕麗知道他是怕她在婚禮上尷尬，因為她會孤伶伶一個人，沒有家人可以坐在走道旁，沒有人來陪她走過紅毯，沒有人為她掉下快樂的眼淚。

她告訴他拜訪阿富汗的打算時，他非常能理解。她內心深處的想法，他知之甚詳，帕麗相信朱利安永遠無法像這樣瞭解她，甚至連她自己，都很難坦然承認心裡有這樣的想法。

「妳認為妳是被領養的。」他說。

「你會和我一起去嗎？」

他們決定在這年夏天啟程，屆時艾瑞克的學校放暑假，而帕麗的博士班課程也可以暫時休息一段時間。艾瑞克幫他們兩個報名了法爾西語課程，是透過他學生的家長找到的老師。帕麗常看到他躺在沙發上，頭戴耳機、錄音機擺在胸口，專注地閉上眼睛，以濃重的口音喃喃唸著法爾西語的「謝謝」、「哈囉」、「你好」。

夏季到來的幾個星期前，艾瑞克正忙著查機票價格和住宿，帕麗卻發現自己懷孕了。

「我們還是可以去，」艾瑞克說，「我們還是應該去。」

是帕麗決定不去的。「這樣很不負責任。」她說。他們住在一間小套房，暖氣有毛病，水管漏水，沒有空調，傢俱全是四處接收來的。

「寶寶沒有地方住。」她說。

艾瑞克在課餘兼差教鋼琴。在決定以戲劇為職志之前，他有段時間想當鋼琴家。伊莎貝兒出生之後——膚色明亮、有雙焦糖色眼睛、甜美的伊莎貝兒——他們已經搬進離盧森堡公園不遠的一間小公寓。錢是艾瑞克父親資助的，但他們堅持把這筆錢當作借款，才肯接受他的好意。

帕麗休了三個月的假，整天和伊莎貝兒在一起。待在伊莎貝兒身邊，她覺得整個人輕飄飄的。只要伊莎貝兒的目光轉到她身上，她就感到有道光芒環繞四周。傍晚，艾瑞克從中學回來，第一件事就是在門邊脫掉外套、放下公事包，跳上沙發、張開雙臂，搖動手指。「把她給我吧，帕麗。」他把伊莎貝兒摟在胸口時，帕麗就把一整天的趣聞說給他聽——伊莎貝兒喝了多少奶，睡了多久的覺，她們一起看了什麼電視節目，玩了什麼愉快的遊戲，她會發出什麼新的聲音。艾瑞克永遠也聽不厭。

他們延後赴阿富汗的計畫。事實是，帕麗不再覺得有去尋找答案與尋根的迫切渴求。因為有艾瑞克，以及他持續、撫慰心靈的陪伴；也因為伊莎貝兒，讓帕麗腳下的大地穩固不移的伊莎貝兒——封藏了所有的鴻溝與盲點、所有未解答的問題，以及媽媽所不放棄的一切。這些都還在。帕麗只是不再像過去那樣渴求答案。

而她那種由來久遠、始終揮之不去的感覺——人生裡少了某個重要的人或重要東西的感覺——也不再那麼地鮮明。偶爾還是會出現，有時會趁她不注意的時候猝然襲來，但不像以前那麼頻繁。帕麗從來沒像現在這麼滿足，這麼快樂過。

一九八一年，伊莎貝兒三歲的時候，懷著幾個月身孕的帕麗到慕尼黑參加研討會。她要和其他學者聯名發表一份報告，討論數論以外的模數運用，特別是在拓樸學與理論物理學方面。論文的發表很成功，會後，帕麗和幾個學者到一家鬧哄哄的酒吧，喝啤酒、吃椒鹽捲餅和德國香腸。回到飯店時已近午夜，她沒換衣服也沒洗臉，就上床睡覺了。凌晨兩點半，電話吵醒她。是艾瑞克從巴黎打來的。

「是伊莎貝兒，」他說。她發燒了，牙齦突然腫起來，變成紅色的，只要輕輕一碰，就流血流得厲害。「我根本看不見她的牙齒，帕麗。我不知道該怎麼辦。我不知道在哪裡看過，這可能是……」

她希望他別說了；她想要叫他閉嘴，她沒辦法忍受聽這些，但是來不及了。她聽到「childhood leukemia」（小兒白血病），說不定他說的是「lymphoma」（淋巴瘤），可是這又有什麼差別？帕麗坐在床沿，像塊石頭，腦袋抽痛、皮膚滲汗。她好氣艾瑞克，氣他在三更半夜，在她人遠在七百公里之外、無能為力的此刻，在她腦袋裡埋下這麼恐怖的想法。她很氣自己，因為她竟然這麼蠢。竟然像這樣自動而不設防地，向一輩子的煩惱折磨敞開自己。這簡直是瘋了，徹頭徹尾地瘋狂；這簡直是無以復加的愚蠢、毫無根據的信念，竟然賭上那微乎其微的機率，相信這個你無法控制的世界不會奪走你一失去就絕對要痛不欲生的東西、相信這個世界絕對不會摧毀你。我沒有心力應付，她低聲對自己說。我沒心力應付這樣的事。此時此刻，她想不出有什麼比選擇成為父母更加魯莽、更不理性。

但是部分的她——主啊，幫助我，她想，主啊，原諒我——部分的她很氣伊莎貝兒對她做這樣的事，讓她受這樣的折磨。

「艾瑞克，艾瑞克！聽我說。我再回你電話。我現在必須掛電話。」

她把皮包裡的東西全倒到床上，找出她用來記電話號碼的栗色小筆記本。她打電話到里昂。蔻蕾特和丈夫狄第耶住在里昂，在那裡開一家小旅行社。狄第耶正在念醫學院，準備當醫生。接電話的是狄第耶。

「妳知道我主修精神醫學吧，帕麗，對不對？」他說。

「我知道，我知道，我只是以為……」

他問了一些問題。伊莎貝兒的體重有沒有減輕？夜間盜汗、不尋常的瘀青、疲累，或是慢性發燒？最後，他說艾瑞克隔天早上應該帶她去看醫生。但是，如果他記得沒錯，根據他在醫學院接受的基礎訓練來看，他覺得像是急性口腔炎。

帕麗緊緊抓著聽筒，抓到手腕都痛了。「拜託，」她耐住性子說，「狄第耶。」

「噢，對不起。我的意思是，這很像是單純疱疹的初期症狀。」

「單純疱疹。」

然後，他又說了一句帕麗這輩子最樂於聽到的話：「我想她會沒事的。」

帕麗只見過狄第耶兩次，一次在他和蔻蕾特結婚前，一次在婚後。但是在這一刻，她真心真意地愛他。她在電話裡掉著眼淚告訴他。她說她愛他——說了好幾遍——他哈哈大笑，祝她晚安。帕麗打電話給艾瑞克，要他隔天帶伊莎貝兒去看培林醫師。之後，帕麗耳朵嗡嗡叫，躺在床上，看著街燈透過暗綠色的木窗板照進屋裡。她想起她有一回因為肺炎住院。八歲的時候。媽媽不肯回家，堅持要睡在床邊的椅子上。那時，她感受到和母親之間出現一種前所未有、始料未及的親密關係。過去這些年來，她想到過媽媽許多次。在婚禮上，當然啦。在伊莎貝兒出生的時候。還有各種偶然出現的時刻。但是都沒有像在這個可怕又奇妙的夜晚、躺在慕尼黑的旅館裡這麼地想。

隔天回到巴黎，她告訴艾瑞克，在老二亞倫出生之後，他們不該再有其他孩子。因為孩子愈多，只會讓傷心的機會愈高。

一九八五年，伊莎貝兒七歲、亞倫四歲，小蒂埃里兩歲的時候，帕麗獲聘在巴黎的頂尖大學任教。可想而知，她有段時間成為學術圈傾軋與嫉妒的對象——這一點都不令人意外，因為年僅三十六歲的她不只是系上僅有的兩位女教授之一，也是系上最年輕的教授。她熬了過去，用的是媽媽絕對做不到或不願做的方式。她不逢迎拍馬，也不吹捧討好。她竭力自制，不爭吵，也不申訴。對她的懷疑始終未曾絕跡。但等到柏林圍牆倒塌之際，她學術生涯的高牆也終於倒下。她以通情達理的態度與令人卸下心防的交往方式，慢慢贏得大多數同事的信任；她和系上的同事交朋友——也和其他系的朋友往來——參加學校活動、籌募資金，偶爾參加雞尾酒會和晚宴。艾瑞克陪她出席這些場合。他堅持要穿同一件手肘有補丁的燈心絨外套、打同一條羊毛領帶，當成是他倆私下持續不斷的某種玩笑。他在擁擠的房間裡四處遊走，嚐著開胃小點、啜飲葡萄酒，看起來快活卻又有點不知所措，帕麗偶爾會趁他還沒對三維流形（3-manifolds）和丟番圖逼近（Diophantine approximations）問題發表意見之前，把他從一堆數學家旁邊偷走。

無可避免的，在這些宴會上，總是會有人問起帕麗對阿富汗情勢發展的看法。有天晚上，有個喝得微醺、名叫夏特拉的客座教授問帕麗，她認為蘇聯撤軍之後，阿富汗的情勢將有何改變。「妳的同胞會找到和平嗎，教授？」

「我無從得知，」她說：「老實說，我只不過有個阿富汗名字而已。」

「可是，」他說，「可是，妳一定有妳的看法。」

她微微一笑，努力想迴避這些問話裡悄悄流露的不得體態度。「我的觀點都是從《世界報》上讀來的，就和你一樣。」

「可是妳是在阿富汗長大的吧？」

「我很小的時候就離開了。你有沒有看見我先生？手肘有補丁的那個？」

她說的是事實。她的確關注阿富汗的新聞，在報紙上讀到戰爭的消息，知道西方聯盟提供聖戰士武器裝備。但是，阿富汗在她心中的地位已經隱去了。家裡有太多的事情夠她忙。她現在住在離巴黎市中心約二十公里的吉昂寇，一幢漂亮的四臥房獨棟房宅，位在小山坡上，鄰近有可以散步的小徑與水塘的公園。艾瑞克在教書之餘，也寫劇本。其中一部戲，一部輕鬆的政治喜劇，那年秋天將在巴黎市政廳附近的一家小劇院上演；同時，他也接受委託，準備再寫下一部戲了。

伊莎貝兒已經是個少女，恬靜、聰穎、深思熟慮，平常寫日記，每週讀一本小說。她喜歡辛妮．歐康諾[24]。手指修長的她也學大提琴，再過幾個星期，就要在音樂會上演奏柴可夫斯基的《悲歌》（*Chanson Triste*）。剛開始她並不願意學大提琴，帕麗自己陪她學了幾堂課，以示支持。結果證明既無必要，也不可行。沒必要，是因為伊莎貝兒很快就自動自發地愛上這個樂器；而不可行的則是拉琴讓帕麗雙手疼痛。近一年來，帕麗每天早上都雙手雙腕僵硬，每每要花半個鐘頭，有時甚至要一個鐘頭，才能鬆弛下來。艾瑞克好言好語催她去看醫生，現在更是堅持不讓步。「妳才四十三歲耶，帕麗。」他說，「這很不正常。」於是帕麗約好看診的時間。

老二亞倫有種活潑調皮的魅力，沉迷於武術。他是早產兒，個頭比一般十一歲的男生來得小，但是他以強烈的欲望和進取心彌補身材的不足。對手總是被他嬌小的外形與瘦弱的雙腿所騙，低估了他的能力。帕麗和艾瑞克夜裡躺在床上，常常為他強大的意志和威猛的力量而驚嘆不已。帕麗不擔心伊莎貝兒，也不擔心亞倫。

她擔心的是蒂埃里。蒂埃里似乎與生俱來就帶著些許陰影，知道自己是出乎意料、不在計畫裡，不請自來的。他總是像受了傷似的沉默寡言，氣量狹小，每回帕麗叫他做什麼，就氣呼呼地搗蛋。在帕麗看來，他之所以違抗她，並沒有什麼特別的理由，純粹就是想反抗而已。有時候，他渾身籠罩烏雲。帕麗感覺得出來，甚至幾乎看得見：烏雲聚攏、膨脹，到最後爆開來，宛如一陣狂風駭浪，化為臉頰顫抖、雙腳頓地的怒氣，讓帕麗心生恐懼，讓艾瑞克痛苦地眨眼苦笑。帕麗打從心底知道，蒂埃里就像她關節的疼痛一樣，將會是她一輩子甩不掉的煩惱。

她經常思忖，媽媽會是什麼樣的外婆。特別是對蒂埃里來說。帕麗直覺地認為媽媽應該會對蒂埃里有些幫助。她或許會在他身上看見自己的縮影——儘管不是生理的遺傳，這一點，帕麗早就很肯定了。孩子們也都知道媽媽的事。伊莎貝兒更是格外好奇。她讀過媽媽的很多詩作。

「真希望我能見到她。」她說。

「她好像很棒呢。」她說。

「我想我們可以變成好朋友，她和我。妳覺得呢？我們可以一起看書。我還可以拉大提琴給她聽。」

帕麗沒對孩子提過自殺的事。他們以後或許會知道，很有可能；但他們不會是從她這裡聽去的。

「是啊，她一定會很喜歡的。」帕麗說，「我很確定。」

她絕對不會在子女心中埋下種子，讓他們知道父母有可能拋棄自己的子女、有可能對兒女說：「對我來說，你還不夠！」對帕麗來說，孩子和艾瑞克已然足夠。他們永遠足夠。

一九九四年的夏天，帕麗和艾瑞克帶孩子們到馬約卡島去玩。這是蔻蕾特透過她那家小旅行社，替他們安排的假期。蔻蕾特與狄第耶和他們在馬約卡會合，一起在一幢面海的出租屋裡度過兩個星期。蔻蕾特和狄第耶沒有小孩，不是因為生理的缺陷，而是因為他們不想生。對帕麗而言，這度假的時機恰恰好。這段時間她的類風溼性關節炎控制得不錯，每週服用一次「滅殺除癌錠」（methotrexate），並沒有什麼副作用。還好，她不需要服用任何類固醇，忍受伴隨而來的失眠症。

「別再談體重了，」她對蔻蕾特說，「我竟然得在西班牙為穿上泳裝而煩惱？」她大笑說：「哈，多虛榮！」

他們花了幾天時間在島上到處遊覽，開車到特拉蒙塔納山邊的西北岸，停下來逛橄欖園、踏進松樹林；他們吃烤乳豬、海鱸燒成的美味「魯賓納」（lubina），以及茄子和櫛瓜燉煮而成的「湯貝」。蒂埃里一口都不肯吃，在每一家餐廳，帕麗都得拜託廚師另外替他做一盤義大利麵，只加簡單的番茄醬，不加肉，也不加乳酪。在伊莎貝兒的要求下——她最近正開始研究歌劇——他們有天晚上去看了普契尼的歌劇《托斯卡》。為了熬過這場折磨，蔻蕾特和帕麗偷偷帶了一個銀酒壺，輪流喝著裝在裡

---

24 Sinéad O'Connor，愛爾蘭女歌手，個性強烈，頗具爭議，為一九九〇年代的流行巨星。

頭的便宜伏特加。戲演到第二幕中間時，她倆看著那個扮演斯卡皮亞的男演員在舞臺上裝腔作勢，像女學生似的，忍不住咯咯笑起來。

有一天，帕麗、蔻蕾特、伊莎貝兒和蒂埃里一起帶著午餐去到海灘。狄第耶、亞倫和艾瑞克一早就上索雷海灣健行去了。到海灘途中，他們進到一家商店，去買伊莎貝兒一眼就看上的泳裝。走進店裡時，帕麗瞥見自己映在窗玻璃上的倒影。通常，特別是最近以來，只要一走到鏡子前面，她的心理機制就會自然而然啟動、作好準備，迎接變得更老的自己。但是在這家店鋪的櫥窗裡，她卻猝不及防，完全沒有準備地面對尚未被自我錯覺所扭曲的現實：她看見一名中年婦女，身穿黯淡寬鬆的上衣，海灘裙掩不住膝蓋上鬆弛變皺的皮膚。陽光照亮了她頭上的灰髮。儘管畫了眼線和唇彩，但是她這張臉，在過往行人眼中，是目光一掃就轉開的對象，和路標與信箱號碼沒有兩樣。僅只短短一瞬，還不到脈搏一跳的時間，卻長得足以讓心存幻想的自己，從映在櫥窗上的那名婦人身上，察覺到真正的現實。這實在很讓人震驚。年華老去就是這樣，隨著伊莎貝兒踏進店裡的她心想，這些不經意出現的殘酷時刻，總會在你最料想不到的時候猝然襲來。

後來，從海灘回到租屋的時候，他們發現另外三個人已經回來了。

「爸爸老了。」亞倫說。

站在吧檯後面調一壺桑格莉亞雞尾酒的艾瑞克翻個白眼，好脾氣地聳聳肩。

「我還以為我得要揹你呢，爸爸。」

「給我一年。明年我們再來，我會和你來一場環島賽跑，小子。」

他們沒再到馬約卡島來。回到巴黎的一個星期後，艾瑞克心臟病發作。當時他正在和負責燈光的舞臺工作人員說話。他撐過來了，但是接下來的三年裡，他又發作了兩次。最後一次發作要了他的命。於是，四十八歲的帕麗發現自己和媽媽一樣，成了寡婦。

二〇一〇年初春的某天，帕麗接到一通長途電話。這通電話並非意外。事實上，帕麗整個早上都在等這通電話。在電話打來之前，帕麗得確保公寓裡只有她一個人。這也就是說，她必須要求伊莎貝兒比平常更早離開。伊莎貝兒和丈夫亞伯特住在聖德尼島北邊，離帕麗這間單臥房公寓只有幾條街。每隔一天的早晨，在送小孩上學之後，伊莎貝兒就過來看帕麗，幫她帶條麵包和一些新鮮水果。帕麗還不到要坐輪椅的地步，但已經準備好要面對終將來臨的那一天。雖然她的病迫使她在前一年提早退休，但她還是完全有能力自己上市場，或出門散步。最讓她難受的是她的手——醜陋扭曲的手——情況不好的日子，雙手關節簡直像有水晶碎片在刮搔。只要出門，帕麗一定戴手套，好讓雙手保暖，但更重要的原因是她羞於示人：她的指關節結瘤腫大，難看的手指有醫生所謂的「鵝頸畸形」，左小指則永遠變形。

哈，虛榮，她這麼對蔻蕾特說。

這天早上，伊莎貝兒幫她帶了一些無花果、幾塊香皂、牙膏，和滿滿一鍋栗子湯。亞伯特是一家餐館的二廚，正考慮建議把這道湯列入新菜單。放下東西之後，伊莎貝兒告訴帕麗她新接下的工作。伊莎貝兒為電視節目和喜劇作曲配樂，希望有朝一日能為電影作曲。她說她要開始為一齣在馬德里拍攝的迷你影集配樂。

「妳會過去那裡嗎？」帕麗問，「馬德里？」

「不會。預算很緊，他們不會負擔我的旅費。」

「太可惜了。妳可以住亞倫那裡。」

「噢，您想像得出來嗎，媽媽？可憐的亞倫。他連把腿伸直的空間都沒有。」

亞倫是財務顧問。他和妻子安娜，以及四個孩子，一起住在馬德里的一間小公寓裡。他經常把孩子們的照片和短片用電子郵件寄給帕麗。

帕麗問伊莎貝兒有沒有蒂埃里的消息，伊莎貝兒說沒有。蒂埃里在非洲，在查德東部的難民營，照顧從達佛逃出來的難民。帕麗之所以知道，是因為蒂埃里偶爾會和伊莎貝兒聯絡。他只肯和伊莎貝兒講話。帕麗也才因此知道小兒子的生活梗概——例如他曾在越南待過一段時間，以及他二十歲的時候，曾和一名越南女子有過短暫的婚姻。

伊莎貝兒在爐子上燒一鍋水，從櫃子裡拿出兩個杯子。

「今天早上不用，伊莎貝兒。其實，我必須請妳離開。」

伊莎貝兒露出受傷的表情，帕麗怪自己沒把話說得婉轉一些。伊莎貝兒向來心思細膩。

「我想告訴妳的是，我在等一通電話，而且我需要隱私。」

「電話？誰打來的？」

「我以後會告訴妳。」帕麗說。

伊莎貝兒雙手抱胸，咧嘴笑了。「妳有情人啦，媽媽？」

「情人。妳瞎了嗎？妳最近有好好瞧過我嗎？」

「妳好得很呢。」

「妳得走了。我以後會解釋給妳聽，我保證。」

「好吧、好吧。」伊莎貝兒把皮包揹到肩上，抓起外套和鑰匙，「可是我要妳知道，我非常好奇。」

上午九點三十分打電話來的是馬柯斯·瓦佛里斯。他透過帕麗的臉書和她取得聯繫，留下一則英文訊息：「妳是詩人妮拉·華達提的女兒嗎？如果是的話，我很樂意和妳談一些妳應該會很感興趣的事。」帕麗在網頁上搜尋他的資料，發現他是在喀布爾非營利組織工作的整型醫師。此時，在電話上，他以法爾西語問候帕麗，然後還是滔滔不絕的法爾西語，直到帕麗打斷他。

「瓦佛里斯先生，不好意思，我們是不是講英文？」

「噢，當然啦。是我不好意思。我以為……不過，這很合理。妳離開的時候還很小，對不對？」

「是的，沒錯。」

「我的法爾西語是在這裡自學的，多多少少還派得上用場。我從二〇〇二年、神學士離開後不久，開始住在這裡。情況很樂觀啊，那段時間。但現在情況不同了。當然啦，我們正在準備總統選舉，但這恐怕又是另一回事。」

帕麗耐心聽馬柯斯·瓦佛里斯偏離正題，談起阿富汗總統選舉所面對的挑戰，說他相信卡爾札伊會贏，接著又談到神學士在北方的突襲事端、伊斯蘭主義者對新聞媒體愈來愈多的侵擾行動，順便提到喀布爾人口過多的問題，特別是最近的房價，最後才終於言歸正傳，「我已經在這幢屋子裡住了好幾年。我知道妳以前也住在這幢屋子裡。」

「不好意思？」

「這是妳爸媽的房子。反正我是這麼聽說的。」

「容我請教一下，你是聽誰說的？」

「房東。他叫納比，最近剛過世，很遺憾。妳記得他嗎？」

這名字讓帕麗腦海中浮現一張年輕英俊的面孔，有鬢角，一頭往後梳的濃密黑髮。

「記得。記得他的名字。他是我家的廚子，同時也是司機。」

「沒錯，他身兼二職。他從一九四七年就住在這裡，在這幢屋子裡；住了六十三年。很難相信吧？可是，就如我說的，他過世了。上個月。我很喜歡他。大家都很喜歡他。」

「我明白了。」

「納比留了一張字條給我。」馬柯斯．瓦佛里斯說，「他過世之後我才看到的。他過世之後，我請一位阿富汗同事幫我翻譯成英文。這張字條，其實不只是字條，正確來說，應該是一封信，而且是一封很有意義的信。納比在信裡說了一些事情。我之所以找妳，是因為裡面有部分和妳有關，同時也因為他在信裡要求我找到妳、把信交給妳。我花了一些功夫搜尋，而我們終於找到妳了；感謝網路。」他發出短促的笑聲。

聽到這裡，帕麗很想掛掉電話。她直覺地認為，無論這位老人家——來自她遙遠過往的人——在信中揭露的是什麼，絕對都是事實。她老早就知道，關於她童年的種種，媽媽都是騙她的。然而，就算她人生的基礎因為謊言而粉碎了，帕麗還是站穩腳跟，像棵大橡樹那樣真實、健壯、不可撼動。艾瑞克、她的子女、她的孫子女、她的事業，還有蔻蕾特。所以那又如何呢？過了這麼久，說這些還有什麼用？最好還是掛掉電話吧。

但是她無法掛掉。她的脈搏急跳，掌心冒汗。她說，「他……他在那張字條……那封信裡，說了什麼？」

「這個嘛，第一，他說他是妳舅舅。」

「我舅舅。」

「正確來說，是妳繼母的哥哥。不只這樣，他還說了很多別的事情。」

「瓦佛里斯先生，在你手上嗎？這張字條，這封信，或是譯本？現在在你手上嗎？」

「是的。」

「也許你可以唸給我聽？可以嗎？」

「妳是說現在？」

「如果你有時間的話。我可以打給你，由我來付電話費。」

「沒有這必要。可是妳確定要現在聽？」

「是的，」她對著電話說，「我確定，瓦佛里斯先生。」

他唸給她聽，把整封信唸給她聽。花了好長一段時間。唸完之後，她謝謝他，告訴他說她很快會再和他聯絡。

她掛掉電話，煮了一杯咖啡，走到窗邊。透過窗戶，熟悉的景色呈現在她面前——樓下窄窄的鵝卵石步道、隔街的藥房、街角的沙拉三明治店，以及一家巴斯克人經營的小餐館。

帕麗雙手抖顫。駭人聽聞的事情出現了。非常非常重大的事情。她心中彷彿瞥見斧頭劈開土地，霎時，黑色的石油噴湧而出。這就是她此時的狀態：回憶被剖開，源源不絕地從內心深處湧現。她望向窗外，看著小餐館的方向，但她看見的不是站在遮陽棚底下、腰間繫著黑色圍裙，手裡拿抹布擦桌子，瘦巴巴的那個服務生，而是一輛紅色的手拉車，輪子吱嘎作響，顛顛簸簸地走在白雲舒展的天空底下，越過山脊、行過乾涸的溝渠，翻過一座又一座綿延起伏的赭黃色山丘；她看見果園裡枝葉交纏的果樹，微風輕拂樹葉，還有一排排葡萄藤緊鄰著一幢幢小平房；她看見曬衣繩、蹲在小溪邊的婦人、掛在大樹上咿咿呀呀響的繩索與鞦韆；一條躲避村裡頑童捉弄的大狗、一個挖水溝的鷹勾鼻男子，襯衫被汗水浸濕、黏在背上，還有一個彎腰在爐邊煮飯的女子。

但是在這個畫面邊緣、在她視線周邊，還有別的——這是最吸引她的——還有一個隱隱約約的影子。一個人影。既軟且硬的身影。軟綿綿的，是那隻握著她手的手。硬梆梆的，是他讓她臉頰抵靠的膝蓋。她想看清楚他的臉，但那張臉躲著她，只要她一轉過頭去，他就消失無蹤。帕麗覺得心裡破了一個洞。這個洞一直在她的生命裡、在她這一生裡，一個極大的缺憾。而她始終也都知道。

「哥哥。」她說，她不由自主地叫了出來。她不由自主地落淚。

一句法爾西語歌謠的歌詞，突然從她嘴裡蹦了出來：

我知道有個傷心的小精靈
在夜裡被風吹走

這句歌詞的前面還有另一句，她很肯定，但她怎麼也想不起來。

帕麗坐下。她必須坐下。她不認為自己能站穩。她等著咖啡煮好，打算等咖啡煮好之後喝一杯，或許再抽根菸。然後她會到客廳去打電話給人在里昂的蔻蕾特，看她的老朋友能不能幫她安排到喀布爾的旅程。

但是這會兒，帕麗坐下。她閉上眼睛，聽見咖啡壺開始發出咕嚕咕嚕的聲音。她在閉起的眼簾後面看見平緩起伏的山丘、高高俯視大地的藍天、落到磨坊後面的太陽，以及那永遠永遠綿延不斷、消失在地平線上的迷離山巒。

7

二〇〇九年，夏

「你父親很了不起。」

埃岱抬頭。是瑪拉萊老師，她挨近他耳邊輕聲說。這位豐滿的中年女老師，肩上圍著鑲小珠珠的淡紫色披肩，眼睛笑得瞇起來。

「而你是個幸運的孩子。」

「我知道。」他輕聲回答。

很好，她用嘴形說。

他們站在鎮上一所新學校的大門臺階上。這所女子學校是一幢淡綠色的長方形建築，平頂、闊窗。埃岱的父親，他的爸爸將，在鼓舞人心的演講之後，正在唸一段簡短的禱詞。在大白天的熾熱高溫下，聚在他們面前的是一群瞇著眼睛的學生、家長和老人，總共有一百多人，都是「新沙德巴格」這個小鎮的鎮民。

「阿富汗是我們大家的母親，」埃岱的父親說，粗大的食指指向天空，陽光照得他的瑪瑙戒指閃閃發亮。「但她是個患病的母親，長期飽受折磨。沒錯，母親需要兒子來讓她康復，但是她也需要女兒——她同樣需要女兒，甚至更需要！」

這句話帶來如雷的掌聲，還有贊同的喊叫呼嘯。埃岱環顧群眾的面孔，他們癡迷地仰望他父親。一雙黑色濃眉、滿臉大鬍子的爸爸將，站在眾人面前，高大、強壯、巍峨，那寬闊的肩膀似乎足以塞滿他背後的學校大門。

父親繼續說。埃岱和卡畢爾四目交接。卡畢爾是爸爸將兩名保鑣當中的一個，這時一動也不動地站在爸爸將身邊，手裡端著卡拉希尼柯夫步槍。埃岱從卡畢爾那副飛行員眼鏡的黑色鏡片上，看見群眾的倒影。卡畢爾個頭不高、身形單薄，甚至有點虛弱，總是身穿色彩鮮豔的西裝——薰衣草紫、土耳其綠、橘紅——但爸爸將說他是一隻鷹，低估他的能力是一大錯誤，足以給自己帶來悲慘的下場。

「所以我要告訴妳們，阿富汗的年輕女兒們，」爸爸將說，他粗壯的長手臂張開來，作了一個歡迎的手勢，「妳們有個莊嚴的使命：努力學習、精進學業，學以致用，不只要讓妳們自己的爸爸媽媽感到驕傲，也要讓我們共同的母親以妳們為榮。我在這裡請求大家，不要把這所學校當成是我送給妳們的禮物。這只是一幢房子，真正的禮物在房子裡面，也就是妳們大家。妳們是禮物，年輕的姐妹們，不只是我的，而是新沙德巴格的禮物，更重要的，是阿富汗的禮物！真主保佑妳們！」

更多掌聲。好幾個人扯開喉嚨高喊：「真主保佑你，指揮官大人！」爸爸將舉起一個拳頭，咧嘴大笑。埃岱驕傲得差點掉淚。

瑪拉萊老師交給爸爸將一把剪刀。教室入口圍了一條紅色緞帶。群眾一吋吋往前擠，想看得清楚一些。卡畢爾指著幾個人，要他們後退，還戳了幾個人的胸口逼他們退開。群眾之中有人舉起手，拿著手機拍攝剪綵過程。爸爸將接過剪刀，停了一下，轉頭對埃岱說，「過來，兒子。你來。」他把剪刀遞給埃岱。

埃岱眨著眼睛，「我？」

「來吧。」爸爸將對他眨眨眼說。

埃岱剪開緞帶。群眾爆出長長的掌聲。埃岱聽見好幾部照相機的喀嚓聲，還有人喊著：「真主偉大！」

爸爸將站在門邊，看著學生一個接一個地排隊進入教室。這些年齡從八到十五歲之間的女學生，裹著白色頭巾、身穿爸爸將送給她們的黑灰色條紋制服。埃岱看見每個學生在進到教室之前，都羞怯地對爸爸將自我介紹。爸爸將綻開溫暖的微笑，拍拍她們的頭，講一、兩句鼓勵的話，「祝妳成功，瑪黎安小姐。用功讀書喔，荷瑪拉小姐。讓我們以妳為榮，伊寒小姐。」

後來，在黑色的豐田越野車旁，埃岱站在父親身邊，熱得渾身大汗，看著父親和當地人握手。爸爸將的左手捻著一串念珠，身體微微前傾、蹙起眉頭，耐心地傾聽，不時點頭，親切面對每個過來道謝、祝福、致敬的人，其中也有許多人是趁機來請求幫忙的。有位母親希望送生病的孩子到喀布爾就醫，有個男的需要貸款開一家修鞋鋪，有個技工希望能有一套新工具。

指揮官大人，如果您能行行好……

我已經求助無門了，指揮官大人……

除了家人，其他人永遠都叫爸爸將「指揮官大人」，儘管俄國人早已離開，而且爸爸將已經十幾年沒開過槍了。家裡的客廳有很多裝著爸爸將聖戰時期照片的相框。埃岱把每一張照片都牢記心中：父親靠在一輛灰撲撲的舊吉普車擋泥板上；蹲在一輛燒得焦黑的坦克砲塔上；胸前掛著彈藥帶，和手下一起驕傲地站在他們擊落的直升機旁邊。有一張照片是他穿著背心和彈藥帶，額頭抵在沙漠上禱告。那時的他，埃岱的父親，比現在瘦得多，而且在照片裡，他身邊總是荒漠一片，只有山巒和沙漠。

戰爭期間，爸爸將曾被俄國人槍擊過兩次。他讓埃岱看過傷口，一個就在左肋骨下方——他說這個傷口害他沒了脾臟——另一個離肚臍只有一個拇指的距離。他說不管怎麼說，他運氣都算很不錯了。他有的朋友缺腿、斷手、瞎眼；還有朋友的臉被燒傷。他們是為自己的國家而奉獻，爸爸將說，也是為真主而奉獻。這是聖戰的意義，他說。犧牲奉獻。你犧牲自己的四肢、自己的視力——甚至是自己的性命——你欣然奉獻。聖戰會賜你以權利、以特權，他說，因為真主認為犧牲最大的人，也將獲得最多的報償。

在今生與來世，爸爸將說，一隻粗壯的手指先指著地，再指向天。

看著這些照片，埃岱真希望在那段冒險犯難的歲月裡，他能和父親併肩參加聖戰。他喜歡想像自己和爸爸將一起擊落俄國直升機、炸毀坦克，躲避槍火，住在山上、睡在山洞裡。父與子，戰爭英雄。

客廳裡還有一張裱框的大照片，爸爸將面露微笑，和卡爾札伊總統一起站在喀布爾皇宮裡，也就是現在的總統府。這張是在最近一個小型頒獎典禮上拍的，爸爸將因為在新沙德巴格的人道工作獲得表揚。爸爸將獲獎是實至名歸。新設的女子學校只是他最新的計畫之一。埃岱知道，過去鎮上常有婦人因為難產而死；但現在不會了，因為他父親開了一家大型診所，自掏腰包聘請了兩位醫生與三名助產士。鎮民可以在診所接受免費醫療，新沙德巴格的每一個孩子都打了預防針。爸爸將還派人到鎮上各處探勘水源，並鑿井。讓新沙德巴格可以二十四小時供電的，也是爸爸將。而埃岱聽卡畢爾說，鎮上至少有十幾個商家是因為爸爸將的貸款才能營運，而這些貸款很少收得回來。

埃岱之前對那位老師說的是真心話。他**知道**他很幸運，能身為這樣的人的兒子。

就在快握完手之際，埃岱看見一名高瘦的男子走近父親。這人戴著細邊的圓眼鏡，短短的灰色鬍子，細小的牙齒很像燒過的火柴頭。跟在他後面的是一個和埃岱年齡相仿的男生。這男孩的一雙大腳趾從運動鞋的破洞裡跑出來，頂著一頭亂糟糟的濃密頭髮；他的牛仔褲因為沾滿泥土而變硬，同時也太短了，但上身的T恤卻恰恰相反，長得蓋住膝蓋。

卡畢爾擋在那個老人與爸爸將之間。「我已經告訴過你，現在不行。」他說。

「我只是想和指揮官說句話。」那老人說。

爸爸將輕輕拉著埃岱的手臂，要他坐上越野車的後座。「走吧，兒子。你母親在等你呢。」他坐在埃岱身邊，關上車門。

在車上，就在貼了隔熱紙的車窗升起時，埃岱看見卡畢爾對老人說了幾句話。埃岱聽不見他說了什麼。然後，卡畢爾繞到越野車前面，坐上駕駛座，把他的卡拉希尼柯夫槍擺在前座，發動引擎。

「怎麼回事？」埃岱問。

「沒什麼重要的。」卡畢爾說。

他們開上馬路。有幾個男生衝出人群，追著車子跑，直到越野車加速駛離之後才罷休。卡畢爾開車穿過縱貫新沙德巴格鎮的擁擠商業區，不時按喇叭，在車陣中穿梭。每個人都讓路。有些人還對他們揮手。埃岱看著兩旁擁擠的人行道，熟悉的畫面在他眼前躍現又消失——肉鋪鉤子上掛著的牲口；鐵匠轉著木輪，手搖鼓風箱；賣水果的商販拚命揮趕葡萄和櫻桃上的蒼蠅；坐在柳條椅上的街頭理髮師，用磨刀皮帶磨著他的剃刀。他們經過茶鋪、烤肉館、汽車修理店、清真寺，然後卡畢爾把車子一轉，經過鎮上最大的廣場。廣場中央有座藍色的噴水池，以及一尊九呎高、面向東方的黑色聖戰士石像，頭上優雅地纏著頭巾，肩上扛著火箭筒。爸爸將親自從喀布爾請來一位雕刻師，雕了這座石像。

商業區北邊是橫跨幾條街的住宅區，大部分都是沒鋪路面的狹小道路，以及漆著或白或黃或藍的平頂小屋。其中一些房子的屋頂架有衛星接收碟，有些窗口垂掛著阿富汗國旗。爸爸將告訴過埃岱，新沙德巴格大部分的房舍和商店都是在最近十五年左右才建設起來的，有許多還是在他的協助之下完成。住在這裡的很多人都認為他是新沙德巴格之父，而且埃岱知道，鎮上的長老原本想以爸爸將的名字為小鎮命名，但爸爸將婉拒了。

從這裡，主幹道繼續往北延伸兩哩，連接舊沙德巴格。埃岱沒見過這座村子幾十年前的面貌。爸爸將帶他和媽媽從喀布爾來到沙德巴格的時候，這座村子已經消失無蹤。所有的房宅都不見了，唯一倖存的舊日遺跡是一座毀損的磨坊車。在舊沙德巴格，卡畢爾駛離主幹道，開上一條長達四分之一哩、沒鋪路面的寬闊泥土路，駛往一幢牆高十二呎的宅邸，即埃岱和父母一起生活的地方——除了磨坊之外，這是舊沙德巴格唯一的建築。越野車在泥土路上顛簸前進，埃岱望見白牆。牆頂上有一圈圈倒勾鐵絲。

一名永遠站在宅邸大門守望的制服警衛向他們敬禮，打開大門。卡畢爾把越野車開進牆內，沿著碎石車道開向主屋。

這幢房子樓高三層，漆著亮粉紅與土耳其綠。高聳的廊柱、尖尖的屋簷，鏡面的玻璃帷幕在陽光下熠熠生輝。宅邸有著女兒牆、鑲嵌晶亮馬賽克的遊廊，以及架有雕花鍛鐵欄杆的寬闊陽臺。屋裡有九間臥房和七間浴室，有時候，埃岱會和爸爸將玩躲貓貓，埃岱要在屋裡遊走一個小時、甚至更久，才能找到父親。浴室和廚房所有的檯面都是花崗石和大理石製的。最近以來，讓埃岱很高興的是，爸爸將談起要在地下室蓋一座游泳池。

卡畢爾把車停在主屋高大門口外的環形車道。他熄掉引擎。

「你先下車吧。」爸爸將說。

卡畢爾點點頭，下了車。埃岱看著他走上大理石臺階到門口，按下電鈴。來開門的是另一個保鏢。短小精幹，態度粗魯的阿茲馬瑞。兩人交談幾句，留在臺階上，各點了一根菸。

「你真的非去不可嗎？」埃岱說。他父親隔天早上要到南方去視察位在赫爾曼的棉花田，還要去他開的棉花工廠，看看那裡的工人。他要去兩個星期，對埃岱來說，這簡直是長到沒有盡頭的時間。

爸爸將轉頭看他。他高大的體型幾乎占掉大半的後座，讓埃岱相形見絀。「我也希望可以不去啊，兒子。」

埃岱點點頭。「我今天好驕傲，好以您為榮。」

爸爸將把他的大手擱在埃岱膝上。「謝謝你，埃岱。我很感激。可是我之所以帶你去參加這些活動，是希望你能學到、能瞭解，對運氣好的人、對像我們這樣的人來說，最重要的是善盡自己的責任。」

「我只是希望你不要離開。」

「我也希望啊，兒子。可是我明天才走。我今天晚上會在家裡。」

埃岱點點頭，垂下眼睛盯著雙手。

「聽我說，」父親用溫柔的聲音說，「這個鎮上的人，他們需要我，埃岱。他們需要我幫他們成家、找工作，維持生計。喀布爾有自己的問題，沒辦法幫他們。這些事如果我不做，就沒有其他人能做了。那麼這些人就會受苦。」

「我知道。」埃岱喃喃說。

爸爸將輕輕捏著他的膝蓋。「你想念喀布爾，我知道，也想念你的朋友。要適應這裡很不容易，對你和你母親都是。我知道我總是到處出差、開會，有許多人占掉我的許多時間。可是……看著我，兒子。」

埃岱抬起頭，爸爸將的眼睛，在濃眉下閃閃發亮的那雙眼睛，正溫柔地看著他。

「在這個世界上，對我來說最重要的人就是你，埃岱。你是我的兒子。為了你，我願意放棄一切。

為了你，我連生命都可以不要，兒子。」

埃岱點點頭，眼睛微微濕潤。有時候，在爸爸將講這樣的話的時候，埃岱會覺得自己的心漲得滿滿的，連呼吸都很困難。

「你瞭解我的意思嗎？」

「瞭解，爸爸將。」

「你相信我嗎？」

「我相信。」

「很好。給爸爸親一個。」

埃岱雙手攬住爸爸將的脖子，爸爸將緊緊地抱住他。埃岱記得小時候，為惡夢驚醒、渾身顫抖的他，會在半夜拍著父親的肩膀，而父親會拉開被子，讓他爬上床，摟著他、親吻他的頭頂，讓他不再顫抖，再次入睡。

「也許我從赫爾曼幫你帶點東西回來。」爸爸將說。

「不用。」埃岱說，聲音有點含糊。他的玩具已經多到不知道該怎麼辦了。況且，世界上沒有任何一個玩具可以取代不在他身邊的父親。

這天稍晚的時候，埃岱躲在樓梯上，偷偷看著底下發生的事。門鈴大響，卡畢爾去開門。卡畢爾靠在門框上，雙臂抱胸，擋住門口，對著門外的人講話。是今天在學校的那個老人。腳上鞋子破洞的那個男生也來了，站在他旁邊。

老人說，「他去哪裡了？」

卡畢爾說，「出差，去南方了。」

「我聽說他明天才出發。」

卡畢爾聳聳肩。

「他要去多久？」

「兩個月，說不定三個月。很難說。」

「我聽說的可不是這樣。」

「你這是在測試我的耐心啊，老頭。」卡畢爾放下手臂說。

「我等他。」

「不能在這裡等，不行。」

「我在路邊等。」

卡畢爾很不耐煩地挪動雙腳。「隨便你，」他說，「可是指揮官是個大忙人，誰也不知道他什麼時候回來。」

老人點點頭，走開了。那男生跟在他背後離開。

卡畢爾用力關上門。

埃岱拉開起居室的窗簾，透過窗戶，望見那名老人和男孩走到連接宅邸與幹道的那條泥土路。

「你騙他。」埃岱說。

「我領錢就是做這種工作：保護你父親，讓他不受這些禿鷹的騷擾。」

「他想要什麼，工作嗎？」

「大概吧。」

卡畢爾坐在沙發上，脫掉鞋子。他抬頭看埃岱，對他眨眨眼。埃岱喜歡卡畢爾，遠勝過阿茲馬瑞。阿茲馬瑞很不討人喜歡，幾乎沒和他說過話。卡畢爾會和埃岱一起玩牌，還找他一起看DVD。卡畢爾喜歡看電影。他有一大堆從黑市買來的DVD，每週看個十到十二部電影——伊朗片、法國片、美國片，當然還有寶萊塢的電影——什麼都看。有時候，趁埃岱的媽媽在其他房間、而且埃岱保證不告訴父親的時候，卡畢爾會取下卡拉希尼柯夫的彈匣，讓埃岱把槍拿在手裡，像聖戰士那樣。這時，那把卡拉希尼柯夫就靠在大門邊的牆上。

卡畢爾往沙發一躺，腳蹺在扶手上，開始翻報紙。

「他們看起來沒什麼惡意。」埃岱放下窗簾，轉頭對卡畢爾說。他看見這名保鑣露在報紙外面的額頭。

「所以，我或許該請他們進來喝杯茶，」卡畢爾嘟噥說，「再請他們吃點蛋糕。」

「別鬧了。」

「他們看起來都沒有惡意。」

「爸爸將會幫他們嗎？」

「大概吧。」卡畢爾嘆口氣，「對人民來說，你父親是條河。」他放下報紙，咧嘴一笑，「這句話出自哪裡？快想，埃岱。我們上個月才看過。」

埃岱聳聳肩，開始往樓上走。

「勞倫斯，」卡畢爾在沙發上嚷著，「《阿拉伯的勞倫斯》。安東尼．昆（Anthony Quinn）演的。」

埃岱走到樓梯頂端時，卡畢爾又說：「他們是禿鷹啊。別被他們給騙了。只要有機會，他們就會把你父親啄得一乾二淨。」

父親啟程去赫爾曼之後的幾天，有天早晨，埃岱跑進爸媽的房間。門裡傳來節奏強烈、聲音響亮的樂聲。他走進房裡，看見媽媽穿著短褲T恤，站在平板大電視前面，跟著三名汗流浹背的金髮女子做運動。一連串的跳躍、蹲下、前衝、伸展。她從大穿衣鏡上看見他。

「和我一起跳？」她在響亮的音樂聲中氣喘吁吁地說。

「我坐在這裡就好。」他說。他坐在鋪著地毯的地板上，看著媽媽在房裡來回做青蛙跳。

埃岱的母親叫艾麗亞。手腳纖細、鼻子微翹，五官漂亮得像卡畢爾那些寶萊塢電影裡的女明星。她苗條、靈巧、年輕——她嫁給爸爸將的時候才十四歲。埃岱還有個年紀比較大的大媽，以及三個同父異母的哥哥，但是爸爸將讓他們住在東部，在賈拉拉巴德，只有爸爸將每隔一個月左右帶他去探望的時候，埃岱才會見到他們。他母親和大媽互不喜歡，但埃岱和同父異母的哥哥們卻處得很好。每回到賈拉拉巴德，他們都會帶他去公園、去市集、去電影院，去看騎馬比武。他們和他一起玩「惡靈古堡」，一起在「決勝時刻」遊戲裡射殺殭屍。而和鄰居玩足球比賽的時候，他們也總是挑他到他們隊上。埃岱好渴望他們能住在這裡，和他在一起。

埃岱看著媽媽躺在地板上，抬起結實的腿，然後再放下，光裸的腳踝之間夾著一顆藍色塑膠球。

老實說，沙德巴格生活的單調乏味，讓埃岱難過得要命。住在這裡的兩年來，他沒交到半個朋友。他不能騎腳踏車到鎮上，當然更不能自己出門，因為這地區綁架盛行——不過他還是偶爾偷溜出去玩一會兒，但都留在宅邸周邊。他沒有同學，因為爸爸將不讓他上本地的學校——「安全因素」，他說——所以每天早上有家教老師來家裡給他上課。大部分時間，埃岱都用看書或自己踢足球來打發時間，再不然就是和卡畢爾一起看電影。他們常常同一部電影一看再看。在這幢宏偉的宅邸裡，他無所事事地在挑高寬闊的走廊閒晃，穿過一間又一間空蕩的房間，再不然就在樓上的臥房裡望著窗外。他住在豪宅裡，但他的世界卻變小了。有時候他無聊到想咬木頭。

他知道媽媽在這裡也孤單到不行。她想辦法用固定的行程來塞滿一天的時間：早上做運動、淋浴，然後吃早餐，接著看書、整理花園，下午就看電視上的印度肥皂劇。爸爸將不在家的時候——這是經常有的事——她總是穿著灰色的運動服和運動鞋在家裡閒晃，臉沒上妝、頭髮在頸後挽個髻。她甚至很少打開珠寶盒，那裡頭裝的是爸爸將從杜拜買回來給她的戒指、項鍊與耳環。她有時會和喀布爾的家人講電話，一講就是好幾個鐘頭。每隔兩、三個月，她的姊姊和父母會來住上幾天。只有這個時候，埃岱才會看見媽媽整個人活了起來：她會穿上印花長洋裝和高跟鞋、化好妝，眼睛閃閃發亮，整幢屋子都聽得見她的笑聲。也就是在這樣的時候，埃岱才能瞥見她以前的模樣。

爸爸將不在家的時候，埃岱和媽媽想辦法互相作伴解悶。他們一起玩拼圖，用埃岱的Wii玩高爾夫球和網球。但是埃岱最喜歡的是和媽媽一起搭牙籤屋。媽媽會在紙上畫出房子的3D構造圖，有前廊、山形屋頂，屋內有樓梯和分隔房間的牆壁。他們從地基開始搭建，接著蓋起內牆和樓梯，耗上好幾個鐘頭，用膠水細心地黏好牙籤，等著它變乾。埃岱的媽媽說，年輕的時候，在她還沒有嫁給埃岱的父親之前，她曾經夢想過要當個建築師。

有一回在蓋摩天大樓的時候，埃岱聽她說起和爸爸將結婚的故事。

他本來是想娶我姊姊的，她說。

娜吉絲阿姨？

是啊。那時是在喀布爾，他有天在街上看見她，決定非娶她不可。第二天，他出現在我們家，他和他的五個手下，簡直是不請自來。連靴子都沒脫。她搖搖頭，哈哈大笑，彷彿爸爸將做的是件好笑的事。但是她笑起來的模樣，和她平常碰到好笑的事情不一樣。你應該看看你外公外婆臉上的表情。

他們坐在客廳裡，爸爸將和他的手下，以及她的父母親。他們談話的時候，她在廚房裡泡茶。但是有個問題，她說，因為她姊姊娜吉絲已經訂婚了，答應要嫁給人在阿姆斯特丹研讀工程的一個表親。他們怎麼能毀棄婚約呢？她爸媽問。

這時我走進客廳，端著茶和點心。我替他們倒茶，把點心擺在桌上。你父親看著我，就在我轉身離開的時候，你父親說：「你說的或許沒錯，先生。毀棄婚約的確不應該。但是如果你告訴我說這一個也有婚約了，那我恐怕別無選擇，只好認為是你太看不起我了。」他哈哈大笑。於是我們就這樣結婚了。

她拿起一管膠水。

妳喜歡他嗎？

她微微聳肩。老實說，我是比較怕他的。

可是妳現在喜歡他，對不對？妳愛他。

我當然愛他。埃岱的媽媽說，這還用問嗎。

妳不後悔嫁給他。

她放下膠水，等了幾秒鐘才回答。看看我們的生活，埃岱，她緩緩說，看看你身邊，有什麼好後悔的？她微微笑，輕輕拉著耳垂。況且，我不結婚怎麼會有你呢。

埃岱的媽媽關掉電視，坐在地板上，大口喘氣，用一條毛巾擦乾脖子上的汗水。

「你今天早上自己找點事情做吧，」她伸展背部說，「我要洗澡、吃飯，然後打電話給外公外婆。我已經好幾天沒打電話給他們了。」

埃岱嘆口氣，站起來。

埃岱的房間在下一層樓，位於宅邸的另一側。他在房間裡抓起足球、套上爸爸將在他十二歲生日時送給他的足球明星席丹運動衣。下樓的時候，他看見卡畢爾在打盹，報紙像毯子似的蓋在胸口。他從冰箱抓起一罐蘋果汁，走了出去。

埃岱走在宅邸通往大門的碎石子路。有武裝警衛駐守的崗亭空無一人。埃岱知道現在正是換班的時間。他小心翼翼地打開大門，走出去，然後關上門。一到圍牆外面，他幾乎馬上覺得自己可以比較輕鬆地呼吸了。有時候，他住的那幢豪宅感覺上更像是監獄。

他沿著圍牆的陰影，遠離主幹道，繞到宅邸後面，這裡是爸爸將很引以為傲的果園。廣達好幾英畝的田地，種著一排排平行的梨樹和蘋果樹，還有杏桃、櫻桃、無花果與枇杷。埃岱陪父親在這片果園裡散步的時候，爸爸將會把他扛到肩頭，讓他可以摘下兩顆蘋果，一人一顆。在宅邸和果園之間是一片空地，上頭沒什麼東西，只有一間小棚屋，讓園丁可以存放他們的工具。除此之外，就只有一截樹幹，看起來像是一棵巨大的老樹被砍倒之後留下的殘株。爸爸將有一次和埃岱一起數年輪，發現這棵樹很可能目睹了成吉思汗揮軍而過。他很懊喪地搖搖頭說，不管砍了這棵樹的人是誰，必定是個大傻瓜。

這天天氣很熱，太陽在天上發出灼烈的光芒。天空藍得連一絲雲都沒有，很像埃岱小時候用蠟筆畫的藍天。他把蘋果汁擺在那截樹幹上，開始練習盤球。他個人的最佳紀錄是球不落地盤了六十八次。這個紀錄是在今年春天創下的，到了仲夏的此刻，他還在努力刷新紀錄。盤到二十八下時，埃岱感覺到有人在看他。是那個男生，學校開幕典禮那天，站在那名想接近爸爸將的老人身邊的男生。他蹲在小棚屋的陰影裡。

「你在這裡幹麼？」埃岱說，想學卡畢爾對陌生人講話的口氣。

「躲太陽啊。」那男生說，「別舉報我。」

「你不該來這裡的。」

「你也是啊。」

「什麼？」

那男生咯咯笑。「別放在心上。」他把雙臂伸得長長的，站了起來。埃岱想看看他的口袋有沒有鼓起來。說不定他是來偷摘水果的。男孩走近埃岱，一腳踢起球，很快地盤了兩下，然後用腳跟把球傳給埃岱。埃岱接住球，夾在腋下。

「你們那個大壞蛋哪裡去了？他害我們，我和我爸，在路邊等他。沒有地方躲太陽。天空一絲雲都沒有。」

埃岱覺得有必要替卡畢爾辯護。「他不是壞蛋。」

「是喔，他還讓我們好好瞧了瞧他的卡拉希尼柯夫咧，我告訴你。」他看著埃岱，唇邊懶洋洋地綻開頗有意興的笑容，對著腳下吐了一口痰。「我看得出來，你是那個頭搥仔[25]的粉絲。」

埃岱愣了一晌才知道他指的是誰。「你不能用一個錯誤來判斷一個人。」他說，「他是最棒的。

25 指的是法國足球明星席丹（Zinedine Zidane）。席丹二〇〇六年世界杯足球賽決賽中，與義大利球員馬特拉齊發生衝突，不甘受辱，以頭撞擊對方胸部，被判紅牌出場。

他是中場的魔法師。」

「我見過更棒的。」

「真的？誰？」

「比方馬拉度納[26]。」

「馬拉度納？」埃岱忿忿地說。他以前就和賈拉拉巴德的同父異母哥哥吵過這個問題。「馬拉度納是個騙子。『上帝之手』[27]，記得嗎？」

「每個人都會騙人，每個人都會說謊。」

那男孩打了個呵欠，舉步離開。他差不多和埃岱一樣高，或許稍微高一點點，年紀大概也和埃岱差不多，埃岱想。但是他走起路來一副很老成的樣子，不急不徐，展露出世故的神態，彷彿已見識過一切，沒有任何事情能讓他感到驚訝。

「我叫埃岱。」

「葛朗。」他們握手。葛朗的手很有力，掌心乾燥，長繭。

「你到底幾歲？」

葛朗聳聳肩。「十三吧，我猜。也可能已經十四了。」

「你不知道自己的生日？」

葛朗咧嘴一笑。「我猜你知道自己的生日囉。我敢說你每天都在數著生日什麼時候到。」

「我沒有。」埃岱防衛地說，「我是說，我才沒數日子呢。」

「我該走了。我父親自己一個人在等我。」

「我還以為他是你祖父。」

「你猜錯了。」

「你想玩射門嗎？」埃岱問。

「你是說像罰球線ＰＫ那樣？」

「每人各踢五球……看誰贏。」

葛朗又吐了一口口水，瞄了一眼馬路，然後把目光轉回埃岱身上。埃岱發現他有個與臉相較之下顯得太小的下巴，嘴裡有顆牙齒蛀朽，還有顆小虎牙突出來，左邊的眉毛有一條窄小的傷疤，將眉毛一分為二。而且，他身上有臭味。可是最近兩年來，除了每個月到賈拉拉巴德之外，埃岱沒和同年齡的男生講過話——更不要說是和他們一起玩了。埃岱已經作好失望的心理準備，葛朗卻聳聳肩說：「去他的，有什麼不可以？可是我要先踢。」

他們拿兩顆石頭，擺在相距八步的位置，充當球門柱。葛朗先踢五球。踢進一球、踢歪兩球，還有兩球被埃岱輕易擋下。而葛朗守球門的技巧比射門更差。埃岱想辦法射進四球，每一次都誘使他撲向錯誤的方向，而埃岱唯一沒射中的那球，是因為沒踢進球門，而不是被葛朗擋下。

「他媽的。」葛朗彎腰，手掌貼在膝蓋上說。

「再來一次吧。」埃岱努力不露出得意的表情，但是很難。他心裡得意揚揚。

葛朗同意。結果比數更懸殊。葛朗設法射進了一球，而埃岱這回卻是五球都進。

「算了，我沒辦法了。」葛朗舉起雙手說。他走到樹幹殘株旁，疲憊地呻吟了一聲坐下。埃岱把

---

26 Diego Armando Maradona, 1960-，阿根廷足求明星，二〇〇一年為國際足總評為「二十世紀最佳球員」。

27 一九八六年世界盃足球賽，阿根廷與英國的四強決賽，馬拉度納以手進球，引起極大爭議。

球攬在胸口，坐到他旁邊。

「這八成沒什麼幫助。」葛朗從牛仔褲口袋裡掏出一包香菸。只剩一根菸。他火柴劃了一下就點著，心滿意足地吸上一口，然後交給埃岱。埃岱本來想接下，好讓葛朗留下深刻印象，但又擔心卡畢爾或媽媽會聞到他身上的菸味。

「明智。」葛朗說，把頭往後仰。

他們東拉西扯地聊了一會兒足球，讓埃岱很驚喜的是，葛朗對足球確實懂得不少。他們交換最喜歡的比賽和最喜歡的射門故事。他們也各有一份五大球星名單；名單大致雷同，只是葛朗選了巴西隊的羅納度[28]，而埃岱則選了葡萄牙隊的羅納度[29]。無可避免的，他們談起二〇〇六年的世界杯盃決賽，以及埃岱的傷心事：席丹的頭搥事件。葛朗說他站在離營區不遠的電器行櫥窗外面，和一大堆人擠在一起看完整場比賽。

「營區？」

「我長大的那個營區。在巴基斯坦。」

他告訴埃岱，他是第一次到阿富汗來。在此之前，他一直住在他出生的那個巴基斯坦賈洛札難民營。他說賈洛札很像一座城，是許多帳篷、泥土屋和房宅組成的大迷宮，沿著錯縱複雜的窄小道路，以塑膠和鋁板等等材料搭建出各形各色的棲身之所，到處是垃圾和屎尿。但賈洛札只是一座更大城市的城中城。他和他的弟弟——他是老大，比弟弟大三歲——都在營地裡出生長大。他們一家人：他、弟弟、母親、父親伊奎巴、祖母帕瓦娜，一起住在一幢小泥屋裡。他們兄弟倆在那裡的小巷弄中學會走路和講話，在那裡上學。他在那裡的泥土路上拿樹枝滾生鏽的腳踏車車輪、和難民營裡的其他孩子玩，一直玩到太陽下山，祖母喊他回家。

「我很喜歡那裡，」他說，「我有朋友。我認識每一個人。我們過得也還不錯。我有個伯父在美國，是我父親同父異母的哥哥，叫阿布杜拉伯伯。我沒見過他，但是他每隔幾個月就寄錢來。對我們很有幫助。幫助很大。」

「你們為什麼離開那裡？」

「不得不。巴基斯坦關閉了難民營。他們說阿富汗人該住在阿富汗。後來我伯父也不再寄錢來，所以我父親說我們或許應該回家，重新開始，反正神學士已經逃過邊界，到巴基斯坦那邊去了。他說我們是巴基斯坦的客人，而他們已經不再留客。我好失望。這個地方──」他揮著手，「對我來說，這裡是外國。而且難民營的孩子，那些真的待過阿富汗的，對這裡都沒什麼好感。」

埃岱很想說他知道葛朗的感覺。他想說他有多懷念喀布爾和他的朋友，以及在賈拉拉巴德的同父異母哥哥。但是他覺得葛朗一定會笑他，所以回答說：「是啊，這附近好無聊。」

葛朗卻還是笑了。「我想他們的意思不是這樣。」他說。

埃岱隱隱知道自己被取笑了。

葛朗抽了一口菸，吐出一圈圈的煙。他們一起看著煙圈飄起、消散。

「我父親對我和弟弟說：『等你們……等你們呼吸到沙德巴格的空氣、喝到沙德巴格的水，』他是在這裡出生的，我父親，也是在這裡長大的。他說：『你們從沒喝過那麼清涼甜美的水，孩子們。』他老是對我們講沙德巴格的事，我猜在他小時候，這裡只不過是個什麼都沒有的小村子。他說有一種

---

28 Ronaldo luis Nazário de Lima, 1976-，巴西知名足球球星，曾三度獲得「世界足球先生」榮譽，於二〇一一年引退。

29 Christiano Ronaldo, 1985-，葡萄牙知名球星，曾連續六年入選年度世界最佳十一球員。

葡萄只能長在沙德巴格，在世界上的其他地方都種不活；你還以為他講的是天堂呢。」
埃岱問他們現在住在哪裡。葛朗把香菸蒂丟掉，仰頭望天，在陽光裡瞇起眼睛。「你知道磨坊旁邊那塊空地吧？」
「知道。」
埃岱等了一會兒，但是葛朗沒再說什麼。
「你住在那片空地？」
「暫時啦。」葛朗含糊地說，「我們有個帳篷。」
「你們在這裡有親人嗎？」
「沒有。他們不是走了，就是死了。嗯，我父親有個舅舅在喀布爾。以前啦。誰知道他是不是還活著。他是我祖母的哥哥，在那裡幫一個有錢人工作。但是我猜，納比和我祖母已經好幾十年沒講過話了——至少有五十年，我想。他們實際上和陌生人差不多。我想，如果不得已，我父親會去找他。但是他想在這裡靠自己站起來；這裡是他的家鄉。」
他們在樹幹上靜靜坐了一會兒，看著果園裡的樹葉在陣陣暖風裡顫動。埃岱想到葛朗和家人夜裡睡在帳篷裡，四周的野地有蠍子與蛇爬動。
埃岱不太知道自己最後為什麼會告訴葛朗，他和父親從喀布爾搬到這裡來的理由。或者應該說，他不知道自己該講哪個理由才對。他不確定自己這麼做，是為了改變葛朗對他的印象，認為他住在大房子裡，所以也活得輕鬆愜意；或者只是學童的好勝心態。也許是想搏得一點同情？縮短他倆之間的差距？他不知道。或許全部都有吧。埃岱也不知道，讓葛朗喜歡他，為什麼會這麼重要。他只隱約覺得，原因或許很複雜，並不只是因為他長時間孤單寂寞、渴望有朋友而已。

「我們搬到沙德巴格，是因為在喀布爾有人想殺我們。」他說，「有一天，有人騎輛摩托車到我家門口，拿槍對著我家掃射。他沒被抓。但是，感謝真主，我們都沒受傷。」

他不知道自己在期待什麼，但是葛朗一點反應都沒有，倒是讓他很意外。葛朗還是瞇著眼睛看太陽，說：「是啊，我知道。」

「你知道？」

「你父親只要打個噴嚏，全世界都會聽見。」

埃岱看著他把空菸盒捏成一團，塞進牛仔褲的前口袋裡。

「你父親，他是有他的敵人。」葛朗嘆口氣說。

埃岱知道。爸爸將對他解釋過，一九八〇年代和他一起併肩對抗蘇聯的一些人，變得勢力強大，但貪污腐敗。他們迷失了方向，他說。因為他不願意同流合污，所以他們總是想盡辦法打壓他、散播惡毒的謠言來抹黑他。也就是因為這樣，爸爸將很保護埃岱——比方說，他不准家裡訂報紙，不准埃岱看電視新聞或搜尋網路新聞。

葛朗傾身靠近他，說：「我也聽說他有很多農地。」

埃岱聳聳肩。「你可以自己看啊。就只有這幾畝果園而已。嗯，在赫爾曼還有棉花田吧，我想是給工廠用的。」

葛朗看著埃岱的眼睛，臉上慢慢咧開一個笑容，露出那顆蛀壞的虎牙。「棉花。你這個人啊……我不知道該說什麼了。」

埃岱不完全理解他的意思。他站起來，把球在地上拍了拍。「你可以說：『再比一局！』」

「再比一局！」

「來吧！」

「只是，這一次，我賭你一球都進不了。」

這會兒咧嘴笑的是埃岱。「你要賭什麼？」

「很簡單。這件席丹。」

「如果我贏了——不對，等我贏了之後呢？」

「如果我是你，」葛朗說，「絕對不會擔心這不可能的結果。」

這真是場精彩的比賽。葛朗左擋右攔，擋下埃岱的每一球。埃岱脫下運動衫，覺得自己真是蠢，竟然會被騙走這件大概算得上是他最珍貴的東西。他交出運動衫，突然驚覺到淚水的刺痛，連忙把淚逼回去。

還好葛朗沒笨到當他的面把衣服穿上。離開時，他回頭笑說：「你父親，他不是真的出差三個月，對吧？」

「我明天要再和你比一場，」埃岱說，「把衣服贏回來。」

「我得考慮看看。」

葛朗走回幹道上。走到一半的時候，他停下來，從口袋裡掏出那個捏成一團的香菸盒，丟進埃岱家的圍牆。

一個星期以來，差不多每一天，結束早上的課程之後，埃岱就會拿起球，離開宅邸。剛開始那兩天，他都算準警衛交班的時間，趁機偷溜出門；但是第三次被警衛逮個正著，不放他出去。埃岱回到屋裡，拿出iPod和一只手錶。此後，那名警衛就偷偷放埃岱進出，但只准他待在果園邊上。至於卡畢爾和他母親，他有一、兩個鐘頭不見人影，他們根本就不會注意到。這就是住在這幢大房子裡的好處。

埃岱溜到宅邸後面的空地上，在那株樹幹殘株旁邊自己一個人玩，每天都盼望葛朗會出現。他不時瞄向通往幹道的那條泥土路，不管是盤球的時候、坐在樹幹上看著戰鬥機飛掠天空的時候，或是無所事事地丟著小石子的時候。捱過一陣子，他就拿起球，腳步沉重地走回宅邸。

然後有一天，葛朗出現了，手裡拿著一個紙袋。

「你到哪裡去了？」

「工作。」葛朗說。

他告訴埃岱，他和父親去打工，做了幾天的磚塊。葛朗的工作是攪拌泥漿。他說他來回提著一桶桶的水，拉著一袋袋比他還重的砌築水泥和建築用沙。他告訴埃岱，他如何在手推車上攪拌泥漿、用鏟子把泥漿壓進水裡，一次又一次地翻攪、加水，然後再加沙，直到泥漿變得光滑、密實。這時他就把手推車推去給磚匠，再回來重新攪拌另一車泥漿。他張開手掌，讓埃岱看他的水泡。

「哇，」埃岱說——這麼說真蠢，他知道，可是他想不出其他的回答。他最接近體力勞動的經驗是三年前的一個下午，在喀布爾，他幫園丁在他家後院種了幾株蘋果樹苗。

「給你一個驚喜。」葛朗說。他從袋子裡拿出那件席丹的運動衫，丟給埃岱。

「我不懂。」埃岱說，很驚喜，但也不敢掉以輕心。

「我前幾天在鎮上看見另一個小孩穿這件衣服。」葛朗說，伸出手指來要埃岱把球給他。埃岱把球踢給他，葛朗一面盤球，一面說：「你相信嗎？我走近他說：『喂，你身上這件衣服是我兄弟的。』他瞪了我一眼。長話短說，我們在巷子裡把問題解決。最後，他求我把衣服拿走！」他伸手接住球，吐了一口口水，銜著埃岱咧開嘴笑。「好吧，這衣服說不定是我幾天前賣給他的。」

「這樣是不對的。要是你賣給他了，那衣服就是他的。」

「什麼，你不想要？我都花了這麼多功夫才弄回來給你。這也不能說是不公平吧，你知道。他也狠狠揍了我好幾拳。」

「可是……」埃岱喃喃說。

「況且，一開始的時候我要了你，我覺得很不應該。你把你的衣服拿回去吧。至於我……」他指著自己的腳，埃岱看見一雙藍白相間的新運動鞋。

「他沒事吧，那個傢伙？」埃岱說。

「他死不了的。現在，我們是要繼續爭論，還是要開始玩？」

「你父親有和你一起來嗎？」

「今天沒有。他在喀布爾的法院。來吧，我們來玩。」

他們玩了一會兒，來回踢球，互相追逐。之後，他們散步了一會兒，埃岱違反對警衛的承諾，和葛朗一起走進果園裡。他們吃樹上摘下的枇杷，喝埃岱偷偷從廚房拿出來的冰涼芬達汽水。很快的，他們就幾乎這樣天天見面。他們玩球，在果園的一排排果樹之間追逐；他們聊運動和電影，沒話可說的時候，就望著新沙德巴格鎮區，望著遠方平緩起伏的山丘，以及更遠處綿延的朦朧山巒。一切都很好。

每天埃岱一起床，就渴望看見葛朗從泥土路溜過來，渴望聽見他那響亮自信的嗓音。上午上課的時候，他經常分心，只要一想到他們待會兒要玩的遊戲，待會兒要互相交換的故事，他的專注力就逐漸消失。他擔心他會失去葛朗。他擔心葛朗的父親伊奎巴沒辦法在鎮上找到穩定的工作，或找不到地方住，讓葛朗必須搬去其他城鎮，或國內的其他地區。埃岱讓自己為這個可能性作好心理準備，要自己堅強起來，應付勢將隨之而來的道別。

有一天，坐在大樹幹上的時候，葛朗說：「你有沒有和女生在一起過，埃岱？」

「你是指——」

「是的，我是指那檔事。」

埃岱覺得自己的耳朵熱了起來。他考慮要說謊，但也知道葛朗一眼就會看穿。他喃喃說：「你有嗎？」

葛朗點起一根菸，也給了埃岱一根。這次埃岱接受了，不過先回頭看那名警衛有沒有在牆角偷窺，或卡畢爾有沒有臨時決定走出門來。他吸了一口，隨即咳個不停。葛朗扮了個鬼臉，拍著他的背。

「那你到底是有或沒有？」埃岱喘著氣，眼睛帶淚。

「我在難民營那裡有個朋友，」葛朗用推心置腹的語氣說，「他年紀比較大。他帶我到帕夏瓦的妓院去。」

他談起整個經過。那間骯髒的小房間。橘色的布簾、龜裂的牆壁，天花板上吊著一只燈泡，他看見老鼠跑過地板。屋外人力車噹啷噹啷在街上來回奔走，汽車鏗鏘響。那個年輕女孩在床墊上，吃著一盤香料飯，嘴巴嚼啊嚼的，面無表情地看著他。就算在這麼昏暗的光線裡，他也看得出來她有張漂亮的臉孔，而且年紀並不比他大。他看見她用折起的南餅，刮起盤上剩餘的飯粒，接著把盤子推開、躺下來，手指在褲上抹了抹，脫下褲子。

埃岱聽得入神、著迷。他從來沒有過像這樣的朋友。葛朗對這個世界的認識，比他那幾個大他好幾歲的同父異母哥哥還多。而埃岱在喀布爾的朋友呢？他們都是技術專家、政府官員和部會首長的兒子，過的生活和埃岱大同小異。葛朗則讓埃岱瞥見一個麻煩、苦難、不可預測，但也充滿探險的世界，一個和埃岱自己的人生相去甚遠的世界——儘管那個世界其實就近在埃岱身邊。聽著葛朗的故事，埃岱有時會覺得自己的生活單調乏味到難以置信的地步。

「所以你做了？」埃岱說，「你真的，你是知道的，真的插進她裡面？」

「沒有，我們喝了一杯茶，一起討論魯米。你以為呢？」

埃岱臉紅了。「那是什麼感覺？」

只是葛朗已經講到其他事情去了。他們談話的模式經常如此，葛朗選擇話題，津津有味地聊起一個故事、吊埃岱的胃口，然後突然失去興致，讓故事和埃岱都懸在半空中。

現在，葛朗沒把故事講完，卻說：「我祖母說他老公，也就是我祖父薩博，告訴過她這棵樹的故事。嗯，當然是早在他還沒把這棵樹砍倒之前啦。我祖父是在他們都還小的時候告訴她的。他說你如果有個願望，就跪在樹前面，低聲說出來；要是這棵樹願意讓你的心願實現，就會在你頭上掉下十片樹葉。」

「我從來沒聽說過。」埃岱說。

「這個嘛，你怎麼會聽說呢，對不對？」

這時埃岱才聽出葛朗真正的意思。「慢著，你說我們這棵樹，是被你祖父砍倒的？」

葛朗眼睛瞄著他說：「你們的樹？這才不是你們的樹咧。」

埃岱眨著眼睛。「什麼意思？」

葛朗目光更凌厲地盯著埃岱。這是第一次，埃岱在他這位朋友臉上看不到絲毫慣有的活力，也看不見他那招牌的鬼臉和漫不經心的調皮神態。他的臉變了，表情顯得嚴肅，竟變得像大人似的。

「這是我們家的樹。這是我們家的地。我們世世代代住在這裡。你父親在我們的土地上蓋了這幢豪宅——趁我們到巴基斯坦躲避戰亂的時候。」他指著果園。「這些？這裡原本是一般人的住家。可是你父親把房子夷成平地。就像他毀了我父親出生長大的房子一樣。」

埃岱眨著眼睛。

「他說我們的地是他的，然後蓋了這個——」他伸出拇指指著宅邸的時候，鼻子哼了一聲，「蓋了這個東西。」

埃岱有種反胃的感覺，心臟沉重地跳動。他說：「我以為我們是朋友。你為什麼要說這麼可怕的謊言？」

「記得我上回耍了你，騙走你的運動服嗎？」葛朗雙頰泛紅，說道：「你差點就哭了；別否認，我看見了。那只不過是一件運動服耶。**運動服**。想想看我們的家人有什麼感覺：一路從巴基斯坦回到這裡，結果一下巴士，卻只在我們的土地上看見這個**東西**。然後你們那個穿紫色西裝的壞蛋叫我們滾出我們的地。」

「我父親不是小偷！」埃岱反擊，「在沙德巴格隨便找個人問問，看他為這個小鎮做了什麼。」

他想起爸爸將在鎮上的清真寺接待鎮民的情景。爸爸將坐在地板上，面前一杯茶、手裡拿著念珠，一長排整齊的人龍從他的坐墊前面一直延伸到大門口，裡面有滿手泥污的男人、沒了牙齒的老人、帶著孩子的年輕寡婦，每個人都迫切需要幫助，每個人都等待輪到自己提出要求：想找工作，或借錢來修屋頂、疏濬灌溉溝渠或買嬰兒奶粉。他父親點點頭，用無比的耐心傾聽，彷彿隊伍裡的每一個人都像他自己的家人那般重要。

「是嗎？那我父親怎麼會有地契？」葛朗說，「他交給法院法官的地契？」

「我相信如果你父親告訴爸爸將——」

「你爸爸不肯和他講話。他不承認自己做的事。他的車從我們身邊開過，把我們當流浪狗。」

「你們不是狗。」埃岱說，要讓聲音保持平靜真的很困難。「你們是禿鷹。就像卡畢爾說的。我早該知道的。」

葛朗站起來，走了一、兩步，然後又停住。「讓你知道一下，」他說，「我對你沒有任何惡意。你只是個無知的小孩。但是下一次你爸爸到赫爾曼的時候，叫他帶你去看看他的工廠。看他在那裡種什麼。給你一個提示：不是棉花。」

那天晚上，在晚餐之前，埃岱躺在滿滿一缸溫熱的肥皂水裡。他聽見樓下電視的聲音，卡畢爾在看舊的海盜電影。一整個下午揮之不去的怒氣充塞胸臆，但埃岱此刻覺得他對葛朗太兇了。爸爸將曾告訴過他，無論你做了多少事情，大家有時候還是會說有錢人的壞話。他們之所以這麼做，主要是因為對自己的生活感到失望。這是沒辦法的事。甚至是很正常的事。而且我們不能怪他們，埃岱，他說。

埃岱沒那麼天真，他知道這世界基本上就是個不公平的地方，只要從臥房的窗戶探頭看看外面就知道了。但是他想，對葛朗這樣的人來說，瞭解這個真相並不能帶來滿足。或許像葛朗這樣的人需要有人來承擔罪惡，需要有個活生生的目標，來讓他們輕易地把自己的苦難歸咎到他頭上；一個可以讓他們譴責、遷怒的對象。或許爸爸將說的沒錯，正確的反應是去理解，不要驟下判斷。甚至還要以德報怨。看著小小的肥皂泡浮到表面、爆開來，埃岱想起父親明知道有人散播惡毒的謠言，卻還是在這裡蓋了學校和診所。

他正在擦乾身體的時候，媽媽從浴室門口探頭進來，「你要下樓吃晚飯嗎？」

「我不餓。」他說。

「噢，」她走進浴室，從毛巾架上抓起一條毛巾，「拿去。坐下來，我幫你擦乾頭髮。」

「我可以自己擦啦。」埃岱說。

她站在他背後，眼睛打量鏡裡的他。「你還好嗎，埃岱？」

他聳聳肩。她把一隻手擺在他肩上，彷彿希望他能把臉頰貼在她的手上摩娑，但他沒有。

「媽媽，妳看過爸爸將的工廠嗎？」

他注意到媽媽的動作停頓了一下。「當然啦，」她說，「你也看過。」

「我不是說照片啦。妳有沒有親眼看過？去過那裡？」

「我怎麼會去過？」他母親說，在鏡子裡歪著頭。「赫爾曼很不安全。你父親絕對不會讓我或你受到任何傷害。」

埃岱點點頭。

樓下，加農砲響起，海盜大聲呼喊開戰。

三天之後，葛朗再次出現。他快步走向埃岱，停下腳步。

「很高興你來了，」埃岱說，「我有東西要給你。」他從大樹幹上抓起一件外套。自從上回不歡而散之後，他每天帶著這件外套出門。這件巧克力色的皮衣，鑲著柔軟的羊皮，還有一頂可以用拉鍊拆裝的帽子。他交給葛朗。「我只穿過幾次，對我來說有點大。我想你穿應該剛好。」

葛朗一動也不動。「我們昨天搭巴士到喀布爾，去法院。」他木然地說，「你猜法官怎麼說？他說他有個壞消息。他說出了意外，有場小火災。我父親那張地契燒掉了。不見了。全完了。」

埃岱緩緩垂下抓著外套的那隻手。

「而且他告訴我們，沒有那張地契，我們現在什麼辦法都沒有。你知道他手上戴了什麼東西嗎？一只金錶。上次我父親看見他的時候，他手上還沒有呢！」

埃岱眨眨眼睛。

葛朗的目光轉到那件外套上。那是凌厲傷人、充滿譴責的眼神，刻意要讓人感到羞愧。而且也奏效了。埃岱退縮。他覺得拿在手裡的那件外套變了質，從和平信物變成了賄賂。

葛朗轉身，以敏捷急促的步伐走回幹道。

歸來的這天晚上，爸爸將在家裡舉行宴會。地板上鋪了一大塊布擺放菜餚，埃岱陪在爸爸將身邊，坐在上位。爸爸將有時候喜歡坐在地上，用手指抓食物吃，特別是和聖戰時期的老朋友見面時。這讓我想起在山洞裡的日子啊，他開玩笑說。女人家在餐廳裡，圍坐在餐桌旁，用刀叉吃飯。埃岱的母親坐在桌首。埃岱聽見她們的談話聲在大理石牆面之間迴蕩。其中一個臀部豐滿、長髮染成紅色的女子已經訂婚，要嫁給爸爸將的一個朋友。今晚早些時候，她給埃岱的媽媽看她數位相機裡的照片，是他們在杜拜的婚紗店拍的。

飯後喝茶時，爸爸將講起他率隊攔組一支蘇聯軍隊進入北方小村的故事。所有人都凝神傾聽。

「他們一踏進射擊區，」爸爸將說，一手心不在焉地摸著埃岱的頭髮，「我們就開火。我們擊中帶頭的那輛車，接著又射中好幾輛吉普車。我以為他們會撤退，或想辦法衝過去。但是這些龜兒子竟然停下來、下車，開始和我們交火。你們相信嗎？」

房裡一陣喃喃低語。大家都搖頭。埃岱知道，這裡的男人至少有一半以前都是聖戰士。

「我們人數占優勢，大約三比一吧，但是他們有重裝備，沒過多久，就變成**他們**在攻擊**我們**了！他們攻擊我們在果園裡的據點。不到一會兒，大伙兒就四散了。我們拚命逃。我和這個叫穆罕默德什麼的傢伙，我們一起逃。我們一起併肩跑過葡萄園，不是像海報和電視上那種搭棚架的葡萄園，是農人直接種在地上的那種葡萄藤。子彈到處亂飛，我們拚命逃，突然之間，我們兩個都絆了一下，倒在地上。我又站起來繼續跑，但是那個叫穆罕默德的傢伙卻不見了。我轉身大叫：『給我起來，你這個龜兒子！』」

爸爸將頓了一下，製造戲劇效果。他把拳頭壓在唇上，忍住不笑。「這時，他跳起來，開始跑。而且——你們相信嗎？——這個腦袋壞掉的龜兒子竟然兩手捧滿葡萄。一手攬著一堆。」

屋裡迸開笑聲。埃岱也笑了。父親摸著他的背，把他拉近身邊。有人開始講另一個故事，爸爸將伸手拿擺在盤子邊上的香菸。他還來不及點菸，就聽見屋裡某處有玻璃粉碎的聲音。

餐廳裡傳來女人的尖叫聲。某種金屬，或許是叉子或奶油刀，噹啷一聲掉在大理石上。男人跳了起來。阿茲馬瑞和卡畢爾衝進房間，手槍已經抽了出來。

「在門口那邊。」卡畢爾說。就在這時，又有玻璃破了。

「留在這裡，指揮官大人。我們去看看。」阿茲馬瑞說。

「誰敢叫我留在這裡！」爸爸將咆哮說。他已經大步往前走去。「在我自己的屋頂底下，誰敢來恐嚇我！」

他一馬當先走到玄關，後面跟著埃岱、阿茲馬瑞、卡畢爾和其他男賓。往前走的時候，埃岱看見卡畢爾手裡拿了一根鐵棍，是他們冬天用來給壁爐撥火的棒子；埃岱也看見媽媽跑過來和他們一起走，一臉慘白、慌張。來到玄關時，又一塊石頭砸穿窗戶，玻璃碎裂一地。那名即將結婚的紅髮女子發出驚叫。屋外，有人叫嚷。

「他們是怎麼通過警衛的？」埃岱背後有人說。

「指揮官大人，不要！」卡畢爾大叫。但是埃岱的父親已經打開大門。

光線幽暗，但是時值夏季，天空還是籠罩著一層淡淡的黃色。遠遠的，埃岱看見有一簇簇燈光，那是新沙德巴格的居民和家人一起圍坐著在吃晚餐。沿著地平線延伸的山丘變暗了，再過不久，夜色就會填滿所有空隙。但此時的天色並不夠暗，還不夠暗，不足以遮住那個老頭的身影。埃岱看見那個老頭站在門階底下，兩手各拿一塊石頭。

「帶他上樓，」爸爸將轉頭對埃岱的媽媽說，「馬上！」

埃岱的媽媽摟著他的肩膀，帶他走上樓梯、穿過走廊，進到她和爸爸將住的那間主臥室。她關了門、鎖上、拉起窗簾，然後打開電視。她帶著埃岱走到床邊，兩人一起坐下。螢幕上有兩個阿拉伯人，身穿長袍、頭戴毛線帽，正在操作一部大腳卡車。

「他要怎麼對付那個老人？」埃岱說。他渾身抖個不停。「媽媽，他會對那個人怎麼樣？」

他抬頭看媽媽，只見她臉上一片陰影掠過，他馬上知道，在這一瞬間馬上知道，不管接下來她要說什麼，都不能相信。

「他會和那個人談一談。」她抖顫著說，「不管外面那個人是誰，他都會和他講道理。你父親就是這樣的啊。他和別人講道理。」

埃岱搖搖頭。他開始哭起來。「他會怎麼做，媽媽？他要對那個老人怎麼樣啊？」

他媽媽反覆說著那幾句話，說不會有事的、一切都會很好，不會有人受傷。但是她說得愈多，他哭得愈厲害，最後他筋疲力竭、不知不覺靠在媽媽的腿上，睡著了。

「前指揮官逃過暗殺。」

埃岱在父親書房的電腦上看到這條新聞。新聞裡說這個暗殺計畫很「狠毒」，而刺客是以前的難民，「疑與神學士有關聯」。新聞中間引述他父親的話，說他很擔心家人的安全。特別是我無辜的小兒子，他說。新聞裡沒提到刺客的名字，也沒提到他的下場。

埃岱關掉電腦。他不該用電腦的，而且還是闖進爸爸的書房。一個月前，他絕對不會有膽量做這些事。他溜回自己的房間、躺在床上，對著牆壁丟一顆舊網球。**砰！砰！砰！**沒過多久，他媽媽就從門口探頭進來，先是請求，接著是命令他別再丟了。但他不理。她在門口站了一會兒之後才走開。

砰！砰！砰！

表面上，什麼都沒有改變。埃岱的日常生活已經回復正常的節奏。他在同樣的時間起床、漱洗，和爸媽一起吃早餐、早上和家教上課。之後，他吃午飯，然後一個下午到處躺來躺去，和卡畢爾看電影，再不然就玩電動玩具。

但是一切都不同了。葛朗或許幫他打開了一扇門，但把他推進去的卻是爸爸將。埃岱心裡沉睡的引擎轉動起來。埃岱覺得，彷彿在一夜之間，他就擁有了一種全新的附屬感官，讓他有能力感受到他以前從未察覺的事情，那些許多年來始終在他眼前的事情。例如，他知道媽媽心中有祕密。他看著她的時候，會看到這些祕密在她臉上浮現。他知道媽媽奮力隱瞞她所知道的事，不讓他知道；她把那一切鎖在心中，緊緊收藏、仔細保管，一如他們母子倆大門深鎖地住在這幢大宅裡一樣。他第一次把父親的這幢房子當成是對其他人邪惡、侮辱與不公義的象徵。他明白其他人之所以急著討好他父親，是因為出於恫嚇、出於恐懼，這才是他們尊敬與服從的真正理由。他想，他的這個體會一定能讓葛朗很以他為榮。生平第一次，埃岱真正理解到，主宰他人生的，其實是更為強大的動能。

而且他也理解到，每個人心中都存在著互相牴觸的、衝突的真相。不只是父親，還包括他母親，甚至卡畢爾。

當然也包括他自己。

最後的這一項體會，從某個方面來說，是最令埃岱自己覺得意外的。發現父親所做的事——先是以聖戰為名，接著是他所謂的「犧牲所換來的正義報償」——讓埃岱暈眩震顫。至少有一段時間是如此。在石頭砸破窗戶的那天晚上之後，有那麼幾天，只要父親一踏進房裡，埃岱就覺得胃痛。聽見父親大聲講行動電話，或在浴室裡哼歌，他就覺得自己直不起身、喉嚨乾痛。父親親吻他道晚安時，埃岱本能地想躲開。他作惡夢。他夢見自己站在果園邊上，看著枝葉抖動，閃閃發亮的金屬棒揮起落下，聽見金屬刺穿骨肉的聲音。他從夢中驚醒，哭號聲緊鎖在胸膛發不出來。想哭的衝動不時襲上心頭。

然而。

然而。

還有其他的事。這個全新的理解並沒從他心裡隱去，但是慢慢地，又有另一個想法出現了。另一個相反的意識在他心頭浮現，它沒有逼第一個體會退位，只求在他心中也同時占有一席之地。埃岱察覺到第二個意識的出現，這是他另一部分的自我，讓他感到更加困擾的一部分自我。隨著時間過去，這部分的自我會慢慢地、幾乎無法察覺地，接受新的身分。雖然這個新的身分，目前還像濕毛衣那樣，扎得他渾身刺痛。埃岱知道，到頭來，他也會像媽媽一樣接受這一切。剛開始的時候，埃岱很氣媽媽，但他現在對她更寬容了。她或許是因為害怕丈夫才接受這個事實，也或許是為了獲得豪奢生活而作出了交換。但是最重要的，埃岱懷疑，她之所以接受，是出於和他一樣的理由：因為不得不然。還有什麼別的選擇？埃岱不能逃脫自己的人生，就像葛朗不能逃脫自己的人生一樣。大家都得學會和不可思議的事實共同生存。他也必須學會。這就是他的人生。這就是他的母親。這就是他的父親。這就是他，雖然他在此之前一直不明白。

埃岱知道自己不會再像從前那樣愛父親了，不會再像以前那樣快快樂樂地睡在他粗壯的臂彎裡。那樣的情景，在現在想來簡直無法想像。但是他會學著再次愛父親，儘管他的愛已經不同，已經更複雜、更錯亂。埃岱幾乎感覺得到自己像青蛙一樣，闊步躍過童年。很快地，他就會在成年落地。等落地之後，他就永遠不會再回頭，因為成年就像他父親有一回提過的戰爭英雄一樣：一日是，終生是。

夜裡躺在床上，埃岱想，有一天——也許是隔天，或後天，也或許是下週的某一天——他會走到磨坊旁邊的那塊野地，葛朗說他們家棲身的那個地方。他想他會看到野地空無一人。他會站在路邊，想像葛朗和他母親、弟弟與祖母，全家人想辦法用繩子綑起家當，蹣跚走過泥濘的鄉間道路路肩，找尋棲身之地。現在葛朗是一家之主了。他必須工作。他的青春會耗費在清理河渠、挖水溝、造磚塊，收割莊稼這些事情上。葛朗會慢慢變成彎腰駝背、滿臉風霜的人，就像埃岱看見的那些犁田的人。

埃岱想，他會在野地站上一會兒，看著聳立在新沙德巴格外圍的山丘與山巒。然後，他想，他會從口袋裡掏出他有天在果園裡找到的東西：一副僅餘左半鏡片的眼鏡。這副眼鏡從鼻梁部分折斷，鏡片布滿蛛網似的裂痕，鏡腳則有一層乾掉的血跡。他會把破眼鏡丟進水溝。埃岱懷疑，在他轉身走回家時，心中最大的感覺將會是如釋重負。

Bulgaria
F.y.r.o.m
Turkey
Albania
Turkey
雅典
蒂諾斯
Greece
| 希臘 |

8

二〇一〇年，秋

這天傍晚，我從診所回家，在臥房的家用電話聽見夏黎亞留下的訊息。我一面脫鞋，一面播放留言，在書桌前坐下。她說她感冒了，肯定是被媽媽傳染的，然後她問候我，問我在喀布爾工作的情況。最後，在掛掉電話之前，她說，歐狄不停問你為什麼沒打電話。她當然不會這麼對你說。所以我來告訴你，馬柯斯：看在老天的份上，打電話給你媽媽吧，你這個渾蛋。

我露出微笑。

夏黎亞。

我書桌上擺了一張她的照片，是好多年前在蒂諾斯海邊幫她拍的——夏黎亞坐在一塊岩石上，背對著鏡頭。我把照片裝在相框裡，但是如果仔細看，你會看到左下角有一小塊暗褐色的痕跡。那是很多年前，一個瘋瘋癲癲的義大利女孩想燒掉照片所留下的。

我打開筆電，輸入前一天的診療記錄。我的房間在二樓；打從二〇〇二年來到喀布爾之後，我就住在這幢房子裡——是二樓三間臥房當中的一間——我的書桌擺在可以俯瞰花園的窗邊。從這裡，我能看見房東納比和我在幾年前種的枇杷樹。我也看得見納比原本住的那間小屋，就靠在後牆邊上，已經重新粉刷完畢。在他過世之後，我把那間小屋給來支援本地中學資訊科技的荷蘭年輕人住。在那間小屋右邊，是蘇雷曼．華達堤那輛一九四〇年代的雪佛蘭古董車，已經好幾十年沒動過，一車的鐵鏽，彷彿長滿苔蘚的岩石；昨天一場意外的降雪，也是今年的第一場雪，讓車子蒙上一層薄薄的白雪。納比去世之後，我想過要把這輛車拖到喀布爾的廢車場，又狠不下心。對我來說，這輛車似乎代表了這幢房子的過往，是這幢房子歷史不可或缺的一部分。

我寫完記錄，看看手錶。已經晚上九點半了。是希臘時間的晚上八點。

打電話給你媽媽吧，你這個渾蛋。

如果我今晚想打電話給媽媽，就不能再耽擱了。我想起夏黎亞在電子郵件裡說的，媽媽愈來愈早睡。我深吸一口氣，鼓起勇氣，拿起話筒，開始撥號。

我在一九六七年的夏天認識夏黎亞，那年我十二歲。她和她母親瑪德琳到蒂諾斯來看媽媽和我。媽媽——她叫歐狄莉亞——說她和好友瑪德琳已經很多年，精確來說是十五年，沒見面了。瑪德琳十七歲的時候離開小島到雅典去，後來成為小有名氣的演員；至少有段時間是。

「聽說她去演戲的時候，」媽媽說，「我一點都不意外。因為她長得很漂亮。任誰都會被瑪德琳迷住。等你見到她就會明白了。」

我問媽媽，為什麼從來沒提起過她。

「我沒有嗎？你確定？」

「我確定。」

「我發誓，」她接著說，「她那個女兒，夏黎亞。你要對她特別體貼一些，因為她出過意外。被狗咬了，有疤痕。」

媽媽不肯再多說，我也知道最好別指望從她身上打探到更多消息。但是媽媽透露的這個訊息，卻讓我非常好奇，比對瑪德琳過去的電影與舞臺生涯更好奇。我猜，這女孩身上的疤痕想必很大也很明顯，才會需要特別的體貼。我帶著幾近病態的渴望，期待親眼看見那個傷疤。

「我和瑪德琳是小時候在望彌撒時認識的。」媽媽說。很快的，她說，她們就成為形影不離的朋友。她們上課的時候在課桌底下手拉手，下課時間、在教堂中，或漫步在大麥田裡的時候，都手拉著手。她們發誓要成為一輩子的姊妹。她們承諾以後要住在附近，就算結婚之後也不例外。她們要當鄰居，如果丈夫堅持要搬家，那她們就提出離婚。我還記得媽媽自嘲地回想這些往事時，臉上咧開笑容，彷彿要讓自己和少女時期青春洋溢的愚蠢言行，以及那些魯莽輕率的誓言劃清界線。但是我看見她臉上也微微有一絲未言明的傷痛，一抹失望，是自尊太強的媽媽不願承認的失望。

瑪德琳嫁給一個年紀比她大很多的有錢人，安德里亞．賈納寇斯先生。很多年前，他製作了她演員生涯的第二部電影——結果也是最後一部。他現在從事建築業，在雅典擁有一家大公司。他們最近有點不和，瑪德琳和賈納寇斯先生，大吵了一架。媽媽沒告訴我這件事。我是偷偷摸摸、匆匆看了幾句瑪德琳寫給媽媽的信才知道的。瑪德琳在信上說她要來看我們。

告訴妳，和安德里亞與他那些朋友在一起，聽他們高唱戰歌，真是愈來愈無聊。我總是閉緊了嘴巴。他們推崇那些嘲笑我們民主制度的軍閥時，我連一句話都不說。只要我說出一句反對的話，他們肯定會給我貼上共產黨無政府主義份子的標籤，然後，就算安德里亞再有影響力，也沒辦法保我不坐牢。他八成也不會費勁去施加他的影響力。有時候我真的覺得，他是企圖激怒我，想讓我自取其辱。

啊，我好想妳噢，親愛的歐狄。我好想念有妳陪在身邊……

客人預定抵達的那天，媽媽一早就起床打掃。我們住在山坡上的一幢小房子裡。和蒂諾斯許多的房子一樣，是用刷白的石頭砌成，平頂屋頂，鋪著鑽石形的紅色磁磚。我和媽媽住的那間二樓小臥房沒有門——狹小的樓梯直通房間——但有個扇形窗與窄窄的陽臺，架有及腰高的鍛鐵欄杆。站在陽臺上可以一覽無遺地看見其他房子的屋頂、橄欖樹、山羊，蜿蜒的石子巷弄與拱門。當然也望得見愛琴海：夏日清晨蔚藍平靜，下午季風從北方吹來之後則翻起白浪的愛琴海。

打掃完之後，媽媽換上她最漂亮的衣服，也就是她每年八月十五日聖母升天節都會穿的那套。島上的聖母福音教堂舉行的聖母升天慶典，每年都吸引地中海各地的信徒來到蒂諾斯，在教堂知名的聖母像前祈禱。有張照片裡，媽媽就穿著這套衣服——暗金色的圓領長洋裝、縮水的白毛衣、絲襪，與笨重的黑鞋。媽媽看起來完完全全就是個令人望而生畏的寡婦：表情嚴肅、眉毛濃密、鼻子塌扁、站得僵直，看起來非常虔誠憂鬱，彷彿她自己就是個朝聖者。我也在照片裡，僵硬地站在我母親腰邊，身穿白襯衫、白短褲，以及捲起來的白色及膝襪。從我蹙眉的表情可以看得出來，我是受命站得直挺挺的，而且不准笑。我的臉洗得乾乾淨淨，頭髮用水梳得整整齊齊，而我一點都不想這樣，所以很生氣。你可以看得出來我們彼此之間的不滿。你可以看見我們站得多僵硬，身體幾乎沒有任何接觸。

也或許你看不出來。但是每回看著這張照片——最後一次是兩年前——我都看得出來。我總是無可避免地看見小心、費勁與不耐煩。我無可避免地看見兩個因為天生的義務而必須在一起的人，早已注定要讓彼此感到迷惑與失望、要為了自我的信念而激怒對方。

站在樓上的臥房窗前，我看著媽媽出發到蒂諾斯鎮上的渡輪碼頭。她頭上綁著絲巾，頭也不回地踏進澄藍的晴日裡。她是個瘦小的人，骨架像小孩，但只要看見她走過來，你絕對會讓路給她。我記得她每天早上陪我走路去上學——媽媽現在已經退休了，但她以前是老師。我們走路的時候，媽媽從來不拉我的手。其他媽媽都拉著孩子的手，而媽媽從不這麼做。她說她得待我和其他學生一樣。她走在前面，一手緊抓著毛衣領子，我手裡提著午餐盒，跌跌撞撞地跟著她的腳步，努力趕上。在教室裡，我永遠坐在後面。我記得媽媽站在黑板前面，單單用一個銳利的眼神就能制住搗蛋的學生，就像用彈弓射出石頭一樣，精準擊中目標。而且，只要一個陰沉的眼神或突如其來的沉默，她就能把你活生生剖成兩半。

媽媽最重視忠誠，就算要付出自我犧牲的代價也在所不惜；特別是要付出自我犧牲的忠誠。她也相信誠實是上策：平實坦率、一五一十地說出事實。而且，愈是不討人喜歡的事實，愈是要快點說出來。她沒耐心應付軟骨頭。她以前是——現在也還是——意志強大、心無歉疚的女人，是那種你絕對不會想和她爭吵的女人——儘管我一直到今天都還不明白，她的個性是天生的，還是出於後天需要而養成的，因為她婚後不到一年就死了老公，得獨力撫養我。

媽媽離開之後不到一會兒，我就睡著了。後來，一個高亢悅耳的女聲驚醒了我。我坐起來，她就在我面前，口紅、粉底、香水，一樣不缺；曲線苗條，一抹航空公司廣告似的微笑，透過小圓帽的薄紗直朝我射來。她站在房間正中央，身上一襲螢光綠迷你洋裝，腳邊一只真皮旅行袋，赤褐色的頭髮、修長的四肢，咧嘴對著我笑，臉上漾滿光彩，嗓音裡閃耀著泰然自若與愉悅的氣息。

「所以你就是歐狄的小馬柯斯！她沒告訴我你有這麼英俊！噢，我在你臉上看到她的影子，眼睛——沒錯，你們的眼睛很像。我覺得一定有人這麼說過。我好期待見到你噢。你媽媽和我——我們——

噢，歐狄一定已經告訴過你了，所以你可以想像得出，你可以想見我有多興奮，見到你們兩個，見到你，馬柯斯。馬柯斯．瓦佛里斯！好啦，我是瑪德琳．賈納寇斯。請容我這麼說：我好高興。」

她脫下奶油色的及肘絲緞手套。我只在雜誌上看過像這樣的手套：優雅的仕女從宴會裡出來，站在歌劇院寬大的臺階上抽菸；或是被人扶著踏出閃亮的黑色轎車，鎂光燈閃耀，照亮她們的臉。她必須一根根手指地拉扯，才能脫下手套。然後她微微彎腰，朝我伸出一隻手。

「真是可愛。」她說。儘管戴了手套，但她的手柔軟冰涼，「這是我女兒，夏黎亞。親愛的，和馬柯斯．瓦佛里斯打招呼。」

她和我媽媽一起站在房門口，面無表情地看著我，是個身材瘦長、皮膚蒼白的女孩，一頭鬈髮塌扁扁的。除此之外，我一點印象都沒有。我說不上來她那天穿的洋裝是什麼顏色——假如她穿的是洋裝的話——或她穿了什麼樣式的鞋，更說不上來她有沒有穿襪子、戴手錶，戴項鍊、戒指或是耳環。我說不上來，是因為假如你在餐廳裡吃飯，突然有個人脫掉衣服、跳到桌上，開始敲打甜點匙，你不只會盯著他看，而且眼睛裡也絕對看不見其他東西。遮住這女孩下半張臉的面罩就像這樣。這面罩阻絕了觀察其他事情的可能性。

「夏黎亞，快打招呼，別這麼無禮。」

我想我看見微微的一個點頭。

「哈囉，」我口乾舌燥地回答。空氣裡有著微微的波動。一股電流，半是興奮，半是恐懼，從我體內向上竄動，翻騰、盤繞。我瞪大眼睛。我知道自己失態，卻無法克制，無法轉開目光，無法不去看那個天藍色的布罩。面罩有兩條帶子綁在女孩的後腦勺，嘴巴的部分有一道狹長的水平開口。我當下就知道，不管面罩掩住的是什麼，如果親眼目睹，我必定受不了。但我又迫不及待想看。除非我看見這個恐怖、駭人，絕不容我和其他人看見的景象，否則我的生活絕對無法回復正常的進程、節奏與秩序。

另一個可能性是，這個面罩是設計來讓我們看不見夏黎亞，讓她避開我。至少在第一次見面的痛苦掙扎裡，面罩確實發揮了這個作用。

瑪德琳和夏黎亞留在樓上整理行李，媽媽則在廚房忙著處理晚餐要吃的比目魚排。她要我替瑪德琳煮一杯希臘咖啡，我煮好了。她叫我端到樓上去給她，我也照辦。我把咖啡擺在托盤上，旁邊放一小碟蜂蜜芝麻餅。

在幾十年後的今天，一想到接下來發生的事，羞愧就像溫熱黏稠的液體流遍我全身。直到今天，我依然可以清晰地看見那個場景，宛如凍結在照片裡的場景。瑪德琳站在臥房的窗邊抽菸，透過墨鏡的黃色鏡片看著大海，一手扠腰、腳踝交叉。她的小圓帽擺在梳妝臺上。梳妝臺有面鏡子，鏡子裡的是坐在床沿、背對著我的夏黎亞。她彎下腰，不知在做什麼，或許是在解鞋帶，而我可以看見她已經拿下面罩了。面罩就擺在她身邊的床上。一股冰冷寒意順著我的脊椎往下竄，我想制止，但雙手顫抖，抖得讓磁杯在杯碟上喀啦喀啦響。這聲音讓瑪德琳從窗邊回頭看我，也讓夏黎亞抬起頭來。我瞥見她在鏡裡的影像。

托盤從我手裡滑掉。磁杯摔得粉碎。熱咖啡四濺，托盤噹啷噹啷滾下樓梯。場面突然失控，我趴在地上，在滿地的磁杯碎片裡吐了。瑪德琳說：「天啊，天啊。」媽媽跑上樓梯，喊著：「怎麼回事？你幹了什麼好事，馬柯斯？」

她被狗咬了，媽媽警告過我。她有傷疤。狗沒咬了夏黎亞的臉，狗是**吃掉**了她的臉。要形容我那天在鏡子裡看見的情景，**傷疤**絕對不是我會選擇的字彙。

我記得媽媽雙手抓住我的肩膀，把我拉起來、轉過身，說：「你是怎麼回事？你有什麼毛病？」我記得她的目光越過我的頭頂，一動也不動地凝住。話卡在她嘴裡。她一臉茫然，雙手放開我的肩膀。這時我目睹了最異乎尋常的事情，異常的程度不亞於看見康斯坦丁大帝穿著小丑服裝出現在我家門口：我看見一滴淚，只有一滴，湧出我媽媽的右眼眼角。

「她長什麼樣子？」媽媽問。

「誰？」

「誰？那個法國女人啊。你房東的外甥女，那個巴黎來的教授。」

我把話筒轉到另一隻耳朵。她竟然記得，讓我很意外。這一輩子，我都覺得我對媽媽說的話，她聽也沒聽就消失在空氣裡，彷彿我倆之間有靜電干擾，溝通不良。有時候，我從喀布爾打電話給她，就像現在這樣，我會覺得她彷彿放下聽筒、走開了，讓我對著另一個大陸的空氣說話——儘管我可以感覺到媽媽在電話另一頭的存在，也聽得見她呼吸的聲音。有時候，我會告訴她我在診所看見的事——例如有個父親抱著流血的兒子進來，彈殼碎片深深卡在他的臉頰裡，耳朵整個不見了，又一個在錯誤日子的錯誤時間、在錯誤的街道上玩耍的受害者——這時，毫無預警的，重重的喀一聲，媽媽的聲音突然變得遙遠而模糊；腳步聲起落，不知什麼東西拖過地板。我靜下心，等她回來。她最後總會回來，老是氣喘噓噓地解釋，「我告訴她，我站在這裡沒問題。我說得很清楚。我說：『夏黎亞，我喜歡站在窗邊，一面看著海，一面和馬柯斯講話。』可是她說：『妳會累的，歐狄，妳必須坐下。』接下來我就看見她拖來一張扶手椅——她去年買給我的這張大皮椅——她把椅子拉到窗邊。老天啊，她力氣還真大耶。你沒看過這張椅子。當然沒有。」然後她會假裝懊惱地嘆息，要我繼續講，但是這時我心裡已經很不舒服了。這段插曲的整體效果，就是要讓我隱隱覺得自己被譴責了。尤有甚者，是要讓我覺得自己罪有應得，要為不言可喻的罪行負起責任，儘管從來也沒有人為這些罪名正式起訴我。就算我繼續講我在診所的聽聞，那些故事聽在我自己的耳裡，似乎也已經變得無足輕重了。和媽媽與夏黎亞合作演出的這齣戲比起來，簡直微不足道。

「你說她叫什麼名字來著？」媽媽說，「帕麗什麼的，對吧？」

我對媽媽提過納比的事，因為他是我的好朋友。她知道他大概的生平。她知道他在遺囑裡，把喀布爾的房子留給外甥女，在法國長大的帕麗。但我沒對媽媽提過妮拉．華達堤的事。她在丈夫中風之後遠走巴黎，讓納比照顧蘇雷曼好幾十年。那個故事，有太多情節可以反射到我自己身上，說起來簡直像在讀自己的起訴書。

「帕麗，沒錯。她人很好，」我說，「也很客氣，特別是以學者來說。」

「你說她是研究什麼的，化學？」

「數學。」我闔上筆電，回答。又開始下雪了，輕盈細小的雪花在夜色裡飛舞，拍打在我的窗上。

我告訴媽媽，帕麗今年夏天來訪的事。她真的很可愛。和善、苗條，灰髮，纖長的脖子兩邊各有一條長長的藍色靜脈往上爬，一笑就露出牙縫，非常親切溫暖。她有點敏感，看起來比她實際的年紀要老。嚴重的類風濕性關節炎。那雙結瘤扭曲的手目前還能用，但遲早會失去功能，她自己也知道。這讓我想起媽媽，以及她終將到來的那一天。

帕麗．華達堤和我在喀布爾的房子裡待了一個星期。她從巴黎過來之後，我帶她參觀了一下房子。她從一九五五年後就沒再見過這幢房子，但令人意外的是，她對這個地方的回憶竟然非常鮮明。

像是這房子的大致格局。例如客廳與餐廳之間的兩級臺階，她說上午陽光照進來的時候，她常常坐在陽光裡看書。但讓她詫異的是，與回憶相較，這房子竟然如此之小。我帶她走上二樓，她馬上就知道哪一間是她以前的房間，儘管現在房裡住的是我一位替世界糧食計畫工作的德國同事。讓我印象深刻的，是她一看見臥房牆角的小衣櫥，就倒抽一口氣——這是她童年僅存的幾個遺跡之一。我想起納比過世之前留給我的那張字條。她蹲在衣櫥旁邊，指尖摸著剝落的黃漆，以及櫃門上褪色的長頸鹿與長尾猴。她仰頭看我時，我見到她眼中泛著淚光，然後她羞怯，甚至微帶歉意地問，她可不可以把這個衣櫥運回巴黎，運費由她負擔。這屋子裡，她只想帶走這樣東西。我說我很樂意這麼做。

最後，除了我在她離開之後幾天幫她寄送到巴黎的這個衣櫃之外，帕麗．華達堤回巴黎的時候，只帶走了蘇雷曼．華達堤的素描本、納比的信，以及納比收藏的幾首她母親的詩。來訪期間，她要求我做的另一件事，是安排一趟車程，帶她到沙德巴格，讓她可以看看自己出生的地方，也指望可以找到她同父異母的弟弟伊奎巴。

「我想她會賣掉房子，」媽媽說，「現在房子是她的啦。」

「其實，她說我想在這裡住多久都行，」我說，「不用付租金。」

我可以想見媽媽懷疑地緊抿嘴唇。她生長在海島，對所有的內陸人都抱持懷疑態度，對他們明顯可見的善意都心存猜忌。我從小就知道，只要一有機會，我就會離開蒂諾斯，這便是其中一個原因。一聽到有人用這種態度說話，我就很不以為然。

「鴿舍蓋得怎麼樣了？」我改變話題。

「我得暫時歇一下。那弄得我好累。」

六個月前，媽媽到雅典看了神經科醫師。是我堅持要她去看的，因為夏黎亞告訴我說媽媽不時抽搐，抓不住東西。帶她去看醫生的是夏黎亞。自從看完醫生回來，媽媽就開始忙個不停。我是從夏黎亞寫給我的電子郵件上知道的。重新粉刷房子、修理漏水，甚至還想換掉屋頂有裂縫的瓦片，還好被夏黎亞給制止。現在又來了這棟鴿舍。我想見媽媽袖子高高捲起、手裡拿著鎚子，汗水浸濕衣背，敲釘子、磨木板。和她日益衰敗的神經元賽跑。趁還有時間的時候，用盡它們最後一滴的效用。

「你什麼時候回來？」媽媽說。

「很快吧。」我說。去年她問我同一個問題時，我也是說「很快吧」。我上次回蒂諾斯，已經是兩年前的事了。

短暫的停頓。「別拖太久。我想趁他們還沒把我綁在鐵肺[30]裡之前，再看看你。」她笑起來。這是她的老習慣，在碰到厄運的時候講講笑話、裝瘋賣傻，讓她微微露出一絲自憐。這產生了矛盾——而且我知道也是精心計算過——的效果，讓厄運既縮小，卻又放大。

「如果可以的話，回來過聖誕節吧。」她說，「無論如何，在一月四號之前回來。夏黎亞說那天希臘會有日蝕。她在網路上看到的。我們可以一起看。」

「我盡量，媽媽。」我說。

彷彿有天早上醒來，發現一頭野獸晃進你家。我覺得沒有任何一個地方安全。她在每一個牆角、

30 協助喪失自行呼吸能力病人呼吸的醫療設備，為封閉的金屬筒，病人躺臥其中，透過筒內空氣的抽出吸入，改變氣壓，讓病人胸廓相應產生膨脹與壓縮，從而被動呼吸。

每一個轉彎處徘徊、逼近，永遠用一條手帕輕輕拭著不時從嘴角滴出來的口水。我們家空間的狹小，讓躲避她變得不可能。我最害怕的是吃飯時間，因為我必須忍受看著夏黎亞拉起面罩底部，用湯匙把食物塞進嘴裡。一看見這個畫面，聽見這個聲音，我的胃就開始翻騰。她吃東西發出好大的聲音，一團團嚼了一半的食物混著口水掉在她的盤子上、桌上，甚至地板上。所有的液體，包括湯，她都必須用吸管喝，所以她媽媽皮包裡隨時帶著吸管。她用吸管喝湯的時候，會發出咕嚕咕嚕的聲音，而且總是會弄髒面罩，湯汁順著臉頰兩旁淌下脖子。第一次，我請求離席，媽媽狠狠瞪了我一眼。所以我訓練自己轉開目光、閉耳不聽。但這並不容易。我走進廚房，她人在那裡，靜靜坐著，讓瑪德琳在她脖子上塗油膏，預防皮膚發炎。媽媽說瑪德琳和夏黎亞預計要待四個星期，我開始算日子，在心裡默默倒數她們的離開。

我真希望瑪德琳是自己一個人來。我還算喜歡她。我們四個坐在我家門外的四方院子裡。她啜著咖啡，菸一根接一根地抽，我們家的橄欖樹在她臉上投下陰影，隱去她臉上的稜角。她歪著臉，一頂看起來應該很可笑——在其他人頭上都應該會很可笑，比方說媽媽——的金色草帽戴在頭上。但是瑪德琳是那種優雅得來全不費功夫的人。優雅彷彿是她與生俱來的能力，就像可以捲起舌頭一樣是天生的。有瑪德琳在，談話絕對不會無聊，她信手拈來全是故事，一個接一個滔滔不絕。有天早上，她談起她的旅行——例如到安卡拉，在英古里河岸散步、喝加有茴香酒的綠茶；或者是那次她和賈納寇斯先生到肯亞去，騎在象背上穿過多刺的金合歡樹，甚至還和當地村民坐在一起吃玉米糊與椰汁飯。

瑪德琳的故事撩動我心中早已存在的騷動不安，那種我想要奮不顧身、勇而無畏闖蕩天下的衝動。相形之下，我在蒂諾斯的生活簡直平凡至極。我可以想見我未來的人生，就是這種無聊歲月的無盡延伸。所以在蒂諾斯的童年時代，我大半的時間都很焦躁，覺得住在我身體裡的是個替身、是個代理人，而真正的我住在遙遠的他方，等待著有一天和這個更為幽暗空洞的人重新合而為一。我覺得自己彷彿被放逐了。一個流亡在自己家裡的浪人。

瑪德琳說在安卡拉的時候，她到一個叫卡庫魯公園的地方，欣賞天鵝在水面悠遊。她說那水光燦爛耀眼。

「我樂昏頭了。」她笑著說。

「妳才沒有呢。」媽媽說。

「這是我的老毛病。我太多話了。我總是這樣。妳還記得我在課堂上嘰嘰喳喳，害我們兩個受了多少罪？妳從來就不犯錯，歐狄。妳很負責任，也很用功。」

「很有趣，妳的故事。妳的人生很有趣。」

瑪德琳翻了個白眼。「這個嘛，妳也聽過中國人說的：『天有不測風雲』。」

「妳喜歡非洲嗎？」媽媽問夏黎亞。

夏黎亞用手帕按壓臉頰，沒回答。我很高興。她說起話來怪異至極，嗓音裡有種水水的感覺，混雜著咬舌與漱口的聲音。

「噢，夏黎亞不喜歡旅行。」瑪德琳摁熄香菸說。她說得雲淡風清，彷彿是一件不容爭辯的事實。

「噢，我也不喜歡。」媽媽對著夏黎亞說，「我喜歡待在家裡。我想我永遠找不到夠有吸引力的理由，讓我離開蒂諾斯。」

她看都沒看夏黎亞一眼，沒徵詢她的同意或反對。「她就是不喜歡。」

「而要讓我留下只有一個理由。」瑪德琳說，「那就是妳，絕對是。」她碰碰媽媽的手腕，「妳知道我離開的時候最害怕什麼嗎？我最大的憂慮？沒有歐狄，我該怎麼過下去呢？我發誓，我滿腦袋都是這個念頭。」

「妳看起來過得很好啊。」媽媽緩緩說道，目光從夏黎亞身上轉開。

「妳不瞭解，」瑪德琳說。我突然發現不瞭解的人竟然是我，因為她盯著我看。「如果沒有你媽媽，我一定沒辦法過下去。是她救了我。」

「妳是真的樂昏頭了。」媽媽說。

夏黎亞揚起臉，瞇著眼睛。一架噴射機，在高高的藍天上，無聲無息地留下一道長長的蒸汽尾跡。

「是我父親，」瑪德琳說，「歐狄把我從父親手裡救了出來。」我不確定她是不是還在對我講話。「他是個天生的惡棍，一雙凸眼，粗短的脖子後面有塊黑色的胎記。還有拳頭。像磚塊一樣的拳頭。他回到家，什麼事都還沒做，光是聽到走廊上響起他靴子的聲音、鑰匙叮叮噹噹，以及他哼著歌的聲音，我就嚇死了。他生氣的時候，總是鼻子哼氣、閉緊眼睛，活像在沉思，然後就摸摸臉說，**很好，丫頭，很好**，你就知道接下來會發生什麼事——風暴就要來了——而且一發不可收拾。沒人幫得了你。有時候，就在他摸著臉，或大鬍子裡傳出嘆氣聲的時候，我就已經嚇得臉色發白。

「自此而後，我碰到的都是像他那樣的男人。我學到的是：只要你挖深一點，就會發現他們都是一個樣，差不多。沒錯，有些人是掩飾得比較好。他們有點魅力——甚至是很迷人——可以騙你上當。但他們全是忿怒的小男生，陷在自己的怒氣裡無法自拔。他們覺得自己受了委屈，沒有得到合理的對待。沒有人夠愛他們。他們當然期待你愛他們。他們想要別人摟著他們、搖著他們，讓他們安心。但是給他們這些東西，其實是個錯誤。他們接受不了。他們接受不了自己最需要的東西。最後他們會因為你給他們這些東西而恨你。而他們的恨也沒完沒了，因為他們永遠都恨得不夠。這一切永遠不會結束——折磨、歉疚、保證、食言、痛苦，永遠不會結束。我第一任老公就是這樣。」

我嚇呆了。從來沒有人當著我的面講這麼坦白的話，媽媽當然更不會。我認識的人裡面，絕對沒有人會這麼坦率地講出自己的不幸。我既為瑪德琳覺得難堪，又很欣賞她的直白。

她提到她的第一任老公時，我注意到她臉上出現一抹陰影，某種陰暗、壓抑、傷痛的感覺一閃而逝，和她活力充沛的笑聲與譏諷笑罵、身上穿的那件金黃色花卉寬鬆洋裝形成強烈對比；我從沒見過她這個樣子。我還記得我當時想，她一定是個很棒的演員，可以用快活愉悅的外表掩飾失望與傷痛。就像個面罩，我想，這個聰明的聯想讓我自己暗暗得意。

後來，我年紀較長之後，對這件事情的印象卻不再那麼清晰。回想起來，她在提到第一任丈夫的時候，略一停頓的那個神態，卻帶有幾分做作；她那低垂的目光、哽咽的嗓音、微顫的雙唇，那充沛的活力、那嬉笑怒罵，那生氣蓬勃、卻稍嫌拙劣的魅力，甚至她那棉裡帶針、用眨眼與笑聲讓人卸下心防的睥睨態度，或許都只是裝腔作勢的表演，但也可能不是。到底什麼是真情流露、什麼是演戲，我再也分辨不出來——但這至少讓我覺得，她是個頗有意思的演員。

「我逃到妳家來多少次，歐狄？」瑪德琳說。她再次綻開微笑，笑聲逐漸響起。「妳爸媽真可憐。可是這幢房子是我的天堂。我的庇護所。始終都是。是大島上的小島。」

媽媽說：「這裡向來都歡迎妳。」

「是你媽媽讓我不再挨打的，馬柯斯。她有沒有告訴過你？」

我說她沒提過。

「我不意外。歐狄莉亞．瓦佛里斯就是這樣。」

媽媽拉開膝上那條圍裙的裙邊，用手撫平，臉上浮現出神的表情。

「有天晚上我跑到這裡來，舌頭流血、太陽穴有一撮頭髮被扯掉，耳朵還因為挨上一拳而嗡嗡作響。他那一次是真的狠狠揍了我一頓。我被揍得很慘；真慘啊！」光看瑪德琳講話的神態，你會以為她是在描述一頓奢華的佳餚或一本好看的小說。「你媽媽沒問，因為她知道。她當然知道。她只是盯著我看，看了好久；我站在那裡渾身發抖；然後她說——我到現在都還記得，歐狄——她說，**好吧，這實在是夠了**，她說。**我們去拜訪一下妳父親，小瑪**。我開始哀求，擔心他會把我們兩個都殺了。但是你也知道她的能耐；你媽媽的能耐。」

我說我知道，媽媽斜睄我一眼。

「她不肯聽。她就是那副表情。我相信你一定知道那個表情。她往外走，抓起她父親的獵槍就走。往我家走去的路上，我一直想辦法勸阻她，告訴她說他也沒傷我那麼重。但是她不肯聽。我們走到我家門口，我爸爸就站在那裡，歐狄舉起槍，抵著他的下巴，說：**再有下次，我就會回來，用這把槍打爛你的臉**。

「我爸爸眨著眼睛，有一會兒功夫舌頭打結，一句話都說不出來。你想知道最精彩的部分嗎，馬柯斯？我低頭，看見一圈，呃，一圈——我想你猜得出來——他沒穿鞋的兩腳之間，有一圈東西在地上擴散開來。」

瑪德琳把頭髮往後攏，又發出一陣笑聲說：「這個啊，親愛的，是真人實事啊！」

她不必說，我也知道這是事實。從這個故事裡，我看見了媽媽那簡單強烈的忠誠、龐大如山的決心，以及她迫切想要矯正所有不義、護守被壓迫者的需求。而且，在提到最後的那個細節時，媽媽緊抿嘴唇、咕噥一聲，也讓我知道這個故事是真的。她很不以為然。她八成覺得很厭惡，但不僅僅是因為顯而易見的那個理由，而是因為在她看來，即便是一生作惡多端的人，死掉之後也該有一點點的尊嚴。特別是家人。

媽媽在椅子裡挪了挪身子，說：「如果妳不喜歡旅行，夏黎亞，那妳喜歡做什麼？」

我們四個人的目光全轉到夏黎亞身上。瑪德琳已經高談闊論了好一陣子，我還記得，當時坐在灑滿斑駁陽光的院子裡，我心想，她就是有能耐吸引眾人的注意力，像個漩渦似的把一切吸捲得乾乾淨淨、讓大家完全忘了夏黎亞的存在。但我也不排除一個可能性，也就是她之所以這麼做，是出於必要。吸引所有人注意、只關心自己的這位母親，可以讓靜默無聲的女兒不受矚目。瑪德琳的自戀或許是一種仁慈，一種母性保護的行為。

夏黎亞喃喃說了一句。

「親愛的，大聲一點。」瑪德琳說。

夏黎亞清清嗓子，發出含糊、帶痰的聲音。「科學。」

我第一次注意到她眼睛的顏色，綠得像還沒被牲口蹂躪過的牧草地；頭髮濃密粗黑；還有像她母親一樣光潔無瑕的肌膚。我很好奇，她以前是不是個大美人，甚至可能像瑪德琳那麼漂亮。

「說日晷的事情給我們聽吧，親愛的。」瑪德琳說。

夏黎亞聳聳肩。

「她做了一個日晷。」瑪德琳說，「就在我們家的後院。去年夏天。沒有人幫她。安德里亞沒幫她，我當然也不會囉。」她得意地咯咯笑。

「是赤道式或地平式的？」媽媽說。

夏黎亞眼中閃過一絲驚奇。有點疑惑，就像有人走在擁擠的異國街頭，耳中突然聽到一句母語。

「地平式的。」她用她那水淋淋的古怪聲音說。

「妳用什麼來做指時針？」

夏黎亞的目光凝注在媽媽身上。「我剪下一塊紙板。」

這是我第一次發現，她們兩人可以發展出什麼樣的互動。

「她小時候常把玩具拆得七零八落。」瑪德琳說，「她喜歡機械玩具，喜歡內部有新奇裝置的東西。不是因為她喜歡玩，對不對啊，親愛的？不是，她把玩具拆開，所有那些昂貴的玩具，我們一給她，她就馬上拆開。我以前好氣她這樣做，但是安德里亞——我得稱讚他——安德里亞說：隨她去吧，這代表她有一顆好奇的心。」

「如果妳想要的話，我們可以一起做一個，」媽媽說，「我的意思是，做一個日晷。」

「我已經知道怎麼做了。」

「有禮貌一點，親愛的。」瑪德琳伸長一條腿，然後又彎起來，彷彿在做伸展運動，準備開始跳舞。

「那也許弄個別的東西，」媽媽說：「我們可以做個其他的東西。」

「歐狄阿姨是想幫妳。」

「噢，噢！」瑪德琳急急吐了一口煙，喘著氣說：「我不敢相信我竟然沒告訴妳，歐狄。我有個消息；猜猜看。」

媽媽聳聳肩。

「我要回去演戲了！演電影！有人邀請我在一部大製作的片子裡演出，演主角！妳相信嗎？」

「恭喜。」媽媽有氣無力地說。

「我帶了劇本來。我應該讓妳看看，歐狄，但是我擔心妳不喜歡。很糟嗎？不怕妳知道，我很喜歡的。我沒辦法拒絕。我們秋天開拍。」

隔天早上，吃過早餐之後，媽媽把我拉到一旁。「好吧，怎麼回事？你到底有什麼毛病？」

我說我不知道她在說什麼。

「你最好別再幹這些蠢事，你沒這本領。」她說。她那種瞇起眼睛、微微歪著頭的模樣，到現在還是讓我一想到就害怕。

「我做不到，媽媽，別逼我。」

「到底為什麼做不到？」

我還來不及思索，話就出口了。「她是個怪物。」

媽媽緊抿嘴唇。她盯著我看，那表情不是忿怒，而是氣餒，彷彿我抽乾了她所有的元氣。她的眼神有一種絕決，一種放棄。像雕刻家最後丟下鎚子與鑿子，放棄那塊無法駕馭的石頭，因為他永遠無法雕出他心目中所想的形象。

「她是個發生過可怕意外的人。你如果再這樣叫她，就有你好看的。你敢再說一次試試看。」

一會兒之後，夏黎亞和我走在一條鵝卵石小路上，兩旁都是商店。我刻意走在她前面幾步，好讓過往的人或學校裡的男生——千萬不要啊，老天——不會認為我們是一起的。可是任誰都看得出來我們是一道的。至少，我希望我們之間的距離可以顯示我的不悅與不情願。讓我鬆一口氣的是，她也沒有要跟上來的意思。我們走過飽曬陽光、滿臉疲憊的農夫身邊，他們正要從市場返家，驢子費勁地馱著麻布袋，裝滿沒賣完的農產，蹄子喀答喀答敲響步道。

我帶夏黎亞到海灘。我選了一個很多岩石的海灘。我偶爾會到這裡來，知道這裡不會像其他海灘

——例如阿吉歐．羅曼諾斯——那麼擁擠。我捲起褲管，在一塊塊嶙峋的石頭之間跳來跳去，選擇一塊最接近海浪翻騰來去的岩石。我脫下鞋子，把腳放進一小圈石頭所圍成的清淺小池裡。一隻寄居蟹匆匆爬過我的腳趾。我看見夏黎亞在我右邊，坐在附近的一塊岩石上。

我們默默坐了好一會兒，什麼話都沒說，就只是望著海浪拍上岩石。一股凜冽的海風灌進我耳朵，在我臉上留下鹽的味道。一隻鵜鶘伸展雙翅，盤旋在碧藍的海面。兩個小姐併肩站在及膝的水裡，裙子捲得老高。往西望，我可以盡覽全島的風貌。島上最主要的顏色是白色，那是房舍與風車；綠色的是大麥田，暗褐色的則是年復一年、山泉奔流的鋸齒狀山巒。我父親就是死在那邊的山上。他在綠大理石的露天採礦場工作，有一天，在媽媽懷我六個月的時候，他滑下懸崖，摔下一百呎。媽媽說他忘了綁安全索。

「你不要再這樣了。」夏黎亞說。

我對著附近的一個舊鐵皮桶丟小石子，她的話嚇了我一跳。「妳說什麼？」

「我是說，你不要再自以為是了。我和你一樣，也很不想這樣。」

海風吹起她的頭髮，她用手壓住臉上的面罩。我很想知道，她是不是每天生活在這樣的恐懼裡，擔心風吹掉面罩，讓她必須光著臉去追回來。我什麼都沒說。我丟了一顆石子，又沒丟中。

「你是渾蛋。」她說。

過了一會兒，她站起來，我假裝留下。然後，我回頭看見她往海灘走去，回到馬路上，於是我穿上鞋，跟著她回家。

回到家，媽媽正在廚房裡剝秋葵，瑪德琳坐在一旁，修指甲、抽菸，把菸灰撣到茶碟裡。一看見那個茶碟，我就嚇壞了，那是成套磁器組裡的一件。這組磁器是媽媽從她祖母那裡繼承來的，也是媽媽唯一真正有價值的東西。她平常都收在靠近天花板的架子上，甚至很少拿下來用。

瑪德琳抽完一口菸，就對指甲吹一口氣，談著帕塔柯斯、帕帕多普羅斯和馬卡列佐斯。這三名上校那年在雅典發動軍事政變——當時稱之為將軍政變。她說她認識一個劇作家——一個「很可愛，很可愛的男人」，她這樣形容他——因為共黨顛覆份子的罪名被關進大牢。

「這當然是莫須有的罪名！荒唐到了極點。你知道他們是怎麼對付人民，怎麼讓他們招供的？」她壓低嗓音說，彷彿房子裡躲著憲兵。「他們把水管插進你的屁股，然後把水開到最大。是真的，歐狄，我敢發誓。他們把抹布浸到最髒最臭的東西裡——人的排洩物，你知道——然後把布塞進犯人的嘴裡。」

「太可怕了。」媽媽平靜地說。

我懷疑她是不是已經對瑪德琳感到厭煩了。連串自吹自擂的政治主張、和丈夫參加的種種宴會，與她一起喝香檳乾杯的詩人、知識份子與音樂家，以及她那些沒必要也沒道理的異國城市之旅。她對核子災難、人口過剩與環境污染都有看法。媽媽容忍瑪德琳，微笑聆聽她的故事，表情略帶困惑，而我知道她對瑪德琳評價不高。她八成認為瑪德琳是在誇耀，甚至可能還為瑪德琳覺得困窘。

就是這樣的態度讓她的慈善，她的伸出援手，她的見義勇為有了瑕疵、出現裂痕。這種施恩的態度為她的行為蒙上陰影。她在你身上套上需求與義務的枷鎖，用這些行為當成貨幣、交換忠誠與擁戴。我現在可以理解，為什麼瑪德琳在多年前離島他去。救你離開洪水的那條繩子，也可能變成套在你脖子上的索套。到頭來，每個人都會讓媽媽失望，包括我在內。他們沒辦法償還他們欠下的債，無法以媽媽所希望的方式償還。媽媽的安慰獎是可以居高臨下地勉強接受，站在戰略高點上任意裁決其他人的罪名，因為她永遠是被辜負的那個人。

我覺得好傷心，因為我瞭解了媽媽的需求，她的焦慮、她的害怕孤獨，她的擔心被逼入困境、被遺棄。我明明瞭解媽媽的心情、明明知道她需要什麼，但在過去這三十年來的大半時間裡，卻還是想方設法、堅決地要擺脫她，小心翼翼地和她遠隔一片海洋、一座大陸——甚至是汪洋加上大陸。這樣的我，又是什麼樣的人呢？

「這豈不是很諷刺，這些軍閥，」瑪德琳說，「鎮壓人民。在希臘耶！這個民主的誕生地……啊，你們回來了！嗯，玩得怎麼樣啊？你們去哪裡了？」

「我們去海灘玩。」夏黎亞說。

「好玩嗎？你們玩得高興嗎？」

「很棒啊。」夏黎亞說。

媽媽的目光懷疑地從我身上跳到夏黎亞身上，然後再跳回來，但瑪德琳綻開笑容，無聲地拍拍手。「很好！現在我不必擔心你們兩個處不來了。歐狄和我可以有更多時間相處，妳說對吧，歐狄？我們還有這麼多事情要聊。」

媽媽露出意興盎然的微笑，抓起一顆包心菜。

自此而後，夏黎亞和我就隨心所欲地玩。我們探索島上各個地方，在海灘上玩遊戲，用孩子們慣有的方法自己找樂子。媽媽會幫我們一人準備一個三明治，讓我們在吃過早餐之後出門。

一離開媽媽的視線，我們通常就各玩各的。在海灘上，我脫掉襯衫游泳或躺在岩塊上，夏黎亞則去撿貝殼，或在水面的石頭上跳來跳去；那不太安全，因為浪太大了。我們一起走過蜿蜒在葡萄園與大麥田裡的步道，低頭看著自己的影子，各自沉浸在自己的思緒裡。大部分的時間，我們都是到處亂走亂逛。當時蒂諾斯的觀光業還不太發達，只是座以務農為業的小島，大家養牛養羊、種橄欖樹和麥子維生。我們逛煩了，就找個地方吃午餐，一句話都不說，在樹蔭或風車的陰影裡，一面吃一面看著峽谷、帶刺的灌木林、山巒和大海。

有一天，我朝小鎮逛去。我們住在小島的西南岸，往南走幾哩就會到蒂諾斯鎮。鎮上有家賣小玩意兒的店，店東是個愁容滿面的鰥夫，羅梭斯先生。隨便哪一天，你都可以在他的櫥窗裡看見各式各樣的東西，從一九四〇年代的打字機，到真皮工作靴、風向標、舊盆景架、巨形蠟燭、十字架都有，當然一定會有聖母福音教堂的聖母像複製品。甚至還可能有隻猩猩銅像。羅梭斯先生也是業餘的攝影師，在店鋪後面有一間權充暗房的房間。每年八月，朝聖者來到島上朝拜聖母像的時候，他會賣底片給他們，收費在暗房裡幫他們沖洗照片。

差不多一個月前，我在他的櫥窗裡看見一部照相機，就擺在陳舊的鏽色相機皮匣子上。每隔幾天，我就晃到店前面，盯著那部相機，想像自己在印度、肩上揹著這個相機匣，為我在《國家地理雜誌》上看見的那些稻田和茶園拍照。我會拍印加古道。騎在駱駝背上、坐在蒙上厚厚塵土的舊卡車上，或是徒步，不畏炎熱、站在人面獅身像和金字塔前抬頭仰望，拍下這些景觀，看見我的照片登在雜誌光滑的紙頁上。這是那天早上我之所以到羅梭斯先生店門口的原因——儘管那天店沒開。我站在外面，額頭抵著玻璃，開始作白日夢。

「這是哪一型？」

我抽身後退，在櫥窗裡看見夏黎亞的倒影。她用手帕擦著左臉頰。

「這部照相機。」

我聳聳肩。

「看起來像Argus C3。」她說。

「妳怎麼知道？」

「這是過去三十年來，全球最暢銷的三五厘米相機。」她略帶責備意味地說。「儘管不太好看。很醜，長得像磚頭。所以你想當攝影師？等你長大以後？你媽說你想當攝影師。」

我轉身，「媽媽告訴妳的？」

「那又怎樣？」

我聳聳肩。媽媽竟然和夏黎亞說這些事，讓我很窘。我實在很想知道她是怎麼說的。對覺得不合常規或沒有意義的事，媽媽可以從她的軍火庫裡抽出武器，以極盡嘲諷之能事的方式來講。她可以當著你的面，讓你的雄心壯志立即洩氣。馬柯斯想走遍世界，用他的鏡頭去捕捉一切。

夏黎亞在人行道坐下，把裙子拉到膝蓋上。這天很熱，太陽彷彿長了牙齒，咬得皮膚發痛。街上空無一人，只有一對老夫婦動作僵硬地走過馬路。那位先生——叫戴米斯什麼的——戴著灰色的扁帽，身穿褐色的斜紋呢外套，對這個季節來說實在太過厚重。他臉上有種睜大眼睛、僵硬的表情，我記得，是有些老人臉上慣見的表情，彷彿永遠被什麼天大的意外給嚇著似的——直到多年以後，念醫學院的時候，我才懷疑他患有帕金森氏症。他們經過時對我揮揮手，我也揮手回禮。我看見他們注意到夏黎亞，步伐停頓了一下，然後才繼續往前走。

「你有照相機嗎？」夏黎亞說。

「沒有。」

「你拍過照嗎？」

「沒有。」

「而你想當攝影師？」

「妳覺得很奇怪？」

「有一點。」

「如果我說我想當警察，妳也會覺得很奇怪嗎？因為我從來沒給任何人上過手銬？」

從她變得溫和的眼神裡，我看得出來，如果可以的話，她一定會露出微笑。「所以你是個聰明的渾蛋。」她說，「給你一個建議：別當著我媽的面提起照相機，否則她一定會買給你。她太想討好你們了。」她又用手帕擦臉頰和背部。「可是我懷疑歐狄莉亞會同意。我猜你早就知道了。」

她在這麼短的時間裡，就能知道這麼多事，讓我很佩服，也很不安。或許是面罩的關係，我想，讓她擁有掩護的優勢，可以不受注意，自由地觀察監視。

「她很可能會要你拿去退貨。」

我嘆口氣。這是事實。媽媽不會准許這麼輕鬆的補償，更何況還涉及到金錢；那當然是更不可能的事了。

夏黎亞站起來，拍掉裙子後面的塵土。「我問你，你家有沒有盒子？」

瑪德琳和媽媽在廚房啜飲葡萄酒。夏黎亞和我在樓上用黑色的麥克筆塗黑鞋盒。這鞋盒是瑪德琳的，本來裝著一雙萊姆綠的真皮高跟鞋，嶄新的，還包在薄紙裡。

「她想穿這雙鞋到哪裡去啊？」我問。

我聽見瑪德琳在樓下講話的聲音，談起導演曾經叫她去上一門表演課，在練習的時候，她必須假裝自己是一隻蜥蜴，一動也不動地坐在石頭上。一陣笑聲響起——是她的笑聲。

我們已經塗完第二層，夏黎亞說我們應該再塗第三層，免得有漏掉的地方。黑色必須塗得很均勻、很完整。

「照相機就只是這樣，」她說，「一個黑色的盒子，有個洞可以讓光線進來，然後再有一個可以吸收光線的東西。把針給我。」

我交給她一根媽媽的縫衣針。就用一個鞋盒和針做一部照相機？就算不是癡人說夢，我也很懷疑這個計畫會成功。但是夏黎亞很有自信，信心十足，所以我也不得不留幾分餘地，相信這個看似不可能的計畫。她讓我相信，她瞭解我所不懂的事。

「我已經計算過了，」她說，小心翼翼地用針戳穿盒子，「沒有鏡片，我們不能把針孔戳在小的這一面，因為這盒子太長了。但是這寬度恰好。關鍵是戳出大小適中的針孔。我算過，差不多是零點六厘米。好了。我們現在需要一個快門。」

樓下，瑪德琳的聲音變成急促的低聲細語。我聽不見她在說什麼，但是我聽得出來她講話的速度變慢了，咬字清晰；我想見她傾身向前、手肘擱在膝上，眼睛一眨也不眨地和媽媽四目交接。這些年來，我開始熟悉這種親密的語調。用這種語氣說話的時候，通常也就是想傾訴心聲、揭露事實，或陳述某些慘事、懇求對方的時候。這是來敲門的軍方傷亡通知小組、勸當事人接受認罪協商的律師、凌晨三點攔下車輛的警察，以及偷腥的丈夫會用的語氣。有多少次，我自己在喀布爾的醫院也用這樣的語氣說話？有多少次，我把一家人帶進安靜的房間，請他們坐下，給自己拉來一把椅子，鼓起勇氣把消息告訴他們，擔心著接下來的對話？

「她在談安德里亞。」夏黎亞平靜地說，「我敢打賭。他們大吵一架。給我膠帶和剪刀。」

「他是什麼樣的人？我的意思是，除了有錢之外？」

「誰，安德里亞？他還不錯。他經常旅行。在家的時候，總是有很多客人。很重要的人物——部長、將軍，諸如此類。他們在壁爐旁邊喝酒，整夜談個沒完，聊的大部分是生意和政治。我在房間裡都聽得見。安德里亞有客人的時候，我應該要待在二樓，不可以下樓。但是他會買禮物給我。他請家教到家裡來給我上課。而且他對我講話很客氣。」

她在針孔上用膠帶黏了一張長方形的硬紙板。我們把這塊硬紙板也塗黑了。

樓下變得靜悄悄的。我在腦袋裡想像那個場景。瑪德琳靜靜哭泣，心不在焉地揉著手帕，好像揉著一團培樂多黏土；媽媽沒安慰她，皺起臉擠出一個微笑，彷彿舌頭嚐到什麼酸東西那樣。媽媽受不了別人在她面前哭。她認為哭是軟弱的象徵、是乞求別人注意的花招，她無法容忍。她絕對不會安撫。長大之後我才瞭解，並不是她天生比別人更堅強，而是她認為哀傷是很私密的事，不應該張揚。小時候我曾問過她，我父親過世的時候，她有沒有哭。

在葬禮上，我的意思是，在入土的時候。

沒有，我沒哭。

因為妳不傷心？

因為我傷不傷心，不關別人的事。

要是我死了，妳會不會哭，媽媽？

希望我們永遠不必知道答案，她說。

夏黎亞拿起一盒感光紙，說：「拿手電筒過來。」

我們躲進媽媽的衣櫥，謹慎地關上櫥門，在門縫下塞毛巾，遮掉白天的光線。我們置身在漆黑之中。夏黎亞叫我打開手電筒。我們已經給手電筒裹上好幾層紅色的玻璃紙。在幽微的光線裡，我只看見夏黎亞纖細的手指剪下一張感光紙，用膠帶黏在鞋盒裡，就在針孔的對面。感光紙是我們前一天在羅梭斯先生的店裡買的。我們走到櫃檯時，羅梭斯先生透過眼鏡瞥著夏黎亞，說：這是搶劫嗎？夏黎亞朝他伸出食指、壓下拇指，彷彿扣下扳機。

夏黎亞蓋上鞋盒的蓋子，放下快門遮住針孔。她在漆黑中說：「明天，你就會拍下你這輩子的第一張照片。」我聽不出來她到底是不是在開玩笑。

我們選擇海灘。我們把鞋盒擺在一塊平坦的岩石上，用繩子綁牢——夏黎亞說打開快門的時候，我們必須一動也不動。她挨近我身邊，像透過取景器看東西那樣看著盒子。

「拍得很棒。」她說。

「差一點點。我們需要一個主題。」

她看看我，知道我的意思，說：「不行，我不幹。」

我們來來回回辯論了一會兒，最後她終於同意了，但條件是不露出她的臉。她脫掉鞋子，走到照相機前方幾呎外的一排石頭上，伸長雙臂保持平衡，宛如走鋼索的人。她坐到一塊礁石上，面向西方，朝著希羅斯島與凱斯諾斯島的方向。她的頭髮在風中翻飛，蓋住了綁在腦後的面罩帶子。她轉頭看我。

「記住，」她大聲喊，「要數到一百二十。」

她轉頭望向大海。

我彎下腰，透過盒子望著夏黎亞的背、她周圍星羅棋布的岩塊，像死蛇般纏結在岩塊間的海藻，遠處顛簸的小拖船，浪潮捲來、拍打嶙峋的海岸，然後退去。我拉起針孔上快門，開始數。

一……二……三……**四**……**五**……

我們在床上躺著。電視螢幕上，兩個拉手風琴的人在一爭高下，但吉雅娜關掉了聲音。日正當中的陽光透過百葉窗射進來，一條條光影照在我們吃剩的瑪格麗特披薩上。那是我們透過客房服務叫來的午餐。送餐那名服務生長得瘦瘦高高，一頭往後梳得油亮整齊的頭髮，身穿白西裝打黑領結。他推進房裡的餐桌上，有一只高腳花瓶，插了一朵紅玫瑰。他以極誇張的手勢掀起蓋在披薩上的圓蓋，另一手劃個圓弧，宛如魔術師從禮帽變出兔子之後，對觀眾做出的手勢。

散落在我們四周、夾雜在亂七八糟的床單裡的，是我拿給吉雅娜看的照片。我過去這一年半在旅途中所拍的照片。貝爾法斯特、蒙德維地亞、丹吉爾、馬賽、利馬、德黑蘭。我給她看哥本哈根公社的照片。我有段時間加入那個公社，和一群身穿破襯衫、頭戴毛線帽的嬉皮住在一起，他們在一個廢棄的軍事基地設立自主的社區。

你呢？吉雅娜問，你沒在照片裡。

我喜歡待在鏡頭後面。我說。這是實話，我拍了千百張照片，沒一張有我自己的身影。我洗照片的時候總是洗兩套。自己留一套，一套寄回家給夏黎亞。

吉雅娜問我，我怎麼有錢可以旅行，我對她說是用繼承來的錢。這只有部分是真的，因為繼承遺產的是夏黎亞，不是我。瑪德琳沒有出現在安德里亞的遺囑上，原因很明顯。而夏黎亞卻有。她把一半的錢給我。我本來應該要用這筆錢上大學的。

八……**九**……**十**……

吉雅娜用手肘撐起上身，越過床，越過我上方，小巧的胸部拂過我的皮膚。她撈著背包，點起一根菸。前一天我在西班牙廣場遇見她。當時我坐在廣場通往山丘上那座教堂的石階上。她走上來，對我講了一句義大利文。她看起來就像我在羅馬各個教堂和廣場所見，那些為數頗多、漫無目標閒逛的漂亮女孩。她們抽菸、大聲交談，開懷暢笑。我搖搖頭，說，不好意思？她微微一笑，說，啊，然後用口音濃重的英文說：打火機？香菸。我搖搖頭，用口音同樣濃厚的英文說我不抽菸。她咧嘴一笑。她的眼神明亮跳躍，近午的陽光在她鑽石形的臉蛋四周形成一圈光環。

我睡著了一會兒，她戳著我的肋骨把我叫醒。

La tuz ragazza? 她說。她找到夏黎亞在海灘上的照片，多年前用我們那部自製相機所拍的照片。

你的女朋友？

不是，我說。

你妹妹？

不是。

La tua cugina? 你表妹？

我搖搖頭。

她又端詳了那張照片一會兒，很快地抽了幾口菸。不，她厲聲說，讓我意外的是，她甚至有點生氣。*Questa è la tua ragazza!* 你女朋友。我覺得是；你騙我！然後讓我不敢置信的，她竟然撈起她的打火機，要燒了照片。

十四……十五……十六……十七……

就在走回巴士站的半途，我發現我搞丟了那張照片。我告訴他們，我必須回頭。沒有其他選擇，我必須回頭。艾爾方索狐疑地看了葛瑞一眼。緊抿嘴唇、精瘦結實的艾爾方索是個智利牛仔，也是我們這趟旅程的非正式導遊，而葛瑞這個美國人，是我們三個裡的老大，一頭亂糟糟的金髮，臉頰有青春痘疤。這是一張習慣艱苦生活的臉。葛瑞心情很不好，再加上肚子餓、沒酒喝，偏偏右小腿又起了疹子，因為他前一天碰到一種叫利特雷的灌木。我是在聖地牙哥一間擁擠的酒吧裡遇見他們兩個的，喝過六輪皮斯可雞尾酒之後，艾爾方索建議我們健行到阿波金多瀑布，他說他小時候，爸爸經常帶他去。我們隔天就出發，在瀑布紮營過夜。我們抽大麻，水聲轟隆隆灌滿雙耳，浩瀚的天空滿滿的星星。我們這時正走向阿波金多的聖卡羅斯，要去搭巴士。

葛瑞把他那頂科多巴帽的寬帽沿往後拉，用手帕擦著額頭。走回去要三個鐘頭啊，馬柯斯。他說。

¿Tres horas, hágale comprende?（你知道要三個鐘頭嗎？）艾爾方索也這樣說。

我知道。

你還是要回去？

是的。

¿Para una foto?（只為了一張照片？）艾爾方索說。

我點點頭。我沒再多說，因為他們不會瞭解。我連自己是不是瞭解都不確定。

你知道你會迷路的，葛瑞說。

很可能。

那就祝你好運吧，朋友，葛瑞說，伸出手來。

Es un griego loco,（你真是個希臘瘋子，）艾爾方索說。

我笑起來。這不是第一次有人叫我希臘瘋子。我們握手。葛瑞調整背包的肩帶，兩人繼續沿著山坳的步道往前走。在轉過髮夾彎時，葛瑞再次回頭對我揮手。我循原路往回走。結果花了四個鐘頭，因為就像葛瑞預言的，我迷路了。走到營地的時候，我已經精疲力竭。我到處找，踢著樹叢、查看石縫，卻一無所獲，我開始擔心起來。這時，就在我準備讓自己面對最糟的情況時，我瞥見在緩坡的一叢灌木裡，閃現一抹白色的亮光。我發現那張照片夾在糾纏不清的刺藤裡。我拉出照片，拍掉塵土，眼睛湧起如釋重負的淚水。

二十三……二十四……二十五……

在卡拉卡斯，我睡在橋下。在布魯賽爾住青年旅舍。有時候我會奢侈一下，在豪華旅館要個房間，沖個長長的澡，穿著浴袍吃早餐、看彩色電視。城市、道路、鄉村，我見到的人——全都變得模糊起來。我告訴自己，我在尋覓。但是我愈來愈覺得自己是在漫遊，等待有事降臨在我身上，某種可以改變一切的事，某種引領我一生方向的事。

三十四……三十五……三十六……

我在印度的第四天。我在泥土路上，夾在四處遊走的牛隻之間，腳底的世界開始傾斜。我已經吐了一整天，皮膚黃得像紗麗，宛如有雙看不見的手在剝下我的皮膚。等走不動了，我就在路邊躺下。對街的一個老頭攪著大鐵鍋裡的不知什麼東西，他旁邊有個籠子，裡頭有隻紅藍羽毛交織的鸚鵡。一個黑皮膚的販子推著一車綠色的空瓶子走過我身邊。這是我記得的最後一件事。

四十一……四十二……

我在一個大房間裡醒來。空氣濃稠，因為熱氣，也因為某種近似腐爛甜瓜的味道。我躺在一張有鐵欄的單人床上，身體底下那張沒有彈簧的硬床墊，不比一本平裝書來得厚。房裡擺滿像我這張一樣的床。我看見周圍有瘦弱的手臂垂盪，細得像火柴棒的腿從污漬斑斑的床單裡伸出來，牙齒稀稀落落的嘴巴張開。天花板的吊扇沒在轉動。牆上一塊塊霉斑。我旁邊的窗戶吹進炎熱黏稠的空氣，以及刺得眼球發痛的陽光。護士——身材魁梧，眼神凶惡的穆斯林男子，名叫古爾——說我差點死於肝炎。

五十五……五十六……五十七……

我開口要我的背包。什麼背包？古爾漠然地說。我所有的東西都不見了——我的衣服，我的現金，我的書，還有我的照相機。小偷只留給你那個，古爾用嘰哩咕嚕的英文說，指著我旁邊的窗臺。是那張照片。我拿起來。夏黎亞，頭髮在微風中翻飛，四周的水面鑲著泡沫，一雙光腳踩在石塊上，躍動的愛琴海在她面前延伸。我喉嚨突然像被一團東西卡住。我不想死在這裡，死在這些陌生人之間，離她如此遙遠。我把照片塞進玻璃和窗框之間。

六十六……六十七……六十八……

躺在我旁邊那張床上的男孩有張老頭的臉：形容枯槁、臉頰凹陷、骨瘦嶙峋。他下腹隆起，有個大似保齡球的腫瘤，只要護士一碰那裡，他的眼睛就用力瞇起來、嘴巴彈開，發出無聲的痛苦呻吟。這天早上，有位護士（不是古爾），想餵他吃藥丸，但是他把頭轉來轉去，喉嚨發出很像木頭刮擦的聲音。最後，護士撬開他的嘴，強行把藥丸塞進去。護士離開後，那孩子把頭緩緩轉向我，我們隔著兩張床之間的距離看著彼此。一顆小小的淚珠迸出他的眼睛，淌下臉頰。

七十五……七十六……七十七……

這地方的痛苦、絕望，宛如波浪，從每一張病床捲起，碰撞發霉的牆壁，然後又彈回到你身上。你會被溺斃。我睡很多。沒睡的時候，我就抓癢。我吃了他們給我的藥，那會讓我再次睡著。不然，我就看著病房外面的喧鬧街道，看著陽光在搭棚子的市集與後巷茶鋪之間跳躍。我看著小孩在泥濘污穢的人行道上玩彈珠，看著老婦人坐在門口，看著身穿印度衫的街頭小販蹲在草蓆上，敲開椰子，賣金盞花圈。對面房間有人發出刺耳的尖叫。我沉沉睡去。

八十三……八十四……八十五……

我知道那個男孩叫馬納，意思是「指引之光」。他媽媽是妓女，爸爸是小偷。他和姨媽、姨父住在一起，但他們會打他。沒有人知道他到底患了什麼病，只知道他快死了。沒有人來看他，大約一個星期後——也或許是一、兩個月——等他死了，也沒人會來領回他的屍體。沒有人會為他哀悼。沒有人會記得他。他會死在他生前住的這個地方，這個社會的夾縫裡。我發現自己看著他，看他凹陷的太陽穴、對他的肩膀來說太過龐大的腦袋，以及他下唇那條顏色鮮明的傷疤。古爾告訴我，他媽媽的皮條客習慣在他臉上摁熄香菸。我試著用英文跟他說話，接著又改用我僅知的幾句烏爾都語，但他只是疲憊地眨眨眼睛。有時候，我合起雙掌，在牆壁上做出各種影子，贏得他的微笑。

八十七……八十八……八十九……

有一天，馬納指著我的窗外。我順著他手指的方向，抬起頭，卻什麼也沒看見，只有雲朵之間的藍天、孩子們在街上消防水柱噴出的水裡玩耍，以及一輛有氣無力地吐著氣的巴士。然後我才發現，他指的是夏黎亞的照片。我從窗上拿起照片，交給他。他把照片貼近眼前，捏著被燒焦的一角，看了好久。我心想，吸引他的或許是大海吧。我不知道他是不是嚐過海水的鹹味，是不是曾經因為看著腳下的海浪潮起潮落而頭昏眼花。或者，雖然他看不見她的臉，卻在夏黎亞身上察覺到一絲親切，因為她是瞭解痛苦滋味的人。他把照片交還給我。我搖搖頭。拿著吧，我說。他臉上閃過一片不信任的陰影。我露出微笑。雖然不敢肯定，但我覺得我也看見他微笑了。

九十二……九十三……九十四……

我戰勝了肝炎。奇怪的是，我證明古爾的判斷是錯的，卻分不出他是高興或失望。但我知道，我問他我可不可以留下來當志工的時候，他的確很意外。他歪著腦袋、皺起眉頭。最後我只好去問另一個護理長。

九十七……九十八……九十九……

淋浴間聞起來有尿味和硫磺味。每天早上，我抱馬納到浴室，把他赤裸的身體抱在臂彎裡，小心不讓他摔下——我以前看過其他志工把他扛在肩上，彷彿他是一袋米。我輕輕把他放到長凳上，等他喘過氣來。我用溫水清洗他纖小孱弱的身體。馬納總是很有耐心地靜靜坐著，掌心貼在膝蓋，低著頭。他像個心懷恐懼、骨瘦如柴的老頭。我用沾了肥皂的海綿擦他的骨架、他脊椎的結節，以及聳起如鯊魚翅的肩胛骨。我把他抱回床上、餵他吃藥。按摩腳和小腿，他會覺得很舒服，所以我花時間慢慢替他按摩。他睡著時，總是把夏黎亞的照片塞在枕頭下面。

一百零一……一百零二……

我在城市裡漫無目的地閒逛，走了很久很久，只為了遠離醫院，遠離那疾病與死亡的氣味。我在灰塵漫天的夕陽裡，走在兩旁牆面都是塗鴉的街道上，經過緊緊挨在一起的錫棚攤商，與頭上頂著滿滿一籃牛糞的女孩錯身而過，看著滿身煤灰的婦人在大鋁桶裡煮布染色。在迷離交錯的窄小街弄漫遊時，我常想到馬納。在病房裡等死的馬納，身邊淨是和他一樣軀體敗壞的病人。我想起夏黎亞，想起她坐在岩塊上、望著大海。我感覺到我內心深處在隱隱湧動，宛如有暗潮拉扯著我。我想要就這樣臣服、這樣隨浪而去。我想要放棄我的方向，擺脫自我、拋開一切，像蛇蛻去牠的舊皮。

我並不是說馬納改變了一切。他沒有。我又在世界各地浪蕩了一年，才終於在雅典圖書館找了一張位在牆角的書桌，看著醫學院的入學申請書。在馬納和這張申請書之間，有我在大馬士革度過的兩個星期：我對那個地方一點記憶都沒有，只記得兩張咧嘴笑的臉，那是兩個畫著濃黑眼線、鑲金牙的婦人；還有在埃及度過的三個月：住在一間搖搖欲墜的公寓地下室，房東是個抽大麻成癮的毒鬼。我花夏黎亞的錢在冰島搭巴士，在慕尼黑和一支龐克樂團廝混。一九七七年，我在西班牙畢爾巴鄂的一場反核示威中弄斷了手肘。

但是在沉靜的時刻，坐在巴士後面或卡車平臺的漫長車程裡，我的心思總是繞回到馬納身上。想起他，想起他最後的痛苦折磨，以及我面對他時的無助，讓我所做的一切——我想做的一切——都顯得不切實際，就像你睡前對自己許下的、等醒來早就已經遺忘的那些承諾。

一百一十九……一百二十……

我放下快門。

那年夏天結束時，有天晚上，我聽說瑪德琳要去雅典，留夏黎亞和我們住，至少待一陣子。

「只要幾個星期。」她說。

那時我們正在吃晚餐。我們四個，吃著媽媽和瑪德琳一起準備的白豆湯。我瞥了桌子另一頭的夏黎亞，看瑪德琳的這個消息是不是專門講給我聽的。顯然是。夏黎亞平靜地掀開面罩，把一湯匙一湯匙的湯送進嘴裡。這時，她講話和吃東西的聲音都不再對我造成困擾了，至少是和看著儀態不佳的老人家吃東西差不多。多年之後，媽媽吃東西也是這樣。

瑪德琳說等她拍完電影，就會來接夏黎亞。她說應該在聖誕節前就會殺青。

「其實呢，我會帶你們三個一起去雅典，」她說，臉上洋溢著慣有的愉悅神情。「我們一起去首映會！那不是很棒嗎，馬柯斯？我們四個，穿著大禮服，風風光光地輕快走進戲院？」

我說那是很棒，雖然要想像媽媽穿上華麗禮服，或輕快走進任何地方，實在有點困難。

瑪德琳說這個安排一定行得通，再過幾個星期、等學校開學之後，夏黎亞可以在媽媽的指導下重拾學業——當然是在家。她說她會寄明信片和信，以及電影拍攝的照片給我們。她還說了很多，但我沒怎麼在聽。我覺得如釋重負，差點忍不住笑起來。擔心夏日即將結束的心情，讓我的胃彷彿打了結，我硬起心腸讓自己為即將到來的道別作好準備；但是每過一天，我肚子裡的那個結就扭得更緊一些。現在，我每天早上一起床，就渴望在早餐桌上見到夏黎亞，聽見她那怪異的嗓音。我們幾乎什麼都沒吃，就跑出去爬樹、在大麥田中互相追逐，穿過麥梗之間、大聲吶喊，嚇得腳邊的蜥蜴四散奔逃；我們在山洞裡藏假想的寶藏，在島上找尋回音最大聲也最清晰的地點。我們用針孔照相機給風車和鴿舍拍照，拿去請羅梭斯先生洗成照片。他甚至讓我們進他的暗房，教我們用不同的顯影劑、定影劑和停顯液。

瑪德琳宣布消息的這個晚上，她和媽媽在廚房裡開了一瓶葡萄酒喝。大部分都是瑪德琳喝的。夏黎亞和我在樓上，玩希臘棋。夏黎亞已經占了優勢的位置，同時也移動了她大半的棋子。

「她有個情人。」夏黎亞在擲骰子的時候說。

我跳起來。「誰？」

「『誰？』他竟然這麼問。你以為是誰？」

這個夏日以來，我已經學會透過夏黎亞的眼睛，解讀她的表情。這時她看著我，彷彿我人站在海灘上，問水在哪裡。我想辦法扳回一城。「我知道是誰，」我說，臉頰熱得發燙。「我是說，她那個……妳知道的……」我當時才十二歲。像「情人」這樣的名詞還不在我的字彙裡。

「你猜不到嗎？那個導演。」

「我正要說呢。」

「埃利亞斯。他是個人物。他把頭髮梳得平平的，活像在一九二〇年代那樣。還留著薄薄的小鬍子。我猜他以為這樣會讓他顯得俏皮。他很可笑。他當然以為自己是個偉大的藝術家。我媽也是。你應該看看她和他在一起的樣子：溫馴聽話，好像因為他的天分，所以她必須對他屈膝行禮，什麼事都順著他。我不懂她怎麼就看不出來。」

「瑪德琳阿姨打算嫁給他嗎？」

夏黎亞聳聳肩。「她對男人的品味其差無比。**非常之差**。」她把骰子握在手裡晃著，彷彿在重新思索。「除了安德里亞之外，我想。他人很好。夠好了。但是，當然，她要離開他了。她總是愛上渾蛋。」

「妳是說，像妳父親？」

她微微皺起眉頭。「我父親是她去阿姆斯丹途中遇見的陌生人。在下暴雨的火車站認識的。他們一起度過一個下午。我根本不知道他是誰。她也不知道。」

「噢，我記得她提過她的第一任丈夫。她說他喝酒。我還以為……」

「這個嘛，她說的是鐸力安。」夏黎亞說，「他也是個人物。」她又把一枚棋子移到她的地盤。「他常打她。他前一秒鐘還笑咪咪的，下一秒鐘就暴跳如雷。像天氣一樣，可以說變就變。他就是那樣。只要一喝酒，就什麼都忘了，像是水龍頭沒關、讓屋裡鬧水災。我記得他有一次忘了關火爐，差點把所有東西燒光。」

她把籌碼疊成一堆，像個小小的塔。她靜靜地忙了好一會兒，讓塔豎直。

「鐸力安真正愛的，就只有阿波羅。附近的小孩都很怕牠——我指的是阿波羅。而他們幾乎都沒真正地見過牠，只聽過牠的叫聲。對他們來說這就夠可怕的了。鐸力安把牠鍊在後院。餵牠吃大塊的羊肉。」

夏黎亞沒再多說什麼。但我可以輕易想見。鐸力安醉暈了，忘了那條狗，沒套上狗鍊的狗衝出後院。紗門沒關。

「妳那時候幾歲？」我壓低嗓音問。

「五歲。」

然後，我問了打從夏天開始就在我心頭盤旋的問題。「難道沒有辦法……我是說，他們不能——」

夏黎亞突然轉開視線。「拜託，別問。」她重重地說，我知道這是深沉的痛。「這讓我很煩。」

「對不起。」我說。

「我以後再告訴你。」

後來她的確告訴我了。拙劣的手術、可怕的術後感染，引發敗血症，造成腎臟衰竭，導致肝臟功能衰退，吃掉了新移植的皮瓣，迫使外科醫師不只切除皮瓣，還切除了她左頰更多的存留部分，甚至包括部分顎骨。併發症讓她在醫院裡住了將近三個月。她差點死掉。原本也應該會死掉。之後，她不肯再讓他們碰她。

「夏黎亞，」我說，「很對不起，我們第一次見面時發生了那件事。」

她瞥我一眼。以前那種戲謔的愉快表情又回來了。「你是應該要覺得對不起。在你還沒吐得一地之前，我就已經知道了。」

「知道什麼？」

「知道你是個渾蛋。」

瑪德琳在學校開學的兩天前離開。她纖細的身軀上套著奶黃色的緊身無袖洋裝，臉上一副角框太陽眼鏡，頭上繫著一條絲巾，牢牢固定住頭髮。她這身打扮，活像是怕自己會四分五裂——所以要把自己緊緊綑在一起。在蒂諾斯鎮的渡輪碼頭，她擁抱我們大家。她抱夏黎亞最緊，也最久，嘴唇貼在夏黎亞頭頂，是個遲遲離不去也分不開的吻。她沒摘掉她的太陽眼鏡。

「抱我。」我聽見她低聲說。

夏黎亞很僵硬地抱抱她。

渡輪噗嗤噗嗤開走，拖著一行捲起的海浪，我以為瑪德琳會站在船尾，和我們揮手、飛吻。但她很快就走進船艙裡坐下。她沒再回頭看我們。

回家之後，媽媽要我們坐下。她站在我們面前說：「夏黎亞，我要妳知道，在這個家裡，妳不必再戴面罩了。不要因為我。也不要因為他。除非妳想戴才戴。這件事我不會再說第二遍。」

就在這時，一切突然清晰起來，我知道媽媽已經明白了。這個面罩是為瑪德琳而戴的。是為了讓她不再感到困窘與羞愧。

好長一會兒，夏黎亞動也不動，半句話都沒說。然後，她緩緩抬起手，解開腦後的繫帶，取下面罩。我盯著她的臉看。我不由自主地感到畏縮，就像突然聽到很大的噪音那樣。但是我沒有退卻，我眼神盯住不動。而且我刻意不眨眼。

媽媽說在瑪德琳回來之前，她要我也留在家裡上課，免得夏黎亞一個人在家。每天晚上吃過晚飯之後，她就給我們兩個上課，然後交待作業，讓我們在隔天早上、她去學校上課之後做。看起來似乎很可行，至少在理論上。

但是要我們自己念書，特別是媽媽不在的時候，幾乎是不可能的事。夏黎亞容貌缺陷的消息在整個島上傳開，大家在好奇心的驅策下，不停來敲門。你一定會以為島上突然物資短缺，缺麵粉、缺大蒜，甚至缺鹽，而我們家是唯一還有這些東西的地方。他們甚至不太掩飾他們的意圖。在門口，他們的目光總是越過我們肩頭，伸長脖子、踮起腳尖。很多人甚至不是鄰居。他們走好幾哩的路來借一杯糖。我當然不會讓他們進來。當他們的面關上門，讓我有點滿足感。但我也覺得很哀怨、沮喪，知道如果繼續待在這裡，我的人生就會和這些人脫離不了關係。最後，我就會變成他們的一員。

孩子們更壞，而且更沒規矩。每一天，我都會逮到有人偷偷埋伏在外面、翻過我們家的圍牆。我們一起做功課的時候，夏黎亞會拿鉛筆拍拍我的肩膀，歪著下巴，然後我轉頭就看見一張臉——有時甚至不只一張——貼在窗戶上。情況愈來愈嚴重，我們只好到樓上，把窗簾全拉上。有一天，我打開門，看見同校的男生佩特羅斯和他的三個朋友。他給我一把銅板，要求看一下。我說不行，他以為這是哪裡，馬戲團嗎？

最後，我只好告訴媽媽。她一聽，就滿臉漲得通紅，咬緊牙齒。

隔天早上，她把我們的書和兩個三明治擺在桌上。夏黎亞比我先搞懂這是怎麼回事，整個人像葉子那樣縮捲起來。出門時間到了，她開始抗議。

「歐狄阿姨，不要。」

「手伸給我。」

「不要啦，拜託。」

「快點，手伸給我。」

「我不想去。」

「我們要遲到了。」

「別逼我，歐狄阿姨。」

媽媽用雙手把夏黎亞從位子上拉起來、挨近她，用我非常瞭解的那種眼神盯著她。天底下沒有任何東西可以嚇阻她。「夏黎亞，」她說，語氣既溫柔又堅定。「我一點都不以妳為恥。」

我們出發，我們三個——媽媽緊抿嘴唇，像頂著狂風巨浪般的往前走，一雙腳邁著小步，快速前進。我想像多年前的那個晚上，媽媽手拿來福槍，到瑪德琳爸爸家的時候，也是這樣的堅決神態。

我們疾步走在蜿蜒的小徑上，被我們追過的人都目瞪口呆、倒抽一口氣。他們停下來盯著我們看。有些人還指指點點的。我試著不去注意。他們只是出現在我眼角、由蒼白的臉孔與張開的嘴巴所組成的模糊畫面。

校園裡，孩子們讓道給我們。我聽見幾個女生尖叫。媽媽拉著夏黎亞穿過他們，就像保齡球壓倒球瓶那樣。她又推又擠地走到校園的角落，那裡有張長椅。她爬上椅子，拉夏黎亞一起上去，然後吹了三聲哨子。校園頓時一片靜寂。

「這是夏黎亞．賈納寇斯，」媽媽大聲說：「今天……」她頓了一下，「不管是誰在哭，馬上閉嘴，別等我叫你住嘴。好了，今天起，夏黎亞就是我們學校的學生。我希望你們都可以規規矩矩、有禮貌地對待她。要是我聽說有人嘲笑捉弄，我一定會把你揪出來，讓你後悔莫及。你們知道我說到做到。這件事我不會再說第二遍。」

從這一天開始，夏黎亞再也沒戴過面罩，不管是在公共場所，或在家裡。

那年聖誕節的幾個星期之前，我們接到瑪德琳的信。電影的拍攝進度意外延誤。首先，攝影指導——瑪德琳寫的是縮寫「DOP」，還得靠夏黎亞解釋給媽媽和我聽——從拍攝現場搭建的鷹架上摔下來，造成手臂三處骨折。接著天氣又搞亂了外景拍攝。

> 所以我們現在處在所謂的「待機階段」。這倒也不盡然是壞事，因為這讓我們有時間去處理劇本的幾個小問題，可是這也表示我無法如原本希望的和你們見面。我好難過，親愛的。我好想好想你們，特別是妳，夏黎亞，我心愛的夏黎亞。我只能數著日子，希望電影在春天殺青之後，我們能再次相聚。我每一天每一分鐘都想念你們。

「她不會回來了。」夏黎亞平靜地說，把信交還給媽媽。

「她當然會回來！」我嚇呆了。我轉頭看媽媽，等她開口說幾句話，至少說句鼓勵的話。但是媽媽把信摺好，放在餐桌上，一句話也沒說地去燒水泡咖啡。我記得我當時想，她真是不體貼，就算她認為瑪德琳不會回來了，也應該安慰夏黎亞一下。但是我不知道——當時還不知道——她們已經很瞭解彼此，或許比我對她們的瞭解還要深。媽媽是因為太尊重夏黎亞，才沒攬她入懷。她不會用信口開河的安慰，來羞辱夏黎亞。

春天帶著燦爛奪目的綠意來了，然後又走了。我們接到瑪德琳寄來的一張明信片，和一封似乎是匆匆寫就的信，說電影拍攝又碰上更多問題，這一次是出資人因為電影的一再延宕，威脅要抽回資金。這封信和前一封不同，她並沒有說什麼時候要回來。

那年夏天——一九六八年——一個溫暖的下午，夏黎亞和我到海邊去。有個名叫朵麗的女生和我們一起。當時，夏黎亞已經和我們在蒂諾斯住了一年，她的外形也不再引來竊竊私語和流連不去的凝視。她當然還是會引來相當的好奇，但就連這樣的好奇也在慢慢消褪。她現在有她自己的朋友——朵麗是其中之一——她的這些朋友不再害怕她的外表，是可以和她一起吃午飯、聊八卦，放學後一起玩耍、做功課的朋友。很不可思議的，她變得幾乎和正常人一樣，而且我也不得不承認，島民接受她成為島上一員的胸襟，的確令人讚賞。

那天下午，我們三個打算去游泳，但水太冷了，最後我們躺在石頭上打盹。夏黎亞和我回家後，看見媽媽在廚房裡削胡蘿蔔。一封沒拆開的信躺在餐桌上。

「是妳繼父寄來的。」媽媽說。

夏黎亞拿起信，走到樓上，過了好久才回來。她把信紙擺在桌上，坐下來，拿起刀子和胡蘿蔔。

「他要我回家。」

「是喔。」媽媽說。我覺得我在她的語氣裡聽見隱隱一絲不安。

「其實也不是回家啦。他說他已經和英國的一家私立學校談好，我秋天可以註冊入學。他會付學費，他說。」

「瑪德琳阿姨呢？」我問。

「她走了。和埃里亞斯。他們私奔了。」

「電影呢？」

媽媽和夏黎亞互看一眼，同時瞥著我，於是我明白，她們始終都知道。

三十多年之後，二〇〇二年的一個早晨，我正準備從雅典去喀布爾之際，偶然在報上看見瑪德琳的訃聞。她這時姓庫立斯，但是我認得這位老婦人臉上依然可見的當年美貌，以及眼神明亮的熟悉笑容。這張小照片下方的文字說，她年輕時曾有一小段時間是名演員，然後在一九八〇年代初期創立自己的劇團。她的劇團因為製作了幾齣大戲而廣受好評，其中最著名的是一九九〇年代中期、檔期不斷延長的尤金．歐尼爾的《長夜漫漫路迢迢》（*Long Day's Journey into Night*），契柯夫的《海鷗》（*The Seagull*），以及狄米崔．波格里斯[31]的《婚約》（*Engagements*）。訃聞說她在雅典藝文圈頗為知名，熱心公益、機智幽默、品味不凡，不時舉辦奢華宴會，也很願意給沒沒無聞的劇作家機會。訃聞說她因為肺氣腫，與病魔纏鬥多時之後病逝，但沒提到她還在世的配偶或子女。我更吃驚的是，她在雅典住了二十幾年，她家離我在柯羅尼克的住處才不到六條街。

我放下報紙。意外的是，這位我已經三十年沒見的過世婦人，竟讓我覺得有點難以忍受。訃聞裡對她後來生涯發展的描述，也讓我很難接受。我總是想像她過著喧嚷不安、反覆無常的生活，因為厄運而飽受折磨——時好時壞，崩潰、懊悔——輕率魯莽、不顧一切的感情糾葛；我總是想像她會自我毀滅，很可能因為酗酒而送命，成為大家口中的「悲劇」。有部分的我暗自認為，她很可能因為知道自己的下場，才帶夏黎亞到蒂諾斯，讓夏黎亞不至於承受她自知無力避免的慘劇。但是這時，我腦海裡的瑪德琳是媽媽向來認為的瑪德琳：繪圖師瑪德琳坐下來，冷靜地畫下她未來人生的地圖，小心翼翼地把她這個累贅的女兒排除在疆界之外。她成功非凡，至少根據訃聞所陳述的生活片段，她過的是成就卓越、優雅高尚，值得尊敬的生活。

我覺得自己無法接受。她的成功，她的僥倖，簡直太荒唐了。代價呢？報應呢？

然而，收起報紙時，我心中卻開始浮現不安的疑惑。我隱隱覺得，我對瑪德琳的批評是太過嚴苛

31 Dimitrios Mpogris, 1890-1964，希臘知名劇作家。

了，她和我，我們其實沒有多大的差別。我們不都是渴望逃脫、渴望重新出發、渴望新的身分嗎？到頭來，我們不都割斷了拖累我們的錨、自由漂流？我甩開這個念頭，告訴自己說我們一點都不像，雖然我也察覺到，我對她的忿怒，或許只是掩飾我內心嫉妒的面具，因為我嫉妒她逃脫得比我更成功。

我丟下報紙。就算夏黎亞遲早發現這個事實，也絕不會是從我這裡知道的。

媽媽用刀子把桌上的胡蘿蔔皮掃進桶子裡。她最討厭浪費食物。她要拿蘿蔔皮做果醬。

「這是個重大的決定啊，夏黎亞。」她說。

出乎我意料的是，夏黎亞轉頭對我說：「你會怎麼做，馬柯斯？」

「噢，我知道**他**會怎麼做。」媽媽馬上說。

「我會去。」我回答夏黎亞的問題，但眼睛看著媽媽。媽媽認定我是叛徒，而我樂於扮演叛徒的角色。我的回答當然是真心的。我不敢相信夏黎亞竟然還會猶豫。我絕不會拋棄這樣的機會。私立學校，倫敦！

「妳應該想想看。」媽媽說。

「我已經想過了。」夏黎亞遲疑地說。然後，抬眼迎上媽媽的目光時，她顯得更遲疑了。「可是我不想自以為理所當然。」

媽媽放下刀子。我聽見微微一聲吐氣。她剛才一直摒住呼吸？就算是，她平靜的臉上也沒露出半點如釋重負的表情。「答案是肯定的。當然是肯定的。」

夏黎亞越過桌子，摸著媽媽的手腕。「謝謝妳，歐狄阿姨。」

「這話我不會說第二遍，」我說，「我覺得這是個錯誤。妳們兩個都做錯了。」

她們轉頭看我。

「你希望我去嗎，馬柯斯？」夏黎亞說。

「是的，」我說，「我會想妳，很想妳，妳也知道。但是妳不能放棄私立學校的教育。妳之後可以上大學；妳可以成為學者、科學家、教授、發明家——這不是妳想要的嗎？妳是我認識的人裡面最聰明的；妳想做什麼都做得到。」

我停下來。

「不，馬柯斯，」夏黎亞沉重地說，「我不能。」

她的語氣如此斷然，沒有任何辯駁的可能性。

多年之後，在我開始受訓當整型醫師，才明白那天在廚房裡和夏黎亞辯論是不是該離開蒂諾斯去上寄宿學校時，自己所不明白的事。我現在知道，這世界並不看你的內在，並不在乎掩藏在你皮膚與骨肉之下的希望、夢想，以及傷痛。就是這麼簡單、荒謬，而且殘忍。我的病人都很清楚。他們知道，骨架的對稱、雙眼之間的距離、下巴的長度、鼻子的弧度，以及鼻額的角度是否理想，對於他們的過去、現在和未來有多麼重要。

美貌是憑空得來的厚禮，但這禮物卻是隨機發送，毫無道理可言。

所以我選擇整型外科來幫助像夏黎亞這樣的人克服困難，用我的手術刀去矯正先天的不公平，以微薄之力去抵抗我認為不義的世界秩序，比方說被狗的一咬剝奪了未來的小女孩，讓她被拋棄，讓她成為嘲弄的對象。

至少我是這樣告訴自己的。我猜，我之所以選擇整型外科，還有其他原因。說我單純是為了夏黎亞才作這個決定，是太過簡單的推論——儘管這個說法很動聽——也有點太過條理分明、四平八穩。要說我在喀布爾學到了什麼，那就是人類的行為混亂而不可預測，和顯而易見的對稱性沒有關係。但是，認為我的選擇有跡可循、認為我的人生因此而慢慢成形的說法，讓我感到寬慰。就像在暗房裡的照片一樣，這個故事漸漸現形，讓我從中找到了我始終希望在自己身上見到的良善。這就是支持我的力量，這個故事。

我一半的時間在雅典行醫：消除皺紋、抬高眉毛、墊下巴、重塑難看的鼻子；另一半時間則做我真正想做的事，也就是飛到世界各地——到中美洲、非洲撒哈拉地區、南亞，以及遠東——替兒童看診，修補兔唇和裂顎、移除臉部腫瘤，修整臉部傷口。在雅典的工作算不上滿足，但收入甚豐，讓我可以有餘裕，一次撥出幾個星期、甚至幾個月的時間去當志工。

然後，在二〇〇二年初，我在診所接到我認識的一名女子打來的電話。她叫安拉·艾德莫維克，是波士尼亞的護士。我們幾年前在倫敦的一場會議上認識，共度了一個愉快的週末，之後分道揚鑣，不再提起這段韻事，但依然保持聯絡，偶爾也會在社交場合碰面。她說她現在替喀布爾的一個非營利組織工作，他們想找兒童整型外科醫生——診治兔唇、炸彈碎片和子彈造成的顏面損傷，諸如此類的工作。我馬上就答應了。我打算待三個月。在二〇〇二年春末啟程之後，我再也沒回到雅典。

夏黎亞來渡輪碼頭接我。她圍著綠色的羊毛圍巾，開襟毛衣和牛仔褲上套著暗玫瑰紅的厚外套。頭髮留長了，中分、披散在肩上。她頭髮白了。看見她的時候我很吃驚。讓我嚇了一跳的不是她殘缺的下半臉，而是她的白髮。我倒也不意外。夏黎亞三十五、六歲時就開始長白頭髮，後來的十年裡，更加漸漸斑白。我知道我自己也變了，不斷膨脹的啤酒肚、堅決撤退的髮際線，但是自己身體的衰老總是一點一滴地緩緩發生，並在不知不覺中加劇，讓人幾乎難以察覺。看見夏黎亞的白髮，正是她逐步邁向老年的具體證明——當然也是我自己邁向老年的證明。

「你會冷的。」她說，把圍巾緊緊纏在脖子上。這時是一月，接近中午，天空陰沉灰暗。一陣冷風吹得乾枯的樹葉紛紛掉落。

「喜歡冷的話，就到喀布爾去。」我拎起行李箱說。

「很適合你啊，大夫。搭巴士還是走路？你來選。」

「走路吧。」我說。

我們往北走，穿過蒂諾斯鎮。帆船和遊艇停泊在內港。小商店裡賣著明信片和T恤。大家坐在戶外咖啡座的圓桌旁喝咖啡、看報紙、下棋。服務生擺出午餐的餐具。再過一、兩個鐘頭，廚房就會飄出烹魚的香味。

夏黎亞興致勃勃地談起一個新的開發案，說是有開發商正在蒂諾斯鎮南方蓋一排白色的小屋，可以飽覽米克諾斯島與愛琴海風光。這些房子主要是供觀光客居住，再不然就是從一九九〇年代開始湧進蒂諾斯的有錢夏季居民。她說那些小屋會有戶外泳池和健身中心。

好多年來，她一直寫電子郵件給我，告訴我改變蒂諾斯面貌的種種變化：架有衛星接收小耳朵與撥接上網系統的海濱旅館，夜店、酒吧與小酒館，迎合觀光客的餐廳和商店，計程車、巴士、人潮，上空躺在海灘的外國女郎。農夫現在不騎驢子，改開小貨卡——那些還留在島上的農夫。大部分的農夫早就離島他去，儘管也有些回來過退休生活。

「歐狄很不高興。」夏黎亞說，指的是島上的變化。她在信裡告訴過我——較年長的島民對新居民，以及他們所帶來的變化心存疑慮。

「妳對這些變化似乎不怎麼在意。」我說。

「老是抱怨這些不可避免的事情，又何必呢。」她說，然後又補上一句，「歐狄說：『是啊，妳是會這麼說沒錯，夏黎亞，因為妳不是這裡土生土長的。』」她發出真心的響亮笑聲，「你以為自己在蒂諾斯住了四十年之後，總該有資格發表點意見吧？結果卻是這樣。」

夏黎亞也變了。儘管套著冬季的厚外套，我還是看得出來她臀部變大，變胖了——不是一身肥肉的臃腫，而是結實的胖。她現在有種親暱挑釁的調調，講起話來略帶揶揄，就像評論我做的事情那樣，害我猜想她是不是覺得我有點蠢。她眼裡的光彩、她笑聲的真誠、她臉頰的永遠紅潤——她整體給人的印象，活脫脫是個農婦。那種腳踏實地、強健友善，但散發出權威與嚴厲氣息，讓你知道最好別質疑她的婦人。

「生意怎麼樣？」我問，「妳還工作嗎？」

「偶爾。」夏黎亞說，「你也知道這個時機。」我們都搖搖頭。在喀布爾，我持續關注財政緊縮措施的新聞。我在CNN上看到戴面具的希臘年輕人在國會外面對警察丟石頭，抗暴車上的警察施放催淚彈、揮舞警棍。

夏黎亞也不算有什麼真正的生意。在數位時代來臨之前，她基本上是個雜務工。她到別人家裡，焊接電視的電力傳輸器、更換舊式真空電子管收音機的電容；大家會叫她去修理故障的冰箱恆溫器、修補漏水的管線，然後以能力負擔得起的方式付她酬勞。就算真付不出錢來，她還是會幫他們。我又不是真的需要錢，她對我說。我只是做好玩的。把東西拆開、看看裡面是怎麼運作的，還是會讓我很興奮。最近以來，她像是開了自由接案的一人資訊公司。她所知的一切都是自學來的。她象徵性地收一點費用，幫別人排除電腦問題、更改位址設定、修復停止運作的應用程式，以及電腦運作遲緩、升級與無法開機等等毛病。我自己就不只一次從喀布爾打電話給她，求她解救我掛點的ＩＢＭ電腦。

回到我媽家的時候，我們在院子的那棵老橄欖樹旁站了一會兒。我看見媽媽近日瘋狂工作的成果——重新粉刷的牆壁、半完工的鴿舍，一把鎚子和一盒打開的釘子就擺在一塊木板上。

「她還好嗎？」我問。

「噢，還是像以前一樣難伺候。所以我才裝了那個東西。」她指著裝在屋頂上的衛星小耳朵。「我們看外國肥皂劇。阿拉伯的最好看，或者應該說最難看吧，因為劇情都差不多。我們拚命搞懂劇情，這樣她就沒時間找我麻煩。」她穿過前門，「歡迎回家。我給你弄點東西吃吧。」

回到這幢房子，感覺好奇怪。我看見幾樣不熟悉的東西，比方客廳那張灰色的真皮扶手椅，以及電視旁邊的白色藤編邊桌。但是其餘的一切，差不多都還是原來的模樣。廚房餐桌現在鋪著有茄子與梨子圖案的塑膠桌布；高背的竹椅，有藤把的舊油燈；被油煙熏得漆黑的扇貝形玻璃燈罩；媽媽和我的照片——我穿白襯衫、媽媽穿她最好的那件洋裝——仍然掛在客廳的壁爐架上。媽媽的那組磁器也還收在高高的架子上。

然而，我放下行李箱時，卻覺得在這一切的中央，彷彿有個大洞。這幾十年來我媽媽和夏黎亞一起生活的地方，對我來說，是個廣闊黑暗的空間。我一直都不在。夏黎亞和媽媽在這張餐桌上共享的餐點，共享的歡笑、爭吵、無聊、病痛，組成漫漫生活的一長串簡單作息，而這一切我都錯過了。踏進童年的家，我突然有點茫然，就像讀著一本很久以前開始看，後來卻放棄的小說結局。

「來點蛋如何？」夏黎亞說。她已經圍上印花圍裙，把油倒進平底煎鍋裡。她在廚房裡掌控全局，猶如君臨天下。

「好啊。媽媽呢？」

「睡覺。她昨晚睡得不好。」

「我去看一下。」

夏黎亞從抽屜裡拿出一個攪拌器。「要是吵醒了她，你就走著瞧，大夫。」

我躡手躡腳爬上樓梯到臥房。房裡很暗，只有一方窄長的陽光透過拉起的窗簾照進來，斜跨過媽媽的床。空氣裡瀰漫濃重的病氣。不是一種氣味，而是一種有形的存在，每一個醫生都很熟悉。疾病就像蒸氣一樣瀰漫整個房間。我在門口站了一會兒，讓眼睛適應陰暗。梳妝臺上流動的彩色光線打破了房裡的陰暗。梳妝臺擺在床旁邊，我猜那是夏黎亞睡的那一側，也是我以前睡的地方。那是數位相框：一大片稻田和灰色磁磚屋頂的木屋慢慢褪去，變成擁擠的市集，有剝了皮的羊隻掛在鉤子上，接著又變成一個皮膚黝黑的人蹲在泥濘的河邊，用手指刷洗牙齒。

我拉來一把椅子，坐在媽媽床邊。眼睛適應了房裡的光線之後，我看著她，覺得心裡有股下沉的感覺。媽媽竟然變得如此之小，讓我很吃驚。已經變得如此之小。印花圖案的睡衣套在她窄小的肩膀，她平坦的胸部上方顯得鬆垮垮的。我不喜歡她睡覺的模樣：張開嘴巴、翻身朝下，彷彿作著惡夢。我不喜歡看見她的假牙在睡夢中滑脫位置。她的眼皮微微掀動。我坐了一會兒。我問自己，你在期待什麼？這時我聽見牆上的鐘滴答響，以及樓下夏黎亞鍋鏟碰撞的噹啷聲。我一一細看媽媽在這房裡的生活細節。貼在牆上的平面電視，牆角的電腦；床頭櫃上沒做完的數獨、夾著老花眼鏡的書頁；電視遙控器，人工淚液、消炎軟膏、假牙黏膠、一小瓶藥丸，地板上還有一雙毛茸茸的牡蠣色拖鞋。她以前絕對不會穿這樣的東西。除了拖鞋之外，還有一包已經開封的紙尿褲。我無法將這些東西和媽媽聯想在一起。我很抗拒。我覺得這些東西應該是屬於陌生人的。某個懶散無害的人。某個你永遠不會生他氣的人。

床的另一邊，數位相框裡的影像再次變換。我看了一會兒。然後我想起來了。我認得這些照片。是我拍的。是我在……在幹麼？在行遍天下吧，我想。我總是沖洗兩份照片，一份寄給夏黎亞。她留著照片。這麼多年。夏黎亞。我心中湧起一股柔情，甜美如蜜的柔情。她向來是我真正的姊妹。我真正的馬納。

她在樓下喊我。

我迅速起身。就要離開房間的時候，我突然注意到：掛在時鐘下面，有個裱了框的東西。在陰暗的光線裡，我看不出那是什麼。我打開手機，藉著銀光看清楚。那是一則美聯社的報導，介紹我在喀布爾工作的那個非營利組織。我記得那次專訪。那名記者是個態度愉快、講話稍微有點結巴的韓裔美國人。我們一起吃卡布里——也就是阿富汗肉飯，有糙米、葡萄乾和羊肉。這則報導的正中央有一張合照。我、幾個孩子，還有納比。他站在後面，姿勢僵硬，手背在背後，看起來似乎有著不祥預感，但又羞怯地保持莊重態度；這是阿富汗人面對鏡頭常有的神態。安拉也在照片裡，旁邊是她收養的小女孩蘿希。所有的孩子都在微笑。

「馬柯斯。」

我闔起手機，走下樓去。

夏黎亞在我面前擺了一杯牛奶，和一碟熱得冒煙，鋪在番茄上的蛋。「放心，牛奶已經加糖了。」

「妳還記得。」

她坐下來，圍裙還穿著，手肘擱在桌上，看著我吃，不時用手帕擦著左臉頰。

我想起我一直想說服她讓我幫她的臉動刀。我告訴她，從一九六〇年代至今，外科技術已經有很大的進展，而我很肯定，我就算不能修復她的容貌，至少可以大幅改善她的外形。但夏黎亞拒絕了，讓我覺得非常不解。*這就是我*，她對我說。我當時覺得她這個回答太輕描淡寫，很難讓人滿意；這到底是什麼意思？我不瞭解。我甚至無情地聯想到犯人，被判無期徒刑的犯人，擔心出獄、害怕假釋，憂懼改變，憂懼面對鐵籬與監視塔之外的新生活。

我直到現在還想說服夏黎亞接受手術。我知道她不會答應。但我現在瞭解為什麼了。她說的沒錯——這就是她。我不能假裝我知道每天在鏡子裡看見那張臉、看見那恐怖的損傷，並鼓起勇氣來接受，是什麼感覺。這必定是極大的壓力，也需要極大的努力與耐心。她的接受是緩緩成形的，經過很多年的時間，就像被拍岸浪潮蝕刻而成的海濱懸崖岩石。狗只花了短短幾分鐘的時間，就給了夏黎亞一張變形的臉，夏黎亞卻花了一輩子的時間，來把這張臉塑造成她的身分認同。她不會讓我用我的手術刀修復她的臉。那會像在舊傷口上劃出新的傷口。

我把叉子叉進蛋裡，知道這會讓她很高興，即便我不是真的餓。「很好吃，夏黎亞。」

「那麼，你很興奮嗎？」

「什麼意思？」

她伸手到背後，打開一個流理臺抽屜，拿出一副長方形鏡片的太陽眼鏡。我愣了一會兒，才想起來。日蝕。

「噢，當然囉。」

「剛開始的時候，」她說，「我想我們可以透過針孔來看就好。可是後來歐狄說你要回來，我就說，『好吧，那我們來弄得時髦一點。』」

我們聊了一會兒明天將發生的日蝕。夏黎亞說早上就開始，到中午左右才會結束。她已經查過天氣預報，知道島上不會是陰天，才放下心。她問我要不要多來一些蛋，我說要。她說，原本是羅梭斯先生當鋪的那個店面，已經改開一家新的網路咖啡店。

「我看見那些照片了，」我說，「在樓上。還有那篇報導。」

她用手掌抹掉我落在桌上的麵包屑，看都沒看就轉身丟進廚房的水槽裡。「啊，很簡單。只要掃描上傳就行。最困難的部分是把照片按國家編排。我得坐下來一一搞清楚，因為你從來不寫東西，光是寄照片。她對這件事很嚴格的，一定要按國家分類；她非要這麼做不可，堅持得不得了。」

「誰？」

她嘆口氣，「『誰？』他竟然這麼問。歐狄，還有誰？」

「這是她的點子？」

「那篇報導也是。是她在網路上找到的。」

「媽媽搜尋我的消息？」我說。

「我真不該教她的。現在她簡直停不下來。」她咯咯笑，「她每天搜尋你的消息。是真的。你有了個網路追蹤客，馬柯斯．瓦佛里斯。」

中午過後不久，媽媽下樓來。她穿著一件深藍色的浴袍，以及我已經開始厭惡的那雙毛茸茸拖鞋。她看來梳過頭髮了。看她走下樓梯時行動自如，我鬆了一口氣。她對我張開手臂，睡意迷濛地微笑。

我們坐在餐桌旁喝咖啡。

「夏黎亞呢？」她吹著咖啡問。

「她去張羅一些東西。為了明天。那是妳的嗎，媽媽？」我指著在新扶手椅後面、靠在牆上的那根手杖。我剛進來的時候沒注意到。

「噢，我很少用。只有情況不好的時候才用。還有要走很遠的時候。但是，就算拿起來用，大半也只是為了安心。」她這太過不以為然的口氣讓我知道，她對手杖仰賴的程度，其實遠遠超過她的描述。「我擔心的是你。從那個可怕的國家傳來的消息，夏黎亞不想讓我知道；她說我聽了會激動。」

「我們那裡是有一些意外，」我說，「可是大部分的人都只是過他們的日子。而且我也很小心，媽媽。」我當然不會告訴她對街那間宿舍的槍擊事件，或最近對外國援助人員的攻擊；我當然更不會告訴她說我所謂的**小心**，是在城裡開車的時候隨身攜帶九厘米手槍——或許我一開始就不該做這件事。

媽媽啜了一口咖啡，微微皺起臉。她沒催我。我不確定這算不算是好事。我無法確定她是不是又開始打盹，像一般老人家那樣，或者這只是個技巧，不想逼我說謊或說出只會讓她失望的話來。

「我們聖誕節的時候很想你。」她說。

「我走不開啊，媽媽。」

她點點頭。「你回來了。這最重要。」

我喝了一口咖啡。我記得小時候，媽媽和我每天在這張餐桌上吃早餐，一句話也不說，幾近嚴肅地吃完，然後一起去學校。我們很少交談。

「妳知道，媽媽，我也很擔心妳。」

「不必擔心。我可以照顧自己。」往日的高傲自尊又出現了，宛如霧中的一絲微光。

「可是能多久呢？」

「能多久就多久啊。」

「等妳不能照顧自己了，要怎麼辦？」我不是要挑釁。我之所以問，是因為我不知道。我不知道我自己的角色，甚至不知道我有沒有角色可以扮演。

她平靜地盯著我看，然後往杯子裡加了一匙糖，緩緩攪拌。「真是有意思啊，馬柯斯，但大部分人都搞反了。他們以為他們過著自己想要的生活。其實真正主宰他們生活的，是他們所害怕的、不想要的東西。」

「我不明白，媽媽。」

「嗯，就拿你來說好了。離開這裡、去創造你自己的人生。你很怕會困在這裡，和我一起。你很怕我會絆住你。又或者，拿夏黎亞來說吧，她之所以留下來，是因為她不想再被別人盯著看。」

我看著她嚐了嚐咖啡，又加了一匙糖。我還記得我內心深處覺得，自己始終是個想和她爭辯的小男生。她說話從來不留辯駁的餘地，總是直截了當地把真相告訴我，一開始就說得清楚坦白。我常還來不及開口就被打敗了。這向來顯得很不公平。

「那麼妳呢，媽媽？」我問，「那妳怕什麼？妳不想要什麼？」

「不想成為包袱。」

「妳不會的。」

「噢，你說的沒錯，馬柯斯。」

這句曖昧不明的話讓我很不安。我回想起納比在喀布爾留給我的那封信，他死後的告白。蘇雷曼・華達堤和納比達成的協議。我不由自主地想，媽媽和夏黎亞之間是不是達成了類似的協議，等時間來到時，她選擇夏黎亞來幫她解脫。我知道夏黎亞做得到。她很堅強，她會解救媽媽。

媽媽端詳我的臉。「你有你的生活，你的工作，馬柯斯。」她說，語氣更柔和了。她轉開話題，彷彿看穿了我的心，瞥見我的憂慮。假牙、尿布、毛茸茸的拖鞋——這些東西讓我低估了她。她仍然占上風。她永遠都占上風。「我不想拖累你。」

終於，謊言出現——她最後的這句話——但這是善意的謊言。她拖累的不是我。她和我一樣明白。我人不在家，遠在千里之外。這些不快，這些工作，這些苦役，全落在夏黎亞身上。媽媽卻把我也算在裡面，把我沒有努力去做，甚至沒有努力嘗試的功勞套在我身上。

「不會是這樣的。」我無力地說。

媽媽微笑。「就說你的工作吧，我猜你知道，你決定要去那個國家的時候，我並不是很贊成。」

「我猜到了，沒錯。」

「我不瞭解你為什麼要去。你為什麼要放棄一切——在雅典的執業、錢和房子——你努力工作掙來的一切，躲到那個打打殺殺的地方？」

「我有我的理由。」

「我知道。」她把杯子舉到唇邊，沒喝就又放下來。「我不太擅長做這種事，」她緩緩地、近乎羞怯地說，「可是我想告訴你的是，你做得很好。我很以你為榮，馬柯斯。」

我低頭看著自己的手。我感覺到她的話一字一字深深落在我心底。她嚇了我一跳，讓我猝不及防：對於她說的話，或者她說這些話時眼中溫柔的光彩；我茫然無措，不知道該如何回應。

「謝謝妳，媽媽。」我勉強喃喃說道。

我說不出其他的話來。我們靜靜坐了一會兒，兩人之間瀰漫著困窘的氣息，我們意會到這一向我們失去了多少，有多少的機會就這樣悄悄流逝。

「我一直想問你一件事。」媽媽說。

「什麼事？」

「詹姆斯・帕金森[32]。喬治・杭亭頓[33]。羅伯特・葛瑞夫茲[34]。約翰・唐[35]。現在又來了我這個魯・蓋瑞[36]。這些人怎麼會霸占了這些病名？」

我眨眨眼，媽媽也對我眨眨眼；她笑了起來，我也是。儘管我內心正開始崩解。

隔天早上，我們躺在休閒椅上，媽媽裹著厚圍巾、身穿灰色連帽大衣，雙腿蓋著羊毛毯，抵禦刺骨的寒風。我們啜飲咖啡，小口吃著夏黎亞為今天這個節目特別買回來的肉桂味烤榲孛。我們戴上日蝕眼鏡、仰望天空。太陽從北緣開始慢慢消蝕，看起來很像夏黎亞那部蘋果筆電上的商標。夏黎亞不時打開筆電，在網路論壇上發表評論。街頭巷尾，到處有人坐在人行道和屋頂上欣賞這個奇觀。有些人還帶著全家到島的另一端，希臘天文學會在那裡架設了望遠鏡。

「什麼時間會到達頂點？」我問。

---

32 James Parkinson, 1755-1824，英國醫生，發現導致麻痺震顫的神經疾病，稱為「帕金森氏症」。

33 George Huntington, 1850-1916，美國醫生，發現遺傳性神經退行性疾病，稱為「杭亭頓舞蹈症」。

34 Robert Graves, 1796-1835，愛爾蘭外科醫師，發現自體免疫系統失調引發的甲狀腺機能亢進疾病，稱為「葛瑞夫茲氏症」。

35 John Down, 1828-1896，英國醫生，發現「唐氏症」。

36 Lou Gehrig, 1903-1941，美國棒球明星，因罹患肌萎縮性脊髓策索硬化症病逝，此病亦稱為「魯蓋瑞氏症」。

「大約是接近十點半的時候。」夏黎亞說。她摘掉眼鏡，看看手錶。「再一個小時吧。」她興奮地搓搓手，在鍵盤上敲了幾個字。

我看著她們兩個：媽媽戴著墨鏡，青筋密布的雙手交纏在胸前；夏黎亞用力地敲鍵盤，白髮從她的毛線帽底下披散出來。

你做得很好。

前一夜我躺在沙發上，想著媽媽說的話，思緒飄到瑪德琳身上。我還記得小時候，其他媽媽都會做、而媽媽不做的事情，是多麼讓我感到焦慮難安。走路的時候不拉我的手；不讓我坐在她的膝上；不讀床邊故事、親吻我的臉頰道晚安。這都是歷歷在目的事實。但是，多年來，我卻看不見更大的事實，不知不覺，不受重視地埋藏在我的委屈之下。事實是：媽媽絕對不會離開我。這是她給我的禮物，鐵石般的事實：瑪德琳對夏黎亞所做的事，她絕對不會對我做。她是我的母親，她永遠不會離開我。我就這樣順理成章地接受，並沒有為此而特別感謝她。我對她的感激之意，並不比我感謝太陽照亮地球來得多。

「看！」夏黎亞大叫。

突然之間，在我們周圍——地上、牆壁、我們的衣服——細碎閃亮的光線全都變得立體起來，新月形的太陽穿透我們那棵橄欖樹的樹葉照耀著。我在我的馬克杯裡，看見咖啡上浮著一個閃亮的新月，我的鞋帶上也有一個。

「給我妳的手，歐狄，」夏黎亞說，「快！」

媽媽打開手，掌心朝上。夏黎亞從口袋裡掏出一塊方形的刻花玻璃。她拿到媽媽的雙手上方——霎時，小小的新月彩虹在媽媽那雙布滿皺紋的手上躍動。媽媽驚呼一聲。

「看啊，馬柯斯！」媽媽說，咧著嘴笑，掩不住心裡的歡喜，像個女學生似的。我從沒在她臉上看過如此純粹、如此發乎真心的微笑。

我們三個坐在那裡，看著媽媽手上微微顫動的小彩虹，我感到哀傷，還有沉寂已久的痛楚，像利爪般揪著我的喉嚨。

你做得很好。

我以你為榮，馬柯斯。

我五十五歲了。我等了一輩子才聽到這兩句話，是不是太晚了？對我們來說？我們，媽媽和我，是不是浪費了太多時間，也等得太久了？部分的我認為我們最好像過去那樣，表現得彷彿不知道我們這一向有多麼合不來。那樣比較不痛苦。或許比這遲來的獻禮要好。這宛如鏡花水月一般的小彩虹，讓我們匆匆瞥見，我們原本可以用什麼樣不同的方式好好相守。這只會帶來懊悔。我告訴自己，懊悔有什麼用呢？什麼都無法挽回。我們失去的已經失去了，再也找不回來。

然而，媽媽說，「這是不是很漂亮啊，馬柯斯？」我對她說：「是啊，媽媽，是很漂亮。」這時，我內心有個什麼東西開始碎裂。我伸出手，把媽媽的手握在手裡。

United States of America

| 美國 |

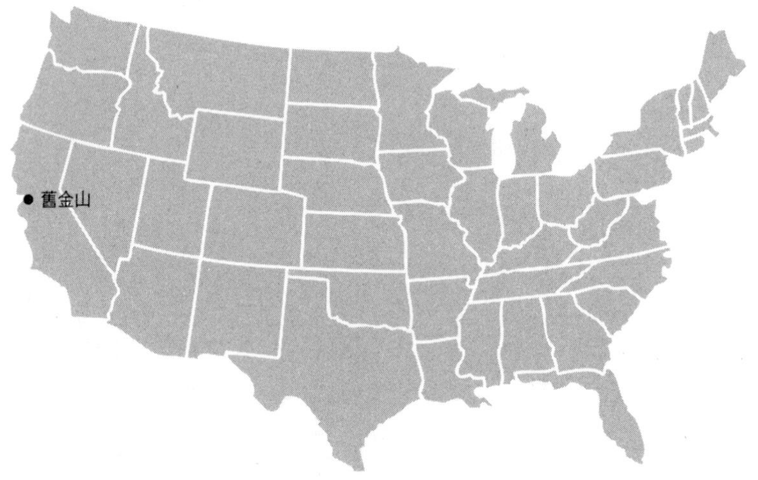

9

二〇一〇年，冬

小時候，父親和我每晚有個儀式。在我唸完二十一遍「奉真主之名」之後，他就會幫我拽好被子、坐到我身邊，用拇指和食指把惡夢從我的腦袋裡拎出來。他的手指會從我的前額跳到太陽穴，耐心地在我耳朵後面和後腦勺處搜尋，只要從我腦袋裡揪出一個惡夢，就發出「啵」一聲——很像瓶塞鬆開的聲音。他把一個一個惡夢塞進他腿上的隱形袋子裡、將袋口的束繩拉緊。然後，他開始在空中搜尋，尋找美夢來代替他抓走的惡夢。我看著他微微歪著腦袋、皺起眉頭，眼睛左瞧右看，好像在注意聆聽遠方的音樂。我摒住呼吸，等待父親臉龐綻開笑容的那一剎那，他會高興地說：噢，找到了，捧起雙掌，讓夢落入在他掌心，宛如等待花瓣緩緩從樹梢飄落。然後，輕輕地，非常之輕——父親說生命中美好的事情都非常脆弱，非常容易失去——他的雙手靠近我的臉，掌心輕搓著我的額頭，把快樂揉進我的腦袋裡。

我今天晚上會作什麼夢呢，爸爸？我問。

噢，今天晚上，這個嘛，今晚是很特別的一個晚上，他總是這麼開頭，然後才開始告訴我夢的內容。那都是他當場編的故事。在他給我的一個夢裡，我變成世界最知名的畫家；另一個夢裡，我是個女王，住在一座被施了魔法的島嶼，有一頂會飛的皇冠。他甚至還幫我最喜歡的Jell-O果凍編了一個夢。我只要用魔棒一揮，就可以把任何東西變成Jell-O：不管是校車、帝國大廈，還是整座太平洋，只要我想變就可以變。不只一次，我用魔棒對著墜落的隕石一揮，拯救了地球。我父親很少談起他的父親，但他說他講故事的天分，是從他父親那裡遺傳來的。他說他還小的時候，他父親有時會和他坐下來——如果他有心情的話，可是這機會不太多——說起靈魔、魔怪和精靈的故事。

有些夜晚，我會和爸爸角色互換。他閉上眼睛，我把手掌貼在他臉上，滑過他的額頭、臉頰上刺刺的鬍碴，以及粗粗的鬍子。

*那麼，我今天晚上會作什麼夢呢？*他拉著我的手低聲說。他綻開微笑，因為他早就知道我要給他什麼夢。永遠都是一樣的夢。是他和他妹妹躺在開花的蘋果樹下，昏昏沉沉地午睡。太陽暖暖地照在他們臉頰，陽光照亮了綠草、樹葉與頭頂上的花團錦簇。

我是獨生女，通常也很孤單。爸媽在巴基斯坦相識時已經年近四十，生了我之後決定不要再碰運氣生第二胎。我還記得小時候，看著鄰居和學校裡那些有兄弟姊妹的小孩，心裡有多麼嫉妒。而他們對待彼此的態度也讓我很不解，因為他們竟然對自己的幸運視而不見。他們活像野狗似的，又捏又打又推，用各種想像得出來的方式出賣彼此。他們也互相嘲笑、不肯和對方講話。我實在無法理解。我童年大半的時間都一心渴望有個兄弟姊妹，而最希望的是有個雙胞胎手足。有個和我一起在搖籃裡哭、睡在我身邊，和我一起喝母奶的手足；一個全心全意、無條件地愛我，面容和我一模一樣的手足。

所以，爸爸的妹妹帕麗就成了我的祕密同伴，除了我之外，誰也看不見她。她是我的姊妹，是我始終希望爸媽能給我的姊妹。早晨刷牙的時候，我在浴室鏡子裡看見她和我併肩站在一起。我們一起穿衣服。她跟著我到學校，在教室裡坐在我旁邊——直直盯著黑板的時候，我的眼角總是可以瞥見她烏黑的頭髮與白皙的面容。下課的時候，我帶她到遊戲場，盪著鞦韆的時候、爬著攀爬架的時候，都感覺到她在我背後。放學之後，我在廚房餐桌上畫圖，她很有耐心地在旁邊遊蕩，或站在窗前往外望。等我畫完，我們就一起到外面跳繩，我倆的影子在水泥地上上下下躍動。

沒有人知道我和帕麗玩的事，連我父親也不知道。她是我的祕密。

有時候，附近沒人的時候，我們一起吃葡萄，聊個沒完沒了——聊玩具、聊哪一種早餐穀片最好吃，我們喜歡的卡通、我們不喜歡的同學、最討人厭的老師；我們都喜歡同一個顏色（黃色），喜歡同一種口味的冰淇淋（黑櫻桃），喜歡同一個電視節目（「家有阿福」），而且我們長大之後都想當藝術家。當然，我想像我們兩個長得一模一樣，因為我們是雙胞胎啊。有時候，我幾乎可以看見她——真的看見她，我的意思是——在我的視線邊緣。每一次我都試著想把她畫下來。我給她一雙和我一樣，微微有點不太平均的淡綠色眼睛，和我一樣的黑色鬈髮，和我一樣長得幾乎要連在一起的濃密眉毛。要是有人問起，我就說我畫的是自己。

我父親失去妹妹的經過，我耳熟能詳，就像母親告訴我的先知故事一樣。等後來爸媽送我到海沃的清真寺去上週日學校之後，我又再一次溫習了先知的故事。然而，儘管熟悉，我晚上還是要求爸爸再講一遍帕麗的故事，並深深被吸引。或許單純只是因為我們同名的緣故。也或許是因為這樣，所以我覺得我們之間有某種關係，某種幽微、神祕，卻很真實的關係。但不只是這樣。我感覺到她對我的影響，她所發生的事情宛如烙印在我身上。我們兩個相繫相扣，透過我無法全然理解、也無法看見的方式連結在一起，不只是因為我們的名字，不只是因為我們的血緣，彷彿要我們兩個合力才能完成一個拼圖似的。

我滿心相信，只要我很認真很認真聽她的故事，一定可以瞭解我內心深處的某些東西。

你覺得你父親很傷心嗎？把她賣掉？

有些人很會掩藏自己的傷心，帕麗。他就是這樣的人。光是看著他，你根本看不出來。他是個嚴肅的人。但是我想，是的，我想他心裡是很難過。

你呢？

我父親會微笑說：我有了妳之後，還有什麼好難過的呢？但是，儘管當時年紀很小，我還是看得出來。他的傷心明明白白顯露在臉上，就像胎記一樣。

在我們聊著這件事的時候，我腦海裡編織著一個幻想。在這個幻想裡，我會存下所有的錢，不花任何一塊去買糖果或貼紙；等小豬撲滿滿了——雖然我的撲滿並不是一隻豬，而是坐在礁石上的小美人魚——我會打開撲滿，拿出所有的錢，出發去找我父親的妹妹，無論她在哪裡。等我找到她，我會把她買回來、帶她回到爸爸身邊。我要讓父親高興。天底下我最想做的事，就是成為趕走他哀傷的人。

那我今天晚上會作什麼夢？爸爸問。

你早就知道了。

又一抹微笑。是啊，我知道。

爸爸？

嗯？

她是個好妹妹嗎？

她十全十美。

他會親吻我的臉頰，把被子在我脖子旁邊拽好。關掉燈之後，他會在門口停下腳步。

她十全十美，他會說，就像妳一樣。

我總是等他關上門之後再溜下床，拿出一個備用的枕頭，擺在我的枕頭旁邊。我每天晚上睡覺的時候，都覺得我的胸膛裡有兩顆心臟在跳動。

我從舊奧克蘭路入口轉上高速公路的時候，看了看手錶。已經十二點半了。到舊金山機場至少要花四十分鐘，而且一〇一公路上還得沒有任何事故或道路施工才行。幸好這班飛機是國際線，她要通關，或許可以幫我多爭取一些時間。我滑向左線，把凌志加速到將近時速八十哩。

我記得一個月前，我和爸爸在談話時發生的一個小奇蹟。那短暫的正常交流，宛如一顆小氣泡——在深沉、墨黑、冰涼海底的小氣泡——轉瞬即逝。我太晚送午餐給他，他從躺椅上轉頭，用最溫和的批評語氣說我是天生不守時的人，就像妳母親一樣，願她安息。

但是，他又說，露出微笑，彷彿要讓我安心似的，人總是有缺點。

所以這是上主給我的缺點囉？我把一盤米飯和豆子擺在他膝上，這拖拖拉拉的習慣？

祂也不樂意這麼做啊，我得說。爸爸拉起我的手，祂讓妳差一點點就十全十美，只差一點點。

這個嘛，如果你願意的話，我可以讓你多知道一些我的缺點。

妳一向都把缺點藏起來，對不對？

我藏起來的可多囉。迫不及待要露出真面目呢。等你又老又無助的時候就知道了。

我已經又老又無助了。

你是要我可憐你。

我轉著收音機，從談話節目轉到鄉村音樂，再到爵士樂，然後是更多的談話。我關掉收音機。不安，緊張。我伸長手撈起擺在旁邊座位上的行動電話。我打回家，讓翻開的電話躺在膝上。

「哈囉？」

「平安，爸爸，是我。」

「帕麗？」

「是的，爸爸。你和赫克特在家裡還好吧？」

「很好。他是個很棒的年輕人。他弄蛋給我吃。我們配吐司吃。妳在哪裡？」

「我在開車。」我說。

「到餐館去？妳今天沒有班啊，不是嗎？」

「不，我是要去機場，爸爸。我要去接人。」

「好吧，我會要妳媽媽幫我們弄午餐。」他說，「她可以從餐館帶些東西回來。」

「好吧，爸爸。」

我鬆了一口氣，他沒再提到她。但是，有些日子，他講個沒完沒了。妳為什麼不告訴我她到哪裡去了，帕麗？她去開刀了嗎？別騙我！為什麼每個人都騙我？她離開了嗎？她在阿富汗嗎？那我也要去！我要去喀布爾，妳別攔我！我們就這樣反覆拉鋸，爸爸心煩意亂地踱步；我用謊言應付他，用他蒐集的居家裝潢型錄和電視節目來分散他的注意力。有時候有效，但有時候他對我的伎倆無動於衷。他好擔心，擔心得掉眼淚、歇斯底里；他打著自己的腦袋，在椅子裡前後搖晃，哭著、雙腳顫抖，讓我不得不餵他吃鎮靜劑。我等著他的目光變得朦朧，然後我跌坐在沙發上，筋疲力盡、喘不過氣來，眼淚也快奪眶而出。我充滿渴望地望著大門和門外的空地，好想穿過門去，一直走、一直走。這時爸爸在夢中呻吟，我回過神來，心中滿是罪惡感。

「我可以和赫克特講一下嗎，爸爸？」

我聽到話筒換手。隱隱約約傳來電視競賽節目的聲音，觀眾竊竊私語，然後大聲喝采。

「嗨，小妞。」

赫克特．華瑞茲住在對街。我們當了好多年鄰居，但最近幾年才開始熟稔起來。他一個星期過來幾次，和我一起吃垃圾食物、看垃圾節目直到深夜，大部分都是真人實境那種。我們嚼著冷掉的披薩，對著螢幕上那些嘩眾取寵的行為與暴怒的鏡頭嘖嘖稱奇，厭惡地搖頭。赫克特原本是海軍陸戰隊，派駐在阿富汗南部，幾年前，在一場土製炸彈攻擊中受重傷。他從榮民醫院返家時，這條街上的每一個人都出來，夾道歡迎他。他爸媽在前院掛上「歡迎回家，赫克特」的牌子，還有汽球，和很多鮮花。他爸媽開車回到家時，大家都鼓起掌歡迎。好幾個鄰居烤了派。大家都很感謝他的為國服務。他們說：堅強起來，上帝保佑你。赫克特的父親希薩，幾天之後來我家，和我一起在門口搭了一條輪椅坡道。他在他家門口也建了一條一模一樣的，還插了一面美國國旗。我記得，在我們兩個一起動工搭坡道的時候，我覺得自己有必要向希薩道歉，因為赫克特是在我父親的家鄉出事的。

「嗨，」我說，「我想我應該打電話問一下情況。」

「我們很好啊，」赫克特說，「我們吃了東西，看完『猜猜多少錢』，現在看『幸運輪』看得正精彩，接下來要看『全民問答大競賽』。」

「天啊，對不起。」

「對不起什麼，小姐？我們玩得很開心啊，對不對啊，老爹？」

「謝謝你煮蛋給他吃。」我說。

赫克特把聲音壓低八度。「其實是鬆餅。妳猜怎麼著？他好喜歡，吃掉四塊。」

「我真是欠你一個大人情。」

「嘿，我很喜歡妳畫的這張新作品，小妞。有個孩子戴著古怪帽子的。老爹拿給我看。他也好驕傲。而我呢，真想對他說，見鬼了，你本來就該覺得驕傲，老兄！」

我微笑著變換車道，讓緊追在我後面的車子先過。「或許我知道聖誕節可以送你什麼東西了。」

「再提醒我一下，我們為什麼不能結婚啊？」赫克特說。我聽見話筒裡傳來爸爸的抗議聲，以及赫克特的笑聲。「我開玩笑的啦，老爹。別對我那麼嚴格嘛，我是殘廢啊。」接著對我說，「我覺得我剛剛看見妳父親內心普什圖人的那一面了。」

我提醒他給爸爸吃上午的藥，然後掛斷。

這很像是看見廣播裡的人物，他們的長相永遠和你在車裡聽著他們的聲音時、心中想像的形象不一樣。例如，她很老。或者應該說看起來很老。這我當然知道。我計算過，她差不多是六十出頭。只是很難將眼前這個纖瘦的灰髮婦人，和我向來想像的那個小女孩聯想在一起。在我心目中，她是個三歲小女孩，有一頭黑色鬈髮，長長的眉毛幾乎連在一起，和我一樣。她也比我想像得高。我看得出來，儘管她坐著。她坐在三明治攤子附近的長椅上，羞怯地左右張望，彷彿迷了路。她肩膀窄窄的、身形纖細，和藹可親，頭髮往後梳，用針織髮帶箍住。她戴著玉耳環，身穿褪色的牛仔褲、鮭魚紅的長毛衣，脖子上圍著黃色的絲巾，流露休閒的歐洲優雅風情。她在上一封電子郵件裡已經告訴我，她會圍絲巾，讓我很快能找到她。

她還沒看見我。我耽擱了一會兒，藏身在推著行李穿過航廈，以及舉著客人姓名牌子的禮車司機之間。我心臟狂跳，腦海裡不停告訴自己：這是她，是她。這真的是她。這時我們四目交接，她臉上漾起認出我的神情。她揮揮手。

我們在長椅上相會。她咧嘴笑，我雙膝顫抖。她的笑容和爸爸一模一樣——只是上排門牙之間有個米粒大小的牙縫——嘴巴向左歪斜，讓她的臉像揉成一團似的皺起來，眼睛幾乎瞇成一條線；還有那歪著頭、很像小男生的神情。她站起來，我注意到她的手：腫大的關節，手指從第一個指關結朝小指的方向扭曲，還有手腕上鷹嘴豆大小的腫塊。我覺得胃部一揪。那雙手光看就覺得很痛。

我們擁抱，她親吻我的雙頰。她的皮膚像毛毯一樣柔軟。之後，她雙手抓著我的肩膀，微微後退，眼睛深深地看著我，彷彿在欣賞一幅畫。她眼裡泛起淚光，閃著幸福的光芒。

「對不起，我來晚了。」

「沒關係，」她說，「終於見到妳了！我太高興了。」她的法國口音聽起來比電話裡重。

「我也很高興。」我說，「一路上還好吧？」

「我吃了藥，否則睡不著。我會從頭到尾醒著。因為我太高興、太興奮了。」她牢牢盯著我，衝著我笑——彷彿怕一轉開視線，魔咒就會消失——直到頭頂上的擴音器開始廣播，提醒旅客隨時舉報沒有人看顧的行李，她的表情才稍稍放鬆。

「阿布杜拉還不知道我來了？」

「我告訴他說我要帶一位客人回家。」我說。

後來，坐進車裡，我偷偷瞄著她。真是太奇怪了。帕麗・華達堤坐在我的車裡，離我僅僅幾吋的距離，實在有種詭異的夢幻感。前一分鐘，我還清清楚楚地看見她——圍在脖子上的黃色絲巾、髮際線上毛茸茸的短髮、左耳下方咖啡色的痣——然後，下一分鐘，她的容貌就像籠罩在某種迷霧裡，我彷彿透過模糊不清的眼鏡在看她。我突然覺得暈眩。

「妳還好嗎？」她一面扣安全帶，一面看著我說。

「我一直覺得妳會消失。」

「什麼？」

「只是……有點難以置信。」我緊張地笑起來。「很難相信妳真的存在，真的在這裡。」

她點點頭，微笑。「哈，我也很難相信。我也覺得很怪。妳知道，我這輩子從沒碰過和我同名的人。」

「我也是。」我轉動鑰匙，發動引擎，「談談妳的孩子吧。」

開出停車場時，她開始告訴我孩子們的事，直接叫他們的名字，好像我已經認識他們一輩子似的，彷彿我和她的孩子們一起長大，一起去家族野餐，一起參加營隊，一起在海濱別墅度暑假、串貝殼項鍊，把彼此埋在沙子底下。

我好希望我們是一起長大的。

她提到亞倫——「也就是妳的表哥，」她說——和他太太安娜，生了第五個孩子，是個小女兒。他們在瓦倫西亞買了房子，搬過去住。「終於，他們終於離開馬德里那幢可怕的公寓！」她的老大，替電視節目作曲配樂的伊莎貝兒，接獲委託，首度替大製作的電影編曲。而伊莎貝兒的丈夫亞伯特，是巴黎一家頗受好評餐廳的主廚。

「妳有一家餐廳，對吧？」她問，「妳在電子郵件裡告訴過我。」

「這個嘛，餐廳是我爸媽開的。爸爸一直夢想開一家自己的餐廳。我只是幫他們經營而已。但是幾年前我不得不把它賣掉。我媽過世之後，爸爸變得……沒能力了。」

「噢，我很遺憾。」

「嗯，沒什麼好遺憾的。餐廳的工作不太適合我。」

「我想也是。妳是個藝術家。」

我們第一次講電話的時候，她問我做什麼工作，我告訴她說我夢想有一天能上藝術學院。

「事實上，我做的是所謂『抄錄員』的工作。」

她凝神傾聽我的說明。我工作的公司替五百大企業處理資訊，「我替他們填寫表格，輸入說明書、收據、顧客名單、電子郵件清單，諸如此類。只要會打字就可以做。而且薪水還不錯。」

「我明白了，」她想了想，說：「對妳來說很有意思吧，做這個工作？」

往南開的途中，我們經過紅木市。我伸手越過她的身前，指著前座窗外。「妳看見那幢房子了嗎？有藍色招牌的那幢高樓？」

「嗯？」

「我在那裡出生。」

「啊，是嗎？」我們經過之後，她還扭著脖子往後看。「妳很幸運。」

「怎麼說？」

「知道自己從哪裡來。」

「我想我從沒多想過這個問題。」

「哈，妳當然不會這麼想。但是知道自己的根很重要。知道妳從哪裡開始成為一個人。如果不知道，妳就會覺得自己的人生很不真實。就像拼圖一樣。*Vous comprenez?*（妳懂嗎）？就像妳沒看到故事的開頭，從中間看起，得想辦法搞清楚。」

我覺得這就是爸爸最近以來的感覺。他的人生，有好多空隙，宛如謎團。每一天都是個變得神祕的故事，像個必須想辦法拼湊起來的拼圖。

我們靜靜地開了好幾哩。

「我覺得我的工作有意思嗎？」我說，「我有一天回家，發現廚房水槽的水流個不停。地板上有破掉的玻璃杯，瓦斯爐開著。就在那一刻，我知道我再也不能留他一個人在家。因為我負擔不起全天候的看護，所以只好找一份可以在家做的工作。問題不在於是不是『有意思』。」

「而藝術學院可以等以後再說。」

「也只好等以後再說。」

我擔心她接下來會說爸爸很好命，有我這樣的女兒；讓我鬆一口氣、也覺得很感激的是，她只點點頭，眼睛飄向高速公路的路標。其他人——特別是阿富汗人——總是說爸爸多有福氣、有我這樣的女兒多好命。他們用讚賞的語氣談起我，把我講得像聖人似的，說我這個女兒毅然決然放棄輕鬆自在的生活，留在家裡照顧父親。*可是，先是她母親*，他們說。我想像他們的語氣閃著幾絲同情。*照顧她那麼多年，真是太慘了。現在又是她父親。她長得是不怎麼樣，當然，但是有人追她；是個美國人啊，做太陽能的傢伙。她本來可以嫁給他的，但是她沒有，因為他們。她的犧牲啊。唉，每個父母都應該有個像她這樣的女兒。*他們讚嘆我的勇氣與品格，那語氣活像在讚賞某人克服了肢體殘障或嚴重的口語障礙。

而我不認得這個故事裡的自己。有時候，我在早上看見爸爸坐在他的床沿，用那雙濕黏的眼睛瞥著我，很不耐煩地等我把襪子套到他乾燥長斑的腿上，咆叫我的名字，露出嬰兒似的表情；他皺起鼻子，看起來活像隻濕漉漉、嚇人的嚙齒動物。我厭惡他這個表情。我厭惡他現在這個樣子。我厭惡他讓我的生活變得如此狹隘，讓我最美好的青春歲月就這樣流失殆盡。有時候我最想要的就是擺脫他，擺脫他的暴躁任性、他的無盡需求。我一點都不像聖人。

我轉下第十三街的出口。再開幾哩，就到了我們位在海狸溪花園的家。我把車停在車道上，熄掉引擎。

帕麗望向窗外，看著我們這幢平房：油漆斑駁剝落的車庫門、橄欖綠的窗框、鎮守大門那對俗麗的石獅子——我還狠不下心丟掉牠們，因為爸爸很愛，儘管我懷疑他還會注意到牠們的存在。一九八九年，我七歲的時候，我們就搬到這裡來了，先是租住，然後在一九九三年，爸爸向房東買下這幢房子。媽媽在這裡過世，在一個聖誕節前夕晴朗的早晨。我幫媽媽在客房裡架了一張病床，讓她度過人生的最後三個月。她要我把她移到這個房間，因為景觀比較好。她說這可以提振她的精神。她躺在床上，雙腳腫脹、皮膚灰暗，整天望著窗外的那條死巷和院子。院子邊緣有她多年前種下的一排日本楓樹，還有星形的花圃，一條窄窄的鵝卵石小徑跨越草坪；每到日正當中時分，遠方的山麓就在陽光照耀下披上濃豔燦爛的金色外衣。

「我很緊張。」帕麗靜靜地說。

「可以理解，」我說，「都已經五十八年了。」

她低頭看著交疊在膝上的手。「對他，我幾乎什麼都不記得。我記得的不是他的臉或他的聲音，只覺得我的人生始終少了什麼。少了某種美好，某種……我不知道該怎麼說。就是這樣。」

我點點頭。我想了想，覺得最好還是別告訴她說我完全可以理解。我正要問她是不是曾想過有我的存在。

她把玩著絲巾的流蘇。「妳覺得他還有可能記得我嗎？」

「妳想聽實話？」

她盯著我的臉。「當然想。」

「他不記得或許最好。」我想起爸媽長期的家庭醫師，巴希里醫師說的話。他說，爸爸需要長期療養，需要秩序。儘量不要有意外驚喜，要讓他覺得凡事可預測。

我打開車門。「妳可以待在車裡一會兒嗎？我先請我的朋友回家，然後妳就可以見爸爸。」

她一手擱在眼睛上方，我不想等著看她是不是快哭了。

我十一歲的時候，全校六年級學生一起到蒙特利灣水族館進行兩天一夜的校外教學。在那個星期五之前的一整個星期，無論是在圖書館裡，或是下課玩跳房子的時候，我所有的同學都在討論這件事，說一旦水族館閉館，大家可以穿著睡衣在展館裡到處遊走，置身在雙髻鯊、魟魚、海龍和烏賊之間，應該會有多好玩。我們的老師吉爾斯派太太說，晚餐吧會設在水族館各處，我們可以選擇花生果醬三明治或是乳酪通心粉。甜點則有布朗尼蛋糕和香草冰淇淋可以選，她說。那天晚上學生們爬進睡袋之後，老師會唸床邊故事給大家聽，高大的水草隨水流搖擺，海馬、沙丁魚和豹鯊穿梭其間，伴著大家進入夢鄉。到了星期四，全班的期待已經緊繃到極點，就連平常愛惹麻煩的學生也乖乖的，很怕會因為調皮搗蛋而被剝奪到水族館過夜的權利。

對我來說，這很像是在看一部緊張刺激的電影，只是聲音關掉了。我覺得自己彷佛置身事外，和這一切的雀躍歡欣都沒有關係——每年十二月，看著同學們回到豎有花旗松、壁爐上掛了襪子、禮物堆得像金字塔的家裡時，我的感覺就是這樣。我告訴吉爾斯派太太說我不能去。她問我為什麼，我說校外教學那天恰巧是穆斯林節日。我不確定她相不相信。

旅行的那天晚上，我和爸媽一起留在家裡，看「女作家推理劇場」。我努力想把注意力集中在劇情上，不去想校外教學的事，思緒卻不住地漫遊。我想像我的同學在這個時間，身穿睡衣，手裡拿著手電筒，額頭貼在鰻魚住的巨大水槽的玻璃上。我覺得心口發緊，在沙發上挪了挪身體。爸爸舒舒服服地坐在另一張沙發上，拿起烤花生往嘴裡丟，被女主角安琪拉·蘭絲貝瑞說的話逗得咯咯笑。我瞥見坐在他旁邊的媽媽憂心忡忡地看著我，臉上籠罩烏雲，但一和我眼神交會，她的表情立刻變得清朗，露出微笑——安靜的、心照不宣的微笑——我一瑟縮，卯足力氣擠出微笑。那天晚上，我夢見自己在海邊，站在水深及腰的海裡，層層疊疊的金色、綠色、寶藍、翡翠綠、青綠的水波，在我臀邊輕輕晃盪；腳邊是成群的魚兒悠游，整座海洋彷彿是我一個人的水族館。魚兒輕拂過我的腳趾，搔起我的小腿肚，成千上萬的輕觸輕拍，七彩繽紛的顏色襯著白沙，閃閃發亮。

那個星期天，爸爸給了我一個驚喜。他讓餐館休息一天——這是他從沒做過的事——開車載我們到蒙特利水族館。那一整天，爸爸都興奮得喋喋不休。這一天會有多好玩啊！他有多麼期待看到鯊魚。我們中午應該吃什麼？他講話時，我想起小時候，他帶我到凱利公園的可愛動物區，以及隔壁的日本花園去看錦鯉。我們幫每一隻魚取名字，然後我拉著他的手，心想，我這輩子再也不需要其他人了。

在水族館裡，我邊走邊玩地看著展示動物。爸爸問我認得哪些魚，我竭盡所能地回答。但是整個地方太亮也太吵，展示的動物太過擁擠，和我想像中校外教學那天晚上的情景完全不同。實在很難熬。要表現得一副玩得很愉快的樣子，讓我筋疲力盡。我開始覺得胃痛。大約一個鐘頭之後，我們就匆匆離去。開車回家的路上，爸爸一直用受傷的眼神瞄著我，彷彿有話要說。我感覺到他的目光緊盯著我。我閉上眼假裝睡覺。

隔年，我上了初中。和我同年齡的女孩都開始塗眼影、擦唇膏；她們去聽Boyz II Mem的演唱會、參加學校舞會，集體到「大美國樂園」約會，坐著起伏旋轉的雲霄飛車驚聲尖叫。同學們開始去參加籃球隊和啦啦隊。西班牙文課坐在我後面、蒼白肌膚上有點點雀斑的那個女生，參加了游泳隊。有一天，下課鈴響之後，我們正在收拾課桌上的東西，她不經意地建議我，不妨也去試試。她不瞭解。我如果在大庭廣眾之下穿泳裝，爸媽一定會覺得有辱門風。反正我也不想。我的身材讓我極度不自在。我腰部以上很瘦，但腰部以下胖得完全不合比例，彷彿地心引力把我的體重全拉到了下半身來。有一種小孩玩的桌上遊戲，是把人體的不同部位拼組成一個人形，而我就是故意組錯，好惹得大家哈哈笑的成品。媽媽說我有「強健的骨架」，還說她母親的身材也像我這樣。但最後她也不再說了，我猜，她是想通了，有哪個女孩喜歡聽人說她骨架很大。

我想過要說服爸爸讓我去參加排球隊。但他把我攬在懷裡，雙手輕輕地捧著我的頭。誰要帶我去練球呢？他解釋說。誰能開車載我去比賽呢？噢，我真希望我們能有這個時間，帕麗，就像妳朋友的爸媽那樣。可是我們，妳媽媽和我，有生活要打拚。我不能讓我們再回去靠救濟金過日子。妳瞭解的，親愛的。我知道妳瞭解。

儘管有生活要打拚，爸爸還是抽出時間載我到坎貝爾去上法爾西語課。每週二下午，學校放學之後，我坐在法爾西語的課堂上，像條逆流往上游游動的魚那樣，想辦法拿起筆，有違天性地從右到左寫字。我求爸爸不要再讓我上法爾西語課，但他拒絕。他說以後我會感激他送給我的這份禮物。他說，如果文化是一幢房子，那麼語言就是開啟屋子大門的鑰匙，讓人可以走進屋內的每一個房間。少了這把鑰匙，他說，你最後就會誤入歧途，沒有合適的家與正當的身分。

此外，每個星期天，他會載著綁上白色棉布頭巾的我，到海沃的清真寺去學《可蘭經》。總共有十來個阿富汗女孩和我一起上課。那個房間很小，沒有空調，聞起來有股床單沒洗的味道；窗戶很小、很高，就像電影裡的牢房窗戶那樣。教我們《可蘭經》的是費爾蒙一家雜貨店的老闆娘。我最喜歡她講先知一生的故事給我們聽，我聽得津津有味——說他小時候住在沙漠裡，說天使加百列如何在山洞裡出現在他面前，要他唸誦經文，還有他那張親切發亮的臉孔，如何打動每一個見到他的人。但是她大部分的時間都花在列清單，告誡我們這些穆斯林少女必須極力避免一大堆事情，免得遭到西方文化腐蝕：男生——第一條禁令當然是男生——但除此之外還有流行音樂、瑪丹娜、電視劇「飛越情海」（Melrose Place）、短褲、跳舞、在大庭廣眾下游泳、啦啦隊、酒精、培根、臘腸、非清真漢堡，以及一長串其他的東西。我坐在地板上，熱得冒汗，雙腳麻痺，好想解開頭上的頭巾，但在清真寺當然不能這麼做。我仰頭看著窗戶，但只能看見窄窄的一小條天空。我渴望著踏出清真寺的那一刻。第一絲清新空氣撲面而來時，我總是感覺到胸口整個鬆開，那個不舒服的結終於解開了。

但是在當時，我唯一的逃避之道，是稍微鬆開心靈的枷鎖。我發現自己不時想著數學課的傑若米．華威克。有雙澄靜藍眼睛的傑若米，是留著黑人頭的白人男生，作風低調、個性壓抑。他在車庫樂團裡彈吉他——他們在學校的年度才藝表演裡演奏了喧鬧的〈日昇之屋〉（*House of the Rising Sun*）。在課堂上，我坐在傑若米左後方，和他隔了四個座位。有時候，我會想像我們兩個接吻，他的手捧著我的頸背、臉貼著我的臉，讓整個世界從我眼中消失。我渾身湧起一種興奮的感覺，宛如溫暖的羽毛輕輕搔著我的肚子、我的四肢。當然，這絕對不會發生。傑若米和我，我們兩個永遠不可能。就算他對我這個人有任何一絲印象，他也沒有透露出任何跡象。這樣很好，真的。這樣一來，我就可以假裝我們無法在一起的唯一原因，是他不喜歡我。

夏天，我在爸媽的餐館工作。年紀比較小的時候，我很喜歡擦桌子、幫忙擺盤子和刀叉、折紙巾，在每張桌子中央的花瓶裡，插上一朵紅色的非洲菊。我假裝自己在家族餐館裡是不可或缺的人物，要是沒有我確保每張桌子的胡椒和鹽罐裝得滿滿的，這家餐館就會土崩瓦解。

進了中學之後，在老爹烤肉店的日子變得漫長炎熱。餐館裡讓小時候的我覺得心醉神迷的光彩已經褪色：牆角那部嗡嗡作響的老舊飲料機、塑膠桌布、有污漬的塑膠杯、護貝菜單上那些俗氣的菜餚名稱——商隊烤肉串、開伯爾隘口香料飯、絲路香雞——還有那張裱了框的海報，《國家地理雜誌》上那個瞪大眼睛的女孩——彷彿有條法令規定，每一家阿富汗餐館都必須讓她在牆上瞪大眼睛看人似的。在海報旁邊，爸爸掛上我七年級畫的油畫：赫拉特的宣禮塔。我還記得他剛掛上畫的時候，看見顧客在畫底下吃烤羊肉，我心裡覺得好驕傲，好光榮。

午餐時間，媽媽和我乒乒乓乓忙碌穿梭，從香料煙味四溢的廚房到有上班族、公務員和警察用餐的餐桌。爸爸負責收銀機——他穿著有油漬的白襯衫，敞開的領口露出灰色的胸毛，衣袖下一雙毛茸茸的粗壯手臂。爸爸面帶笑容，愉快地招呼每個上門的顧客。*哈囉，先生！妳好，小姐！歡迎來老爹烤肉店。我是老爹，能幫您點菜了嗎？*讓我很吃驚的是，他竟然沒發現自己活像是拙劣情境喜劇裡的蠢中東人。接著，我每端上一道菜，爸爸就穿插表演，搖起一只舊銅鈴。爸爸把銅鈴掛在收銀臺後面的牆上，搖鈴原本只是個逗趣的舉動，我想。現在，每道菜端上桌，都會得到銅鈴叮叮噹噹的熱烈歡迎。常客已經習以為常——他們好像連聽都沒聽見——而新顧客會認為鈴聲增添了這個地方的古怪魅力；不過也經常有人抱怨。

*妳不想再搖鈴了，*有天晚上爸爸說。那時是我高三下學期的春天。我們坐在店外的車裡，餐館已經打烊，媽媽把胃痛吃的制酸劑忘在店裡，跑回去拿。爸爸表情沉重。他一整天都心情不好。這條小商店街開始下起毛毛雨。時間很晚了，停車場幾乎是空的，只有肯德基得來速車道有幾部車，以及洗衣店門口停著一輛小貨卡，車裡有兩個人，車窗裡飄出裊裊的煙。

在我不准去搖鈴的時候，反而比較好玩，我說。

所有的事情都是這樣，我想，他重重地嘆一口氣。

我回想起小時候，那鈴聲有多麼令我著迷。爸爸會把我夾在腋下、抬起來，讓我去搖。他把我放下來以後，我的臉還散發著興奮與驕傲的光彩。

爸爸轉開暖氣，雙臂交疊。

巴爾的摩很遠。

我輕快地說，你可以隨時飛去看我啊。

隨時飛去，他用一種嘲諷的語氣說，我賣烤肉維生啊，帕麗。

那我回來看你。

爸爸瞥了我一眼，目光陰鬱。他沉重的心情宛如朝車窗襲來的深沉夜色。

這一個月以來，我天天查看郵箱，只要郵車停在門口，我的心就湧起希望。我把信拿進屋裡，閉上眼睛，心想：就是這封了。睜開眼睛，卻只看見一封封帳單、折價券和抽獎券。然後，上個星期二，我撕開信封，看見我一直在等待的字句：我們很高興通知妳……

我跳起來。我高聲驚叫——真的扯開喉嚨嘶喊，喊得眼眶都濕了。我心中立時浮現一幅景象：畫廊的開幕之夜，我身穿優雅簡單的黑衣，身邊圍繞著贊助人和皺著眉頭的畫評家；我微笑回答他們的問題，許多愛畫人流連在我的油畫前欣賞著，戴白手套的侍者穿梭畫廊，給賓客倒葡萄酒，端上包有小塊鮭魚與蒔蘿或蘆筍的派皮點心。我陷入突如其來的狂喜之中，那種會讓你突然想擁抱陌生人、與他們翩翩起舞的狂喜。

我擔心的是妳媽媽，爸爸說。

我每天晚上都會打電話，我保證。你知道我會的。

爸爸點點頭。一陣風起，停車場入口附近的那幾棵楓樹，樹葉簌簌落下。

妳考慮過，他說，我們討論過的事情嗎？

你是說，專科學校？

只要念一年，或許兩年。讓她有時間可以適應這個想法。然後妳就可以再重新申請。

怒氣猛然湧上心頭，讓我渾身顫抖。爸爸，他們審查過我的考試成績和學習記錄、看過我的簡歷，對我的作品很滿意，不只接受我入學，還提供我獎學金。這是全國最好的藝術學院。這不是你可以拒絕的學校。這樣的機會不會有第二次。

這倒是真的，他說，在座位裡坐直身體。他雙手合掌，對著掌心哈氣。我當然瞭解，我當然很替妳高興。我可以從他臉上看出他內心的掙扎。還有恐懼。不只是替我擔心害怕，擔心我離家三千哩會發生什麼事。他也害怕，怕會失去我，怕我會以自己的遠走高飛為手段，帶給他不幸、撕裂他脆弱的心，就像杜賓狗對付小貓咪那樣。只要我想，我就做得到。

我突然想起他妹妹。那時，我和帕麗的聯繫關係早已經淡了。她的存在曾經像我內心深處的心跳聲，現在我卻很少想起她。隨著歲月流逝，我已經長大，不再需要她，就像我長大之後，不再喜歡我曾經離不開的睡衣與絨毛玩具一樣。但是此時，我再一次想起她，想起我們之間的聯繫關係。發生在她身上的事，如果像是早已在海岸外破碎的波浪，那麼此時浪濤再次襲來、淹沒我的腳踝，然後從我腳邊退去。

爸爸清清嗓子，望著窗外漆黑的天空，以及薄雲掩映的月亮。他的眼睛閃著情感的淚光。

任何東西都會讓我想起妳。

他那溫柔、略帶驚惶的語氣，讓我知道爸爸是個受了傷的人，讓我知道他對我的愛真實、浩瀚、永恆，一如天空，會永遠看顧著我。像這樣的愛，遲早會把你逼進絕境，讓你非作選擇不可：要麼你就掙脫開來，要麼你就忍受這愛的酷刑，即便這愛把你擠壓進比你更小的空間裡。

我從黑漆漆的後座伸出手來，摸他的臉。他的臉頰輕貼在我掌心裡。

*為什麼這麼久啊？*他咕噥說。

她在鎖門吧，我說。我覺得筋疲力盡。我看見媽媽衝上車來。毛毛雨已經變成傾盆大雨。

一個月之後，就在我預訂飛往東岸參觀校園的兩個星期前，媽媽去找巴希里醫師，告訴他說制酸劑對她的胃痛沒用。他讓她去照超音波。他們在她的左卵巢發現一顆胡桃大小的腫瘤。

「爸爸？」

他在躺椅上，一動也不動地坐著，身體無力地往前傾。他穿著運動褲，腳上蓋著格紋羊毛披肩，上身是我前一年買給他的褐色開襟毛衣，裡面搭法蘭絨襯衫。他現在堅持要扣上襯衫的每一顆釦子，讓他看起來既孩子氣又虛弱，對自己的年老力衰聽天由命。今天他的臉看起來有點腫，幾綹沒梳好的白髮垂在額前。他正在看「誰想成為百萬富翁」，一臉嚴肅迷惑的表情。我叫他，他的目光依舊流連在螢幕上，彷彿沒聽見似的，然後才一臉不悅地轉開視線，抬眼看我。他左眼的下眼皮長了一顆小針眼。他需要刮鬍子。

「爸爸，我可以把電視聲音關掉一下嗎？」

「我在看耶。」他說。

「我知道，可是有客人來看你。」我前一天就已經告訴他帕麗．華達堤要來的事，這天早上又說了一遍。但我沒問他是不是記得。我已經學會，不要當場逼問他，因為這會讓他困窘、想自我捍衛，有時候甚至會出言不遜。

我從躺椅的扶手上拿起搖控器，關掉聲音，準備承受他的勃然大怒。他第一次發脾氣的時候，我深信那是裝出來的，只是在演戲。讓我大鬆一口氣的是，這回爸爸並沒有抗議，只從鼻孔裡哼了長長一聲。

我打個手勢，要站在客廳門口的帕麗過來。她緩緩走向我們，我替她拉來一把椅子，擺在爸爸的躺椅旁邊。我看得出來，她非常緊張興奮。她整個人直挺挺的、臉色蒼白，坐在椅子前緣身體前傾、雙膝併攏、雙手交握，臉上的微笑非常僵硬緊繃，連嘴唇都發白了。她一動也不動地凝望爸爸，彷彿她只能和他相聚片刻，她要牢牢記住他的臉。

「爸爸，這位是我對你提過的那個朋友。」

他瞄著坐在對面的這位灰髮婦人。最近以來，他看人的樣子總讓人有些不安，即便是直盯著別人看的時候，臉上也是一點表情都沒有。他看起來失神、封閉，彷彿打算看其他的地方，只是不小心瞥見對方。

帕麗清清嗓子，但開口時，聲音仍然抖顫。「哈囉，阿布杜拉。我是帕麗，很高興見到你。」

他緩緩點頭。我可以看見他臉上湧起一波波不確定與迷惑，彷彿肌肉在抽搐。他的目光從我臉上轉到帕麗臉上，張開嘴，擠出半個微笑。每回覺得有人捉弄他時，他就會露出這樣的表情。

「妳講話有口音。」最後他說。

「她住在法國。」我說，「還有，爸爸，你得說英文。她不會講法爾西語。」

爸爸點點頭。「那麼，妳住在倫敦？」他對帕麗說。

「爸爸！」

「什麼？」他猛然轉頭看我，接著突然意會過來，很不好意思地笑了笑，用英文把剛才的問題再問一遍，「妳住在倫敦？」

「其實是巴黎。」帕麗說，「我住在巴黎的一間小公寓裡。」她的目光還是凝注在他身上。

「我一直想帶我太太去巴黎。蘇塔娜——她叫蘇塔娜，願她安息。她以前老是說，**阿布杜拉，帶我去巴黎。你什麼時候要帶我去巴黎？**」

其實，媽媽不太喜歡旅行。她從來就不懂，為什麼要拋下舒適和熟悉的家，換來長途飛行與拖帶行李的勞頓。她對探索美食一點興趣都沒有——對她來說，所謂的「異國美食」就是泰勒街上外帶的中國菜「橙汁雞」。說來很奇怪，爸爸提到媽媽的事，有時精確得不得了——像是記得她用掌心抓鹽撒在她的菜餚上；或者提到她在講電話的時候，常打斷別人，但在面對面交談時從來不會這麼做——但有時，又錯得離譜。我想，媽媽已經逐漸在他心裡隱去了。隨著時光的流逝，她的面容逐漸沒入陰影之中，對她的回憶逐漸消失，宛如細沙從掌心流失。她成為隱隱約約的輪廓、一個空殼子，讓他覺得必須填補一些虛假的細節與虛構的個性，彷彿虛偽的記憶也比什麼都沒有來得強。

「是啊，巴黎是座宜人的城市。」帕麗說。

「也許我還是應該帶她去。可是她得了癌症。是婦人病——叫什麼來著？——那個……」

「卵巢癌。」我說。

帕麗點點頭，飛快瞄我一眼，目光又轉回爸爸身上。

「她最想去爬艾菲爾鐵塔。妳看過那個鐵塔嗎？」爸爸說。

「艾菲爾鐵塔？」帕麗．華達堤笑起來，「是啊，每天都看見。其實呢，想不看見都沒辦法。」

「妳爬上去過嗎？一直爬到塔頂？」

「我上去過。那上面好漂亮。可是我懼高，所以總覺得不太舒服。不過，天氣晴朗的時候，站在塔頂，你可以看到方圓六十公里以外的地方。當然啦，巴黎的天氣也不是天天都那麼好。」

爸爸咕噥一聲。帕麗受到激勵似的繼續談論艾菲爾鐵塔，說鐵塔花了多少年才蓋好，說鐵塔原本應該在一八八九年世界博覽會之後就拆掉的——但她不像我這麼瞭解爸爸的眼神。他的表情變得呆滯。她不明白他已經不再注意她，他的思緒像落葉那樣改變了方向。帕麗往前挨近爸爸一些。「你知道嗎，阿布杜拉，」她說，「鐵塔每隔七年就重新粉刷一次？」

「妳說妳叫什麼名字？」爸爸說。

「帕麗。」

「這是我女兒的名字。」

「是啊，我知道。」

「妳和她同名，」爸爸說，「妳們兩個。妳們兩個同名。同一個名字。」他咳了幾聲，心不在焉地摳著躺椅扶手皮面上的裂縫。

「阿布杜拉，我可以問你一個問題嗎？」

爸爸聳聳肩。

帕麗抬頭看我，彷彿在徵求我同意似的。我點點頭，要她問吧。她在椅子裡傾前身體。「你怎麼會決定給女兒取這個名字？」

爸爸的目光轉到窗外，手指甲依舊摳著躺椅扶手上的那個裂縫。

「你記得嗎，阿布杜拉？為什麼取這個名字？」

他搖搖頭，握起拳頭，用力拉著開襟毛衣，緊緊裹在脖子上。他緊閉雙唇，低聲哼著歌。每回焦慮失措，找不出話回答的時候，或是所有的東西模糊成一片、一大堆錯亂無序的思緒湧現心頭，迫切等待黑暗迷霧消散澄清之際，他就會哼起這首曲子。

「阿布杜拉？這是什麼歌？」帕麗說。

「沒什麼。」他喃喃說。

「不，你哼的這首歌，是什麼歌？」

他轉頭看我，一臉無助。他不知道。

「好像是一首搖籃曲，」我說，「記得嗎，爸爸？你說是你小時候學會的。你說你是跟你媽媽學的。」

「好吧。」

「你可以唱給我聽嗎？」帕麗連忙說，語氣裡有著急切。「拜託，阿布杜拉，可以唱給我聽嗎？」

他低下頭，緩緩地搖著。

「唱吧，爸爸。」我輕聲說，一手貼在他瘦伶伶的肩膀上，「不要緊的。」

爸爸沒抬起頭，很遲疑地用高亢顫抖的聲音反覆唱著兩句歌詞：

我看見有個傷心的小精靈
在紙樹的樹蔭下

「他老是說還有第二段歌詞，」我對帕麗說，「可是他已經不記得了。」

帕麗．華達堤突然迸出笑聲，宛如粗嘎深層的哭聲。她掩住嘴巴。「啊，天啊，」她輕聲說。她放開手，用法爾西語唱道：

我知道有個傷心的小精靈
在夜裡被風吹走

爸爸額頭的皺紋加深了。在那轉瞬即逝的片刻，我覺得我瞥見他眼裡出現一抹閃光。但瞬即消逝，他的臉再次變得面無表情。他搖搖頭，「不，不，我覺得不是這樣唱的。」

「噢，阿布杜拉……」帕麗說。

帕麗的眼中盈滿淚水。她綻開微笑，把爸爸的雙手握在手中，親吻他的手背，用他的掌心輕搓她的臉頰。爸爸咧嘴笑，眼中同樣滿是淚水。帕麗抬頭看我，眨著眼睛逼回喜悅的眼淚。我看得出來，她認為自己已經突破障礙，就像童話故事裡的仙女那樣，用這神奇的旋律找回她失散已久的哥哥。但她很快就會明白，他的動作純粹只是對她溫暖撫觸與善意舉止的回應。這只是動物的本能，除此之外什麼都不是。我很清楚，痛苦而清楚。

巴希里醫生給我安寧照護醫院的電話。在這之前的幾個月，媽媽和我到聖塔克魯茲山旅行，在一家旅館度週末。媽媽不喜歡長途旅行，但是在她病情惡化到不能出遊之前，我們，她和我，不時來場小旅行。爸爸打理餐館，我開車載媽媽到波德佳海灣或蘇薩利托，或到舊金山，住進聯合廣場附近的旅館。我們窩在房間裡，叫客房服務、看付費電影；然後，我們到碼頭去——媽媽對騙觀光客的花招毫無招架之力——我們買霜淇淋、看海獅在碼頭旁邊的水裡浮浮沉沉。我們把銅板丟進街頭吉他手面前的盒子，以及啞劇演員、渾身漆彩的假機器人背包裡；我們每回必去當代美術館，我手挽著她的手，帶她欣賞里維拉、芙烈達．卡羅、馬蒂斯和波拉克的作品。再不然我們就去看媽媽最愛的日場電影，一次看上兩、三部，天黑時出了電影院，雙眼迷離、耳朵嗡叫，手指滿是爆米花的味道。

和媽媽在一起比較輕鬆——向來都是——比較沒那麼複雜、沒那麼辛苦。我不必太過小心提防。我不必時時注意自己說的話，免得不小心揭了傷口。那些個和她一起出遊的週末，很像是窩在柔軟的雲朵上，在那幾天的時間裡，困擾我的一切問題，全都在遠遠的地面，離我好幾千哩。

到聖塔克魯茲山的那趟旅行，我們慶祝她結束又一次的化療療程——結果也是她的最後一次化療。那家飯店風景優美、與世隔絕，有SPA和健身房，還有一間有大螢幕電視及撞球桌的遊戲間。我們的房間是一間小屋，站在小屋的木門廊上可以望見游泳池、餐廳，以及大片高聳入雲的紅木林。有些樹離房間好近，連竄上樹幹的松鼠毛色都看得一清二楚。住在那裡的第一個早晨，媽媽叫醒我，快，帕麗，快來看。有隻鹿在我們窗外的灌木裡吃樹葉。

我推著她的輪椅逛花園。大家都在看我，媽媽說。我推她到噴泉旁邊，找張長椅坐下，太陽曬得我們的臉暖洋洋的，我們看著蜂鳥在花叢中飛躍穿梭。我一直等到她睡著，才推她回我們的小屋。

週日下午，我們在餐廳外面的露臺喝茶、吃可頌麵包。餐廳非常寬敞，天花板高得像教堂一樣，裡面有書櫃，牆上掛有捕夢網，還有貨真價實的石壁爐。在露臺下方的平臺上，一對年輕男女有一搭沒一搭地打著乒乓球。男孩長得活像苦行僧，女孩一頭塌塌扁扁的金髮。

我們得給我的眉毛想想辦法，媽媽說。她在毛衣外面套上冬季外套、頭戴栗色羊毛帽。這頂帽子是她一年半之前，套句她的話說，也就是在這一切節目開始之際，為自己織的。

我會幫妳畫眉毛。我說。

那就畫得誇張一點。

像《埃及豔后》裡的伊麗莎白．泰勒那麼誇張？

她虛弱地咧嘴一笑。有何不可呢？她啜了一小口茶。笑容讓她臉上的一道道皺紋變得更深。認識阿布杜拉的時候，我在帕夏瓦路邊賣衣服。他說我的眉毛很漂亮。

打乒乓球的那兩個人已經丟開球拍，靠在木欄杆上，一起抽一根菸，仰望只有幾絲雲朵的燦亮晴空。那女孩有雙修長削瘦的手臂。

我在報紙上看到，今天在卡皮托拉有手工藝術節，我說。如果妳想去，我們就開車去看看。如果妳願意的話，我們甚至可以在那裡吃晚飯。

帕麗？

嗯。

我想告訴妳一件事。

好啊。

阿布杜拉在帕夏瓦有個弟弟。媽媽說。同父異母的弟弟。

我猛然轉頭看她。

他叫伊奎巴。他有好幾個兒子，住在帕夏瓦附近的難民營。

我放下杯子，正要開口，但她打斷我。

我現在告訴妳了，不是嗎？這才是最重要的。妳爸爸有他的理由。我想妳以後總會明白。最重要的是，他有個同父異母的弟弟，而且他一直寄錢去接濟他們。

她告訴我，多年以來，爸爸每三個月寄一千美元給這位伊奎巴——他的同父異母弟弟、我的叔叔，這個想法讓我心頭一痛——透過西聯匯款，把錢匯到帕夏瓦的銀行。

妳現在為什麼要告訴我？我問。

因為我認為妳應該知道，雖然他不這麼想。況且，妳很快就要負責管帳，到那個時候，妳反正也會發現。

我轉開頭，看著一隻貓。牠豎起尾巴，鬼鬼祟祟地走近那對打乒乓球的情侶。那女孩伸手摸牠，貓先是緊張起來，接著靠在欄杆上，讓女孩從牠的耳朵一路摸到背上。我心頭一片混亂。我在國外有親人。

妳管帳還要管很久呢，媽媽。我竭力掩飾聲音裡的顫動。

一晌凝重的沉默。媽媽再開口時，聲調更低，也更緩，很像小時候到清真寺參加喪禮時，她會在出發前蹲在我身邊，耐心解釋我應該在入口脫鞋、應該在禱告時保持安靜，不吵鬧不抱怨，並提醒我應該先去上廁所，免得待會兒想上。

我沒辦法，她說。而且妳也不應該認為我可以繼續管。時間到了，妳必須作好準備。

我呼了一口氣。有個硬硬的東西卡在喉嚨。不知什麼地方，有鏈鋸的聲音響起，那逐漸增強的噪音，與寂靜的樹林形成怪異的強烈對比。

妳父親和小孩子一樣，很怕被拋棄。沒有妳在身邊，他就會失去方向，帕麗，而且再也找不到路回來。

我強迫自己看著那些樹。大片陽光灑落在如羽毛般的樹葉，以及樹幹粗糙的樹皮上。我把舌尖伸到門牙底下，用力一咬。我眼裡湧起淚水，嘴裡滿是血液的銅腥味。

弟弟，我說。

沒錯。

我有很多問題。

那就晚上問我吧。趁我還不太累的時候問。妳想知道什麼，我都會告訴妳。

我點點頭，大口喝掉杯裡已經變涼的茶。附近的餐桌上，有對中年夫婦互相交換報紙看。那位表情開朗的紅髮太太從報紙頂端悄悄打量我們，目光從我轉到媽媽身上，看著媽媽灰暗的臉色、頭上的毛線帽、布滿瘀青的雙手、凹陷的眼睛，以及瘦骨嶙峋的笑容。我迎上她的目光，她微微一笑，彷彿我倆之間有著心照不宣的祕密，而我知道，她也感覺到了。

妳覺得怎麼樣呢，媽媽？手工藝術節，妳想去嗎？

媽媽的目光在我身上逗留了一會兒。她那雙眼睛對她的頭來說，顯得有點太大；而她的頭對她的肩膀來說，也太大了。

我需要去買頂新帽子，她說。

我把餐巾丟在桌上，椅子往後推，繞到桌子的另一邊。我打開輪椅的制動器，推她離開餐桌。

帕麗？媽媽說。

什麼？

她把頭往後扭，抬眼看我。陽光穿透林木枝葉，給她的臉灑上星星點點的亮光。妳知道上主把妳造得多堅強嗎？她說，上主把妳造得多麼堅強、多麼善良？

心智的運轉，實在是難以解釋。例如眼前的這一刻。媽媽和我這麼多年來所共享的無數時刻，沒有一刻比得上這一瞬間的璀璨眩亮，讓我內心深處響起轟然巨響、天搖地動：媽媽揚起頭看我，臉孔朝上，皮膚上閃閃爍爍的流金碎光；她問我，知不知道上主把我造得多堅強、多善良。

爸爸在躺椅上睡著之後，帕麗輕輕幫他拉上開襟毛衣的拉鍊、蓋好披肩。她幫他把一綹髮絲塞到耳後，站在那裡好一會兒，看著沉睡的他。我也喜歡看他睡覺，因為這樣就看不出來他有任何異樣。閉上眼睛，他茫然的眼神不見了，呆滯的目光不見了，心不在焉的凝視不見了，看起來反而更為熟悉。沉睡的他看起來更有意識、更具體存在，彷彿他過往的自我慢慢回到他身上。我很想知道，看著躺在枕頭上的他，帕麗是不是也看得出來他以前是什麼模樣，他以前是怎麼哈哈大笑的。

我們走出客廳到廚房。我從櫃子上拿起水壺，往水槽裡加水。

「我要給妳看樣東西。」帕麗說。她的語氣裡透著興奮。她坐在餐桌旁，翻起她之前從行李箱裡拿出來的相簿。

「我煮的咖啡恐怕及不上巴黎的水準。」我把水從壺裡倒進咖啡機，轉頭對她說。

「妳放心，我不是那種裝腔作勢的咖啡狂。」她已經解下那條黃色絲巾，戴上老花眼鏡，看著照片。

咖啡壺開始咕嚕咕嚕響，我在帕麗身邊坐下。「*Ah, oui. Voilà.* 在這裡。」她說。她把相簿轉過來、推到我面前，手指拍著一張照片。「就是這個地方。妳父親和我出生的地方。還有我們的弟弟伊奎巴。」

她第一次從巴黎打電話給我的時候，就提到伊奎巴的名字——或許是作為證據，要我相信她說的是實話、相信她的身分。但我早就知道她說的是實話，早在我拿起聽筒、聽到她叫出我爸爸的名字、問這裡是不是他家的那一瞬間，我就已經知道了。我說，是的，請問您是？她說，我是他妹妹。我的心臟狂跳。我慌忙抓張椅子坐下，周圍的一切陡然靜得連一根針落地都聽得見。我當然很震驚，像是一齣三幕戲演到最後一幕的戲劇化情節，是絕少在真實人生裡出現的事。但是從另一個角度來說——全然違反理性、更為脆弱的另一個角度，一個甚至只要一出聲就會碎裂離析的角度——她打電話來，我一點都不意外。彷彿我早就預料到了，彷彿我這一輩子都在等待這一天，透過某種令人目眩神迷的巧妙安排，或因緣，或機遇，或命運，或隨你喜歡怎麼叫都行的東西，我們，她和我，終會找到彼此。

我拿著聽筒走進後院，坐在菜園旁邊的椅子上。媽媽在這裡種了甜椒和巨大的櫛瓜，我接手繼續種。太陽照得我脖子暖暖的，我用顫抖的手點起一根菸。

我知道妳是誰，我說，我這輩子始終知道。

話筒的另一端沉默著，但我感覺到她無聲地哭泣，感覺到她拿開話筒哭。

我們談了差不多一個鐘頭。我告訴她，我知道她的事，因為小時候，我總是要求爸爸把她的故事當床邊故事說給我聽。帕麗說她倒不知道自己的身世，而且若不是舅舅納比在喀布爾過世之前留下一封信、詳細述說了她的童年與其他事情，她很可能到死都不知道自己的身世。納比的信留給在喀布爾工作的一位外科醫師。名叫馬柯斯．瓦佛里斯的這位醫師，於是開始找尋帕麗的下落，最後在法國找到了她。那年夏天，帕麗飛到喀布爾，和馬柯斯．瓦佛里斯會面，他安排她到沙德巴格去。

我們的交談快結束前，我察覺到她鼓起勇氣，終於說：嗯，我想我準備好了。我可以和他說話嗎？

這時我才把他的情況告訴她。

我把那本相簿拉近面前，仔細看帕麗指著的那張照片。我看見一片閃閃發亮的白色高牆，牆頭圍著倒刺鐵絲，牆裡則坐落著一幢豪宅，或者應該說是某人對豪宅的可怕誤解：三層樓高，粉紅、綠色、黃色、白色交錯，有護牆、塔樓、飛簷、馬賽克和鏡面的帷幕玻璃。一幢錯得離譜、矯揉造作的紀念碑。

「天啊！」我低聲說。

「*C'est affreux, non?*（很醜，對吧？）」帕麗說，「太可怕了。阿富汗人把這裡叫作『毒宮』。這房子的主人是個人盡皆知的戰犯。」

「所以現在沙德巴格就變成這樣了？」

「舊巴格沙德村變成這樣。這幢房子，和很多畝的果樹——英文應該怎麼說——*des vergers?*」

「果園。」

「沒錯。」她的手指摸著照片上的那幢豪宅。「我真希望知道我們的老家究竟在哪裡；我的意思是在這幢宮殿的哪一個部分。如果能知道精確的地點，就太好了。」

她告訴我，新沙德巴格——一座頗有規模的小鎮，有學校、診所、商業區，甚至還有一家小旅館——建在離舊村子約兩哩外的地方。她和傳譯到鎮上去找她同父異母的弟弟。帕麗第一次打電話給我的時候，就詳盡地告訴我這一切經過，說鎮上似乎沒人認識伊奎巴；後來她碰到一個認識他的老人，說他是伊奎巴小時候的朋友，看過他和家人住在舊磨坊附近的空地。伊奎巴告訴這位老朋友，他在巴基斯坦的時候，住在北加州的哥哥曾經寄錢給他。我問他，帕麗在電話上說，我問他，伊奎巴有沒有告訴你，他哥哥叫什麼名字？那個老人說，有啊，叫阿布杜拉。接下來，其他的就不難了；我指的是找到妳和妳父親。

我問伊奎巴的朋友，伊奎巴人在哪裡，帕麗說。我問說他出了什麼事；那老頭說他不知道。可是他看起來好緊張，說話的時候都不敢看我。我想，帕麗，我擔心伊奎巴是出事了。

她又翻動相簿，讓我看更多照片。她的兒女——亞倫、伊莎貝兒和蒂埃里——以及她的孫兒女——

在生日派對上，穿著泳衣泳褲坐在游泳池邊；她在巴黎的公寓，粉藍牆壁、白色百葉窗垂在窗臺上，一架架的書；她在大學裡那間亂糟糟的辦公室。在因為類風濕性關節炎而不得不退休之前，她在大學教數學。

我翻著相簿，她一一說明照片裡的人物——她的老朋友蔻蕾特、伊莎貝兒的丈夫亞伯特、帕麗的丈夫艾瑞克。艾瑞克是劇作家，一九九七年因心臟病過世。我端詳著一張照片：照片裡的他倆年輕得不可思議，坐在某家餐廳的橘色坐墊上，她穿白襯衫、他穿T恤，一頭塌扁的長髮紮成馬尾。

「這是我們認識那天晚上拍的。」帕麗說，「是朋友的刻意安排。」

「他看起來很和善。」

帕麗點點頭。「是啊。我們結婚的時候，我心想，噢，我們一定能天長地久。我心裡是這麼想。至少三十年，甚至四十年、五十年，如果我們運氣好的話。有什麼不可以呢？」她盯著照片看了好久，微微露出笑意。「但是時間啊，就像魅力。你擁有的永遠不如你想像的多。」她推開相簿，啜了一口咖啡。「妳呢？妳沒結婚？」

我聳聳肩，又翻過一頁。「有一次差點成了。」

「差點成了？」

「我的意思是我差點結婚了。但是沒能真的到互許終身的階段。」

這不是事實。那段往事痛苦、不堪回首。即便到了今天，只要一想起來，我的胸口仍然隱隱作痛。

她垂下頭。「對不起，我不該問這麼無禮的問題。」

「不，沒事的。他找到另一個對象，比我更漂亮，也沒那麼……累贅，我想。說到漂亮，這位是誰？」

我指著一位容貌出眾的女子。烏黑的長髮、大大的眼睛。在照片裡，她拿著一根菸，滿臉無聊

——手肘緊貼在身體旁邊，漫不經心地歪著頭——但她的眼神桀驁不馴，充滿穿透力。

「這是媽媽。我母親，妮拉・華達堤。噢，我一直以為她是我母親，妳知道的。」

「她好漂亮。」

「她是很漂亮。她自殺了，一九七四年。」

「我很遺憾。」

「不，不，無所謂的。」她用拇指指側心不在焉地摸著照片。「媽媽很優雅，也很有才華。她愛看書，對很多事情都有強烈的看法，而且也總是很直率地說出口。可是她心裡也有很深的哀傷。我這一輩子始終覺得，她彷彿遞給我一把鏟子，說：**把我心裡的洞填滿吧，帕麗。**」

我點點頭。我覺得我瞭解這樣的滋味。

「可是我辦不到。後來，我根本不想這麼做。我淨做一些任性的事，不顧後果。」她往後靠在椅背上，肩膀垮了下來，瘦白的雙手擱在腿上。她想了想，說：「*J'aurais dû être plus gentille*——我應該對她好一點的。只有這樣才不會後悔。你老了之後才不會想，啊，真希望我沒對那個人那麼壞。你絕對不會這麼想。」有那麼一會兒，她一臉深受打擊的樣子，像個無助的小女生。「應該沒那麼困難才對，」她疲憊地說，「我應該要對她好一點。我應該要像妳這樣。」

她重重吐了一口氣，啪一聲合上相簿。沉默了一會兒之後，她輕快地說，「啊，*bon*。我想麻煩妳一件事。」

「請說。」

「可以讓我看看妳的作品嗎？」

我們相視而笑。

帕麗陪爸爸與我住了一個月。早晨，我們在廚房一起吃早餐。帕麗吃吐司配黑咖啡，我吃優格，爸爸則是他從去年以來喜歡吃的炒蛋與麵包。我擔心吃這麼多蛋會讓他膽固醇增高，有一回爸爸看醫生的時候，我特地問了巴希里醫師。巴希里抿著嘴對我笑笑，說，噢，我才不擔心這個問題呢。這個回答讓我安心，直到我幫爸爸繫上安全帶的時候才想到，巴希里醫師的意思或許是：我們已經不需要擔心這個問題了。

早餐後，我回到我的辦公室——也就是我的臥室——我工作的時候，帕麗陪爸爸。她請我寫下他喜歡看的電視節目時刻表、他什麼時間要吃上午的藥、他喜歡吃什麼點心、習慣什麼時候吃。是帕麗要我寫下來的。

妳只要進來問我就行了，我說。

我不想打擾妳，她說。而且我想瞭解。我想瞭解他。

我沒告訴她，她永遠無法以她渴望的方式瞭解他。我教她一些訣竅。例如，爸爸開始生氣的時候，通常可以讓他安靜下來的方法，雖然未必每次都奏效——為什麼有效，我至今仍不明白——也就是迅速遞給他一本郵購目錄或家具特賣型錄。我留了一大堆這種目錄和型錄。

要是妳想讓他睡一下，就轉到氣象頻道，或是和高爾夫球有關的節目。而且絕對不要讓他看烹飪的節目。

為什麼不要給他看？

烹飪節目會惹他生氣。

午餐之後，我們三個一起出門散步。因為他們兩個的關係，我們通常都走得不遠——爸爸很容易累，而帕麗有關節炎的毛病。爸爸頭戴陳舊的鴨舌帽、身穿開襟毛衣，腳上一雙鑲毛邊的莫卡辛便鞋，眼神警覺、腳步蹣跚，夾在帕麗和我之間，沿著人行道往前走。轉過街角有一所中學，那裡有座疏於整理的足球場，再過去，是我常帶爸爸去的遊戲場。我們在那裡總是會碰上一、兩個年輕媽媽，手推車停在附近，小小孩在沙坑裡玩。偶爾還會有青少年情侶，蹺課在這裡閒晃、抽菸。他們幾乎不看爸爸——那些青少年——就算偶爾瞥上一眼，也是冷淡漠然，甚至微帶不屑，彷彿我父親不該讓年邁與老朽來污染他們的視線。

有一天，我工作到一半，起身到廚房再倒一杯咖啡，發現他倆一起在看電影。爸爸坐在躺椅上，腳上的便鞋從毯子裡伸出來，頭往前傾，嘴巴微微張開，眉毛不知是專注或困惑地蹙在一起。帕麗坐在他旁邊，雙手交疊在腿上，腳踝交叉。

「這是誰？」爸爸說。

「拉提卡[37]。」

「拉提卡。貧民窟出身的那個小女孩。沒辦法跳上火車的那個女生。」

「她看起來不小了。」

「是啊，已經過了好幾年啦。」帕麗說，「她現在長大了，你知道。」

一個星期之前，在遊戲場，我們三個一起坐在長椅上，帕麗說，阿布杜拉，你記得你小時候有個妹妹嗎？

37 電影《貧民百萬富翁》的女主角，爸爸與帕麗看的正是這部電影。

她話還沒說完，爸爸就開始哭。帕麗攬著爸爸，讓他的頭貼在她胸口，一遍又一遍地說，對不起、對不起，雙手抹著他的臉頰。但爸爸還是哭個不停，哭到開始咳嗽。

「你知道這是誰嗎，阿布杜拉？」

爸爸咕噥一聲。

「這是賈默。參加電視競賽節目的那個男生。」

「他不是。」爸爸粗聲粗氣地說。

「你覺得不是？」

「他在端茶。」

「沒錯，可是——這該怎麼說——這是過去的事。以前的事。是……」

回想，我對著咖啡杯無聲地說。

「電視競賽是現在，阿布杜拉。而他端茶，是以前的事。」

爸爸眼神空洞地眨了眨。螢幕上，賈默和薩林坐在孟買的高樓上，雙腳懸空晃啊晃的。

帕麗看著他，彷彿在等待他眼神清晰洞明的那一刻到來。「我問你，阿布杜拉，」她說，「如果有一天，你有了一百萬，你想做什麼？」

爸爸露出一臉怪相，調整了一下重心，然後在躺椅裡伸長身體。

「我知道我會做什麼。」帕麗說。

爸爸面無表情地看她。

「如果贏了一百萬，我就在這條街上買一幢房子。這樣一來，我們就可以當鄰居：你和我，我每天都可以過來，和你一起看電視。」

爸爸咧嘴笑。

但是才過幾分鐘，我回房間裡戴上耳機開始打字，就聽見有東西破掉，發出很大的聲響。爸爸用法爾西語高聲叫嚷著。我扯下耳機，衝進廚房，看見帕麗背靠在擺放微波爐的那面牆壁，雙手緊緊抱住自己，保護似的抵住下巴；爸爸眼神凶惡，拿起手杖戳著她的肩膀。玻璃杯的碎片在他們腳邊閃閃發亮。

「叫她滾出去！」爸爸一看見我就扯開喉嚨說：「我要這個女人滾出我家！」

「爸爸！」

帕麗雙頰慘白，眼睛湧起淚水。

「把手杖放下，爸爸，看在老天的份上！別動，你會割到腳！」

我把手杖從爸爸手裡搶過來，但他讓我費了好一番勁。

「我要這個女人滾！她是小偷！」

「他在說什麼啊？」帕麗哀慘地說。

「她偷了我的藥！」

「那是她的藥，爸爸。」我說。我一手摟著他的肩膀，帶他走出廚房。我的手掌感覺到他的顫抖。經過帕麗身邊時，他差點就又衝向她，我不得不拉住他。「沒事了，夠了，爸爸。那是她的藥，不是你的。那藥是治她手的。」走向躺椅的時候，我抓起茶几上的型錄。

「我不信任這個女人。」爸爸倒向躺椅的時候說，「妳不知道。但是我知道。我一眼就看得出來誰是小偷！」他喘著氣從我手裡搶過型錄，開始用力翻著。然後他把型錄摔在腿上，抬頭看我，眉毛挑得老高。「她也是可惡的騙子。妳知道她跟我說什麼嗎，這個女人？妳知道她是怎麼說的嗎？說她是我妹妹！**我妹妹**！叫蘇塔娜來聽聽看！」

「沒事了，爸爸。我們待會兒再一起告訴她吧。」

「瘋女人。」

「我們說給媽媽聽，然後我們一起哈哈大笑，把這個瘋女人趕出去。現在，你放鬆下來，爸爸。一切都沒事了。看。」

我把電視轉到氣象頻道，坐在他旁邊，輕輕搓著他的肩膀，直到他不再顫抖，呼吸恢復平緩。不到五分鐘，他就睡著了。

回到廚房裡，帕麗癱坐在地板上，背靠著洗碗機。她嚇壞了，用紙巾輕輕擦著眼睛。

「真的很對不起，」她說，「我太不小心了。」

「沒關係的。」我說，伸手到水槽底下拿出掃帚和畚箕。在一地的玻璃碎片裡，我看見幾顆粉紅與橘色的藥丸。我一顆一顆撿起來，然後掃掉油氈地毯上的碎玻璃。

「*je suis une imbécile.* 我有好多話想告訴他。我以為如果告訴他事實……我不知道我到底在想什麼。」

我把玻璃碎片倒進垃圾桶，跪下來，拉開帕麗襯衫的領子，看看她肩膀上被爸爸戳到的地方。「這裡會瘀青。這可是我的經驗之談。」

她打開手掌，我把藥丸放進她掌心。「他經常這樣？」她問。

「他有時候會很蠻不講理。」

「妳有沒有考慮過找專業照護？」

我嘆口氣，點點頭。我最近經常想到，總有一天早上，我會在空蕩蕩的家裡醒來，而爸爸蜷縮在陌生的床上，瞪著由陌生人端來給他的早餐餐盤；爸爸窩在某個活動室的桌子後面打瞌睡。

「我知道，」我說，「可是時候還沒到。我想盡可能自己照顧他，愈久愈好。」

帕麗微微一笑，擤著鼻子。「我瞭解。」

我不確定她是不是瞭解。我沒告訴她另一個理由，一個我連對自己都沒辦法承認的理由。也就是，儘管我始終渴望自由，但我也害怕自由。我不知道爸爸離開之後，我會碰上什麼事、要如何自處。這一輩子，我都像隻水族館裡的魚，安全無虞地生活在玻璃水槽裡，隔著一層透明卻無法穿透的屏障，隨心所欲地觀察閃亮的世界；只要願意，甚至可以想像自己置身其中。但是我始終被困在無法撼動的堅硬圍牆裡，這是爸爸為我建造、讓我無法越雷池一步的圍牆，在我年紀還小時，他是刻意困住我的，而今，隨著他一天天老邁衰弱，雖是無意，但還是困住了我。我想我是慢慢適應了這面玻璃圍牆，而且很擔心玻璃破裂、孤獨無依的那一天，我會流進開闊未知的世界，無助失落地掙扎，喘不過氣來。

我不願承認的事實是，我始終需要爸爸在我背上的重量。

否則，在爸爸要求我別去巴爾的摩的時候，我怎麼會一點都不抵抗，放棄了我對藝術學院的夢想？否則，我怎麼會離開在幾年前互許終身的尼爾？尼爾有一家小型的太陽能板安裝公司。他到老爹烤肉店吃飯，我幫他點菜，在他抬頭看我、咧嘴一笑的那一瞬間，我就喜歡上了他那張皺成一團的國字臉。他很有耐心、態度和善，脾氣溫和。我對帕麗說的並不是事實。尼爾並不是為了比我漂亮的女人而離開我。是我蓄意刁難他。就算他答應改信伊斯蘭教，答應去學法爾西語，我還是不斷挑其他毛病、找其他藉口。最後，我驚慌失措，躲回家裡，躲回我生活的小天地、小角落，小縫隙裡。

帕麗從我身邊站起來。我看著她撫平衣服的皺摺，再一次覺得她人在這裡，離我僅只幾吋，真是莫大的奇蹟。

「我想給妳看樣東西。」我說。

我站起來，走進我的房間。賴在家裡不走的一個好處是，不會有人清理你的舊房間，把你的玩具拿去車庫拍賣，送走你已經穿不下的衣服。我知道身為年近三十的女人，我房間裡保存的童年遺物實在是太多了。這些東西大多塞在我床腳的大箱子裡。我打開箱蓋，裡面有舊的洋娃娃、一隻真的有馬鬃可刷的粉紅馬、圖畫書，小學時代用腰豆、亮片和小星星幫爸媽做的生日卡與情人卡。尼爾和我最後一次見面是我們分手的那一天，他對我說，我沒辦法等妳，帕麗。我沒辦法等妳長大。

我關上箱蓋，回到客廳。帕麗已經坐回爸爸對面的那張沙發了。我在她身邊坐下。

「妳看。」我交給她一疊明信片。

她拿起擺在茶几上的老花眼鏡，打開綁住明信片的橡皮筋。看著第一張的時候，她皺起眉頭。那是拉斯維加斯的照片，凱撒宮的夜景，金碧輝煌、燈光明燦。她翻到背面，朗聲唸出上面的文字：

一九九二年七月二十一日

親愛的帕麗：

妳一定不相信這個地方有多熱。今天爸爸把手掌貼在我們租來那輛車的引擎蓋上，結果燙出水泡來了！媽媽給他敷上牙膏。凱撒宮裡有古羅馬士兵，帶劍、穿盔甲、披紅斗蓬。爸爸一直想要媽媽去和他們合照，但是媽媽不肯。不過我拍了！我回家以後拿給妳看。就這樣了。我想妳，真希望妳在我身邊。

帕麗

P.S. 寫明信片的時候，我正在吃最不可思議的冰淇淋聖代。

她拿起第二張明信片。赫氏古堡。她低聲唸上面的文字。他有自己的動物園！這不是很酷嗎？袋鼠、斑馬、羚羊、雙峰駱駝——有兩個駝峰耶！一張狄士尼樂園的明信片，米老鼠戴著魔術帽，揮舞魔棒。吊在天花板的那個人掉下來的時候，媽媽尖叫！妳應該聽聽她的叫聲！拉荷亞海灣。大蘇爾。十七哩海岸公路。穆爾紅木森林。太浩湖。我好想妳，妳一定會喜歡這裡的。真希望妳在我身邊。

真希望妳在我身邊。

真希望妳在我身邊。

帕麗摘下眼鏡。「妳寄明信片給自己？」

我搖搖頭。「是寄給妳。」我笑起來，「實在很糗。」

帕麗把明信片擺在茶几上，挨近我。「告訴我吧。」

我低頭看著雙手，轉動腕上的手錶。「我以前會假裝我們是一對雙胞胎姊妹，妳和我。除了我，誰也看不見妳。我什麼事都告訴妳，我所有的祕密。妳對我來說是活生生存在的、總是在我身邊。因為有妳，我才覺得沒那麼孤單。我們就像是*Doppelgängers*[38]；妳知道這個名詞？」

她眼裡漾起微笑。「我知道。」

我以前常想像我們是同一棵樹上的兩片樹葉，被風吹散，相隔數哩，卻還是因為那棵盤根錯節的樹而彼此相繫。

「至於我，恰好相反。」帕麗說，「妳說妳總是感覺到有另一個人的存在，我卻總是感覺到身邊

38 德文，「分身」之意。

少了另一個人。不明所以地隱隱作痛。我像個病人，無法對醫生解釋我哪裡痛，只知道我在痛。」她把手貼在我的手上，我們兩個沉默了好一晌。

在躺椅上的爸爸咕噥一聲，翻了個身。

「真的很遺憾。」我說。

「什麼事很遺憾？」

「你們太晚重逢了。」

「但是我們終究重逢了，不是嗎？」她說，聲音充滿感情，「他現在就是這個樣子，沒關係的。我覺得很快樂。我找回了我失去的一部分。」她捏捏我的手，「而且我找到了妳，帕麗。」

她的話喚醒了我童年的渴望。我記得我以前感到孤單的時候，就輕輕喚她的名字——**我們**的名字——然後摒住呼吸、等待回音。總有一天會響起的回音。此時此刻，在客廳裡，聽她輕喚我的名字，分隔我們的年歲彷彿在剎那間折疊再折疊，時光折疊到小之又小，什麼都不剩，只剩下一張照片、一紙明信片，載送我童年最美好最璀燦的記憶來到我身邊，坐在這裡、握著我的手，輕輕叫喚我的名字。我們的名字。我感覺到微微一震，心裡有個什麼東西噹啷一聲復位了。有個很久以前撕裂的東西重新癒合起來；我感覺到胸口輕輕抽動，另一個心臟在我的心臟旁邊輕聲跳動。

躺椅上的爸爸用手肘撐起身體，揉揉眼睛，看著我們。「妳們兩個女生在打什麼主意啊？」

他咧嘴笑。

另一首搖籃曲。這唱的是亞維農的橋。

帕麗輕輕唱給我聽，然後唸出歌詞。

在亞維農的橋上
我們跳舞，我們跳舞
在亞維農的橋上
我們圍個圈圈跳舞

「這是我小時候，媽媽教我的。」她說。她把圍巾的結打得更緊一些，抵擋狂吹過來的寒風。這天很冷，但天空澄藍、陽光強烈，照耀在鐵灰色的隆河，把河面變成無數道閃爍的金光。「每一個法國小孩都會唱這首歌。」

我們坐在面對隆河的木頭長椅上。我一面聽著她翻譯歌詞，一面讚嘆河對岸的城市。最近才知曉家族史的我，對這個充滿歷史、詳盡記錄歷史、完整保存歷史的地方，心生敬畏。這簡直是奇蹟。這座城市的點點滴滴都是奇蹟。我覺得不可置信：這裡的空氣如此澄清，風吹過河面，讓河水輕拍石岸；這裡的光線如此飽滿豐沛，彷彿從每一個角度閃耀發亮。坐在公園長椅上，我看見圍繞古城中心的舊坡道，以及蜿蜒交錯的狹窄街道；亞維農大教堂的西塔，以及塔頂閃閃發光的鍍金聖母像。

帕麗告訴我這座橋的歷史——十二世紀時，有個年輕的牧羊人說，天使叫他在這條河上蓋座橋，而且為了證明所言不虛，他扛起一塊巨大無比的岩石，丟進河裡。她告訴我，隆河的船夫爬上橋去讚頌他們的守護神聖尼古拉。她也談起數百年來發生過的洪水，沖毀了橋拱，讓橋樑倒塌。她說話的速度很快，帶著緊張興奮的活力，就和今天稍早時分帶我參觀亞維農教皇宮時一樣。她不時拿掉導覽耳機，指著一幅濕壁畫，或拍著我的手肘，要我注意有趣的雕刻、染色玻璃和頭頂上的肋樑。

在教皇宮外面，我們沿著教堂廣場散步的時候，她一口氣說出所有的聖人、教皇和紅衣主教的名字。我們周圍有成群的鴿子，有觀光客，有身著鮮豔運動服，兜售手鐲和仿冒錶的非洲小販，還有一個戴眼鏡的年輕樂手，坐在蘋果箱上，用木吉他彈奏《波西米亞狂想曲》。我不記得她在美國的時候有這麼健談。我覺得這彷彿是一種拖延的技巧，我們只是繞著她真正想做——而且也是我們必定會做——的事情兜圈子，她現在所說的這些話都只是一座橋。

「可是妳馬上就會看到一條真正的橋，」她說，「等大家都到了以後。我們要一起去嘉德橋；妳聽過這座橋嗎？沒有。*Oh làlà, C'est vraiment merveilleux.*（噢，那很漂亮呢。）羅馬人在公元一世紀蓋了那座橋，從厄爾泉引水到尼姆城；五十公里的水道呢！這是古代建築的傑作啊，帕麗。」

我來到法國四天，在亞維農已經待了兩天。帕麗和我搭乘高速火車離開陰沉寒冷的巴黎，一下車，就迎向晴朗的天空、溫暖的和風，以及從每一棵樹上傳來的蟬鳴。火車到站、匆匆抓起行李往外衝時，我差點就來不及，趕在車門關上的前一刻才跳下車。我心裡暗暗告訴爸爸：只差三秒鐘，我就會到馬賽去了。

他還好嗎？在巴黎，從戴高樂機場到她公寓的計程車上，帕麗問。

更適應了，我說。

爸爸住進了安養院。第一次去參觀安養院的設施時，主任潘妮——有頭草莓色鬈髮的高瘦女子——帶我轉了一圈。我當時心想：還不算太差嘛。

而且我也說出口了，不算太差嘛。

那個地方很乾淨，窗外就是花園。潘妮說，他們每週三下午四點半會在花園裡舉行茶會。大廳微微飄著肉桂與松木的味道。安養院裡的員工——我現在差不多都叫得出名字了——看起來都很有禮貌、很能幹，有耐心。我原本以為會看見一臉怪相的老太太，下巴長著鬍子、淌著口水、自言自語，目不轉睛地盯著電視螢幕；但是我所見到的病人大多沒那麼老。許多人甚至連輪椅都不必坐。

我原本以為沒這麼好的，我說。

是嗎？潘妮說，發出愉悅專業的笑聲。

我太失禮了，對不起。

不會的。我們很清楚一般人對這種地方的印象。當然，她轉頭慎重地補上一句：這是院裡的輔助生活區。依據妳對令尊狀況的描述，我不太確定他住這裡是不是適合。我想記憶照護中心可能比較適合他。我們到了。

她用鑰匙卡開門進去。這個上鎖的區域沒有肉桂或松木的味道。我心頭頓時一涼，第一個直覺就是轉身離開這個地方。潘妮把手擱在我的手臂上，捏了捏。她很溫柔地看著我。我掙扎著走完參觀路線，心中湧起強烈的罪惡感。

啟程赴歐洲的前一天早上，我去看爸爸。我穿過位在輔助生活區的大廳，和來自瓜地馬拉、負責接聽電話的卡門揮手打招呼。我經過集會廳，滿屋子的老人家坐在那裡聆聽身穿正式服裝的高中生演奏絃樂四重奏；我走過有電腦、書架與骨牌的多功能室，走過布告欄和上面張貼的許多提示與通知——**你知道為什麼大豆可以降低你的壞膽固醇嗎？別忘了週二上午十一點的推理解謎時間！**

我走進上鎖的區域。在門的這一邊，沒有茶會，沒有賓果遊戲，沒有人一大早打太極拳。我走進爸爸的房間，但他不在。他的床已經鋪好，電視螢幕漆黑，床頭几上還有半杯水。我稍稍鬆了口氣。我很討厭看見爸爸躺在病床上，側著身、手塞在枕頭下，凹陷的雙眼茫然地看著我。

我在休息室裡找到爸爸。他坐在輪椅上，靠在望向花園的窗邊。他身上穿著法蘭絨睡衣，頭上還是那頂鴨舌帽，膝上蓋著潘妮稱之為「煩躁圍裙」的東西，有繩子可以讓他編，還有釦子可以讓他扣上再打開。潘妮說這可以讓他的手指保持靈活。

我親吻他的臉頰，拉了張椅子坐下來。有人幫他刮過鬍子了，也幫他梳理過頭髮。他臉上有肥皂的味道。

明天是個大日子，我說。我要飛去法國巴黎。你記不記得我告訴過你？

爸爸眨著眼睛。早在還沒中風之前，爸爸就已經變得退縮了，常常陷入漫長的沉默狀態，看起來鬱鬱寡歡。自從中風之後，他的臉更變得像面具一樣，嘴巴恆常掛著一抹歪斜、禮貌的微笑，只是這淡淡的笑意只停駐在他嘴邊，從未進到他眼裡。中風之後，他再也沒說過話。偶爾，他會張開嘴唇，發出粗嘎的呼氣聲——啊哈！——尾音上揚，聽起來像是驚喜的反應，或者是我說了什麼話讓他突然頓悟。

我們要在巴黎會合，然後搭火車到亞維農。那是法國南部的一座城市，是十四世紀時教宗住的地方。我們要去那裡觀光。但最棒的是，帕麗告訴她的孩子們我要去玩，他們會一起到亞維農來。

爸爸微笑著，就像上星期赫克特來看他時，就像我給他看我申請舊金山州立藝術與人文學院的申請書時那樣的微笑。

你的外甥女，伊莎貝兒和她丈夫亞伯特，在普羅旺斯有一間度假屋，就在波城附近。我上網查過了，爸爸。那是座很漂亮的小城，整個蓋在阿爾卑里山的石灰岩上。山頂上有中世紀的城堡遺跡，可以眺望平原和果園；我會拍很多照片，帶回來給你看。

附近有個穿浴袍的老太太正自鳴得意地滑動拼圖片。隔桌，一個滿頭蓬亂白髮的婦人努力在餐具匣裡擺好叉子、湯匙和奶油刀。牆角的大螢幕電視機裡，瑞奇和露西[39]在吵架，兩人的手腕被手銬銬在一起。

爸爸說，啊哈！

你的外甥艾倫，和他的妻子安娜，要帶著五個小孩從西班牙過來。我不知道他們孩子叫什麼名字，不過，我一定會記住的。還有——讓帕麗真正開心的是——你的另一個外甥，她最小的兒子蒂埃里也要來。她已經好幾年沒見到他，沒和他說過話了。他在非洲工作，但這次也請了假要飛過來。所以這會是家族大團圓。

起身離開時，我再次親吻他的臉頰。我的臉貼著他的，想起他以前到幼稚園接我，載我到丹尼餐廳接媽媽下班。我們坐在雅座上，等媽媽打卡。我吃著餐廳經理每次都請我吃的一球冰淇淋，把我那天畫的圖給爸爸看。他總是好有耐心地看著每一張圖畫，讚賞地仔細端詳、頻頻點頭。

爸爸兀自露出他的微笑。

啊，我差點忘了。

我彎腰，開始我們慣有的告別儀式：我的指尖從他的雙頰滑向他滿是皺紋的額頭，以及太陽穴，然後越過他日益稀薄的灰髮、長痂變硬的頭皮，再到耳後，把他的惡夢從腦袋裡掏出來。我為他打開隱形的袋子，把夢魘丟進去，拉緊束繩。

好了。

爸爸發出咕嚕一聲。

39 電視喜劇「我愛露西」的男女主角。

要作好夢喔，爸爸。我們兩個星期之後見。我突然想到，我們從未分開過這麼長的時間。

離去的時候，我隱隱感覺到爸爸在看著我。但我一回頭，只看見他垂著腦袋，在玩煩躁圍裙上的釦子。

帕麗正在談伊莎貝兒和亞伯特的房子。她給我看過照片。很漂亮的一幢石磚建築，是重新整修過的普羅旺斯農舍，位在盧貝隆山上，大門外面有果樹和棚架，屋內有赤陶磁磚和裸露的屋樑。

「在我給妳看的照片上看不出來，但是從那幢房子眺望沃克呂茲山的景觀，真是美極了。」

「我們全都住那裡嗎？農舍住不下這麼多人啊。」

「*Plus on est de fous, plus on rit,*」她說，「英文要怎麼說？人多快樂多？」

「歡樂多。」

「*Ah voilà. C'est ça.*（噢，沒錯，就是這麼說的。）」

「那孩子們呢？他們要在哪裡——」

「帕麗？」

我轉頭看她，「嗯？」

她吐出長長的一口氣。「妳可以把東西給我了。」

我想我應該早在幾個月之前、送爸爸去安養院的時候就發現的。但是在幫爸爸打包的時候，我直接從堆在玄關櫃子裡的三只行李箱，拿出最上面的一個，也就是可以裝下爸爸所有衣服的那一個行李箱。後來我終於鼓起勇氣清理爸媽的臥房，撕掉陳舊的壁紙，重新粉刷牆壁。我搬走他們的雙人床和媽媽那張有個橢圓形鏡子的梳妝臺，從衣櫃裡清掉爸爸的西裝、媽媽的襯衫和洋裝，裝進塑膠袋裡，堆在車庫，準備分一、兩趟載到慈善機構去。我把書桌搬進他們的臥房，拿來當辦公室，等開學之後就用來當書房。我也清掉了我床腳的那個箱子，把所有的舊玩具、童年的衣服、穿不下的涼鞋和網球鞋全丟進垃圾袋。我受不了再多看一眼我為爸媽做的生日卡、父親卡和母親卡。知道那些東西還躺在我腳邊，我夜裡根本沒辦法睡覺。太痛苦了。

清理玄關櫃子的時候，我拉出其餘兩個行李箱，準備擺進車庫裡，卻發現其中一只行李箱裡有東西。我打開來，發現一個用褐色厚紙包起來的包裹，上面貼了一個信封。信封上用英文寫著：給我妹妹，帕麗。我立刻認出這是爸爸的字跡：在老爹烤肉店工作時，我每回點好菜，爸爸就會在收銀機旁邊記下來。

我把包裹交給帕麗，原封未動。

她看著擺在腿上的包裹，雙手輕撫著信封上的字。河的對岸，教堂鐘聲響起。在突出河面的一塊岩石上，有隻鳥扯出一條死魚的內臟。

帕麗在皮包裡摸索著，翻找裡面的東西。「*J'ai oublié mes lunettes,*」她說，「我忘了帶我的老花眼鏡了。」

「要我唸給妳聽嗎？」

她想把信封從包裹上撕下來，但是今天雙手不太靈活。奮鬥了一會兒之後，她終於還是把包裹交給我。我撕下信封，打開來，翻開塞在裡面的信。

「他是用法爾西文寫的。」

「可是妳看得懂，對吧？」帕麗說，擔心得眉毛揪在一起。「妳會翻譯。」

「是的，」我說，內心微微露出笑意，感激——雖然有點為時已晚——爸爸開車載我到坎貝爾去上法爾西語課的那些個週二下午。此刻我想到他忿怒又失落地蹣跚越過沙漠，背後的小徑上散落著他被剝奪的生活，碎裂成閃爍小碎片的生活。

在狂吹的風中，我緊緊握住那張紙。我為帕麗讀出紙上的三行字。

> 他們告訴我說我必須踏進水裡，馬上會讓我溺斃的水裡。在踏進去之前，我把這個東西留在岸邊給妳。我希望妳能找到，妹妹，這樣妳就會知道我踏進水裡時，心裡在想些什麼。

信上也有日期，二○○七年八月。「二○○七年八月，」我說，「他剛被診斷出來的時候。」在我得到帕麗消息的三年前。

帕麗點點頭，用手掌根擦眼睛。一對情侶騎著協力車，女孩在前——粉紅肌膚、身材纖細的金髮女孩——褐色肌膚、滿頭長鬈髮的男孩在後。幾呎外的草地上，一個穿皮短裙的少女坐著在講手機，手裡牽著一條炭灰色的小梗犬。

帕麗把包裹交給我。我替她打開。裡面是個老舊的錫茶盒，褪色的盒蓋上有個身穿紅色長袍、滿臉大鬍子的印度人。他端起一杯熱騰騰的茶，彷彿在奉茶。茶杯冒出的熱氣都已經模糊，而紅色的長袍也差不多全褪成了粉紅色。我解開鎖釦、打開盒蓋，看見裡面塞滿各顏各色、形狀各異的羽毛：豔綠色的短羽毛；薑黃色鑲黑邊的長羽毛；微帶紫色調的粉桃色羽毛，很可能是綠頭鴨的；褐色的羽毛，在羽根內側有著暗色的斑點；頂端有顆眼睛的綠色孔雀羽毛。

我交給帕麗。「妳知道這些有什麼意義嗎？」

帕麗下巴顫抖，緩緩搖頭。「不知道，」她說，「我只知道，我們，阿布杜拉和我，我們兄妹分離，對他的傷害比我還大。我很幸運，因為我年紀比較小，所以沒受到那麼大的傷害。*Je pouvais oublier.* 我還有可以遺忘的機會。但他沒有。」她拿起一根羽毛，輕輕拂過手腕，眼睛盯著羽毛，彷彿盼望羽毛能活過來、飛起來。「我不知道這些羽毛有什麼意義，也不知道其中的故事，但我知道這表示他想著我。

這麼多年來。他始終記得我。」

我伸手攬著她的肩膀，她默默哭泣。我看著灑滿陽光的林木，以及從我們眼前流過、淌過橋下的河水。這橋是聖貝內澤斷橋，也就是童謠裡的那座橋。這座橋並不完整，只剩下四個橋拱，延伸到河道中央；宛如想伸向對岸、重新連結，卻功虧一簣。

這天晚上在飯店，我躺在床上，清醒地望著掛在我們窗外的那輪大月亮，以及飄浮在月亮周圍的雲朵。在房間下方，鵝卵石上有叩叩的腳步聲，還有笑聲與談話聲；電動腳踏車喀啦喀啦經過。對街的餐廳，有玻璃杯在餐盤上叮噹作響。叮叮咚咚的鋼琴聲爬進窗戶，傳進我的耳朵。

我翻身，看著帕麗無聲無息地睡在我身邊。夜色裡，她的臉色顯得蒼白。我在她臉上看見爸爸——年輕、滿懷希望的爸爸，像往常一樣快樂的爸爸——我知道，無論何時何地，只要看著帕麗，我就會看見他。她是我的至親骨肉。再過不久，我就會見到她的兒女，以及她兒女的兒女，他們也和我流著相同的血液。我並不孤獨。突如其來的幸福驀然籠罩了我。我感覺到幸福一點一滴淌進心頭，感激與希望讓我的眼睛盈滿淚水。

看著帕麗沉睡，我想起爸爸和我以前常玩的睡前遊戲：除掉惡夢、賜與美夢。我想起我以前常給他的夢。我小心翼翼地不吵醒帕麗，伸長手，把掌心貼上她的額頭。我閉起眼睛。

這是個陽光普照的下午。他們又都變成孩童，一對小兄妹，年幼、精力充沛，眼神明亮。他們躺在一片高長的草地，頭頂上是開滿花的蘋果樹。綠草溫暖地抵著他們的背，陽光穿透樹梢繁密的花朵，影影綽綽照在他們的臉上。他們心滿意足地，睡意朦朧地歇息，相依相偎，他頭枕在一條粗厚的樹根上，她則靠在他為她捲成枕頭的外套上。透過半睜半閉的眼睛，她看見一隻烏鶇棲在枝頭。陣陣涼風拂過枝葉，往下吹。

她轉頭看他，她的哥哥，她永遠的盟友，但他的臉挨得太近，她無法看見全貌，只有他額頭彎曲的線條、鼻子的隆起，以及睫毛的彎翹。但她不在乎。只要在他身邊，她就夠幸福了。有他在身邊——她的哥哥——在睡意悄悄帶走她的此時此刻，她覺得自己沉浸在絕對平靜的波濤裡。她閉上眼睛，沉沉入睡，寧靜似水、澄澈清明，喜悅燦然，就在這一剎那間。

致謝

在致謝之前，有幾個關於背景的問題，必須稍作說明。沙德巴格村純屬虛構，雖然在阿富汗很可能有同名的村落存在。倘若真有，也與本故事無關。阿布杜拉和帕麗的搖籃曲，特別是有關於「悲傷小精靈」那一段，是得自已故的偉大波斯詩人法羅克哈札德（Forough Farrokhzard）作品的靈感。而本書書名則是來自威廉・布雷克（William Blake）那首美麗的詩「保姆之歌」（*Nurse's Song*）。

感謝Bob Barnett和Deneen Howell對本書所提供的精闢法律意見與權益保障。感謝Helen Heller、David Grossman、Jody Hotchkiss。感謝Chandler Crawford的熱忱、耐心與建議。感謝河源出版（Riverhead Books）的朋友們：Jynne Martin、Kate Stark、Sarah Stein、Leslie Schwartz、Craig D. Burke、Helen Yentus，以及更多位無法在此一一列出的朋友，謝謝你們的協助，讓這本書得以與讀者見面。

我也要感謝出色的文字編輯Tony Davis，為本書作出了遠超過職責範圍的貢獻。

特別要感謝我才華橫溢的編輯Sarah McGrath。感謝她深刻的洞察力、寬廣的視野，以及諄諄善誘。在本書成形的過程中，她所提供的助力，我已無法一一細數。莎拉，這是讓我最樂在其中的一次編輯過程。

最後，我要感謝Susan Petersen Kennedy與Geoffrey Kloske，感謝他們對我、對我作品的信任與永不動搖的信心。

感謝我的朋友與所有的親人，時時在我身邊，以無比的耐心、勇氣與善意包容我。一如既往，我也要感謝我美麗的妻子柔雅，不只閱讀、整理了這本書的多份手稿，也毫無怨言地打理我們的日常生活，讓我得以安心寫作。沒有妳，柔雅，這本書連一頁或一段都無法完成。我愛妳。

譯後記

卡勒德．胡賽尼改變了我的人生。

像小學作文範本裡的陳腔濫詞？但卻是事實。

向來覺得自己還算好命，求學一帆風順，工作水到渠成，連婚姻都是學生時代的戀情順理成章開花結果，但凡真正想做的事，好像也沒什麼做不成的。於是，這勉強可以歸類為「勝利組」的人生，讓我對生活中似乎不怎麼費功夫得來的一切漠然以對，看似精明幹練的外表底下，是一顆不懂也不屑算計投資報酬率，單純得近乎天真的心，全心全意投入自認為可以福國利民的志業，不求報償，不計代價，但求意義。

然而，二〇〇一年九月，整個世界因為恐怖攻擊而天翻地覆的那個秋天，我的小宇宙也在瞬間土崩瓦解了。就如同紐約世貿大樓的倒塌，讓世人驚覺堅不可摧的超級強權不過是虛妄的想像，突如其來的現實衝擊，讓我意識到自己所相信的真理，所捍衛的理念，不過是海市蜃樓，在烏雲蔽日的那一刻，全都煙消雲散。兩架飛機在紐約市中心撞出殘垣斷壁的歸零之地，而這赤裸的真相，也像利刃一般，在我心裡戳出一個深不見底的黑暗傷口。我沒經歷過愛情的背叛，但卻在心心念念的志業上，體驗到了比背叛更加蝕骨椎心的痛。

那一整個秋季，日子在混沌中度過，白天與黑夜的界線泯滅了，睡夢與清醒的區別失去意義，一個又一個黑夜，我睜眼躺在床上，緊緊拉住丈夫的手，宛如大海囚泳的人抓住浮板，生怕自己在昏沉闔眼之際，被惡夢吞噬。

但日子終究是要過下去的，家人與摯友的扶持是我不願也不能辜負的期待。於是，我慢慢回復了正常的作息，以微笑回應好奇的探詢，把如影隨形的蜚短流長關在門外。表面上看來，我還是原來的那個我，但只有我自己知道，每天早上，我得要耗費多少心力，才能武裝好自己出門。但穿戴在身上的盔甲不敵時間的消蝕，熬過白天，來到晝夜交替的黃昏，我已毫無防備地曝露在暮色裡，然後，就像村上春樹形容的，擁有刀刃般尖喙的鳥兒便成群飛來，把我啄食殆盡。

日復一日，年復一年，這無法言說的痛苦並沒有隨著時間而減輕，而消失，只是愈藏愈深，在心底札了根似的等待隨時破土而出。然後，我遇見了卡勒德．胡賽尼。

很長一段時間，翻譯是我的避風港，沉浸在別人的悲歡離合、喜怒哀樂裡，可以暫時擺脫現實，遺忘自我。接到《追風箏的孩子》時，我剛剛走出約翰．勒卡雷愛與背叛的迷宮，正需要有個簡單溫暖的故事來喘口氣。一如預期，胡賽尼平鋪直敘娓娓道來的這個故事，淺白易讀，帶來難得暢快的翻譯經驗。直到那個深夜。

那個深夜，獨自在書房裡，讀到阿米爾想對索拉博說的話：

你以前的生活，也是我以前的生活。我在同一個院子裡玩耍，索拉博。我住在同一幢屋子裡。但是綠草枯死了，陌生人的吉普車停在我們房子的車道上，油漏得柏油地上到處都是。我們以前的生活已經消失了，索拉博。所有的人不是已經死了，就是快死了。現在只剩下你和我。只有你和我。

在我還沒意識到怎麼回事之時，眼淚已經奪眶而出了。驀然浮現心頭的，是張愛玲《半生緣》裡，曼楨對世鈞說的那句：「我們回不去了。」是的，我再也回不去了，那美好的想望，虛妄的願景。萬籟俱寂的深夜，在書房的孤燈下，對著窗外逐漸褪隱的燈火，淚水決堤般無法遏止。我痛哭失聲，多年來的第一次。

心痛是因為不甘，而不甘，卻是因為不捨，我幡然領悟。依戀著過去，捨棄不了曾經經歷的歲月，曾經擁有的夢想，才是餵養心底那株黑暗之樹，讓那纏結糾亂的枝節不斷滋長，齧食靈魂的元兇。

淚乾了，夜也盡了，望著暗黑的河面漸漸泛起一層淺淡的霧光，心裡有塊什麼東西開始慢慢消融，慢慢軟化，那鬱積胸臆已久的怨怒，彷彿隨著淚水逐漸流逝了。捨棄過去，才能迎向未來。那一剎間的頓悟，未必帶來立即的變身，但就像胡賽尼說的，「春天的來臨，總是從一片雪花的融化開始。」我之所以成為今天的我，也就是從那一個深夜將盡的黎明慢慢開始的。

卡勒德．胡賽尼的小說就是有這樣的魔力。簡單的文字，淺白的情節，卻蘊藏著強大的感動能量。看似平鋪直敘的故事，總在不經意間，觸動內心深處最敏感的那根弦，讓心緒如海嘯襲捲，一發不可收拾。儘管他筆下的世界和我們隔著遙遠的地理距離，有著陌生的文化傳統，但卻絲毫阻隔不了閱讀的感動。因為，在充滿異國風情的故事底下，其實是共通的愛與人性。

愛與人性，是胡賽尼作品一貫的主題，從《追風箏的孩子》的阿米爾與索拉博，《燦爛千陽》的瑪黎安與萊拉，到《遠山的回音》的納比、馬柯斯與帕麗，都是因為人性的善惡掙扎而痛苦，因為愛的悲憫力量而獲得救贖。於是，我們在胡賽尼的小說裡看見了自己的脆弱，自己的無力，但也在小說角色的身上，找到了可以扭轉逆境的希望與信心。閱讀胡賽尼，其實不是在讀著一個個虛構的故事，而是在和自己的靈魂對話。

胡賽尼筆下的人物，都是大時代裡的小人物，或因戰亂而流離失所，生離死別，或因愛恨而困鎖心牢，放浪天涯，背負著各自的心靈包袱，在時代的洪流裡踽踽獨行。這一個個角色就像你我一樣，在外表的形貌之下，都藏有一段或許無法對人言說，或許痛苦得讓自己只能遺忘的過往，而胡賽尼以出色的說故事技巧，揭開藏在他們表象之下的人生故事，不只編織了高潮起伏的情節，更讓我們宛如瞥見鏡像似的照見自己的內心。

這就是胡賽尼作品最成功的地方：讓平凡讀者也能在戲劇化的小說情節裡，找到投射己身人生情感的對象。有時是一個感同身受的角色際遇，有時是一段似層相識的情節，甚至是一句如當頭棒喝的對話，讓我們忍不住熱淚盈眶。我們一次次落淚，為了故事裡命運多舛的主人翁，也為了竟然有人說出我們不足為外人道的心聲。說他通俗也罷，濫情也罷，胡賽尼小說的動人力量沒有人能否定。

小說能有這麼大的影響力？或許有人要問。是的，胡賽尼就是有這樣的魔力。畢竟，他都改變了我的人生，不是嗎？

——李靜宜